Kontaktadresse nach EU-Produktsicherheitsverordnung:
produktsicherheit@droemer-knaur.de

AF714226

KNAUR

Über die Autoren:

Katrin Behr wurde 1967 in Gera geboren und lebt heute in Berlin. 2007 gründete sie den Verein »Hilfe für die Opfer von DDR-Zwangsadoptionen«. Seit 2010 engagiert sie sich hauptamtlich für die Opfer kommunistischer Gewaltherrschaft.

Peter Hartl, Jahrgang 1961, ist seit 1991 als Filmautor und Redakteur an den großen Dokumentarreihen der ZDF-Redaktion Zeitgeschichte beteiligt. Neben seiner Fernsehtätigkeit schreibt er über zeithistorische Themen.

Katrin Behr

Peter Hartl

ENTRISSEN

Der Tag, als die DDR mir meine Mutter nahm

KNAUR

Hinweis der Autoren:
Alle im Buch auftretenden Namen wurden geändert.

Besuchen Sie uns im Internet:
www.knaur.de

Vollständige Taschenbuchausgabe mit Nachwort Februar 2014
Knaur Taschenbuch

Ein Imprint der Verlagsgruppe
Droemer Knaur GmbH & Co. KG, München

Redaktion: Angela Troni
Covergestaltung: ZERO Werbeagentur, München
Coverabbildung: plainpicture/Thomas Grimm
Satz: Adobe InDesign im Verlag
Printed in Germany
ISBN 978-3-426-78383-2

7 9 8 6

Für meine Mama und für meine Kinder
sowie für alle Menschen,
die das gleiche Schicksal mit mir teilen

1.

WUMM, BUM. HÄMMERND wie ein Herzschlag. Wie Trommeln und Pauken. Was ist das bloß für ein Krach an der Tür? Wieso haben sie mich aus dem Schlaf gerissen? Was ist denn nur los?

Es ist Februar und stockduster. Noch nicht einmal die Vögel vorm Fenster zwitschern. Mir ist kalt. Am liebsten möchte ich mich wieder in meine warme Federdecke einmummeln, meinen Traum weiterträumen.

Aber jemand lärmt vom Hausflur her, immer lauter. In einem fort wummert es gegen unsere Wohnungstür. Ich höre, wie Mama aufgeregt durch die Wohnstube rennt.

»Machen Sie sofort auf!«, brüllt draußen eine Männerstimme. »Sonst treten wir die Tür ein!«

Auf einen Schlag bin ich hellwach. Auch mein älterer Bruder Mirko ist in seinem Bett an der Wand gegenüber hochgeschreckt. Er starrt mich mit großen Augen an, und ähnlich ratlos schaue ich wohl zurück. Mama reißt die Tür zu unserem Zimmer auf, ganz anders als sonst, wenn sie erst durch einen schmalen Spalt das sanfte Licht der Wohnstubenlampe schimmern lässt, damit wir uns an den neuen Tag gewöhnen können. Noch halb im Traum dürfen wir üblicherweise im nachtwarmen Bett abwarten, bis der kleine Bollerofen nebenan die klamme Kälte im Zimmer verjagt hat.

Doch heute dreht Mama gnadenlos den Lichtschalter herum, was unser Schlafzimmer in geradezu gleißendes Licht taucht, und herrscht uns an, uns ganz schnell anzuziehen. »Gleich«, ruft sie dann in Richtung Tür. »Ich muss mich nur noch fertig machen!« Dabei rupft sie hektisch Anziehsachen für mich aus unserem Resopalschrank, dessen Türen leise jammern, wenn man sie öffnet. Während sie mir die Klamotten auf den Stuhl vor meinem Bett legt, drängt sie mich noch mal, ja nicht zu bummeln. Sie weiß doch, dass ich mir in der Früh gern Zeit lasse, nie treibt sie mich morgens an. Und nun liegt da ausgerechnet die grüne Strickhose, die ich so sehr hasse und die mich an den Beinen pikst!

Doch Mama ist heute unerbittlich, ich erkenne sie kaum wieder. Sie ist so anders als sonst. Das macht mir Angst, aber viel mehr noch tut es der Lärm an der Tür.

»Was machen die da?«, murmele ich vor mich hin, weil Fragen vielleicht die Furcht verscheuchen.

Mein Bruder fängt meinen eingeschüchterten Blick auf und flüstert mir zu: »Keine Bange. Ich bin doch bei dir und pass auf dich auf!«

Ich sehe Mirko dankbar an und lächle zum ersten Mal an diesem Morgen. Mein großer Bruder hat mich immer behütet, auf ihn ist sicher auch jetzt Verlass. Mit seiner Hilfe quäle ich mich in die dicke Strumpfhose. Aber nun auch noch dieses kratzende grüne Ungetüm – nein, da streike ich. »Ich zieh das nicht an«, jammere ich.

Kein guter Moment für eine Verweigerung. Es hämmert noch lauter an die Tür, die Stimmen klingen wütender. Klatsch, Mamas Hand knallt so fest gegen meine Wange, dass die Haut glüht. Aua! Das hat gesessen. Und tut richtig weh. Noch nie hat meine Mutter mir eine Ohrfeige verpasst. So kenne ich sie nicht.

»Mach schon«, schreit sie ungeduldig, spürbar nervös, »beeil dich!«

Bin ich schuld, dass Mama heute so anders ist? Eingeschüchtert ziehe ich die Strickhose hoch und fange an zu heulen, weil meine Backe so weh tut und Mama mir so fremd vorkommt. Sie sieht mein Gesicht, und schon bereut sie, was sie getan hat. Hastig kommt sie auf mich zu und drückt mich an sich. Ach, halt mich doch, denke ich, fester, für immer. Lass mich nie wieder los. Ich will nicht, dass du da rausgehst! Diese Störenfriede vor der Tür, die sind böse, die machen alles kaputt, das spüre ich.

Die Männer tragen lange, dunkle Wintermäntel. Fünf oder sechs mögen es sein, die sich vor meiner Mutter aufbauen, als sie endlich vorsichtig die Tür öffnet. Neben ihnen steht eine kleine, eher zierliche Frau, die ein Amtsschreiben in der Hand hält. Sie erklärt Mama etwas, das ich nicht verstehe. Aber so viel bekomme ich mit, dass wir irgendwie mitkommen sollen, und zwar sofort.

Der Abrisskalender an unserer Blümchentapete zeigt seit gestern immer noch die Sechs, darunter stehen Februar und das Jahr: 1972. An diesem Morgen ist für meine Familie die Zeit stehengeblieben. Mirkos bevorstehenden siebten Geburtstag werden wir hier nicht mehr feiern, auch nicht meinen fünften im Sommer und schon gar nicht Mamas fünfundzwanzigsten. Nie mehr wird sie strahlend feststellen, wie groß wir doch schon geworden sind.

Sobald die Männer meine Mutter zu fassen bekommen, zerren sie sie grob nach draußen und drehen sie an die Wand, während sie auf sie einschimpfen. Ich schmiege mich an sie, verstecke mein Gesicht in ihrem blauen Wintermantel und klammere mich an ihrer Hand fest. »Nehmen Sie doch wenigstens auf die Kinder Rücksicht!«, fleht Mama. Ich will sie nicht mehr loslassen. Auch Mirko hängt sich fest ein. Zu beiden Seiten unserer Mutter schieben wir uns am Geländer entlang die ausgetretene Stiege vom ersten Stock nach unten. Das ist nicht leicht, weil die fremden Männer das Treppenhaus belagern. Ständig sind sie uns im Weg, bedrängen uns unangenehm. Tapfer mahnt Mama unsere Begleiter noch einmal: »Schubsen Sie mich doch nicht! Sehen Sie denn nicht, die Kinder …«

Draußen bilden sie einen Ring um uns, als wollten sie uns beschützen – dabei sind sie es, die uns bedrohen. Der Wind bläst mir kalt ins Gesicht. Es ist ein grauer Montagmorgen. Auf der Straße sind nur wenige Menschen unterwegs. Durch ein schmales Gässchen biegen wir auf den Marktplatz von Gera ein, wo zwei Dienstwagen warten.

Meine Gedanken überschlagen sich. Warum hier, mitten in der Stadt, vor aller Augen – und nicht unauffällig direkt vor unserem Haus? Wohin wollen sie uns denn bringen? Ist überhaupt noch Platz für uns im Auto, bei den vielen Leuten?

Da fordert einer der Männer uns auf: »So, jetzt verabschiedet euch mal von eurer Mutter.« Er ist richtig ungeduldig. »Kommt jetzt, macht schon!«

Mir wird angst und bange. Mein Herz rast, zugleich fühle ich mich wie erstarrt. Was soll das heißen: *Auf Wiedersehen?* Wo bringen sie meine Mama bloß hin? Ich sehe sie an. Auch in ihren Augen ist Angst, und ihr Blick lügt nie. In diesem Moment weiß ich genau, dass ich sie nicht ziehen lassen darf. Wohin sie auch geht, ich will dabei sein. Einer der Männer packt mich an den Schultern, um mich aus Mamas Griff zu lösen. Ich schreie, so laut ich kann: »Mama, Mama!« Mir ist jetzt alles egal. Ich habe nur Angst, tiefe Angst. Um nichts auf der Welt will ich meine Mutter verlieren.

Auch die Leute um uns herum merken nun, dass etwas nicht stimmt. Ein Passant mischt sich sogar ein.

»Was soll das?«, fragt er. »Das könnt ihr doch nicht machen!«

Er wird sofort zum Schweigen gebracht. »Wenn Sie noch ein Wort sagen, nehmen wir Sie auch gleich mit.«

Mein Bruder aber, mein Beschützer, kommt mir zu Hilfe. Mit Wucht tritt er dem Mann, der mich bedrängt, gegen das Schienbein und schreit ihn tapfer an: »Lass sie los!«

Der Überraschungsmoment genügt, um mich aus dem Klammergriff zu befreien. Ich stürze meiner Mutter hinterher, als sie gerade in das hintere Fahrzeug geschoben wird. Mit meinem ganzen Körper umschlinge ich ihr rechtes Bein, das durch die halb geöffnete Tür aus dem beigefarbenen Auto ragt. Heute habe ich, anders als sonst, keinen Blick dafür, wie das Spiegelbild in den chromverzierten Stoßstangen meinem Gesicht groteske Züge verleiht. Ich will mich nicht wieder von Mama trennen lassen. Das schwöre ich mir.

Da erst bemerke ich, dass sie um die Handgelenke seltsame Metallringe trägt. Mit den aneinandergeketteten Händen streicht sie mir übers Haar. Auch das fühlt sich fremd an. Immer stärker kriecht die Angst in mir hoch, dass Mama weggehen könnte, ohne uns, ohne mich. Das darf nicht sein! Die Tränen laufen mir über die Wangen, die Kälte und die Beklemmung nehmen mir den Atem, und meine Haut brennt.

»Mama, fahr nicht fort! Bleib doch bitte bei uns!«, stoße ich hervor, von Schluchzern unterbrochen. »Ich werde auch immer artig sein. Das verspreche ich dir.« In meiner Not versichere ich ihr sogar, die scheußliche Strickhose in Zukunft immer ganz schnell anzuziehen.

Von der Rückbank des Fahrzeugs aus beugt sie sich zu meiner bebenden Gestalt hinunter und zieht mich, so gut es geht, zu sich heran. Wegen der Handschellen kann sie mein Gesicht nicht in ihre Hände nehmen. »Komm her, mein Schatz«, flüstert sie. »Du bist doch schon ein großes Mädchen. Du musst jetzt tapfer sein und mich bitte loslassen. Ich verspreche dir auch, dass ich heute Abend wieder zu Hause bin. Lauf mit Mirko zur Oma!«

Durch den Tränenschleier hindurch blicke ich sie an und will von ihren Augen bestätigt sehen, dass sie auch wirklich die Wahrheit sagt. Sie beteuert noch einmal: »Wir sehen uns heute Abend wieder, versprochen!« Ihr Blick kommt mir aufrichtig vor. Ich vertraue ihr, warum auch nicht? Ob wir im Kindergarten waren oder bei unserer Oma: So weit ich zurückdenken kann, hat Mama uns jedes Mal wieder abgeholt. Bisher.

Ich höre zwar nicht auf zu weinen, bin aber etwas beruhigt. Zögernd löse ich mich von ihr. Plötzlich fühle ich mich ganz kraftlos, haltlos – wie eine Marionette, der man die Fäden abgeschnitten hat. Mamas Hände berühren mein Gesicht, sie haucht mir noch einen Kuss auf die Stirn. Dann zieht sie das Bein in den Innenraum des Fahrzeugs. Auch die wartenden Beamten steigen allesamt in die Autos.

Nur die Frau vom Amt bleibt bei uns und hält uns an der Hand. Eigentlich wirkt sie jetzt ganz lieb. Die Türen schlagen zu. Die Motoren knattern. Die Reifen rattern über das Pflaster. Meine Mutter löst während der Abfahrt den Blick nicht von mir. Sie hat sich uns zugewandt und winkt uns zu, so gut sie das kann – mit den Handfesseln wirkt sie so unbeholfen, so entsetzlich hilflos. Es sticht mir ins Herz, sie davonfahren zu sehen, mit ihrem tapferen Lächeln, immer kleiner wird sie. Wie erstarrt bleiben mein Bruder und ich stehen, bis die Autos hinter dem großen Altbau an der Ecke verschwinden.

Unsere Betreuerin eröffnet uns knapp: »Ich bringe euch jetzt zu eurer Oma.«

Mir ist ganz flau. Ach Mama, wärst du doch noch hier! Was wollen diese bösen Männer bloß von dir? Ich kann die Tränen nicht länger aufhalten. Nur Mirko wirkt völlig unbewegt. Ich kann mich nicht erinnern, ihn weinen gesehen zu haben.

Der Marktplatz, auf dem wir jetzt verloren zurückbleiben, ist unser Zuhause, der Raum zwischen den Bretterbuden, die für den Marktbetrieb aufgestellt werden, unser Spielplatz. Während Mirko mit geschlossenen Augen bis dreißig zählte, habe ich mich versteckt und verborgen gehalten. Aber wenn er sich dann auf die Suche machte, hat er mich noch jedes Mal auf Anhieb entdeckt. Mein Bruder und ich, wir kennen hier jeden Winkel. Mit Vorliebe klettern wir im Sommer auf den Rand des Simsonbrunnens und lassen uns von der Wasserfontäne aus dem weit aufgerissenen Maul des Löwen berieseln, der gerade von einem starken Steinmann besiegt wird.

Um uns hat sich nie jemand groß gekümmert, Mama hat uns immer freien Lauf gelassen. Stundenlang haben wir auf den niedrigen Fensteröffnungen der alten Häuser um den Marktbrunnen gehockt und zugeguckt, wie die Brautpaare aus dem Standesamt gegenüber kamen. Manchmal sind wir auch hingelaufen, um ein paar Münzen einzufangen. Fröhliche Hochzeitsgäste in einem Regen aus Reis: So ist das wohl, wenn Mann und Frau noch zusammen sind – anders als bei uns, von meinem Papa weiß ich schlichtweg nichts.

Der gepflasterte Weg von hier bis zur Wohnung unserer Oma oberhalb des Marktplatzes ist nicht weit, zu Fuß gerade einmal zwei Minuten. Unzählige Male sind wir ihn schon gelaufen. Diesmal jedoch kommt er mir elend lang vor. Ich fühle mich, als würden wir abgeführt.

Sobald wir angekommen sind, verkrieche ich mich auf die vertraute Couch in Omas Stube. Keine Ahnung, was die Frau, die sich als Mitarbeiterin der Jugendhilfe vorstellt, meiner Großmutter so alles erzählt. Ich bin derart durcheinander, dass ich nichts mehr wahrnehme, meine Ohren verschließe. Stundenlang wippe ich auf dem Sofa vor und zurück, zusammengekauert, die Arme um die Beine geschlungen. Zum ersten Mal in meinem Leben. Ich bringe kein Wort heraus und weine die meiste Zeit. Panik breitet sich langsam in mir aus. Panik vor dem, was kommen wird. Die Angst tut jetzt körperlich weh. Ich versuche meine Sinne taub zu stellen. Es geht nicht.

Nachdem sich die Behördenfrau verabschiedet hat, kommt die Großmutter zu mir. »Das ist alles nicht so schlimm. Ihr seid doch bei mir, bis die Mama euch wieder abholt«, redet sie beruhigend auf mich ein, während sie mir mit der Hand sachte übers Haar streicht.

Aber ich will nur eines erfahren: »Wann kommt denn Mama nun endlich nach Hause?«

»Das dauert nicht lange.« Eine richtig beruhigende Antwort hat Oma auch nicht zu bieten. »Wirst sehen, die kommt schon bald wieder«, sagt sie, doch überzeugt klingt sie nicht dabei.

Eine düstere Ahnung steigt in mir hoch, verdrängt meinen Vorrat an Zuversicht. Als die Dunkelheit hereinbricht, lausche ich auf jedes Geräusch. Hat es geklopft, höre ich Schritte? Ruft da nicht jemand »Hallo, meine Süßen, da bin ich wieder!«? Nein, es bleibt beklemmend still.

Ich verstehe die Welt nicht mehr, und niemand hilft mir, sie zu verstehen. Mama kommt nicht. Sie hat mich, entgegen ihrer Zusage, alleingelassen. Sonst hat sie ihre Versprechen immer eingehalten. Zum ersten Mal in meinem Leben ist mein Urvertrauen erschüttert. Die ganze Zeit sehe ich diese bösen Männer vor mir. Was werden sie wohl mit meiner Mama anstellen? Wohin haben sie sie gebracht? Warum kommt sie nicht zurück? Ich bin so von meinem Kummer beherrscht, dass ich Mirko vollkommen aus den Augen verliere. Mir ist nicht einmal bewusst, ob er überhaupt noch in der Wohnung steckt. Ich halte mir die Ohren zu und wimmere vor Verzweiflung. Ich kann nicht mehr klar denken. Ich will nichts essen, nichts wissen, mit niemandem reden. Irgendwann muss ich vor Erschöpfung eingeschlafen sein.

Gera, Dezember 2009

Wenn ich heute am Fenster meiner Dachwohnung stehe und den Blick über meine in die Hügel eingebettete Heimatstadt schweifen lasse, dann muss ich über eine kahle Befestigungsanlage hinwegsehen. Unmittelbar zu meinen Füßen, welch denkwürdiger Ausblick, liegt die Justizvollzugsanstalt von Gera. Der gelbe Klinkerbau aus einem anderen Jahrhundert verschanzt sich hinter hohen Betonmauern, die eine Borte aus Stacheldraht tragen. Mit den vielen kleinen Türmchen erinnert er an eine abweisende Märchenburg. Manchmal kann ich den Häftlingen beim Hofgang zusehen, gelegentlich auch beim Tischtennisspiel. Grüne Gefangenentransporter passieren regelmäßig mein Haus, verschwinden hinter den schweren Eisenschleusen und entlassen ihre Insassen in die Unfreiheit.

Auch in diesen Bunker hat inzwischen der Rechtsstaat Einzug gehalten. Während ich von meiner Dachschräge aus hinuntersehe, wandern meine Gedanken zurück in die Zeit davor. Ich stelle mir vor, wie meine Mutter vor beinahe vier Jahrzehnten hinter einem der vergitterten Fenster auf der Pritsche gekauert hat. Für kurze Zeit hat ihre Odyssee durch diverse Strafarbeitslager und Zellen sie damals, im Jahr 1972, auch in dieses Gefängnis geführt. Was ist ihr wohl durch den Kopf gegangen, als sie damals an die Decke stierte? Ist sie verzweifelt an ihrem zerbrochenen Lebensglück? Hat sie sich ungerecht behandelt und beraubt gefühlt? Oder hat sie mehr mit sich selbst gehadert?

Ganz sicher hat sie viel an Mirko und mich gedacht, ihre verlorenen Kinder. Sie wird uns schmerzlich vermisst haben, heute bin ich mir dessen ganz sicher. Jetzt, da ich selbst eine Tochter und einen Sohn habe, die im Begriff sind, mein Haus zu verlassen, beginne ich zu begreifen, was meine Mutter damals durchgemacht haben muss. Als kleines Mädchen dagegen hatte ich keinen blassen Schimmer, wohin die Männer sie abtransportierten. Ich konnte nicht ermessen, dass es gar nicht in ihrer Macht lag, ihre Versprechen einzuhalten. Nicht in meiner kühnsten

Fantasie wäre ich auf den Gedanken gekommen, dass wir unser überstürzt verlassenes Heim nie wieder betreten würden. Erst recht ahnte ich nicht, welche Hintergründe die beängstigenden Vorkommnisse hatten und welche Rolle der Staat spielte, in den ich so arglos hineinwuchs.

Damals hatte ich noch nicht einmal eine Vorstellung davon, was ein Gefängnis war. Als viereinhalbjähriges Mädchen, das sich bis dahin bei seiner Mutter geborgen gefühlt hatte, war ich einfach nur sauer auf sie. Ich war verletzt und panisch vor Angst, weil sie offenbar ihr Wort nicht hielt. Ich fühlte mich im Stich gelassen. Natürlich suchte ich die Schuld auch bei mir, wie jedes Kind in solch einer Situation. Was hatte ich nur falsch gemacht, dass meine Mama nicht mehr zu mir zurückkam?

Es gab niemanden, der auch nur den Versuch unternahm, meinem Bruder und mir zu erklären, was da vor sich ging. Wir waren umgeben von einer Wand des Schweigens, der Lügen und Beschwichtigungen. Ohne Trost und ohne Sicherheit. Es blieben nur Zweifel, Fragen und immer neue Verwirrungen. Um uns war ein undurchdringliches Geheimnis. Wie ein Sturm rissen uns die Ereignisse mit sich und nahmen uns jeglichen Halt.

Doch eines hatte ich schon damals instinktiv gespürt: Dies ist der Tag, jener 7. Februar 1972, der mein Leben umwälzt, alles verändert. Er war die Wegscheide zwischen dem, was vorher war, und dem, was nachher kam. Ein Einschnitt, ein Riss durch meine Seele. Alles, was nach diesem Tag mein Leben bestimmte, besaß keine Festigkeit mehr, erwies sich später als Fassade, die irgendwann einstürzen musste. Ein Zwiespalt, der immer wieder – bis heute – dazu führt, dass ich mich hin- und hergerissen fühle, selbst wenn vordergründig mein Dasein beständig scheint.

Im Grunde sind es meine Kinder, die mir die Kraft und den Mut geben, mich meiner eigenen schmerzhaften Geschichte noch einmal auszusetzen. Sie sollen nachfühlen können, wie ich zu dem Menschen wurde, der ich geworden bin. Auch für sie will ich herausfinden, wo ich herkomme, wer ich wirklich bin, welche Lasten der Vergangenheit ich mit mir trage und unbewusst an andere weiterreiche. Sie helfen mir, meinen versprengten Lebens-

weg selbst zu begreifen und nachzuforschen, welche äußeren Kräfte unsere scheinbar intakte Dreisamkeit damals zersprengen konnten.

Wie häufig bei Kindern von Alleinerziehenden hingen Mirko und ich ganz besonders eng an unserer Mama. Meinen Vater habe ich nie kennengelernt. Er war wohl während seiner Wehrdienstzeit bei der Nationalen Volksarmee in Gera stationiert, als die flüchtige Beziehung entbrannte, deren Frucht ich bin. Meine Mutter hat mir nichts von ihm erzählt. Ich könnte nicht einmal mit Gewissheit sagen, ob er auch der leibliche Vater meines Bruders ist.

Das Leben hat es von Beginn an nicht gut mit Mama gemeint. Ursprünglich einer ländlichen Großfamilie entstammend, hat sie schon als Vierzehnjährige nach einem Streit ihr Elternhaus verlassen, mit nichts als einem Koffer und ihren Jugendweihegeschenken in der Hand. Kurz darauf bekam sie ihr erstes Kind, das mit elf Monaten an einem Fieberkrampf starb. Mit siebzehn Jahren war sie erneut schwanger und musste sich ganz allein in dieser schwierigen Situation zurechtfinden. Sie musste ihren Lebensunterhalt verdienen, ohne je einen Beruf erlernt zu haben. Zur Zeit meiner Geburt war sie knapp zwanzig Jahre alt, aber sie hatte es offenbar leidlich gut gelernt, sich selbst zu behelfen. Selbst der schlechte Leumund, der partnerlos lebenden Müttern in jenen Jahren anhing, schien sie nicht weiter zu beirren. Sie kümmerte sich hingebungsvoll um uns zwei Kinder (so jedenfalls sagt es mir mein Erinnerungsgefühl) und ging wechselnden Jobs nach. Eine Weile war sie als Wäscherin und als Reinigungskraft in einem Jugendheim tätig.

Zu DDR-Zeiten wurde diese Doppelbelastung durch ein gut ausgebautes Betreuungswesen aufgefangen. Es war der Normalfall, dass Mütter berufstätig waren, daher konnten sie ihre Kinder von klein auf in einer Krippe oder Kindertagesstätte abgeben. Schichtarbeiterinnen standen werktags sogar Wochenkrippen zur Verfügung, bei Bedarf rund um die Uhr.

Und davon gab es eine Reihe in Gera. Viele der mehr als hunderttausend Einwohner waren bei der nahe gelegenen Wismut beschäftigt, einem der größten Kombinate der DDR. Mit insgesamt über zweihunderttausend Tonnen Erz aus Europas größter Urangrube wurden die Atomanlagen des »Großen Bruder«-Staates, der Sowjetunion, beliefert. Unsere Region erfuhr dadurch einen immensen Aufschwung, Arbeitskräfte waren gesucht. Kinder durften dabei kein Hindernis sein, also übernahm der Staat bereitwillig deren Erziehung.

Wohnraum war damals ein knappes Gut, denn für die Heerscharen der Werktätigen musste ausreichend Quartier geschaffen werden. So veränderte Gera in den siebziger Jahren grundlegend sein Gesicht. Raum vertrieb die Enge. Besonders der marode Altbaubestand galt in der Musterstadt des Fortschritts als nicht mehr zeitgemäß. Ganze Straßenzüge fielen der Abrissbirne zum Opfer.

Wenn ich jetzt aus meinem Dachfenster sehe, bleibt mein Blick an Plattenbauten und Hochhäusern hängen, die großräumig einige Kahlflächen umrahmen. Das mochte in den siebziger Jahren als Ausdruck des Fortschritts gegolten haben. Heute sieht das alles reichlich planlos, halbherzig, willkürlich aus. Die gesamte historische Neustadt Geras aus der Rokokozeit wurde 1973 für das neue »sozialistische Stadtzentrum« einfach aus dem Weg geräumt, die Straßenbahntrasse sogar umgebettet. Praktische Nutzbauten in Fertigbauweise ersetzten viele heruntergekommene Altstadthäuser, die seit dem Zweiten Weltkrieg dem Verfall preisgegeben waren.

Wenn ich heute über die Schauplätze meiner frühen Kindheit schlendere, habe ich immer noch Schwierigkeiten, mich zurechtzufinden. Als ich nach der Wende wieder in meine Heimatstadt zurückgekehrt bin, hat es eine ganze Weile gedauert, bis mir dämmerte, dass der neu errichtete Straßenzug unweit des Marktplatzes einstmals unsere kleine Familie beherbergt hat. Nur das Kopfsteinpflaster der Gasse erinnert heute noch an die Stätten meiner Kindheit. Wo ich damals aus dem Treppenhaus auf die Straße rannte, begrenzen heute rötlich schimmernde Plattenmauern das Blickfeld. Damit gibt es so gut wie keine Anhaltspunkte für die Bilder in meinem Gedächtnis. Wie ein Sinnbild erscheint es mir, dass die meisten Stätten meiner ersten

Lebensjahre heute nicht mehr existieren. Als wäre dieser Teil meines Lebens auch in der Wirklichkeit ausgelöscht.

Von der dusteren Erdgeschosswohnung meiner Großmutter oberhalb des Marktplatzes ist ebenfalls kein Stein übrig geblieben. Ihre Stube war damals unser zweites Wohnzimmer. An ihrem Tisch haben wir viele Runden »Mensch ärgere dich nicht« gespielt, während auf der Couch daneben der alte Kohlenhändler lag, mit dem sie damals ihr Leben teilte. Die aufeinandergestapelten Kohlensäcke im Hof waren unser Reich der Abenteuer. Wenn meine Mutter außer der Reihe zur Arbeit oder etwas erledigen musste, nahm Oma uns bei sich auf, solange ich zurückdenken kann.

2.

ES WAR ALSO keine außergewöhnliche Begebenheit, dass wir an diesem 7. Februar 1972 einmal wieder bei unserer Großmutter Unterschlupf fanden. Aber diesmal verging eine um die andere Stunde, und Mama blieb verschwunden. Mirko und ich schliefen ohne ihren Gutenachtkuss ein und erwachten ohne ihren Morgengruß.

Mit jedem neuen Tag ließ sich weniger übersehen: Wir waren hier nicht beherbergt, sondern ausquartiert.

Ich muss sonst ein eher lebhaftes Mädchen gewesen sein. Doch seit Mamas Verschwinden starrte ich die meiste Zeit teilnahmslos vor mich hin. Tagelang saß ich einfach da und fühlte nichts mehr. Meine Empfindungen kamen mir wie erloschen vor. Ich spürte nur Taubheit und stellte mich taub. Den Ablauf unserer Abschiebung hierher habe ich inzwischen so anschaulich vor Augen, als wäre es gestern gewesen. Doch meine Erinnerung an jenen Zwischenaufenthalt bei meiner Großmutter ist weitgehend gelöscht. Ich könnte nicht einmal sagen, womit mein Bruder sich die Zeit vertrieb, die ich apathisch auf dem Sofa verbrachte.

Aus meinem Dämmerzustand löste ich mich erst wieder, als Oma uns nach knapp einer Woche eines Morgens mit den Worten »Los Kinder, jetzt zieht euch schick an! Wir gehen in die Stadt« aus dem Bett holte. Diese Aufforderung klang verheißungsvoll in unseren Ohren, denn in die Stadt gehen hieß immer bummeln, einkaufen, Eis essen. Vielleicht würden wir ja sogar Mama wiedersehen! Selten war ich so schnell angezogen wie an diesem Morgen.

Auf dem Weg eröffnete Oma uns: »So, jetzt kommt ihr zu anderen Kindern. Mit denen könnt ihr schön spielen.« Kein Eis, keine Leckereien und vor allem kein Wiedersehen mit Mama. Stattdessen waren wir mehr als eine halbe Stunde lang unterwegs, und zwar hügelabwärts in den vornehmeren Stadtteil von Gera jenseits der Bahnunterführung. Schließlich erreichten wir eine gediegene Altbauvilla, die mich an meinen Kindergarten erinnerte. In Gera gab es noch eine Reihe stattlicher Gründerzeitbauten, und in der neuen sozialistischen Zeit beherbergten viele davon öffentliche Einrichtungen.

Komme ich jetzt in eine neue Kindergartengruppe?, fragte ich mich, als wir das Gebäude betraten. In diesem Backsteinbau herrschte jedoch kein Kommen und Gehen. Es gab auch keine Pausenbrottäschchen am Haken und keine Straßenschuhe einstiegsbereit neben der Haustür. Diese Kinder schienen hier ein Zuhause zu haben, wie in einer überaus kinderreichen Großfamilie.

An Omas Hand standen wir auf dem Linoleumboden der Eingangshalle, die mir damals riesig vorkam. Nach drei Seiten ging es von hier aus in die angrenzenden Räume. Die breite Flügeltür gegenüber vom Eingang ließ dahinter größere Säle vermuten. Der Blick reichte über zwei Etagen bis zur nussbaumfarben getäfelten Decke, an der ein Kronleuchter hing. Zur Rechten führte eine Holztreppe zu einer Balustrade um die obere Etage, die weitere Zimmer beherbergte. Die verblichene Eleganz der Villa wurde vom vielstimmigen Geräuschpegel belebt.

Kaum hatten wir die Empfangshalle betreten, entführten die anderen Kinder meinen Bruder und mich in den Garten hinter dem Haus, der für mich den Eindruck bestätigte, dass es sich bei der Villa um ein Märchenschloss handelte. Durch eine lichtdurchflutete Glastür führte der Weg über geschwungene Treppenstufen auf eine Wiese, die von Hecken umsäumt war und aus der ein pilzförmiges Klettergerüst ragte. Zur Begrüßung zeigten die Kinder uns einen echten Igel, der sich offenbar noch im Winterschlaf befand. Ein solches Prachtexemplar hatte ich nie zuvor gesehen. Vorsichtig strichen wir über sein Stachelfell.

Als wir aus dem Garten zurückkehrten, war Oma nicht mehr da. Ich solle immer schön artig sein, hatte sie mir zuvor noch eingeschärft. Ich hatte es ihr versprochen, daher vermied ich es, meinen inneren Aufruhr zu zeigen. Am Abend wird sie schon wiederkommen, beruhigte ich mich. Bis dahin ließ es sich hier wohl ganz gut aushalten. Mein Bruder war ja bei mir. Die Kinder waren zugänglich und die Betreuerinnen uns wohlgesinnt. Die Leiterin des Staatlichen Vorschulheims der Stadt Gera, Frau Heinze, nahm uns freundlich auf.

Ich fasste bald Vertrauen und fragte sie forsch: »Tante, wann kommt denn unsere Mama wieder? Holt sie uns hier ab?«

Vertraulich beugte sie sich zu mir, strich mir über die Wange und sah mich dabei mit einem Blick an, der besagte: Du musst jetzt schön tapfer sein. Ihre Worte wollten aber so gar nicht dazu passen: »Weiß nicht. Wirst sehen. Wart's ab.«

So klein ich noch war, merkte ich doch, dass sie mehr wusste, als sie uns sagen wollte. Dann unternahm ich einen letzten Versuch. »Dürfen wir morgen wieder nach Hause?«

Statt einer Antwort dirigierte die Heimleiterin meinen Bruder und mich liebevoll, aber bestimmt in den Raum, wo die anderen Kinder spielten. Mir war aber nicht nach Spielen zumute. Ich wollte so schnell wie möglich heim. Ein Seitenblick auf Mirko bestätigte mir, dass es ihm nicht anders erging.

Zum Glück nahmen sich die anderen Kinder, alle im Alter zwischen drei und sieben Jahren, unser an. Es war auffällig, dass sie ziemlich einheitlich gekleidet waren. Selbst Jungen trugen drinnen Strumpfhosen und Pullover, und die Mädchen hatten Kunstfaserschürzchen an, die sie ähnlich aussehen ließen. Sie zeigten uns den ungewöhnlich umfangreichen Spielzeugbestand, den es hier gab: Rutsche, Roller, Bälle, Springseile, Bastelsachen. Von solchen Schätzen konnten wir zu Hause nur träumen, denn über einen Bollerwagen reichte der Fuhrpark in den Familien, die ich kannte, nicht hinaus. Ein Tretroller war für die meisten Eltern unerschwinglich. So gesehen hatten wir hier ein kleines Schlaraffenland aufgetan.

Auch die acht Erzieherinnen, die meisten von ihnen noch ziemlich jung, behandelten uns freundlich, und die Versorgung war gesichert. Die Küchenfrauen, die mich gleich bei der ersten Begegnung in ihr Herz schlossen und an ihren wallenden Busen drückten, gaben mir unter der Hand einen kleinen Schluck Brause oder Kakao zu trinken – viel leckerer als der obligatorische Früchtetee. Wir aßen zu Mittag, wir schliefen, wir spielten, wir aßen zu Abend. Die Portionen waren dabei streng rationiert. Wenn die aufgetischte Stulle aufgezehrt war, gab es zu meiner Verwunderung keinen Nachschlag.

Irgendwann wurde es dunkel, und Oma war immer noch nicht da. Als wir die Treppe hochgeführt wurden und jeder im Schlafsaal ein Gitterbettchen zugewiesen bekam, war ich endgültig verwirrt. Von Übernachten war bei unserer Ankunft aber nicht die Rede gewesen. Doch jetzt gab es auf meine Fragen gar keine Auskunft mehr. Ich war froh, bei meinem Bruder bleiben zu können, und wich ihm den ganzen Abend nicht von der Seite.

Rund zwanzig Kinder – Mädchen und Jungen zusammen – teilten sich den Schlafsaal. Zum Einschlafen gab es für alle ein Märchen als Gutenachtgeschichte. Ich liebte Geschichten, aber dieser Erzählung vermochte ich, in Tränen aufgelöst, nicht zu folgen. Ich verkroch mich unter der blau-weiß karierten Einheitsdecke und fand nur schwer in den Schlaf. Erneut ein fremdes Bett. Ich wusste allmählich nicht mehr, wo ich eigentlich zu Hause war.

Am nächsten Morgen dauerte es eine Weile, bis mir einfiel, an welchem Ort ich mich befand – beiläufig abgeliefert, aber nicht wieder abgeholt. Welchen Versprechungen konnte ich noch Glauben schenken? Steckte womöglich doch ein wenig Wahrheit in dem, was die anderen Kinder später im Garten erzählten? »Deine Mama kommt nicht mehr!«, riefen sie wie zum Hohn. Neugierig, wie sie waren, hatten sie wohl von den Erzieherinnen aufgeschnappt, dass meine Mutter ihrer Freiheit beraubt worden war. Ein Drittel der Kinder hatte selbst keine Eltern mehr, die sie hier herausholen konnten. Waren sie eifersüchtig, dass mir noch eine Mutter geblieben war?

Meine aufgestaute Verzweiflung brach aus mir heraus. »Ihr lügt!«, schrie ich, laut und trotzig. »Sie hat gesagt, sie kommt wieder!« Von neuem liefen mir die Tränen übers Gesicht, ich konnte sie einfach nicht aufhalten.

Gottlob stand mir mein Bruder bei. »Lasst sie in Ruhe!«, sagte er in Beschützerpose. Mirko bewahrte mich mehr als einmal vor Angriffen und Nachstellungen. Er hat, seit ich zurückdenken kann, auf mich aufgepasst und freche Nachbarsjungen in ihre Schranken verwiesen, wenn sie mich ärgern wollten. Aber auch er konnte nicht verhindern, dass die anderen Heimkinder sich bald von meinen Heulattacken genervt fühlten. Irgendwann riefen sie mir keine Gemeinheiten mehr nach, sie wandten sich einfach ab und überließen mich mir selbst. Das war noch schlimmer. Jetzt fühlte ich mich erst richtig verlassen.

Da war ich beinahe dankbar, als ich – nach meinem Empfinden war das nur wenige Tage später – nach dem Mittagessen in das Büro der Heimleiterin gerufen wurde. Ihr Zimmer befand sich gleich links neben dem Eingang und machte einen ausgesprochen vornehmen Eindruck. Nur das Konterfei des Generalsekretärs Erich Honecker an der Wand wirkte in der großbürgerlichen Einrichtung etwas aus der Zeit gefallen. Frau Heinze stand vor ihrem Schreibtisch und forderte mich auf, das ältere Ehepaar artig zu begrüßen, das in ihrem Büro schon auf mich zu warten schien. Irgendwie hatte ich sofort das unangenehme Gefühl, zu spät zu kommen. Ich erkannte an ihren Mienen, dass die Erwachsenen längst schon alles untereinander geklärt hatten. Ich wurde überhaupt nicht gefragt und schwieg daher verstockt. Auch die beiden Besucher, die einen eher biederen Eindruck erweckten, sagten kein Wort.

Dafür redete die Heimleiterin umso mehr, und die Frau, die ihr gegenüberstand, hörte überhaupt nicht mehr auf, heftig dazu zu nicken. »Pack deine Siebensachen«, belehrte Frau Heinze mich, »deine Zahnbürste, deine Kleidchen, deinen Schlafanzug, und dann gehst du mit deinen neuen Gasteltern nach Hause.«

So viel hatte ich in der kurzen Zeit meines Aufenthalts hier bereits erfahren: Wenn fremde Leute, oft Paare, das Heim aufsuchten, wurde meistens kurz darauf eines der Kinder in das Chefzimmer gerufen. Diesmal war also die Reihe an mir.

Reflexartig fragte ich zurück: »Kommt Mirko denn nicht mit?«

Die Pädagogin sprach beruhigend auf mich ein, während die fremde Frau wieder jedes Wort nickend bestätigte. »Der bleibt erst einmal hier. Geh du doch mal gucken, wie dir dein neues Zuhause gefällt. Dort hast du deine Ruhe, und es gibt keine Kinder, die dich ärgern. Wenn es dir nicht gefällt, kannst ja wiederkommen.«

Jetzt begannen bei mir doch die Alarmglocken zu läuten: Niemals zuvor hatte ich etwas ohne meinen großen Bruder unternommen. Es gab uns gar nicht anders als im Zweierpack. Mirko war neben meiner Mutter mein engster Vertrauter, mein Schutzengel. Außerdem: Wie sollte meine Mama mich denn jetzt noch finden, wenn sie ins Heim kam, um mich abzuholen? Dieser Umzug war mir alles andere als geheuer. Aber angeblich fand er ja erst einmal zur Probe statt. Alles, was hier vor sich ging, so redete ich mir ein, war ohnehin vorübergehend, ein Provisorium – bis unser Dreierbund, mit dem ich bis heute nur glückselige Kindheitsbilder verbinde, wieder zusammenfinden würde.

3.

MEINE NEUE UNTERKUNFT schien alle finsteren Vorahnungen zu bestätigen. Das Ehepaar steuerte mit mir auf ein Schulgebäude zu und führte mich dort in seine Souterrainwohnung hinab. Die beiden waren alles andere als redselig, ein Gespräch kam daher nicht in Gang. Wegen der winterlichen Kälte waren Türen und Fenster verhängt, was die unterirdische Behausung noch dunkler machte, als sie es ohnehin schon war.

Dazu schlug mir aus diesem Kellerloch ein muffiger Gestank entgegen, der mir fast den Atem nahm. Hauptverursacher dieser Ausdünstungen waren offensichtlich zwei Pudelmischlinge, die erbärmlich aus dem Maul stanken. Auch wenn sie freudig erregt mit dem Schwanz wedelten, als sie mich sahen, ekelte ich mich vor diesen Tieren. Fauliger Mief beherrschte das gesamte Quartier, das aus einem Wohnraum mit Herd und einem Schlafzimmer bestand. Selbst die Decken und Kissen auf der Couch, die mir meine Pflegeeltern als Schlafstätte zuwiesen, verströmten einen atemraubenden Geruch. Die Liege diente sonst wohl als Hundeschlafplatz. Dass dies ihr Revier war, gaben mir die beiden Tiere auch sofort knurrend zu verstehen.

Der enge Raum war komplett mit Möbeln zugestellt, auf einem vorsintflutlichen Spültisch stapelte sich das Geschirr. Eine dunkelbraune Kommode, auf der ein Fernseher stand, schien vor Zeitungsstapeln schier überzuquellen. Um die stickige Wärme, die von dem Holz- und Kohlenherd kam, im Raum zu halten, war die Eingangstür mit einem schweren schwarzen Vorhang verdeckt, was das Quartier erst recht duster machte. Wenn man hereinkam, musste man sich erst einmal durch diese massige Schleuse kämpfen. Das ließ mir den Aufenthalt noch unheimlicher erscheinen.

Meine Pflegeeltern aber waren rührend um mich besorgt.

»Du musst furchtbaren Hunger haben«, sagte die Frau zu mir und gab mir auf mein schüchternes Nicken hin gleich eine heiße Schokolade zu trinken.

Dankbar sog ich das wohlige Wärmegefühl in mich ein.

»Komm«, schlug ihr Mann mir vor, »ich zeig dir mal unsere Schule.«

Da erst wurde mir klar, dass er wohl der zuständige Hausmeister der Polytechnischen Oberschule war. Was eine Schule ist, wusste ich bereits, weil mein Bruder ja seit kurzem Schüler war. Aber ein solches Gebäude von innen hatte ich noch nie gesehen. Mein Entdeckerdrang war geweckt, und ich ging neugierig mit.

So gruselig hatte ich mir das Ganze allerdings nicht vorgestellt. Überall in den Gängen hingen ausgestopfte Tiere. Ich kannte sie bis dahin nur in lebendiger Form, aber die seltsamen Kreaturen an den Wänden waren mausetot, und trotzdem glotzten sie mich mit ihren Glasaugen an. Im Licht der Taschenlampe des Hausmeisters verzerrten sie sich zu hohngrinsenden Fratzen. Ich zitterte, vor Kälte und Angst. Unsere Schritte hallten hohl durch die leeren Gänge, das einzige Geräusch in der Stille. In jeder dusteren Ecke konnte Unheil lauern. Der Hausmeister ging vor mir her und sperrte mit seinem dicken Schlüsselbund jede Tür auf, um einen Blick in die Klassenräume zu werfen. Dabei redete er die meiste Zeit mit sich selbst. Von meinem eigenen Bangen gepeinigt, hörte sich dieser Singsang für mich an, als müsse er sich Mut zusprechen. »Ich muss in jedem Raum nachsehen, ob alles ordentlich ist und die Fenster zu sind«, lieferte er als Erklärung für unsere Expedition nach.

Irgendwann merkte er, dass mir der Rundgang nicht ganz geheuer war, und nahm mich an die Hand. Obwohl dieser Mann mir fremd war, fühlte ich mich in seinem Griff notdürftig beschützt und ermutigt. Nickend gab ich ihm zu verstehen, dass ich ihm zuhörte. Was sollte ich sonst auch sagen? Ich kannte den Mann ja nicht.

»Gehen wir jetzt wieder zurück?«, wisperte ich schließlich zaghaft und war heilfroh, dass die schauerliche Führung endlich vorüber war.

Zurück in der heimischen Höhle, bemerkte ich erst meine

Erschöpfung, die die vielfältigen Eindrücke hinterlassen hatten. Es war inzwischen früher Abend, und ich wollte mich nur noch hinlegen und schlafen, alles vergessen, mich in meine frühere Geborgenheit zurückträumen. Nicht einmal das feindselige Knurren der Hunde und ihr Gestank hielten mich mehr vom Einschlafen ab. In meiner Müdigkeit bemerkte ich gar nicht, dass sie sich irgendwann zu mir gesellten. Vertrauter wurden sie mir dadurch allerdings nicht. Dieses Verlies soll mir künftig mein heimisches Nest ersetzen?, war mein letzter Gedanke, bevor mir die Augen zufielen.

Als ich am nächsten Morgen erwachte, eingebettet zwischen zwei schwer atmenden Hundeleibern, war es immer noch dunkel. In diesem Kellerloch schien es nie richtig hell zu werden. Dennoch durfte ich nicht ins Freie, wie mir meine Pflegeeltern eingeschärft hatten. Andere Kinder waren weit und breit nicht zu sehen, nicht einmal Schüler, denn es war Winterferienzeit und zudem Wochenende. Zum Gefühl der Verlorenheit gesellte sich bald die Langeweile. Geduldig wartete ich ab, bis sich im Schlafzimmer nebenan allmählich Leben regte. Die Hausmeisterfrau murmelte einen verschlafenen Morgengruß, während sie sich mit routinierten Handbewegungen am Küchenherd zu schaffen machte. Bei all ihrer Warmherzigkeit konnte sie mir die Spielgefährten nicht ersetzen, das war nicht zu übersehen. Inzwischen tauchte auch der frisch angezogene Hausmeister auf und begann, mit den Holzresten aus einem Weidenkorb ein Herdfeuer zu entfachen. Beißender Qualm überlagerte kurzzeitig den Hundegestank, aber bald knisterte das Feuer und machte das Raumklima behaglich.

Ich hatte gehofft, dass der neue Tag mein dusteres Domizil in einem anderen Licht erscheinen lassen würde. Aber mir war nur noch schwerer ums Herz. Wie nie zuvor vermisste ich Mama, Mirko und Oma. Meine fürsorgliche Pflegemutter legte mir zwei dicke Brotscheiben auf den Teller, die sie mit einem langen Messer abgesäbelt hatte, und stellte einen Pott Schokolade vor mir auf den Tisch. Meine Traurigkeit war ihr natürlich nicht entgangen.

»Du willst bestimmt wieder zurück, oder?«, fragte sie in die Stille hinein.

Die Antwort war klar. Ich nickte und fügte dann, wie zur Entschuldigung, hinzu: »Außerdem muss ich im Kinderheim sein, wenn meine Mama kommt, um mich abzuholen. Sonst denkt sie, ich wäre nicht artig gewesen und ausgerissen.«

Vermutlich war es weniger diese Überlegung, sondern wohl eher mein banger Gemütszustand, der den Ausschlag dafür gab, dass mich das Hausmeisterehepaar noch am selben Tag wieder im Kinderheim ablieferte. Ich fühlte mich befreit und war zudem froh, meinen Bruder wiedersehen zu dürfen. Ihm wollte ich als Erstes von meinem Ausflug in das Gruselkabinett berichten, auch um den Schrecken, der mir noch in den Knochen saß, zu vertreiben. Ich lief vor dem Hausmeisterehepaar durch den Vorgarten die kleine Treppe zum Kinderheim hoch und wartete, bis eine der Erzieherinnen die schwere Eingangstür endlich öffnete. Ungeduldig drängte ich mich durch den Spalt und rief gleich nach meinem Bruder.

Alles andere war mir in diesem Moment egal. Ich achtete nicht auf die anderen Kinder, es war mir gleichgültig, was sie sagten. Meine Kurzzeitpflegeeltern, die im Büro der Heimleiterin verschwanden, hatte ich schon beinahe aus meinem Bewusstsein getilgt. Ich wollte jetzt nur Mirko sehen: »Hallo, ich bin wieder da!«, rief ich probehalber. Keine Reaktion. Vom Atrium aus stürmte ich durch die zweiflüglige Glastür in die Aufenthaltsräume. Aber auch hier konnte ich meinen Bruder nicht finden, genauso wenig wie im gesamten Erdgeschoss und im Hof. Ich rannte die abgewinkelte Holztreppe zur oberen Etage hinauf, wo sich der Schlaf- und die Waschräume befanden, durchsuchte alle Zimmer. Vergeblich. Mirko war nicht aufzufinden.

Enttäuscht stieg ich die Treppe langsam wieder hinunter. Die erstbeste Erzieherin, die mir über den Weg lief, fragte ich nach dem Vermissten, dann nach und nach das ganze Personal. Wieder schlug mir diese merkwürdig beklommene Stimmung entgegen. Wieder gab es Ausflüchte statt Antworten:

»Weiß ich nicht«, »Hab ich gerade nicht gesehen«, »Der taucht schon wieder auf«. Niemand hatte eine eindeutige Auskunft für mich. Das konnte nichts Gutes bedeuten. Bald war es nicht mehr zu übersehen: Mein Bruder war weg!

Nun also auch er. Verschwunden, heimlich aus dem Staub gemacht. Ich hatte noch seine Worte im Ohr: »Hab keine Angst, ich bin immer bei dir!« Und schon ließ er mich ohne Abschied im Stich. Nirgends und bei niemandem konnte ich in Erfahrung bringen, wo Mirko sich momentan befand. Ich wusste nur, dass er nicht mehr da war – und ich somit allein.

Hatte ich mir bis dahin noch einen Rest an Zuversicht bewahrt, so war diese jetzt aufgebraucht. Meine Mutter hatte versprochen, bald wiederzukommen, meine Oma, bei mir zu bleiben, mein Bruder, auf mich aufzupassen. Nun hatten sie mich allesamt verlassen – die einzigen Menschen auf der Welt, zu denen ich Zutrauen empfand. Ich fühlte mich so allein wie nie zuvor in meinem Leben. Es war niemand mehr da, der mir zu erklären vermochte, was hier vor sich ging, der mir Mut zusprechen und mir Antworten auf meine vielen Fragen geben konnte.

Ich zermarterte mir den Kopf. War ich böse gewesen? Warum mieden mich alle, die mich einst liebgehabt hatten? Das passte alles nicht zusammen. Ich verstand diese Welt nicht, sie war für mich vollkommen aus den Fugen geraten. Es war nicht mehr das geborgene Zuhause meiner Kindertage, ich hatte es verloren. Jetzt war ich auch noch auf meinen Bruder böse, weil er mich im Stich gelassen hatte.

Lange hat es damals gedauert, bis mir dämmerte, dass Mirko ohne sein Einverständnis gehen musste. Es ist sogar anzunehmen, dass sein Verschwinden während meines Aufenthalts bei dem Hausmeisterpaar kein Zufall war. Im Rückblick betrachtet, wirkt mein kurzer Ausflug in das Schulgebäude wie ein gezieltes Manöver. Möglicherweise hatten die Behörden meine Pflegeeltern lediglich benutzt, um mich ohne Aufsehen von meinem Bruder trennen zu können. Bei meinen späteren Nachforschungen in den amtlichen Unterlagen fand ich nichts weiter als einen knappen Vermerk: Der erste Versuch, mich zur Pflege zu geben, sei »nicht geglückt«. Aber keinerlei Hinweis darauf, wer diese anonymen Gasteltern waren und was sie mit mir vorgehabt hatten.

4.

WÄHREND DIE MEISTEN Heimkinder sich rege am täglichen Freizeitprogramm beteiligten, puppte ich mich immer weiter ein. Mein kindlicher Ehrgeiz lag komplett brach. Ich wollte nicht mehr reden, nicht mehr spielen, am besten gar niemanden mehr sehen. Sportliche Wettkämpfe mied ich besonders, denn jede kleine Niederlage hätte meinen wunden Punkt getroffen. Lieber riskierte ich, als Spielverderberin zu gelten, statt mich vor den anderen bloßzustellen und meinen Selbstzweifeln auszuliefern.

Einmal konnte ich mich jedoch nicht entziehen und musste der Aufforderung nachkommen, im Foyer über eine umgedrehte Turnbank zu balancieren. Vor lauter Versagensangst rutschte ich prompt vom Sockel ab und schürfte mir den Knöchel auf. Viel schlimmer als die Wunde schmerzte mich das Gelächter der anderen Kinder. Eine Erzieherin mit blonden Haaren ermunterte sie geradezu, indem sie sagte: »Seht mal, wie kann man nur so dumm sein! Nicht einmal diese Babyübung kriegt sie hin!«

Erst durch spätere Nachforschungen fand ich heraus, dass dieser Balanceakt Teil eines Testprogramms war, mit dem mein Entwicklungsstand eingestuft werden sollte. Ich entsinne mich auch, dass ich damals Bauklötzchen in ein Loch bugsieren, Linien auf einem Papier nachzeichnen und Kreise ausmalen sollte. Allerdings war ich so verstört und unkonzentriert, dass ich in den Augen der Betreuer auf ganzer Linie versagte. Meine Feinmotorik sei nicht altersgemäß, fanden sie heraus, in meiner Entwicklung hinke ich den Gefährten deutlich hinterher. Sollte diese Untersuchung etwa die Notwendigkeit meines Heimaufenthalts begründen und beweisen, dass ich vorher vernachlässigt worden war? War ich erzieherischer Nachhilfe bedürftig, um mich zur erwünschten »gesunden und lebensfrohen« sozialistischen Persönlichkeit zu entfalten, wie es das Familiengesetz der DDR verlangte? Ein zweiter Test nach einem Jahr jedenfalls zeigte keine besonderen Auffälligkeiten mehr. Allerdings weigerte ich mich dieses Mal, den Balanceakt auf der umgedrehten Sitzbank zu wiederholen.

Im Verlauf des Jahres 1972 zog ich mich also immer mehr zurück und gewöhnte mir eine passive Verweigerungshaltung an. Irgendwann gaben selbst die wohlmeinenden Erzieherinnen den Versuch auf, mich zum Mitmachen zu ermuntern. Ich konnte beim besten Willen nicht verstehen, warum die anderen so viel Spaß miteinander hatten. Einige Kinder erhielten gelegentlich Besuch von Verwandten. Ich dagegen kam mir völlig vergessen vor. Mein Dasein glich einem Gefängnisaufenthalt. Sogar buchstäblich: Die Klinken an sämtlichen Außentüren waren so hoch angebracht, dass wir Kinder sie selbst dann nicht hätten erreichen können, wenn wir auf einen Stuhl geklettert wären.

Auch meine Oma ließ sich nicht mehr blicken. Damals gab es für mich keine Erklärung dafür, denn niemand verlor darüber ein Wort. Es war in jener Zeit ohnehin unüblich, Kinder in die »wichtigen« Angelegenheiten der Erwachsenenwelt einzubeziehen. Kinder galten als Objekte der Erziehung, nicht als kleine Persönlichkeiten mit eigener Empfindungswelt. Erkenntnisse der Psychologen über Verlassensängste und deren Auswirkungen auf das kindliche Seelenleben hatten für die Praxis wenig Bedeutung. In Krankenhäusern wurden selbst die jüngsten Patienten von ihren Eltern separiert, um die Behandlung möglichst »effizient« zu halten. Über die Trennung würden die Kleinen sicher bald hinwegkommen, lautete damals eine gängige Vorstellung. Kinder seien so sehr auf sich selbst bezogen, dass sie alles, was um sie herum geschehe, schnell wieder vergäßen. Eigenständige Bedürfnisse von Kindern waren seinerzeit weithin noch ein Fremdwort. Ja, viele Pädagogen befürworteten sogar, Kindern nicht zu viel Zuneigung zu schenken, um sie nicht zu »verwöhnen«. Diese Einstellung war durchaus keine Eigenart der DDR-Erziehung, sondern bis in die sechziger Jahre auch in der westlichen Welt eine gängige Ansicht. Allerdings wurde in meinem Heimatstaat manches Dogma gründlicher verfochten, und das Umdenken erfolgte auch auf diesem Sektor mit Verspätung. Hinzu kam, dass in unserem Überwachungsstaat eine allzu große Offenheit gerade vor Kinderohren generell unüblich war, da man vermeiden wollte, dass unerwünschte Wahrheiten durch Kindermund an unbefugte Mitwisser gelangen konnten.

Nach außen nahm ich meine Abschottung scheinbar gleichgültig hin. In meinem verkarsteten Innenleben dagegen verspürte ich nur eine einzige Regung: Ich will hier raus!

Eines Morgens stand wieder die verhasste Turnstunde auf dem Programm. Ausgerechnet Balancieren auf dem schmalen Fußbalken der umgedrehten Bank, jene Übung, bei der ich schon einmal abgerutscht war. Keine zehn Pferde brachten mich da noch mal hinauf! Die blonde Erzieherin, die unsere Vorschulgruppe leitete, versuchte mich erneut an meiner Ehre zu packen, wie so oft mit Hohn in der Stimme. »Komm, Katrin«, sagte sie, »du bist doch kein Krabbelkind mehr.«

Merkte sie denn nicht, wie sehr es mir widerstrebte, mich vor all den anderen zu blamieren? Ich wollte das auf keinen Fall und suchte trotzig nach Munition. In meiner Not erwiderte ich: »Mein Mama holt mich eh bald ab, da muss ich so was nicht machen.«

Die Erzieherin lachte mich nur aus, und ich spürte mit Unbehagen, wie die Stimmung im Raum sich gegen mich wendete.

»Deine Mutter kommt bestimmt nicht mehr«, verkündete sie mit schneidender Stimme, während andere Kinder feixten. »Sie ist eine Staatsverräterin, und das hat sie jetzt davon.«

Ich wusste nicht, wovon diese gemeine Frau sprach. Aber dass irgendetwas Unheilvolles meine Mama von mir fernhielt, das merkte ich sehr wohl. Tränen schossen mir in die Augen, dabei wollte ich gar nicht weinen. Ich wollte tapfer und vernünftig sein, wie ich es den Erwachsenen versprochen hatte. Um nicht mit verweinten Augen ertappt zu werden, blieb mir nur der Rückzug. Auf der Holztreppe zum Obergeschoss gab es eine Stelle, wo ich mich hinter den Streben des Geländers versteckte. Von dort konnte ich durch die Zwischenräume den Vorraum des Hauses überblicken, in der Hoffnung, nicht entdeckt zu werden. Dieses kleine Refugium war mein einziger Rückzugsort, unzählige meiner Tränen haben das Holz getränkt.

Eines Tages, als ich mich wieder mal dorthin flüchtete, folgte mir die blonde Erzieherin ein paar Schritte die Treppe hinauf. Sie wusste längst, wohin ich mich bevorzugt verzog, wenn ich allein sein wollte – und nun sah sie mein tränenüberströmtes Gesicht. Ertappt! Ich wartete wie erstarrt darauf, dass sie mich jetzt zurechtweisen und nach unten scheuchen würde, aber nichts dergleichen geschah. Sie wandte sich bloß kommentarlos um und ging wieder zu den anderen Kindern nach unten, die sich gerade zum Turnen umzogen. Für einen Moment dachte ich, dass sie mich dieses Mal in Ruhe lassen würde. Ich atmete auf und hielt sogar mit dem Weinen inne.

Doch dann hörte ich die Sätze, die mir bis heute in den Ohren klingen und jedes Mal wieder einen Stich versetzen. »Die Katrin ist eine Heulsuse«, erklärte die Betreuerin den anderen Mädchen und Jungen. »Kommt, Kinder, lasst sie uns einmal richtig laut auslachen!« Das Gelächter meiner Heimgefährten traf mich bis ins Mark.

Eine Pädagogin, die die Spottlust der ihr anvertrauten Kinder anstachelt, müsste eigentlich wissen, welche Qualen sie damit einer kleinen Seele bereitet. Das angestiftete Lachen der Kinder nahm mir beinahe die Luft zum Atmen. Nie zuvor hatte ich mich so bloßgestellt und vor aller Augen gedemütigt gefühlt. Darüber kam ich nicht hinweg. Noch am Abend im Bett weinte ich mich still in den Schlaf, während ich trostsuchend am Daumen nuckelte.

5.

DAS JAHR 1972 ging dem Ende zu, so trostlos, wie es verlaufen war. Selbst das obligatorische Weihnachtsgeschenk, das alle Mädchen im Heim erhielten, ein Kästchen mit Perlen, vermochte in mir keine rechte Freude zu wecken. Ich musste es hinterher sowieso wieder, wie sämtliche Spielsachen, der Kollektivgemeinschaft zur Verfügung stellen. Weihnachten kam mir wie ein müder Abklatsch des Lichterfestes meiner früheren Kindertage vor. In der Verklärung strahlten die Momente im Kreise meiner Lieben umso glanzvoller wider.

Es muss um diese Zeit gewesen sein, als sich eine neue Anwärterin auf meine Pflegschaft im Kinderheim meldete. Aus den verbliebenen Schriftsätzen der zuständigen Behörden geht hervor, dass die Kinder- und Jugendärztin Frau Dr. Denzer mich seit Dezember 1972 immer mal wieder am Wochenende zu Besuch bei sich aufgenommen hat. Sosehr ich auch in meinem Gedächtnis forsche, zu diesen angeblichen Aufenthalten kommen mir keine Bilder in den Sinn. Es mag sein, dass ich auch diese Phase meines Daseins aus der Erinnerung gelöscht habe. Möglicherweise wurde auch für die Akten eine Kennenlernphase fingiert, um die Frist bis zur beabsichtigten Adoptionsbewilligung zu verkürzen.

Meine persönliche Erinnerung setzt jedenfalls erst ein, als besagte Ärztin im Frühsommer 1973 in unser Kinderheim kam und mich fragte: »Hättest du nicht Lust, mit mir gemeinsam umzuziehen?« Frau Dr. Denzer war damals etwa Ende zwanzig. Mit ihrem modisch-blonden Haarschnitt und dem eleganten Kostüm wirkte sie jung, modern, unternehmungslustig und schien zudem genau zu wissen, was sie wollte. Sie war bislang in dem kleinen Ort Stadtroda, dreißig Kilometer westlich von Gera, berufstätig gewesen und zog es nach ihrer Scheidung nun vor, nach Gadebusch bei Schwerin umzusiedeln, um dort in der Kinderarztpraxis der örtlichen Poliklinik mitzuarbeiten. Ich hatte zwar keine Ahnung, was das Wort

»Umzug« wirklich bedeutet, aber nach eineinhalb Jahren Heimaufenthalt war mir alles recht, was Abwechslung versprach. Allein die Aussicht, dass sich irgendetwas ändern würde, war mir willkommen. Zum ersten Mal seit meinem zweitägigen Ausflug in die finstere Hausmeisterwohnung lag ein neues Zuhause in greifbarer Nähe. Der angebotene Ortswechsel beinhaltete für mich den Klang von Urlaub und Abenteuer. Etwa vierhundertfünfzig Kilometer Richtung Ostseeküste, das war wie eine Weltreise für mich; bis dahin hatte ich die Stadtgrenzen von Gera noch nie verlassen. Ich hatte schon beinahe vergessen, wie sich Hoffnung anfühlt. Ohne zu zögern, willigte ich in das Angebot dieser fremden Frau ein, die mir auf Anhieb sympathisch und zudem als Ärztin auch vertrauenswürdig erschien.

Heute weiß ich, dass sie als Aspirantin auf meine Adoption auch gegenüber den Behörden einen Vertrauensbonus benötigte. Wer nämlich den staatstragenden Auftrag erhielt, Kinder »im Sinne der gesellschaftlichen Anforderungen« zu erziehen, musste laut einer Richtlinie von Margot Honeckers Ministerium für Volksbildung »für die Interessen der Arbeiter- und Bauernmacht eintreten«. Die Jugend im sozialistischen Sinn zu erziehen, war ein herausragendes Staatsziel der DDR. Den Zuschlag für eine Adoption erhielten daher bevorzugt Bewerber, die eine Mitgliedschaft oder Funktion in der Partei, der Polizei, der Armee oder in einem staatswichtigen Betrieb, bevorzugt in der Volksbildung, vorweisen konnten. Wem keine ausreichende Systemtreue unterstellt wurde, der hatte kaum Aussichten, als Erzieher für die künftigen Hoffnungsträger des Arbeiter- und Bauernstaates ausgewählt zu werden.

Zunächst also musste Frau Dr. Denzer ihre Bewährungsprobe absolvieren, spätere Adoption nicht ausgeschlossen. Vorerst war sie wie eine Patentante für mich. Nach unserem Umzug im Juni 1973 tauchte gelegentlich auch ein Mann in ihrem Leben auf, wenngleich stets nur als Besucher. Möglicherweise war meine geplante Adoption ein erster Schritt auf dem Weg zu einer Kleinfamilie, mit der sich die Kinderärztin sehen lassen konnte. Neue Wohnung, neue Arbeitsstelle und dazu ein neues Kind … Derlei Hintergedanken kümmerten mich damals allerdings wenig.

Das neue Zuhause in Gadebusch erschien mir anfangs wie eine Märchenwelt. Die Siedlung aus Neubaublocks war im Rahmen der damals forcierten Wohnungsbauoffensive auf der grünen Wiese hochgezogen worden. Ich empfand Stolz, zum ersten Mal in meinem Leben in einem Fahrstuhl mit einem Kribbeln im Bauch in die Höhe zu schweben. Die Wohnung war hell, großzügig und nach damaligem Standard komfortabel eingerichtet, etwa war der Boden vollständig mit Auslegeware bedeckt. Ich durfte im Arbeitszimmer der Hausherrin über ein kleines Reich ganz für mich allein verfügen. Tagsüber wurde mein Bett in eine Couch zurückverwandelt. Schreibtisch, Schränke und Regale waren mit Büchern überhäuft. Meine neue Pflegemutter war offenbar belesen.

Frau Dr. Denzer schien sich ehrlich über meine Ankunft zu freuen, behandelte mich aufmerksam und bemühte sich zu Beginn, meine Wünsche zu berücksichtigen. Wie eine wohlmeinende Verwandte kam sie mir vor, und so nannte ich sie bald Tante. Wenn es irgend ging, vermied ich aber die direkte Anrede. Auf gar keinen Fall wollte ich in die Verlegenheit geraten, Mama oder Mutti zu ihr zu sagen. So weit sollte das neue Nestgefühl nun auch nicht gehen.

Mit am besten gefiel mir das Frühstück auf dem Balkon, der einen Blick aus der Vogelperspektive auf die umliegenden Neubauten freigab, allen voran die gerade erst eröffnete Schule gegenüber. Mit großer Anteilnahme verfolgte ich von meinem Hochsitz aus das muntere Treiben auf dem Pausenhof. Welch ein Kontrast zum Kellerloch in der Geraer Oberschule!

Was für mich jedoch ungleich wichtiger war: Gleich nebenan wohnte ein etwa gleichaltriger Junge. Endlich hatte ich wieder einen Spielgefährten. Manfred nahm mich so, wie ich war, und ich fühlte mich nicht mehr schwach und ausgeliefert. Jetzt hatte ich ja, zumindest nach außen hin, eine neue Mutter und hielt mich dadurch für weit weniger angreifbar. Bald sollte sie mich, wie mir die Erwachsenen erklärten, vollends als eigene Tochter annehmen. Ich war einverstanden, denn darin sah ich auch eine Art Revanche für den vermeintlichen Verrat meiner Mama an mir.

Wenn wir durch die Neubausiedlung bummelten, nahm mich meine neue Mutter in spe gelegentlich an die Hand. Mehr Nähe ließ ich nicht zu. Nie habe ich sie umarmt oder gar geküsst. Das wollte ich trotz allem anscheinend immer noch meiner eigenen Mama vorbehalten. Meine Pflegemutter war stets nett zu mir, trotzdem redeten wir kein einziges Mal vertraut miteinander. Ich war keineswegs schon bereit, aus meinem selbstgesponnenen Kokon zu schlüpfen.

Wenn Frau Dr. Denzer beschäftigt war, übernahm gelegentlich auch die Mutter des Nachbarsjungen meine Betreuung. Ich erinnere mich, dass sie mich einmal sogar zur nahe gelegenen Kinderarztpraxis begleitete. Mir war das sehr recht, denn so hatte ich zu der neuen Mama auch noch eine Ersatzfamilie hinzugewonnen. Mit ihrem Sohn Manfred verlor ich mich in der Welt der Kinderspiele. Unzählige Stunden verbrachten wir alleine mit »Mensch ärgere dich nicht«, und bald war ich mit ihm so vertraut wie mit einem Bruder.

Umso verblüffter und verwirrter war ich, als meine Pflegemutter eines frühen Morgens im Sommer 1973 die Wohnungstür öffnete, während ich in mein Puppenspiel vertieft war. Wer stand vor mir, als ich kurz darauf in den Flur gerufen wurde? Mein Bruder Mirko, an der Hand von Frau Dr. Denzer. Ihr Lebensgefährte hatte ihn hergebracht. Mit keinem Wort hatte sie mir diesen Besuch angekündigt. Hegte sie etwa Bedenken, dass ich eifersüchtig reagieren könnte, oder wollte sie mir eine Überraschung bereiten? Die war ihr jedenfalls gründlich gelungen.

»Mensch, Mirko«, entfuhr es mir, »da bist du ja endlich!« Ich hätte vor Freude an die Decke springen können. Mein Bruderherz, mein Blutsbruder und Beschützer; sofort spürte ich die Familienbande, denn mit ihm kehrte ein Teil meines früheren Lebens zurück. Eigentlich hätte ich ihn in die Arme schließen und an mein Herz drücken müssen.

Aber Mirko hatte sich verändert. Er hatte sichtbar einen Wachstumsschub hinter sich. Nach der langen Reise sah er müde aus. Für mich war dieser Junge nicht mehr der Bruder, der mir eineinhalb Jahre zuvor so abrupt verlorengegangen war. Statt ihn mit Fragen zu löchern, wusste ich im ersten Moment gar nicht, was ich sagen sollte. Es war, als wären wir beide mit abstoßenden Magnetfeldern gepolt. Ich brachte es nicht fertig, ihm auch nur nahe zu kommen. Vielleicht hatte ich Angst, dass dann eine neuerliche Trennung für mich wieder schmerzhaft werden könnte. Eigentlich hatte ich in der letzten Zeit gar nicht mehr an meinen Bruder gedacht. Aus den Augen, aus dem Sinn. Erst jetzt, da er vor mir stand, verspürte ich wieder den Stich, dass wir alle so auseinandergerissen waren.

Auch Mirko wirkte nicht gerade euphorisch. Er sprach weder darüber, wo er herkam, noch über das, was in ihm vorging. Aus seinen kargen Bemerkungen ging lediglich hervor, dass er mittlerweile in einem Heim für ältere Kinder untergekommen war, das sich am Ufer der Weißen Elster in Gera befand, also gar nicht so weit von meiner bisherigen Heimstätte entfernt. Ich erfuhr auch nicht, ob er inzwischen wieder Kontakt zu Mama oder Oma hatte, ob er irgendetwas von ihnen wusste. Beinahe kam es mir so vor, als hätte jemand ihm zuvor eingebleut, mir nur ja nichts zu erzählen. So scheuten wir beide davor zurück, dieses heikle Thema überhaupt nur zu berühren. Als Geschwister hatten wir uns, gegen unseren Willen, in zwei Welten begeben, die deutlich voneinander entfernt waren.

Bei näherer Betrachtung erschien Mirko mir jetzt eher als Störfaktor, als Eindringling in mein neu gewonnenes Nest. Er kümmerte sich seinerseits nicht weiter um mich und fand es großartig, dass er mit Manfred, dem Nachbarsjungen, einen Jungen vorfand, der sich als Spielkamerad anbot – obwohl Manfred doch eigentlich *mein* Freund war. Kaum hatte mein Bruder seine Jacke aufgehängt, hingen die beiden mit den Köpfen schon über dem Mühle-Spielbrett auf dem Teppichboden, wo sonst mein Platz war. Ich war abgeschrieben, hatte ausgedient. Bald kam es mir so vor, als hätte ich die ganzen Wochen zuvor lediglich als Platzhalterin fungiert, die nun gegen einen ernstzunehmenden Spielpartner ausgetauscht wird. Ich saß sprachlos daneben und sah zu, wie die beiden sich gegenseitig die Mühle-Steine abjagten. Für die ins Spiel vertieften Jungen war ich im Grunde unsichtbar. Meine Hilflosigkeit lähmte mich.

Erst als wir zum Mittagessen gerufen wurden und das Spielbrett verwaist am Boden lag, entlud sich meine aufgestaute Wut. Zornig stieß ich mit dem Fuß dagegen. Mein Bruder fuhr herum und verpasste mir eine Ohrfeige. Ich heulte laut auf. Das hätte er früher niemals getan.

Und jetzt besser auch nicht. So schnell, dass ich es kaum erfassen konnte, kam meine Pflegemutter aus der Küche geschossen und schlug Mirko mitten ins Gesicht. Sie hatte nur mitbekommen, dass er mir eine geknallt hatte, nicht warum. Ihre Ohrfeige war von solcher Wucht, dass er auf die Couch in der Ecke flog und sich auf seiner Wange bald ein dicker roter Fleck abzeichnete. Noch am selben Tag beförderte sie meinen Bruder in ihr Auto und brachte ihn wieder weg, während die Nachbarin auf mich aufpasste.

Inzwischen weiß ich aus den Akten, dass Frau Dr. Denzer damals beantragt hatte, uns nach der vorgesehenen Vorlaufzeit beide als Geschwister zu adoptieren. Damit wäre unsere Familie zumindest im Kern erhalten geblieben. Ob unser Zusammenleben bei dieser Kinderärztin auf Dauer gutgegangen wäre, vermag ich nicht zu beurteilen.

Damals fühlte ich mich auf Anhieb schuldig und machte mir große Vorwürfe. Hätte ich meine Gefühle besser im Zaum gehalten und Mirko keinen Anlass für die Backpfeife geliefert, wäre er bei mir geblieben. Nun aber sah er sich gewiss von mir aus dem Nest gedrängt. Er, der für mich immer der Beschützer war, musste sich jetzt vorkommen wie das Opfer meiner unbändigen Eifersucht. Wieso war ich so unbedacht? Ob er mir das jemals verzeihen wird?, überlegte ich damals, und diese

Sorge sollte ich nie wieder loswerden. Mein Wutanfall und dessen Folgen hatte Mirko auf Dauer aus meinem Leben torpediert.

6.

FRAU DR. DENZER BEMÜHTE sich, den Vorfall möglichst rasch vergessen zu machen. Sie war sichtlich darauf bedacht, mir ein angenehmes Zuhause zu bieten. Sogar ein Kurzurlaub stand auf dem Programm, ein paar entspannte Tage an der Ostsee, denen ich regelrecht entgegenfieberte. Doch die Vorfreude sollte mir gründlich vermiest werden.

Die Koffer standen gepackt im Wohnungsflur, als meine Pflegemutter mir auftrug, zur Stärkung vor der Abreise noch ein Glas Buttermilch zu trinken, während sie das Reisegepäck schon mal zum Auto hinuntertrug.

Wenn ich damals irgendetwas von Grund auf verabscheute, dann dieses trübe, säuerliche Getränk, und allein der Gedanke an Buttermilch verursachte mir Übelkeit. Davon abgesehen wusste sie, dass ich das Zeug nicht vertrug. Doch so viel hatte ich während meines kurzen Daseins als Pflegekind gelernt: Kinderärztin Frau Dr. Denzer hatte ihre Prinzipien, und die mussten gefälligst eingehalten werden. Da sie Buttermilch nun mal als gesund und förderlich für das heranwachsende Kind einstufte, musste das Glas auch konsequent geleert werden, und zwar bis zur Neige. Da war sie unerbittlich. Konnte ich es wissen: Nachdem sie Mirko schon wegen einer einzigen Ohrfeige wieder abgeschoben hatte, was würde mit mir geschehen, wenn ich mich nicht an ihre Anweisungen hielt? Um keinen Preis wollte ich zurück in dieses Heim, wo die boshafte blonde Erzieherin auf mich lauerte. Dann schon lieber Buttermilch.

Ich nahm also all meine ganze Überwindungskraft zusammen und schluckte das ganze große Glas mit dem weißen Zeug hinunter. Es war ekelhaft, und ich kam mir ungemein tapfer vor. Um mein vorbildliches Verhalten zu krönen, zog ich einen Hocker von dem kleinen Küchentisch vor die Spüle, um an den Wasserhahn zu gelangen, und reinigte das Glas gründlich. Anschließend rieb ich es mit einem Tuch trocken und stellte es an seinen Platz in dem modernen, weißlackierten Hängeschrank. Das Einzige, was ich in meinem Eifer außer Acht ließ, war die Säuberung des Spülbeckens. Dessen ungeachtet war ich sehr stolz auf mich.

Eifrig meldete ich Vollzug, als meine Pflegemutter zurück in die Küche kam, und freute mich schon auf das zu erwartende Lob wegen meines vorbildlichen Gehorsams. Doch als sie daran ging, die Sauberkeit des Glases zu kontrollieren, entdeckte sie einige Buttermilchflocken im Ausguss. Unvermittelt erhielt ich eine heftige Ohrfeige, ehe ich überhaupt etwas erwidern oder erklären konnte. Für meine neue Mutter schien die Beweislage eindeutig: Sie glaubte, dass ich, statt ihrem Befehl nachzukommen, die Buttermilch heimlich in die Spüle gekippt und die Spuren meines Ungehorsams verwischt hatte. Dabei meinte sie mich ertappt und mir die gerechte Strafe dafür verpasst zu haben.

Wieder tat mir die Wange weh. Wieder musste ich spüren, dass mich eine Vertrauensperson schlug, gegen alle Gewohnheit und ohne berechtigten Anlass. Wieder schossen mir die Tränen in die Augen. Meiner Richterin musste das wie ein nachträgliches Schuldeingeständnis erscheinen. Wie konnte ich ihr nur glaubhaft machen, dass ich ihrer Anweisung nicht nur Folge geleistet, sondern sie geradezu übererfüllt hatte? Eingeschüchtert versuchte ich es mit der Wahrheit. Wirklich überzeugend klang ich jedoch leider nicht.

Meine nette Pflegemutter war nicht wiederzuerkennen. Wie eine Furie schrie sie mich an. »Lüg jetzt nicht auch noch!« Dass sie mir kein Wort glaubte, schmerzte mich mehr als die Ohrfeige. Ich hatte es nur gut gemeint, wollte ihr einen Gefallen tun. Aber mein Wohlverhalten kehrte sich nur gegen mich, und leider war niemand da, der meine Beteuerungen bestätigen konnte. Für mich gab es nur eine Quintessenz: Ich musste künftig genau das machen, was sie mir vorwarf. Ich musste lügen, mich verstellen. Die Erwachsenen sollten zu hören bekommen, was sie hören wollten. Mit Aufrichtigkeit kam ich nicht weiter. In diesem Moment erwachte die Rebellin in mir.

Auf den Schuldspruch folgte zu allem Übel auch noch die denkbar bitterste Strafe, denn nun stellte die Ärztin ein weiteres, randvoll mit Buttermilch gefülltes Glas vor mich hin. Ich sollte es austrinken, unter ihrer Aufsicht. Aber das ging nun gar nicht mehr. Jeder Schluck löste einen Würgereiz aus, ich war wie blockiert, mir hatte es buchstäblich die Kehle zugeschnürt.

Ich verstummte und schwieg auch noch, als wir das Treppenhaus hinunterstiegen und unseren Reiseproviant in den Kofferraum des gelblich beigen Wartburg luden. Wortlos saß ich auf der Rückbank, während wir unser Urlaubsziel, eine kleine Finnhütte mit spitzwinkligem Strohdach, an der Ostseeküste ansteuerten.

Meine Pflegemutter betrachtete mich eine Weile im Rückspiegel, dann meinte sie nur knapp: »Du willst zurück, stimmt's?«

Da musste ich ihr recht geben. Für mich war dieses Intermezzo endgültig erledigt. Das Pflänzchen des Zutrauens, das seit unserer ersten Begegnung zaghaft heranwuchs, war mit einem Schlag zertreten. Ich wollte keine Frau zur Mutter haben, die mir kein Vertrauen entgegenbrachte. Im Grunde wollte ich gar keine andere Mutter.

Meine echte Mama gibt es ja noch irgendwo, grübelte ich während der Fahrt. Sie hätte mich niemals gezwungen, etwas wider Willen zu verzehren. Vielleicht suchte sie mich gerade? Sosehr ich es ihr anfangs nachgetragen hatte, dass sie mich im Stich gelassen hatte, sosehr sehnte ich mich jetzt nach ihr – umso mehr, als ich in meiner derzeitigen Bleibe wahre Mutterliebe vermisste. Eine tiefe innere Zerrissenheit zerrte an mir, meine Gefühle überwältigten mich. Ich hoffte, dass Mama mir mein vermeintliches Missverhalten inzwischen verziehen und sich auf die Suche nach mir begeben hatte. Um ihr die Chance zu geben, mich wiederzufinden, war ich nun sogar bereit, in das verhasste Kinderheim zurückzugehen. Lieber wollte ich der missgünstigen Heimerzieherin ausgeliefert sein als dieser unbeherrschten Ersatzmutter. Die Kinderärztin am Steuer schien meine trotzige Ablehnung mit Fassung zu tragen.

So wurde der Kurzurlaub zur Abschlussveranstaltung unseres viermonatigen Zusammenseins. Für meine Pflegemutter mag er unterhaltsam und erholsam gewesen sein, ich dagegen erinnere mich nur mit Grausen daran. Am Ferienort traf sich Frau Dr. Denzer mit einem befreundeten Ehepaar, in dessen Datsche wir Unterschlupf fanden. Vielleicht meinte sie, mir ein besonderes Erlebnis zu gönnen, als sie mich zusammen mit ihren Freunden in die Sauna mitnahm. Mir verschlug es bei der trockenen Hitze in der engen Holzkammer förmlich den Atem, und ich meinte bald zu ersticken. Der Schweiß strömte mir aus allen Poren, tropfte auf den Boden und wurde vom Holz aufgesogen. Ich hatte nur noch einen Wunsch: dem Hitzebad so schnell wie möglich zu entfliehen. Doch meine Pflegemutter ließ mich nicht vorzeitig gehen. Schließlich war nach ihrer Überzeugung ein ausgiebiger Saunagang gut für die Gesundheit. Die verbleibenden Minuten zerronnen für mich so quälend langsam wie der Sandstrahl im Glasröhrchen an der Wand.

Als ich endlich wieder frische Luft in die Lungen saugen durfte, folgte eine Qual, die noch peinigender für mich war. Mit fröhlichem Schwung sprangen meine Begleiter in das Tauchbecken, dessen gefühlte Temperatur der des Polarmeeres gleichkam. Wasser kannte ich bisher nur aus der Badewanne, aber dieses Becken war nicht nur zum Erbarmen kalt, es war auch so tief, dass ich Angst hatte unterzugehen, wenn mich die Kraft verlassen würde. Das konnten sie mit mir nicht machen!

So verweigerte ich mich der Aufforderung, es ihnen nachzutun, kategorisch. Die Erwachsenen schien mein Sträuben eher zu amüsieren. Sie neckten mich, nannten mich einen »Schisser« und bespritzten mich mit einem eiskalten Schauer.

»Komm schon«, rief meine Pflegemutter, »das ist doch nur Wasser. Du brauchst keine Angst zu haben.«

Genau das war aber das Problem. An der Hand einer vertrauten Bezugsperson hätte ich mich sicher überwunden, in das kalte, tiefe Wasser zu steigen. Aber hier traute ich niemandem. Ich verspürte kein Verlangen nach einer Mutprobe mit ungewissem Ausgang. Bemerkte denn niemand meine Angst? Mir blieb nichts anderes übrig, als zu feilschen: Wenn ich ins Wasser stieg, dann nur um den Preis, das Becken sofort wieder verlassen zu dürfen. Widerstrebend wurde mir die Bitte bewilligt.

Nach dem Kälteschock flüchtete ich auf eine Liege, rollte mich mit angezogenen Beinen in mein Handtuch und verharrte regungslos in Igelhaltung. Ich fühlte mich unverstanden und elend. Die verbleibende Zeit nach diesem Abenteuerurlaub verbrachte ich hauptsächlich im Schmollwinkel. Schließlich wusste ich sowieso, dass ich aus der schicken Plattenbauwohnung der Ärztin bald wieder ins Heim zurückkehren würde.

Bis zuletzt ließ meine Pflegemutter nicht davon ab, mich mit weiteren Zumutungen zu traktieren, die sie vermutlich als Wohltaten betrachtete. Die Medizinerin schwor auf ihre eigene Gesundheitsphilosophie. Heilsamer Ernährung etwa maß sie eine große Bedeutung zu, und in gewisser Hinsicht war sie darin sogar ihrer Zeit voraus. Allerdings neigte sie dazu, ihre Prinzipien wie Medizin zu verordnen. Sie bemühte sich nicht, mich auf schonende Weise von meinem Heil zu überzeugen, sondern ließ einfach keinen Widerspruch gelten.

Mischbrot aus Weißmehl, das ich von klein auf mit Camembert oder Leberwurst zu verzehren liebte, entsprach ihrer Ansicht nach quasi einem Anschlag auf meine Gesundheit. Stattdessen tischte sie mir mit Vorliebe Pumpernickel auf, dessen Geruch allein ich widerlich fand. Es mochte ja durchaus gesund sein, aber mir schmeckte dieses Brot einfach nicht. Auch hier kannte Frau Dr. Denzer jedoch keine Gnade. »Du isst diese Stulle jetzt auf, und zwar bis zum letzten Krümel«, hieß es mehr als einmal beim Abendbrot. Eingedenk ihrer Ohrfeige schob ich mir das Zeug trotzig in den Mund. Meinen Widerwillen konnte ich dadurch nicht überwinden. Ich musste die Brocken hinterher einfach wieder ausspucken. Bis heute habe ich meine Abneigung gegen diese Brotsorte beibehalten – durchaus zu meinem Bedauern.

Für meine Pflegemutter jedenfalls stand fest, worin das Problem bestand: Ich war offenkundig ein kompliziertes, anstrengendes Kind. Gegenüber der Jugendfürsorgerin beklagte sie, wie ich später in den Akten nachlas, »Schwierigkeiten in der Erziehung des Kindes«. So begründete sie im Herbst 1973 ihren Wunsch, mich in das Kinderheim zurückzubringen. Offenbar war ich der passionierten Kinderärztin und -psychologin nicht pflegeleicht genug. Von unserer einvernehmlichen Absprache, meinen Aufenthalt bei ihr zu beenden, findet sich keine Spur in den Akten. Auf meine körperliche Gesundheit war sie durchaus stets bedacht, meinen Gemütszustand und mein Seelenleben aber hat sie nie begriffen. Am Ende war sie mit Sicherheit erleichtert, die Belastung durch mich wieder abschütteln zu können.

7.

IM OKTOBER 1973 saß ich zum letzten Mal auf der Rückbank des Wartburgs, diesmal auf dem Weg zurück nach Gera. Während der Fahrt, die wieder einmal in befremdlichem Schweigen verlief, wurde mir dann doch etwas mulmig zumute. Wie würde mich die gefürchtete Erzieherin aufnehmen? Würde sie mir auf ihre höhnische Art zu verstehen geben, dass es sich bei mir um einen hoffnungslosen Fall handelte? Würden mich die anderen Kinder auslachen, was ich mehr als jede Ohrfeige fürchtete? Hatte meine Mama mich in der Zwischenzeit gesucht? Und nicht gefunden, da ich ja ausgeflogen war? Mein Herz schlug schneller, als Frau Dr. Denzer die Klingel der Villa drückte.

Zu meiner Überraschung bereitete die Heimleiterin mir einen warmherzigen Empfang, nachdem die Ärztin sich rasch in eher unterkühltem Tonfall verabschiedet hatte. »Mensch, Katrin«, meinte sie und drückte mich liebevoll an sich. »Das ist aber schön, dass du wieder da bist! Richtig groß bist du geworden dort oben.«

Die Küchenfrauen, die ich auf meinem ersten Erkundungsgang antraf, steckten mir sofort kleine Leckereien zu. Was aber noch wichtiger war: Die blonde Erzieherin, an die ich mit großem Unbehagen gedacht hatte, war nicht da, wenn auch nur für ein paar Tage, da sie dienstfrei hatte. Die Kinder, die schon länger im Heim waren, fanden es zu meiner Beruhigung nicht weiter ungewöhnlich, dass Ausflügler unter Umständen von ihren Aufenthalten in Pflegefamilien wieder zurückkehrten. Sie nahmen mich unbefangen wie eine »alte« Heiminsassin in ihrer Mitte auf und wollten neugierig wissen, was ich alles erlebt hatte. Damit hatte ich die Trumpfkarte in der Hand und stand als Weitgereiste im Mittelpunkt der Aufmerksamkeit. Natürlich berichtete ich nur von den Sonnenseiten meines Lebens bei Frau Dr. Denzer. Auf diese Weise vermochte ich mich ein wenig aus der Außenseiterrolle zu lösen.

Nur wenige Wochen nach meiner Ankunft wartete die nächste Überraschung auf mich, als ich erneut in das Büro der Heimleiterin gerufen wurde. Ich bereitete mich schon darauf vor, einem wartenden Ehepaar gegenüberzutreten, das ein Adoptivkind zur Vervollkommnung seines Hausstandes benötigte.

Doch die stämmige, resolute Frau mit dem knuffigen Gesicht und den schwarzgrauen Locken, auf die ich in Frau Heinzes Büro traf, kannte ich sehr gut. Es war meine Großmutter. Zum ersten Mal nach eineinhalb Jahren stand sie wieder vor mir. Mein Herz fing heftig an zu rasen. War jetzt der große Moment gekommen? Wie auf Knopfdruck war die Hoffnung wieder da, dass ich nun mit ihr nach Hause gehen durfte, wo vielleicht sogar meine Mama auf mich wartete. Aus welchem anderen Grund sollte Oma mich sonst hier besuchen? Mein dämmerartiger Zustand hatte ein Ende. Alles würde ins Lot kommen und endlich wieder so sein, wie es früher war!

Meine Großmutter nahm mich an der Hand, zog mich zu sich und sagte in ernstem Tonfall zu mir: »Katrin, komm, wir müssen mal miteinander reden.«

Das klang schon nicht mehr ganz so hoffnungsfroh. Aber dann verabschiedete sie sich von der Heimleiterin, half mir in mein rotes Mäntelchen und führte mich die Kopfsteinpflasterstraße entlang, die von der Villa in den Stadtpark ging. Um uns herum pulsierte der Alltag wie eh und je, nur dass ich ihn bisher nicht wahrgenommen hatte. Hausfrauen mit ihren Kindern warteten vor einem HO-Laden, einer Filiale der staatlichen Handelsorganisation, wie üblich mit einem mehr als dürftigen Angebot in der Auslage. An der Bushaltestelle neckten sich einige Jugendliche und zogen betont lässig an ihren Zigaretten. Die Bäume am Straßenrand trugen Kronen aus farbenfrohem Herbstlaub.

Ich war erleichtert. Aber auch irritiert, da mich diesmal niemand aufgefordert hatte, mein Köfferchen zu packen. Musste ich am Ende doch wieder zurück? Trotz ihrer Gesprächsankündigung redete Oma kein Wort mit mir. Wieder dieses betretene Schweigen der Erwachsenen, das für mich zum Inbegriff drohenden Unheils geworden war. Die Frau neben mir passte so gar nicht zu dem Bild, das ich mir von meiner Oma bewahrt hatte. Sie war mir fremd, brachte kein Lächeln zustande, sprach wenig, und wenn sie es tat, dann mit bedrückter und lebloser Stimme. Irgendetwas stimmte hier nicht. Ich spürte die unsichtbare Wand zwischen uns ganz deutlich.

Wir waren schon auf dem Rückzug zum Kinderheim, als sie sich dann doch überwand, das loszuwerden, was sie wohl schon die ganze Zeit belastete. »Du wirst Mirko und Mama nicht wiedersehen«, begann sie unvermittelt. Auf eine Begründung, warum meine Mutter nicht zurückkommen konnte und wo sie überhaupt steckte, wartete ich vergebens. »Ich selbst kann dich nicht bei mir aufnehmen, dafür bin ich zu alt«, erklärte meine Großmutter mir weiter.

Diese Sätze trafen mich wie ein Keulenhieb, sie stürzten mich von großer Hoffnung in blanke Verzweiflung. Alle Aussichten auf ein anderes Leben da draußen waren mit einem Satz zerstoben. Ich sah es schon kommen, dass ich für immer im Heim bleiben musste. Mit Trotz und diversen Tricks versuchte ich die Rückkehr zu verzögern. An jedem Baum blieb ich stehen, jede Blume nahm ich in die Hand. Ich bummelte und trödelte wie noch nie. Jeder Meter, den ich noch an der Hand meiner Oma zurücklegen durfte, erschien mir unendlich kostbar. Sie war die letzte Verbindung zu meinem alten Leben, das mir schon fast wie eine Traumwelt erschien. Sie durfte mich jetzt nicht loslassen. Ich mochte gar nicht hören, was sie gesagt hatte, wollte ihre Worte zurückspulen, auslöschen, ungeschehen machen.

»Du musst mit der nächsten Pflegefamilie mitgehen, hörst du?«, schärfte meine Großmutter mir ein, »sonst musst du für alle Zeit im Heim bleiben. Es ist die letzte Möglichkeit für dich, dort jemals wieder herauszukommen!«

In meinem Kopf drehten sich die Gedanken wie in einem Karussell, schnell, immer schneller. Was kann ich nur tun, damit Oma mich nicht wieder abschiebt in dieses Heim, das sie mir selbst wie eine dauerhafte Falle geschildert hat? Ich musste artig sein, brav, durfte gerade jetzt nicht weinen. Vielleicht war es meine allzu empfindsame Art, die Oma davon abhielt, mich in meine Familie zurückzubringen? Ich werde ein neuer Mensch, beschloss ich. Ich werde alles dafür tun. Ich werde um meine Familie kämpfen.

Schon war die Pforte des Kinderheims bedrohlich nah, die Stelle, die mich für immer von meinem früheren Leben trennen sollte. Ich sprang meine Oma an wie eine Katze, schlang meine Ärmchen um ihren Hals, klammerte mich, so fest es ging, an sie. »Oma, bitte nimm mich mit! Ich bin auch ganz lieb! Ich mache alles, was du willst, glaub mir! Ich will immer artig sein, nur lass mich bitte zu dir!« Ich hätte alles versprochen in diesem Moment, nur um weiter bei ihr bleiben zu dürfen und ihre Nähe zu spüren.

Oma hielt mich fest, damit ich nicht hinfiel, aber sie drückte mich nicht an sich. Keine Regung spürte ich bei ihr, kein einziges Wort sagte sie mehr. Ihre braunen Augen wirkten ausdruckslos. Sicher war sie versucht zu weinen, aber sie hielt die Tränen zurück. Vorsichtig versuchte sie meine Hände zu lösen.

Natürlich war sie stärker als ich. Erwachsene setzten sich immer durch. Ich konnte meinen Griff nicht mehr halten, glitt auf den harten Boden zurück, während sie am Portal des Kinderheims klingelte. Die Tür ging auf, die Heimleiterin, die offenbar Bescheid wusste, zog mich hinein. Oma schob mich buchstäblich ab. Ich konnte mich nicht einmal mehr umwenden, um ihr nachzusehen. Das Tor fiel wieder ins Schloss. Aus, vorbei. Unwiderruflich.

Aus den Augen verlieren – das ist der treffende Begriff für das verblassende Bild meiner Oma. Nach all den Jahren fällt es mir schwer, mir ihr Aussehen ins Gedächtnis zu rufen. Aber ihr Verhalten ist mir nie aus dem Sinn gegangen. Je mehr sich ihr Antlitz verflüchtigte, je greifbarer die Folgen ihrer Abwendung für mich wurden, desto unbegreiflicher erschien mir, was sie getan hatte. Wie kann eine Großmutter ihre geliebte Enkelin aus freien Stücken einer fremden Macht ausliefern?, fragte ich mich als kleines Kind und auch danach wieder und wieder. Doch ich fand keine schlüssige Antwort und keine Rechtfertigung. Ich war zutiefst enttäuscht, fühlte mich verlassen und verraten.

Trotzdem, oder gerade deswegen, wollte ich sie später, als die Mauer längst gefallen war, wiedersehen – widerwillig und neugierig zugleich. Von Verwandten erfuhr ich, dass meine Oma inzwischen nach Westdeutschland umgesiedelt war. 1976, als sie das dafür notwendige Rentenalter von sechzig Jahren erreicht hatte, hatte sie die DDR verlassen. Daher zog es sich in den neunziger Jahren einige Zeit hin, bis es mir gelang, ein Treffen mit ihr zu arrangieren. Meine Großmutter ließ mich wissen, wie sehr sie sich darauf freute. Dabei hätte ich zu diesem Zeitpunkt den Hader überwinden müssen, den ich immer noch in mir trug, seit ich mich als Kind von ihr an das Heim ausgeliefert gefühlt hatte. Dennoch wollte ich sie unbedingt sehen. Leider ist es nicht mehr dazu gekommen. Kurz vor unserem geplanten Treffen starb sie an einem Herzinfarkt – unserer Familienkrankheit. Mein Groll begleitete sie bis ins Grab.

Erst als ich viele Jahre später aus dem Schriftverkehr der Behörden die Zusammenhänge herauslesen konnte, vermochte ich posthum Abbitte bei meiner Oma zu leisten. Sie hatte es damals nicht selbst in der Hand, mich auf meinem weiteren Lebensweg zu begleiten. Anonym bleibende Gewalten hatten auf dem Amtsweg verordnet, dass ich von meinen engsten Verwandten getrennt und meiner eigenen Familie entfremdet werden müsse. Man hatte meine Großmutter und ihren Einfluss auf mich benutzt, um eine Lösung durchzusetzen, die ihr das Herz ganz sicher schwer gemacht hatte.

Ich schloss aus den überlieferten Aussagen von Frau Dr. Denzer, dass ich mit meiner Verweigerungshaltung bei den zuständigen Stellen als eher störrisches Problemkind galt, das sich immer noch zu sehr an sein früheres Leben klammerte. Mit dem Kurzbesuch meiner Großmutter im Heim sollte offenbar mit Macht ein Schlussstrich gezogen werden, um mich auf eine vorbestimmte Lebensbahn zu leiten. Mein Klammergriff musste ein für alle Mal gelöst werden, und das konnte nur jemandem gelingen, dem ich noch ein Mindestmaß an Vertrauen entgegenbrachte.

Heute begreife ich, wie viel Überwindung es die alte Frau damals gekostet haben mag, mir ihre Botschaft zu überbringen. Ihre ganze Liebe und Gefühlsnähe musste sie verborgen halten, um mir den Abschied nicht noch schwerer zu machen. Ich weiß, wie sehr sie an meinem Bruder und mir hing.

Ich habe nie im Detail erfahren, wie die Behörden meine Großmutter dazu gebracht haben, diese schwierige Mission auf sich zu nehmen. Weil sie nach Aktenlage damals noch in Kontakt zu Mirko stand, könnte es sein, dass man ihr gedroht hat, ihr auch noch den anderen Enkel zu entziehen, wenn sie nicht bereit wäre, mich zur Läuterung zu bewegen. Da meine Oma zudem Parteimitglied der SED war, lag es ihr vermutlich sowieso fern, an den Entscheidungen und Verfügungen der Staatsgewalt zu zweifeln. Vielleicht hat sie sich auch in die unvermeidlichen Sachzwänge gefügt und eingesehen, dass sie wenigstens dazu beitragen müsse, mich vor einer Heimkarriere zu bewahren.

Im Rückblick bin ich ihr dafür sogar dankbar. Aus heutiger Sicht erscheint es mir als das Beste, was sie unter den damaligen Umständen für mich tun konnte. Ich weiß sehr wohl zu schätzen, welche Odyssee durch Heime, Betreuungsanstalten und wer weiß welche geschlossenen Einrichtungen noch mir durch die Abkehr von meiner Trotzhaltung erspart geblieben ist. Deshalb empfinde ich auch großes Mitgefühl für meine Oma, der die Behörden eine erhebliche Selbstverleugnung abverlangt haben. Ich konnte es ihr leider nicht mehr sagen.

Damals jedoch erschien es mir unfassbar, wie meine engste verbliebene Verwandte mich so unbarmherzig abservieren konnte. Das Treffen mit meiner Oma war einer jener Wendepunkte, die sich derart in mein Gemüt gebrannt haben, dass ich nur unter Tränen daran zurückdenken kann. Alles um mich herum war dunkel an diesem Oktobertag im Jahr 1973. Nun hatten sie mich alle im Stich gelassen. Erst Mama, dann Mirko, und nun hatte sich auch noch Oma aus meiner Sicht davongeschlichen – und mit ihnen meine Kindheit, mein Lachen, die Spiele, die Erziehung. Alles, was mir meine Mutter einmal als richtig beigebracht hatte: Ehrlichkeit, Liebe, Vertrauen. Ich fühlte mich leer.

Außerdem war ich es so leid, denn jetzt fing die Heulerei wieder an. So schnell ich konnte, stürmte ich die Treppe hoch und verschanzte mich in meinem Schmollwinkel hinter den Geländerpfosten. Hier oben gab es kein Halten mehr. Ich weinte heftiger als jemals zuvor.

Irgendwann hielt die Heimleiterin Ausschau nach mir. Vorsichtig stieg sie die Treppe hoch und näherte sich mir wie einem störrischen Tier, das man wieder einzufangen versucht. Merkte sie denn nicht, dass ich jetzt niemanden um mich brauchen konnte, dem ich mein verweintes Gesicht offenbaren musste und der mir doch keinen Trost spenden konnte? Die Direktorin nahm mich in den Arm, ich fühlte mich aber nicht gehalten, sondern umklammert. Lasst mich doch einfach in Ruhe!, hätte ich am liebsten gerufen. Mir war in diesem Moment wohl nichts recht zu machen. Ich sehnte mich nach Nähe, und zugleich wies ich sie zurück. Sie sprach beruhigend auf mich ein, aber das half mir auch nicht weiter.

Immer wieder war meine Hoffnung aufgeflammt, dass sich Mama mit mir versöhnen und mich hier herausholen würde oder dass zumindest Oma mich zu sich nehmen könnte. Unzählige Wochen und Monate hatte ich damit zugebracht, zu warten, zu bangen und zu hoffen. Und nun sollte jede Hoffnung zunichte sein? War denn alles vergebens? Ich hatte versucht, mit meiner Angst vor der Außenwelt fertig zu werden. Immer wieder von neuem hatte ich mich aufgerappelt, um irgendwie auf meinen eigenen Beinen zu stehen. Doch nun schienen alle Stützen weggebrochen, in einem einzigen Augenblick. Eine Tür, die sich schloss, und das Machtwort war gesprochen, das Urteil über mich gefällt.

Es klingelte, Frau Heinze wurde ans Telefon gerufen. Obwohl ich ein wenig schmollte, dass alles andere für sie wieder mal wichtiger war als mein Kummer, war es mir gerade recht, endlich meine Ruhe zu haben. Konnte ich denn nicht wenigstens zum Weinen ganz für mich alleine sein?

Genau in dem Moment erblickte ich durch die Geländerstreben die blonde Erzieherin und hörte ihren munteren Appell. »Kommt Kinder«, rief sie in falscher Fröhlichkeit in die versammelte Runde, »lasst uns lustig sein. *Wir* wenigstens wollen unseren Spaß haben.« Mehr nicht.

Mehr musste sie aber auch gar nicht sagen. Der Schlag hatte gesessen, zielsicher, er traf mich heftiger als jede Backpfeife. »Heulsuse, Heulsuse!«, flüsterte es, zischelte es, dröhnte es in meinem Schädel. Ging denn nun alles wieder von vorne los?

Das gleiche Programm wie im letzten Jahr, vor meinem Intermezzo an der Ostsee? Die Stänkereien, das Bloßstellen, die Demütigungen?

In jenem Moment fasste ich einen Entschluss: Von jetzt an würde ich nie wieder weinen, mein ganzes Leben lang nicht. Ihr sollt mich nicht mehr schwach und leidend sehen, schwor ich mir. Ihr sollt keinen einzigen Anlass bekommen, mich zu schmähen und über mich herzuziehen. Ich trainiere mir meine Gefühle weg, dämme die Tränen. Sie sollen zurückfließen, in mich hinein. So bald werde ich niemandem mehr Einblick in mein Seelenleben gewähren, nahm ich mir vor. Alle logen sie mich an, mit ihrem geheuchelten Verständnis. Warum sollte ich dann aufrichtig sein und ihnen mein wahres Ich zeigen?

Meine Panik kehrte sich nach innen. Nach außen blieb ich verschlossen. Es kam mir vor, als müsste ich zu Salz trocknen, zu Stein erstarren, aber ich wollte mir um keinen Preis etwas anmerken lassen. In der Tat, es gelang mir. Ich stemmte mich hoch und fühlte mich sogleich wie ein anderer Mensch. Keine Heulsuse mehr, sondern eine kleine Kämpferin.

Mein Vorsatz sollte halten, lange Zeit sogar. Ich gewöhnte es mir tatsächlich ab, zu weinen. Sobald ich die Tränen aufsteigen spürte, schluckte ich sie hinunter. Ich schluckte alles in mich hinein, ließ nicht mehr zu, dass es aus mir herausbrach. Wenn mich doch mal die Emotionen zu packen drohten, dann achtete ich darauf, allein und unbeobachtet zu sein. Tränen kullerten höchstens im stillen Kämmerchen. Nur wenn die blanke Wut mich überkam, und das geschah besonders dann, wenn ich Unrecht empfand, konnte ich mich meistens nicht mehr beherrschen. Dann konnte es immer noch passieren, dass ich losheulen musste – und mich gleichzeitig vor mir selbst schämte.

Die Erfahrung von Angst und Verlust hatte aus dem aufgeschlossenen, zutraulichen Mädchen, das ich einmal war, eine introvertierte Einzelgängerin gemacht. Wenn Musik aus dem Radio tönte, hatte ich als kleines Mädchen wohl gleich zu tanzen angefangen. Manchmal soll ich sogar laut und falsch mitgekräht haben. Angeblich war ich früher sehr aufgeweckt und interessierte mich für alles, was mir ins Sichtfeld geriet. Ich war wohl eher munter und suchte zugleich stets die Nähe meiner Mutter. Ich muss ihr geradezu Löcher in den Bauch gefragt haben. Das klingt wie die Beschreibung eines anderen Wesens. Irgendwann muss sich das jedoch verflüchtigt haben. Im Kinderheim jedenfalls kümmerte es mich kaum noch, was um mich herum geschah.

Ich kann mich nicht mehr erinnern, wie ich an jenem Tag zur Ruhe fand. Möglicherweise gaben sie mir auch Beruhigungsmittel. Viele Jahre später erfuhr ich, dass Medikamente, um verhaltensauffällige Kinder ruhigzustellen, durchaus zur Grundausstattung der Hausapotheke von Kinderheimen in der DDR gehörten.

Dafür ist mir der Moment, als ich wieder erwachte, sehr wohl noch gegenwärtig: Ich spürte kein einziges Gefühl mehr in mir drin. Als hätte ich über Nacht alle Emotionen verloren. Sobald mir jemand etwas Gutes tun wollte, sprang mein inneres Alarmsystem an. Jegliche Form von Zuneigung forderte sofort mein Misstrauen heraus. Lieb gemeinte Worte hielt ich grundsätzlich erst einmal für Lügen. Mein Selbstwertgefühl war nachhaltig beschädigt. Die Außenwelt, ob sie mir wohlgesinnt oder hinterhältig begegnete, war Feindesland. Ich war allein und musste mich behaupten. Ich war vom Selbstmitleid zum Angriff übergegangen.

Mehr denn je mied ich meine Mitbewohner. Aufgrund meiner Enttäuschung steigerte ich mich in die Vorstellung hinein, dass nur die Küchenfrauen unverstellt lieb zu mir waren. Sie strichen mir übers Haar, flüsterten mir aufmunternde Worte zu und schienen sie auch tatsächlich so zu meinen. Ich bildete mir damals ein, dass diese Frauen neben der Heimleiterin die einzigen Menschen seien, die mich so nahmen, wie ich war. Im Übrigen verdächtigte ich sämtliche Mitmenschen, die etwas behaupteten und das Gegenteil taten, pauschal als Lügner. Mit solchen Falschspielern wollte ich meine Freizeit nicht verschwenden. Aber Ruhe fand ich auch im Rückzug nicht.

Mein Schlupfwinkel auf der Treppe wurde für mich zum Daueraufenthaltsort. »Katrin *will* ja nicht mitspielen«, verkündete die blonde Erzieherin, bissig wie eh und je, stets vor den anderen Kindern und immer gerade so laut, dass ich es in meinem Versteck hören konnte. »Die brauchen wir erst gar nicht zu fragen!«

In der Tat kam bald niemand mehr auf die Idee, mich zum Mitmachen zu animieren, wenn die anderen ihre Turnsachen anzogen oder sich im Hof zum Versteckspiel versammelten. Höchstens in die Bastelstube wagte ich mich gelegentlich, denn dort konnte ich alleine vor mich hin werkeln. Mit Hingabe beschäftigte ich mich damit, meine Weihnachtsperlen auf dem Deckel einer Blechdose zu einem kleinen Kunstwerk zusammenzufügen.

Natürlich war ich immer neugierig, was meine Gefährten unternahmen, und hätte darauf gebrannt, in ihre gesellige Runde Aufnahme zu finden. Aber mein Misstrauen war am Ende immer größer. Es ist bezeichnend, dass mir heute kein Name, kein einziges Gesicht mehr zu den Kindern einfällt, mit denen ich über eineinhalb Jahre meines Lebens Tag für Tag verbracht habe. Meine Erinnerung daran ist wie getilgt. Ich hatte keine beste Freundin und vermochte mich mit keinem der Kinder über einen flüchtigen Kontakt hinaus anzufreunden.

Statt mein Los etwas zu lindern, schien die mir missgünstige Erzieherin gewillt, mir das Heimdasein noch zu erschweren. Wenn ich ihr Widerworte gab, war stets *ich* diejenige, die mit inneren Verletzungen die Arena verließ. In psychologischer Kriegsführung war sie nun mal eine Meisterin.

»Deine Mutter«, raunte sie mir einmal zu, »sitzt zu Recht im Gefängnis! Dort sind die bösen Menschen eingesperrt, und das ist sie auch.«

Schon hatte sie meinen wunden Punkt getroffen. Ich rief nicht mehr, ich schrie aus voller Seele: »Nein, du lügst! Meine Mama ist nicht böse!«

Meine innere Stimme konnte ich damit allerdings nicht

übertönen. Der Keim des Zweifels war gesät. Wenn meine Mutter wirklich eingesperrt war, hatte das am Ende vielleicht etwas mit mir zu tun? Sie war ja keine Verbrecherin, das wusste ich. War ich etwa schuld, dass sie im Gefängnis saß? Welche Bosheiten hatte ich angerichtet? Ich fühlte Reue, grundlos.

Gera, Oktober 2007

Ich weiß nicht, wie oft ich schon achtlos an diesem Funktionsbau vorübergegangen bin. Zwei Jahre lang habe ich direkt im Nachbarhaus gewohnt, nachdem ich im Jahr 2003 mit meiner fünfzehnjährigen Tochter und meinem dreizehnjährigen Sohn nach Gera zurückgekehrt war. Die rauhverputzte graue Fassade hatte ich stets vor Augen, doch nie habe ich einen Gedanken daran verschwendet, was dahinter vor sich gehen mag. Zu sehr war ich damit beschäftigt, mein Leben in neue Bahnen zu lenken. Mit dem Umzug aus Berlin, wo ich mit meinem geschiedenen Mann, dem Vater der Kinder, auch mein früheres Dasein zurückließ, erhoffte ich mir einen Neubeginn in der vertrauten Heimatstadt. Doch gehandicapt durch meine angeborene Herzschwäche und vor kurzem erst an der Heilpraktikerprüfung gescheitert, habe ich in Gera bislang weder beruflich noch privat so recht Fuß gefasst. Hier, hinter der Fassade der Kinder- und Jugendhilfe in der Gagarinstraße 68, hoffe ich jetzt, im Oktober 2007, erstmals den Schlüssel zu meinem Schicksal und den daraus resultierenden Problemen zu finden. Die seit Jahrzehnten vor sich hin gilbenden Akten aus dem Register des Jugendamtes Gera könnten nämlich mein Lebensrätsel lösen.

Ich fröstle, mir ist beklommen zumute. Voller Zuversicht habe ich mich auf den Weg hierher gemacht, noch in der Straßenbahn habe ich keine Sekunde an meinem Vorhaben gezweifelt. Aber unmittelbar vor dem Portal bin ich drauf und dran, einfach umzukehren. Sollen sie doch weiterhin dort ruhen, die Geister der Vergangenheit. Nein, Katrin, ermahne ich mich, du musst diese Schwelle jetzt überwinden, viel zu lange hast du sie schon gemieden. Du musst dich endlich deiner Vorgeschichte stellen.

Ich gebe mir einen Ruck, erklimme die vier Stufen zur Loge des Pförtners und frage ihn nach der richtigen Anlaufstelle. Während ich linker Hand die Amtstreppe nach oben steige, spüre ich abwechselnd Verzagtheit und Mut. Meine Anspannung steigt mit jeder Treppenstufe. Die Beine werden mir schwer, als müsste ich einen unendlich steilen Berg besteigen. Was ist, wenn die Dokumente eine ganz andere Geschichte erzählen, als ich sie mir in meiner Erinnerung zusammengereimt habe? Was könnte es für mich bedeuten, wenn durch die Akten ans Tageslicht käme, dass ich meiner Mama gar nicht unter Zwang entrissen worden bin? Dass sie mich damals am Ende selbst der staatlichen Kinderbetreuung ausgeliefert hat? Wie tragfähig ist das Konstrukt, das ich mir zurechtgezimmert habe? Darf ich mich auf mein Gefühl verlassen oder auf die bruchstückhaften Erklärungen, die ich im Lauf der Jahre erhalten habe?

Bevor ich anklopfe, zwinge ich mich zur Ruhe. Es kommt sowieso, wie es kommen muss. Ich beschließe, die Wahrheit so hinzunehmen, wie ich sie vorfinde. Frau Schwan, die Sachbearbeiterin der Jugendhilfe, empfängt mich gleich an der Tür. Mit ihrer gepflegten Erscheinung und ihrer ruhigen Art ist sie mir auf Anhieb sympathisch. Vor allem aber: Ihre Stimme am Telefon hat nicht getäuscht. Sie ist höchstens Mitte dreißig und war somit zu DDR-Zeiten noch nicht im Amt. Das beruhigt mich am meisten. Die größte Angst hatte ich davor, womöglich einer früheren Funktionsträgerin jenes Regimes gegenüberzustehen, das meinen Lebenslauf derart nachhaltig beeinflusst hat.

So fühle ich mich bestärkt, der Beamtin zu schildern, was mich bewegt: dass ich nach meiner eigenen Kindheit suche. Je deutlicher sie erkennt, wie sorgfältig ich mich vorbereitet habe, desto zugänglicher wirkt sie auf mich. Offenbar beginnt sie bereits, meine Schilderungen gegen die Aussagekraft der beiden Aktenkonvolute abzuwägen, die vor ihr auf dem Schreibtisch liegen. Im dickeren Ordner sind die Kinderschicksale von meinem

Bruder und mir gebündelt, die dünnere Mappe enthält ausschließlich meinen Fall.

Ich bin nicht befugt, die holzhaltigen Papiere aus der Fertigung eines »volkseigenen Betriebs« (VEB) selbst durchzulesen oder gar Kopien zu erhalten. Datenschutz, Persönlichkeitsrechte … Vorschriften eben. »Kontrollierte Akteneinsicht«, nennt die Bürokratie diese Abschirmung der Opfer von ihrem eigenen Fall. So wird aus der Akteneinsicht eine Vorlesestunde. Während die Sachbearbeiterin die für mich statthaften Passagen aus den Unterlagen rezitiert, notiere ich so viele Einzelheiten wie nur möglich in das mitgebrachte Büchlein. Auch einen Thermosbecher mit Kaffee habe ich vorsorglich eingepackt, aber den habe ich vor Aufregung schon auf dem Weg hierher leer getrunken.

Ich vernehme die Adressen der Stationen meiner Kindheit, die Namen meiner Bezugspersonen, die unzähligen »sozialistischen Grüße«. Mit einem Mal, als würde sich eine verborgene Tür auftun, sehe ich alles wieder vor mir. Die Amtsformeln, mein Mädchenname und die dürren Daten meines Kinderdaseins wirken nun wie ein »Sesam öffne dich« auf mich.

Plötzlich habe ich sogar die mir missgünstige Erzieherin wieder bildscharf vor Augen, die ich erfolgreich aus meinem Bewusstsein getilgt hatte. Sie war eine sehr hübsche junge Frau, deren blondes Haar ihren Reiz noch unterstrich. Gegenüber den anderen Heimkindern verhielt sie sich zwar streng, aber nicht ungerecht. Mich dagegen hatte sie, so kam es mir jedenfalls vor, unentwegt auf dem Kieker.

»Jetzt weiß ich endlich«, sinniere ich vor mich hin, »warum ich eine so tief sitzende Abneigung gegen blonde Frauen hege.«

Ich denke in dem Moment gar nicht daran, dass ich meinem dunkelblonden Gegenüber mit dieser Bemerkung zu nahe treten könnte. Zu sehr beschäftigt mich der Zusammenhang, der mir gerade aufgegangen ist: Tatsächlich lösen Blondinen, besonders wenn sie gefärbte Haare haben und machtvolle Positionen bekleiden, bei mir einen unwillkürlichen Abwehrreflex aus. Dabei weiß ich nur zu gut, dass die Haarfarbe in keinem Zusammen-

hang mit dem Charakter steht und ich den blondhaarigen Frauen damit unrecht tue.

Während ich in der Amtsstube sitze, dämmert mir, woher dieser unsinnige Vorbehalt rühren könnte. Der Schmerz, den die Erzieherin mir damals zugefügt hat, sitzt offenbar so tief, dass Frauen mir suspekt geblieben sind, die ihr ähnlich erscheinen – selbst heute noch, obwohl ich ihr damaliges Alter inzwischen selbst überschritten haben dürfte.

Warum hat sie mir damals so zugesetzt? Hatte sie wirklich keine Vorstellung davon, was in einem kleinen Mädchen vor sich geht, das in nur wenigen Tagen alle Familienbindungen verloren hat? Oder betrachtete sie getreu der offiziellen Propaganda meine Mutter als Verräterin und Feindin der Republik, die ihr fatales Erbe an ihre kleine Tochter übertragen hat? War ich in ihren Augen etwa schon eine Staatsverräterin im Kleinformat? Ich kann mich nicht erinnern, dass diese Frau jemals anders als abfällig über meine Mutter sprach, obwohl sie sie nie persönlich kennengelernt hat.

Ich muss die Sachbearbeiterin verwirrt angesehen haben, denn sie bedenkt mich mit einem fragenden Blick. Natürlich hat sie keine Antwort auf die Fragen, die aus den Tiefen meiner Kindheit in mein Bewusstsein aufsteigen. Und die Erzieherin, die all das wissen müsste, werde ich wohl niemals wiedersehen und sie daher auch nicht nach ihren Beweggründen fragen können.

8.

INZWISCHEN WAR ES für mich ein geläufiges Ritual. Die Ferien zum Jahreswechsel, wie die Weihnachtspause auf DDR-Deutsch offiziell hieß, hatten 1973 gerade begonnen. Noch zwei Tage bis zum Fest der Liebe: für mich nichts weiter als die Aussicht, wieder einmal dem tristen Zeremoniell im Heim beizuwohnen. Dessen Krönung würde das Einheitsgeschenk für all jene Kinder sein, die keinen Familienanschluss hatten. Wie verheißungsvoll!

Daher kam mir in der Vorweihnachtszeit der Aufruf, mich wieder einmal im Büro der Heimleiterin einzufinden, gerade recht. Die Chance, meiner Verwahranstalt zu entkommen, musste ich einfach ergreifen. Es war meine letzte. Die Ermahnung meiner Oma, bei fortgesetztem Widerstreben auf Dauer unter staatlicher Aufsicht zu bleiben, hatte ich noch allzu deutlich im Ohr. Torschlusspanik verfolgte mich.

Im Büro der Heimleiterin wartete an diesem Morgen ein Ehepaar auf mich. Die Besucher, beide Anfang bis Mitte dreißig, sahen gut aus, sie wirkten auf den ersten Blick sympathisch und aufgeschlossen. Der Mann, Klaus, wie seine Frau ihn nannte, war groß, schlank, hatte schwarzes Haar und trug modische Kleidung. Spontan strich er mir mit der Hand über die Wange, was mich gleich für ihn einnahm, denn diese Geste war mir noch von meiner Mutter vertraut. Auch er schien von mir angetan.

Die Frau hatte ebenfalls eine sportliche Figur, dunkelblonde Haare und einen Pagenschnitt. Sie wirkte jugendlich und war auffallend elegant gekleidet. Dabei machte sie allerdings keinen aufgetakelten Eindruck, sie vertraute wohl auf ihre natürliche Ausstrahlung. Die sonst übliche Eignungsprüfung, die Fragen, die abschätzende Betrachtung, all das entfiel dieses Mal. Die Entscheidung für mich war offenkundig bereits gefallen.

»Na, Katrin«, sagte der Mann in aufmunterndem Tonfall zu mir, »kommste mit zu uns?«

Ich erkannte die Gunst der Stunde, die Chance auf ein glücklicheres Dasein sofort und nickte strahlend.

Frau Heinze ermahnte mich – mit unmissverständlichem Unterton: »Das ist unser letzter Versuch!« Um auch jeden Zweifel auszuräumen, dass es sich bei mir um einen besonders hoffnungslosen Fall handelte, fügte sie, an meine neue Mutti gewandt, hinzu: »Wenn jemand die Katrin zu greifen kriegt, dann bist du das, Christel!« Sie sagte »du« wie »Genossin«.

Die Hintergründe sollten mir erst später klarwerden: Beide Frauen kannten sich wohl aus der Partei, der Sozialistischen Einheitspartei Deutschlands (SED). Als Lehrerin brachte meine künftige Ersatzmutti den fünften bis zehnten Klassen an der Polytechnischen Oberschule Bruno Kühn Russisch bei und war zudem ausgebildete Sportpädagogin. Allerdings hielt ihre bedeutsame Aufgabe als Parteisekretärin sie vom Unterricht weitgehend fern. In dieser Funktion vertrat sie die Interessen jener Massenorganisation, die nach eigenem Selbstverständnis der »Motor für die schrittweise Umformung« der Gesellschaft war und sich »immer im Recht« wähnte. Die SED war der Staat im Staate, sie lenkte, überwachte und siebte aus. Die Partei entschied über die grundlegenden Gesetze, über Bildungschancen, Berufswege, Aufstieg und Scheitern, Wohl und Wehe der Werktätigen und in äußerster Konsequenz sogar über Leben oder Tod.

Wer das rote Mitgliedsbuch mit dem Signet aus Hammer und Zirkel auf der Vorderseite besaß – und das waren in jenen Jahren bis zu drei Millionen Genossen –, durfte sich einer Elite zugehörig fühlen. Kaum ein Entscheidungsträger in Verwaltung, Wirtschaft oder Militär, von der Heimleiterin bis zum Chef des Kombinats, vermochte ohne den Segen der Partei an seine Position zu gelangen. Der SED-Mitgliedsausweis fungierte als eine Art Gütesiegel, das ideologische Festigkeit und linientreue Zuverlässigkeit garantierte.

Als Lehrerin mit Parteiamt war die Bewerberin um meine Adoption somit geradezu prädestiniert. Wenn es *ihr* nicht gelingen sollte, mich aus meinem Schmollwinkel herauszuholen, meine zeitweilige Widerborstigkeit zu zähmen und die Tochter einer rebellischen Staatsgegnerin in die sozialistische Gemeinschaft zu integrieren, wem dann? Bald war erkennbar: Die Pädagogin wich keiner Herausforderung aus. Ihr beruflicher Ehrgeiz, ihr erzieherisches Pflichtgefühl waren erwacht. Nicht Sozialpädagogik war das Ziel, das die Partei für Adoptionen vorgab, man hatte anderes mit mir vor: Ich sollte einmal als Kader der Elite des sozialistischen Staates angehören. Wie ich viel später in einem Schriftstück las, verpflichteten sich meine neuen Eltern demnach, mich so zu erziehen, »wie es unser Staat von uns erwartet«.

Diese Zusammenhänge durchblickte ich in jenem Moment natürlich noch nicht. Wenn mir damals jemand eine Alternativlösung eröffnet hätte, vielleicht sogar die, meinen Bruder wiederzusehen, dann hätte ich mich wohl gesträubt, mit dem fremden Paar mitzugehen. Zu jener Zeit befand ich mich aber in einem Zustand, in dem ich vermutlich selbst einem Kameltreiber in die Wüste Gobi gefolgt wäre, wenn er mir nur einen Ausweg aus meinem tristen Kinderheimdasein versprochen hätte.

Also stimmte ich abermals bereitwillig zu, als die Direktorin mich mit einem Seitenblick auf das Ehepaar fragte: »Möchtest du mit den beiden mitgehen? Gefallen sie dir?«

Ich nickte. Ja, sie gefielen mir. Sie waren nett, aber nicht zu bestimmend. Sie schienen zu wissen, was sie wollten, und wirkten überzeugt von dem, was sie vorhatten. Es war spürbar nicht nur ein Auftrag der Partei, dem sie folgten. Sie wollten ein Kind, und sie wollten mich. Freudestrahlend verließ ich das Büro.

Wenn ich heute an jenen Moment zurückdenke, kommt es mir vor, als hätte ich damals auch eine willkommene Gelegenheit erblickt, es meiner leiblichen Mutter so richtig heimzuzahlen. Wenn sie Jahr um Tag einfach nicht kam, um mich aus dieser Anstalt herauszuholen, dann wollte ich hier auch nicht bis in alle Ewigkeit vergeblich auf sie warten. Das hatte sie nun davon.

Gerade einmal zehn Minuten blieben mir, um mein Heimdasein abzuschließen. Die wenigen Habseligkeiten, die ich besaß, landeten in meinem kleinen Kinderkoffer, die letzten Relikte aus einer verschwommenen Vorzeit. Die Treppe, stiller Winkel für meine Verzweiflung und meine Tränen, stieg ich diesmal mit erhobenem Haupt hinab. Hoffnungsfroh durfte ich Erwachsenenhände ergreifen, zur Rechten meinen neuen Vater, zur Linken meine neue Mutter. Für jeden ersichtlich, stand mir zur Seite, was die anderen Heimbewohner entbehren mussten: Eltern. Ich fühlte mich wieder komplett, eingefügt in die Dreisamkeit. So selig war ich selten gewesen.

Allein die blonde Erzieherin brachte es fertig, mir den Abgang zu vermiesen. »Denk dran«, zischte sie mir im Vorbeigehen zu, »wenn du wiederkommst, dann bleibste für immer hier!«

Die Fahrt im Trabant meiner neuen Gastfamilie dauerte nicht einmal eine Viertelstunde. Und doch war es für mich die Reise in eine andere Welt. Die Ankunft in meinem neuen Leben erschien mir wie ein unerwartetes und beinahe unwirkliches Weihnachtsgeschenk. Das Haus, das die Familie im Geraer Stadtteil Langenberg bewohnte, war geräumiger als jede Privatwohnung, die ich bis dahin betreten hatte. Mein künftiges Zuhause war idyllisch in einen Hang gebaut, der oberhalb der Siedlung von einem Wald begrenzt war. Die Doppelhaushälfte aus den dreißiger Jahren verfügte mit Keller und einem Geschoss unter dem roten Ziegeldach über insgesamt vier Etagen und – besonders erfreulich für Kinder – einen eigenen Garten sowie einen asphaltierten Hof. Hinter dem Haus auf dem Rasen, der von einem schneebedeckten Gemüsebeet, Obstbäumen und Sträuchern umsäumt war, stand ein Gestell zum Teppichklopfen, an das im Sommer eine Schaukel oder sogar eine Hängematte angebracht werden konnte. Viele Stunden sollte ich künftig dort verleben, so viel Freiraum hatte ich bis dahin noch nie gehabt.

Das neue Heim war nicht nur geräumig, man fühlte sich als Gast auch auf den ersten Blick willkommen. Besonders bedeutungsvoll für mich war aber die Entdeckung, dass in der Nachbarschaft ein Junge namens Heiko wohnte, der etwa in meinem Alter war. Zum Empfang begrüßte ich auch eine ältere Dame, die sich mir als Untermieterin vorstellte.

Fast schon wie eine eigene Tochter führten mich meine Gastgeber in ihre Küche, wo meine neue Oma Erna wartend in der Tür stand. Auch sie strich mir zur Begrüßung liebevoll übers Haar und bat mich dann an den gedeckten Tisch. Mein neuer Papa holte für mich ein Kissen aus der Wohnstube, damit ich ausreichend hoch sitzen konnte. Die Großmutter tauchte die Kelle in den Eintopf, den sie am Morgen zubereitet hatte, und füllte damit meinen Teller. Als sie sich niederließ, fiel mir auf, dass sie frisch gewaschene Geschirrtücher unter ihr Sitzkissen gelegt hatte, um sie, statt sie zu bügeln, mit ihrem stattlichen Hintern plattzudrücken.

Jetzt merkte ich erst, welch großen Hunger ich hatte. Die Krönung war aber das Kompott zum Nachtisch, mit einer leckeren »Familiensoße«, wie sie im Scherz zu Vanillesoße sagten. Im Heim waren solche Desserts eine große Ausnahme.

Nach dem Essen fordert meine neue Mutter mich auf, mich auf der Couch in der Stube zum Mittagsschlaf hinzulegen – wie ich es fortan täglich zu praktizieren hatte. Ich konnte nicht einschlafen, weil ich es nicht mehr gewohnt war, allein dazuliegen. Erst als auch Oma Erna kam, um sich ein wenig aufs Ohr zu legen, fand ich in den Schlaf. Ihre körperliche Nähe beruhigte mich und gab mir Sicherheit. Als sie vor mir aufstand, geriet ich prompt in Panik – nicht weil sie weg war, sondern weil ich mich um ihr Versprechen betrogen fühlte, dass sie bei mir blieb. Künftig wurde ich im Vorraum ihres Dachzimmers einquartiert, was mir gut gefiel. Oma Erna war mir nahe und bald schon meine Hauptvertraute. Ihre füllige Figur vermittelte mir mütterliche Behaglichkeit.

Ich zeigte mich als dankbarer Hausgast in dieser Dachkammer. Schließlich wusste ich, dass die Erwachsenen das so wollten. Wenn ich mich in diesem neuen Zuhause nicht vorbildlich benahm, das war mir ständig bewusst, dann konnte ich es jederzeit wieder verlieren. So lernte ich bald, den Erwartungen meiner neuen Angehörigen entgegenzukommen.

Sie taten alles, um mir dieses Bemühen zu erleichtern. Seit meiner Ankunft weckte der Duft frischer Lebkuchen meine Vorfreude auf das Weihnachtsfest, und ich wurde zu meiner Genugtuung in die Vorbereitungen einbezogen. Am schönsten war es für mich, die Tiegel mit den Teigresten für die Plätzchen auszuschlecken. Es wurde eingekauft und gebacken, und im Vorratskeller harrte der gemeuchelte Hase aus dem Stall des Großvaters seiner Bestimmung als Festtagsbraten.

An Heiligabend durfte ich meiner angehenden Adoptivmutter helfen, den Weihnachtsbaum mit Kugeln, Lichterketten, Lametta, Schokoladenfiguren und dem Leuchtstern zu dekorieren. Sie behandelte mich sehr aufmerksam und lobte mich sogar: »Katrin, das hast du prima gemacht.«

Nach dem Essen nahm sich der Hausherr eigens Zeit, um im Garten mit mir einen Schneemann zu bauen. Für einen Moment fühlte ich mich zurückversetzt in den Hof hinter Omas Haus, wo die Kohlen lagerten. Dort hatte ich mit meinem Bruder immer Figuren aus Schnee geformt. Kohlestückchen für die Augen gab es dort genug. Aber ich schob diese Erinnerung schnell wieder beiseite, weil sie mir einen Stich versetzte, und bemühte mich nach Kräften, die begeisterte Tochter zu mimen. Zum ersten Mal in meinem Leben hatte ich jemanden, zu dem ich Vati sagen konnte. Ich hätte eigentlich in meinem neuen Familiengefühl schwelgen müssen.

So vermochte ich es damals aber nicht zu erleben. Die Erfahrungen und Enttäuschungen als Heimkind hatten mein Gefühlsempfinden stumpf werden lassen. Apathisch nahm ich das wechselhafte Programm hin, wie es sich eben ergab. Zu tiefer innerer Freude oder gar Begeisterung fühlte ich mich nicht mehr fähig, Vertrauen konnte ich nicht aufbringen. Warum sollte ich Gefühle zulassen, wenn diese neuen Erlebnisse vielleicht bald wieder abrupt endeten? Ich machte gute Miene zu diesem Spiel, und es gab ja wahrlich genug Gründe dafür. Aber meine Seele fühlte sich nach wie vor irgendwie betäubt an.

Trotzdem war ich aufgeregt, als wir im Haus unsere schneebestäubten Schuhe abklopften und zum Trocknen nebeneinanderstellten. Welches Kind kann sich schon der Weihnachtsmagie entziehen? Kurz darauf klingelte es, ein Erwachsener ging zur Tür und überbrachte die frohe Botschaft: Der Weihnachtsmann sei da gewesen. Die Wohnzimmertür tat sich auf zur Bescherung, und der Kerzenzauber überstrahlte alle trüben Gedanken. Unter dem Lichterbaum standen Teller, gefüllt mit Lebkuchen, Schokofiguren, Apfelsinen und Nüssen. Aber mein Blick fiel sofort auf den beigefarbenen Teddybären mit dem hellblauen Lätzchen, in den ich mich auf Anhieb verliebte – nachhaltig.

Der Bär, den ich Bruno taufte und der mir zum Seelentröster wurde, hat bei mir nicht nur den Untergang der DDR überdauert, er hat mir sogar danach noch beinahe zwei Jahrzehnte Gesellschaft geleistet, bevor ich mich nach einem heftigen Streit mit meiner Pflegemutter symbolhaft von meinem treuen Begleiter trennte.

Damals unterm Weihnachtsbaum umarmte ich das samtweiche Kuscheltier, das wirklich nur mir allein gehörte. Zum ersten Mal nach annähernd zwei Jahren hatte ich den Eindruck, etwas Vertrautes zu erleben. Das Weihnachtsgefühl kannte ich ja noch aus meiner frühen Kindheit. Ich durfte an Erfahrungen anknüpfen, die ich mehr im Gespür als im Gedächtnis hatte. Ich atmete den Stallgeruch von Familie.

In jenen Tagen war das Haus stets voller Gäste. Meine Gasteltern waren zwar kinderlos, legten aber großen Wert auf familiären Zusammenhalt. Da gab es zum einen den Großvater väterlicherseits, der bei der Hochzeit mit seiner zweiten Ehefrau quasi auch deren beide Enkelkinder als Mitgift erhalten hatte. Zudem hatte der Hausherr zwei Geschwister. Seine ältere Schwester Irene, zu der er allerdings kaum Kontakt pflegte, lebte mit ihrer Familie im nahe gelegenen Ort Hartmannsdorf bei Bad Köstritz, die Familie des ältesten Bruders Karl sogar in unserer Straße. Als besonders wohltuend empfand ich, dass die Erwachsenen im Überfluss Zeit zur Verfügung hatten – auch für mich. Besonders Oma Erna widmete sich mir mit großem Einfühlungsvermögen. Ein leckeres Mahl folgte auf das andere, und dazwischen tobte ich mit dem Nachbarsjungen durch den Schnee.

Doch der Weihnachtsfrieden verflog schneller, als ich mir das je hätte ausmalen können. Kaum waren die Feiertage vorüber und das neue Jahr war eingeläutet, als ich am 2. Januar 1974 zum familieneigenen Trabbi eskortiert wurde. Als Erklärung bekam ich nur zu hören, dass ich nach der ersten Probezeit noch einmal zurück ins Kinderheim müsse. Ich spürte die drohende Gefahr und wehrte mich wie ein störrischer Esel, das Haus zu verlassen. Wo immer ich einen Griff oder ein Geländer zu fassen bekam, klammerte ich mich daran fest, als wäre ich auf dem Weg zur Schlachtbank. Mit vereinten Kräften mussten meine Gasteltern mich zum Auto zerren. Dabei versuchten sie mich zu trösten und redeten beruhigend auf mich ein.

»Das dauert doch nicht lang«, sagten sie. »Wir holen dich auf jeden Fall bald wieder ab. Wir versprechen es dir hoch und heilig!«

Ich hörte nicht auf ihre vermeintlich leeren Worte, ahnte ich doch ziemlich genau: Sobald ich erst in diesem Gefährt saß, war alles aus. Dann konnten sie mich verfrachten, wohin sie wollten, wie schon meine Mutter in einem Auto auf Nimmerwiedersehen abtransportiert worden war. In heller Panik brüllte ich daher: »Lasst mich! Ich will da nicht hin! Bitte darf ich hierbleiben?« So schweigsam und verstockt ich oft war, jetzt schrie ich so laut, dass die Nachbarn neugierig aus den Fenstern lugten.

Nur nicht schon wieder weg, nicht von neuem abgeschoben werden. Bin ich denn wirklich nur Stückgut, das nach Bedarf hin und her geschickt werden kann? Dieses Mal traf mich wirklich keine Schuld. Ich hatte das Familienspiel brav mitgemacht und mich aufrichtig über den Teddy gefreut. Nie hatte ich auch nur angedeutet, wieder von hier wegzuwollen, keine Träne hatte ich vergossen, keine Ohrfeige einkassiert. Aber anscheinend machten die Erwachsenen sowieso, was sie wollten und verbargen vor den Kindern ihre wahren Absichten.

Meine Kräfte reichten nicht zur Gegenwehr. Am Ende saß ich im sanften Klammergriff auf dem Schoß der Frau, die ich zeitweilig schon für meine neue Mutter gehalten hatte, während der Mann, der sich als mein neuer Vater ausgegeben hatte, den Wagen steuerte – in eine mir nur zu bekannte Gegend. Tatsächlich tauchte nach kurzer Fahrt vor der Windschutzscheibe das altvertraute Kinderheim auf.

Ich konnte es kaum fassen: Erfüllte sich jetzt die Prophezeiung der blonden Erzieherin? Die Worte meiner Großmutter hallten in mir nach: »Es ist deine letzte Chance!« Falls ich hierher zurückkehren würde, wäre es um mich geschehen, meine Heimkarriere gleichsam schon programmiert. Ohne mich. Aus diesem Auto würden sie mich nur mit Gewalt zerren können. Als das Fahrzeug anhielt, sträubte ich mich mit meinem ganzen Körper. Meine Hände krampften sich um den Seitenholm der Fahrzeugtür. Meine Begleiter mussten mir die Finger aufbiegen, um meinen Klammergriff zu lösen. Es tat sicher nicht nur mir weh.

Im Freien setzte ich mich auf den Boden und weigerte mich, auch nur einen einzigen Schritt zu tun. Mein vermeintlicher Vater musste mich schließlich tragen, wobei ich verzweifelt seinen Hals umklammerte. Die Dämme, die ich errichtet hatte, brachen alle auf einmal, die Tränen liefen mir nur so über die Wangen. Ich schluchzte und schrie: »Warum muss ich denn von euch weg?« Was für eine Demütigung, mit meinem verheulten Gesicht meiner Peinigerin unter die Augen treten zu müssen.

9.

DIE BLONDE ERZIEHERIN, die mich bis in meine Angstträume verfolgte, schien selbst ein wenig irritiert, mich schon wieder im Kinderheim zu begrüßen, und so fasste ich neuen Mut. Ich hatte ja meinen Teddybären im Arm, der mir das Gefühl von Schutz und Halt vermittelte. Fürsorglich wie immer nahm mich die Heimleiterin in Empfang. Sie schaffte es auch, mich wieder zu beruhigen.

»Das ist doch nur für kurze Zeit«, versicherte sie mir, »bald darfst du wieder zurück zu deinen neuen Eltern«, sagte sie mit warmer Stimme.

Nur zu gern schenkte ich ihren Worten Glauben und hörte zu weinen auf.

Erst viel später habe ich eine Erklärung für dieses Hin und Her erhalten: Meine neuen Eltern hatten so kurzfristig keinen Platz in der Kindertagesstätte für mich bekommen. Daher schickten sie mich nach den Weihnachtsfeiertagen noch einmal vorübergehend in das Heim, bis meine Betreuung während des Tages geklärt war. Warum sie mich damals nicht einfach in der Obhut von Oma Erna gelassen haben, ist mir bis heute ein Rätsel. Hatten die Weihnachtsferien nur dazu gedient, meine Anpassungsfähigkeit zu testen? Hatten sie vielleicht doch vor, mich dauerhaft zurückzugeben? Hatte meine verzweifelte Anhänglichkeit eine Meinungsänderung bewirkt? Waren die beiden untereinander uneins, ob sie mich langfristig behalten sollten? Ich konnte und kann mir keinen rechten Reim darauf machen.

Zum Trost für meine Rückkehr ins Heim bekam ich nachträglich noch das Standardweihnachtspräsent für Mädchen, das obligatorische Perlenkästchen. Zum Glück hatte ich ja noch mein ganz persönliches Geschenk, meinen Teddy Bruno, mein Schutztier, das mich zu etwas Besonderem machte, wie ich fand. Doch kaum hatte ich das Kuscheltier stolz hergezeigt, da baute sich schon die blonde Erzieherin vor mir auf. Mit den Worten »Spielzeug ist für alle da« entriss sie mir den heißgeliebten Bären und verstaute ihn in für mich unerreichbarer Ferne oben auf dem hohen weißlackierten Schrank. Da saß Bruno nun, lieblos weggesperrt. Niemand durfte mit dem Teddy spielen. War das Sozialismus? Das, was man liebt und was einem ganz allein gehört, fortgeben zu müssen, damit am Ende einheitlich niemand etwas davon hat?

Für mich jedenfalls tat sich der Boden unter den Füßen auf. In meinen Augen konnte diese Konfiszierung nur eine Bedeutung haben: Wenn ich meinen Bruno, das Einzige, was mich mit meiner angeblichen Pflegefamilie verband, abliefern musste, dann würde ich sicher auf Dauer hierbleiben müssen. Der Bär war für mich eine Art Pfand dafür, dass meine Pflegeeltern ihr Wort auch halten würden. Ohne ihn verlor ich jede Gewissheit. Ich fühlte mich um das betrogen, was wirklich nur mir gehörte.

Und es sollte noch schlimmer kommen. Nur wenige Tage später führte mich eine der Betreuerinnen zu einer anderen Altbauvilla, ganz in der Nähe unseres Heims. Es handelte sich um die Hals-Nasen-Ohren-Klinik der Stadt Gera. Die Leitung des Kinderheims hatte offenbar beschlossen, dass mir vor meiner Entlassung in eine Pflegefamilie noch die Polypen zu entfernen seien. Was es damit auf sich hatte, wusste ich natürlich nicht. Zunächst machte die Krankenstation einen durchaus vertrauenerweckenden Eindruck auf mich.

»Tut das weh?«, fragte ich bei der Voruntersuchung schüchtern.

»Wirst sehen, das ist alles gar nicht schlimm«, ermutigte mich eine jüngere Assistenzärztin. »Du schläfst tief und fest. Wenn du aufwachst, ist schon alles vorbei. Und hinterher gibt's dann was Süßes.«

Das beruhigte mich, zudem begegnete ich anderen Kindern, die mein Los teilten. So hatte ich nicht das Gefühl, auf mich gestellt und ausgeliefert zu sein.

Bis zu dem Moment, als die Schwester mich auf den Behandlungsstuhl setzte. Plötzlich hielt der Arzt ein so furchteinflößendes Gerät in der Hand, dass ich vor Schreck die Luft anhielt. Diese Äthermaske war für mich eine ernsthafte Bedrohung. Ich hatte keine Ahnung, was sie zu bedeuten hatte, und wähnte mich in diesem Moment nicht mehr auf dem Patientensessel, sondern auf einem Hinrichtungsstuhl. Sollte mir jetzt endgültig der Garaus gemacht werden?

Widerstandslos wollte ich das nicht über mich ergehen lassen. Ich schrie, so laut ich konnte, strampelte mit den Beinen und schlug mit den Armen um mich. Es brauchte nach meiner Erinnerung fünf erwachsene Menschen, um mich auf dem Sitz zu fixieren. Jemand umklammerte meine Beine, zwei andere hielten meine Arme fest, eine Krankenschwester stemmte sich auf meinen Brustkorb, irgendjemand zog mir den Kopf nach hinten. Ich war wie gelähmt, durch die Zwangsmaßnahmen – und vor Schreck. Die Bändiger kamen mir wie Verschwörer vor, die mir übel mitspielen, mich womöglich mit ihrem unheimlichen Gerät ersticken wollten.

Viele Kinder ängstigen sich, wenn die Sprechstundenhilfe beim Arzt die Spritze aufzieht oder der Zahnarzt den Bohrer zückt. Normalerweise gibt es dann eine tröstende Hand, die einen hält und streichelt, man hört eine beruhigende Stimme, die einem sagt, dass alles gut wird. Diese Geborgenheit kannte ich nicht. Daher musste mir jede kommentarlose Handlung, deren Folgen ich nicht abschätzen konnte, wie eine gefährliche Falle erscheinen.

Als ich wieder aufwachte, freute ich mich trotz der heftigen Nasenschmerzen, alles heil überstanden zu haben. Richtig froh war ich, meine künftigen Pflegeeltern wenige Tage später an meinem Krankenbett vorzufinden.

»Bald kommst du wieder heim zu uns«, versprachen sie aufrichtig. Dieses Mal glaubte ich ihnen, denn durch ihren Besuch in der Klinik hatten sie bewiesen, dass ich ihnen nicht gleichgültig war.

Tatsächlich hielten meine neuen Eltern Wort. Ich wartete nicht vergeblich. Am ersten Tag der Winterferien, im Februar 1974, war ich mit einigen anderen Kindern in unserem Gruppenraum damit beschäftigt, die Perlenkugeln aus dem Weihnachtspäckchen zu einer Kette zusammenzufädeln, als es an der Pforte klingelte. Kurz darauf steckte Frau Heinze den Kopf in das Zimmer und meinte auffordernd zu mir: »Schau mal, wer da gekommen ist!«

Ich kannte die Antwort schon, denn seit Tagen dachte ich an nichts anderes. Zutiefst erleichtert rannte ich in den Vorraum, direkt in die Arme meiner neuen Eltern. Eine solche Anziehungskraft hatte ich seit dem Abschied von meiner Mama nicht mehr empfunden. Zu diesen Fremden, die ihr Wort hielten, entwickelte ich plötzlich so etwas wie Zuneigung. Nachdem ich so lange hin- und hergerissen war, verspürte ich das Bedürfnis, endlich irgendwo hinzugehören.

»Willst du mit ihnen mitgehen?«

Die Frage der Heimleiterin war für mich eher rhetorisch. Natürlich wollte ich hier raus, endlich im vierten Anlauf den Sprung in die Außenwelt schaffen. So gern ich sonst die Pflichtaufgaben vertrödelte, so schnell packte ich nun meine Habe in den Kinderkoffer. Übermütig, so dass es durch die ganze Eingangshalle tönte, verkündete ich: »Ich gehe jetzt – und komm nie wieder!« Eine kühne Prophezeiung, die ich selbst nur zu gerne glauben wollte.

Die anderen Kinder schienen bereits einer Vergangenheit anzugehören, der ich gerade in rasantem Tempo entwuchs. Binnen Minuten fühlte ich mich nicht mehr als Heimkind, sondern als Herzstück einer eigenen Familie.

Wir waren schon über die Türschwelle, da fragte Klaus, mein Vater in spe: »Hast du auch wirklich nichts vergessen?« Ich verneinte, aber er hakte nach. »Wo hast du denn den Teddybären gelassen, den wir dir geschenkt haben?«

O Gott, den hatte ich in der Aufregung ja ganz vergessen! Ich erzählte ihm rasch, was vorgefallen war.

Da erwachte in dem ruhigen, ausgeglichenen Mann der Gerechtigkeitssinn. Er ging noch mal zurück und fuhr in scharfem Ton die blonde Erzieherin an: »Was hat das denn zu bedeuten? Das ist Katrins *persönliches* Weihnachtsgeschenk«, gab er ihr zu verstehen. »Den Bären haben wir *ihr* geschenkt, er gehört niemandem sonst!«

Unsicher begann sie zu erklären. »Wissen Sie, wir haben sehr viele Kinder hier. Da müssen wir schon darauf achten, dass niemand neidisch oder eifersüchtig wird …«

Sehr bestimmt erwiderte er: »Als ausgebildete Pädagogin werden Sie den Kleinen das ja wohl erklären können.« Die für ihn ungewöhnlich lange Ansage beschloss er mit den Worten: »Ich glaube, Sie haben Ihren Beruf verfehlt!«

Ich war sprachlos. So etwas hatte es in meiner Erinnerung noch nie gegeben. Mein neuer Vater hatte es wirklich gewagt, die Gouvernante in ihre Schranken zu verweisen. Ihre Erziehungsgewalt war keineswegs unumschränkt. Die missgünstige Frau, die mich oft und gerne schikaniert hatte, stand nun selbst gescholten wie ein Heimkind da. Zum ersten Mal seit dem Verschwinden meines Bruders machte sich jemand für *mich* stark. Die Aussichten standen gut, dass mein neuer Vater mir auch künftig zur Seite stehen würde – wenn ich nur etwas Geduld aufbrachte.

In der Tat fügte sich die Betreuerin und machte sich auf die Suche nach dem längst vom Schrank geräumten Bären, bis er in einer Kiste zum Vorschein kam. Mit ausdrucksloser Miene drückte sie ihn mir in die Hand. Ich kam mir wie eine Siegerin vor. Voller Stolz trug ich mein Knuddeltier aus dem Zimmer und verschmerzte sogar, dass meinem Bärchen inzwischen das hellblaue Lätzchen fehlte. Mein Vertrauen in die Welt kehrte langsam zurück.

Als wir in Langenberg ankamen, wartete der Nachbarsjunge Heiko auf mich. Endlich jemand, der mich ein wenig vermisst hatte und der sich, genau wie ich, auf unseren gemeinsamen Zeitvertreib freute. Jetzt, da ich keine böswilligen Kommentare mehr zu befürchten hatte, erwachte meine Lust zu spielen sofort wieder. Auch die anderen Nachbarn und Hausbewohner begrüßten mich so liebenswürdig, als wäre ich nie fort gewesen.

Nur meine ohnehin angegriffene Gesundheit schien den wechselhaften Ereignissen nicht ganz gewachsen zu sein. Kaum hatte ich von neuem meinen Schlafplatz im Vorzimmer von Oma Erna bezogen, wurde ich ernsthaft krank. Es begann mit leichtem Frösteln, dann wurde mir schummrig, schließlich glühte mein ganzer Leib vor Fieber, ich hustete, röchelte, der Brustkorb tat mir weh. Ich war so schlapp, dass ich nicht mehr selbst laufen konnte. Ob es die Erschöpfung nach der vollkommenen Umstellung war oder schlicht eine Erkältung nach ausgiebigem Spiel im Schnee – keine Ahnung. Jedenfalls befand ich mich in einem erbärmlichen Zustand. Meine besorgten Pflegeeltern trugen mich in das Familiengefährt, um mich untersuchen zu lassen. Diesmal ließ ich sie gewähren, ich war ohnehin viel zu geschwächt, um mich zu wehren.

Doch als wir uns an diesem kühlen Februartag schon wieder einer Villa nahe der Innenstadt näherten, regten sich sämtliche verbliebenen Lebensgeister in mir. Es war wie ein Reflex, auf den ich selbst nur wenig Einfluss hatte: Als meine Mutter mich über die schwere, an das Kinderheim erinnernde Holztreppe hochschleppte, schrie ich los, so laut es mir mit meinem schwachen Stimmchen noch möglich war. Ich hatte fürchterliche Angst, dass ich die neuen Eltern, zu denen ich vorsichtig Vertrauen geknüpft hatte, schon wieder verlieren würde. Dass sie mich im Stich lassen könnten.

Doch der Gründerzeitbau erwies sich als Kinderklinik, und wir hatten sie angesteuert, weil am Wochenende die Arztpraxen geschlossen waren. Diesmal ließen meine Betreuer mich nicht allein. Sie hatten wohl erkannt, wie schnell das Gefühl, verlassen zu werden, bei mir Panik auslösen konnte. Obwohl die diensthabende Ärztin mich offenbar in der Klinik behalten wollte – immerhin hatte ich eine Lungenentzündung –, gelang es meinen Eltern, die Medizinerin irgendwie davon zu überzeugen, es bei einer ambulanten Behandlung zu belassen. Sie wussten, dass in dieser Lage meiner angeschlagenen Gesundheit nichts mehr schaden würde als der Eindruck, allein in einer fremden Umgebung zurückbleiben zu müssen.

Tatsächlich ließ ich mich tapfer von der Ärztin mit der Nadel in den Po stechen, da ich zur Belohnung anschließend wieder mit nach Hause durfte. War ich zuvor die Treppe zum Behandlungszimmer mehr hochgeschleift worden als hochgestiegen, konnte ich plötzlich wieder richtig rasch laufen. Ich fühlte mich schlagartig genesen.

Im Rückblick vermute ich, dass dies weniger der Injektion zu verdanken war als vielmehr der Aussicht, in meiner eben erst gewonnenen Familie zu bleiben. Für mich war es eine geradezu existenzielle Erfahrung, dass Mutti und Vati mich nicht dieser Klinik ausgeliefert hatten. Ich wusste jetzt, dass ich ihnen nicht gleichgültig war und sie mich nicht gleich hängen ließen. Mit dieser Geste hatten sie mich als Tochter zur Probe gewonnen.

Sie wurden diesem Vertrauensvorschuss auch durchaus gerecht – zunächst jedenfalls: Wieder zurück im Haus, wurde ich verwöhnt wie seit langem nicht mehr. Alle Besucher meines Krankenlagers behandelten mich herzlich und mit großer Fürsorge. Der Bruder meines neuen Vaters, der ein paar Häuser weiter wohnte, kam mit Frau und Sohn eigens vorbei, um sich nach meinem Befinden zu erkundigen. Stundenlang saß auch der Nachbarsjunge bei mir im Zimmer, und wenn ich nicht zu schwach war, spielte ich mit ihm Mühle oder Dame auf der Bettdecke. »Geht's dir besser?«, oder: »Magst du noch irgendetwas?«, wurde ich immer wieder gefragt und bekam auch prompt meine Wünsche erfüllt. Mehrmals am Tag durfte ich leckere Hühnersuppe schlürfen, und meine Pflegemutter las mir aus Märchenbüchern vor. Ich war allein deshalb selig, weil sich jemand ernsthaft nach meinem Befinden erkundigte. Konnte ich trotz Müdigkeit nicht einschlafen, legte die Oma sich neben mich. Ich hatte in dieser Familie so etwas wie ein Zuhause gefunden.

Nicht nur das: Kaum war ich wieder gesund, nahmen meine Eltern mich auf eine Urlaubsreise mit. Gleich zu Beginn der Winterferien ging es zum Skifahren ins Erzgebirge. Abgesehen von dem denkwürdigen Ausflug an die Ostsee mit Frau Dr. Denzer, war ich noch nie in Urlaub gewesen. Und dieses Mal sogar mit dem Gefühl, im Mittelpunkt zu stehen, um den sich alles drehte.

Oberwiesenthal, die höchstgelegene Stadt Deutschlands am Fuße des Fichtelbergs, war einer der beliebtesten Wintersportorte der DDR. Trotz der Tatsache, dass nur ausgewählten, durch Einkommen oder Arbeitsleistung privilegierten Staatsbürgern solche Ausflüge vergönnt waren, herrschte beträchtlicher Rummel auf der Piste. Auf derart schmalen, rutschigen Brettern zu stehen war für mich eine völlig neue Erfahrung. Dennoch hatte ich keine Angst, weil mein Vati mich, fest zwischen seine Skier geklemmt, den Hang hinunterlotste. Von ihm umfangen, fühlte ich mich sicher, erfuhr buchstäblich väterlichen Halt, was ich bis dahin nicht kannte. Während dieser Winterfreizeit hing ich meistens an ihm, und Mutti stand daneben.

Vater Klaus wirkte auf mich unternehmungslustig und verlässlich zugleich. Langsam wurde mir klar, dass er seinen Bewegungsdrang zu Hause meistens zügeln musste, weil seine Frau das Kommando führte. Er war alles andere als redselig, aber wenn er mal etwas sagte, dann klang es stets sehr überlegt. Mit seinem Werdegang verkörperte er geradezu idealtypisch den Vorzeigewerktätigen im Arbeiter- und Bauernstaat. Klaus stammte aus einer Arbeiterfamilie in Bad Köstritz, von klein auf hatte er auf dem Bauernhof mit anpacken müssen, den seine Eltern nebenbei bewirtschafteten. Seinen Wehrdienst leistete er bei den Grenztruppen ab (und hatte das Glück, nie dem Schießbefehl an der innerdeutschen Grenze Folge leisten zu müssen). Als gelernter Maurer ging er einer Tätigkeit nach, der in der DDR, gerade in der Hochphase des Städtebaus während der siebziger Jahre, große Bedeutung zugemessen wurde.

Er war praktisch veranlagt, kein Intellektueller und dennoch auf seine Weise intelligent. Mit seinem athletischen Körper, den kantigen Gesichtszügen und den kurzen schwarzen Haaren zog er wohl so manchen weiblichen Blick auf sich, aber er beließ es dabei und blieb stets zurückhaltend. Wenn er mal ausging, dann nur in Begleitung seiner Gattin. Erst nach ein paar Gläsern Bier gelang es ihm, lockerer zu werden, zu scherzen und ein paar launige Worte an die anwesende Damenwelt zu richten. Seine Ehefrau beäugte diese seltenen Anwandlungen von Geselligkeit durchaus misstrauisch.

Körperkontakt und Halt suchte ich, außer bei Oma Erna, daher eher bei ihm als bei meiner neuen Mutti. Wenn ich in der Anfangsphase am Sonntagmorgen, dem einzigen Tag, an dem wir ausschlafen konnten, gelegentlich im Elternbett unter die Decke kroch, schmiegte ich mich dort für gewöhnlich an den Vater, während Mutti meist aufstand, um das Frühstück zuzubereiten. Ich genoss es, wenn er den Arm schützend um mich legte und mir meine notorisch kalten Füße wärmte. Vati ließ Nähe zu, bedrängte mich aber nicht. Zwischen meinen Eltern dagegen sah ich nie einen Austausch von innig empfundenen Zärtlichkeiten. Sie schmusten nicht miteinander, hielten sich nicht eng umschlungen und küssten sich nur förmlich zur Begrüßung. Mir erschien das nicht ungewöhnlich, da ich zärtlichen Umgang ohnehin kaum kannte. Aber Streit zwischen den Eltern gab es auch nicht, jedenfalls nicht in meiner Anwesenheit. Ihre Meinungsverschiedenheiten trugen sie diskret aus. Wenn ich spürte, dass dicke Luft aufzog und ein Gewitter drohte, verkrümelte ich mich rasch. Ich mochte keinen Hader zwischen meinen Pflegeeltern, die ich als Paar erleben wollte.

Ab Anfang März 1974 hatten sie, sicher auch dank ihrer Kontakte, für mich einen Kindergartenplatz gefunden. Ich gewöhnte mich schnell an den zwanzigminütigen Fußweg, den ich jeden Morgen an der Hand meiner Mutti zurücklegte. Mein Leben wurde noch ein Stück alltäglicher, normaler. Bald kam es mir vor, als ob ich schon immer mit dieser Frau durch das Wohngebiet gestapft wäre. Der neu errichtete Flachbau, Ziel unseres Morgenspaziergangs, strahlte ein Flair von Moderne und Zuversicht aus. Es war ein zweigeschossiges Gebäude, wie es in der DDR zu dieser Zeit vielerorts in einheitlichem Stil errichtet worden war, und die Kindergartenräume wirkten hell und einladend.

Nach dem Frühstück, das jeder von daheim mitbrachte, durften wir spielen, Bilder malen oder turnen. Das Mittagessen nahmen wir Kinder gemeinsam mit den Erzieherinnen ein, eine Vorzugsbehandlung gab es für sie nicht. Auch unter den Kleinen herrschte nicht der Wettkampf, wie ich ihn im Heim erlebt hatte. Jeder hatte dort darauf gelauert, ja mindestens ebenso viel auf den Teller zu bekommen wie der Nebenmann. Wer zu kurz kam, hatte eben das Nachsehen gehabt. Am heftigsten war die Rivalität um die Gunst der Erzieherinnen gewesen. Wer keinen Draht zu ihnen gefunden hatte, war

Außenseiter geblieben. Hier dagegen hatte jedes Kind seine Mutter. Da war es nicht von entscheidender Bedeutung, wie sehr uns die Pädagoginnen mochten. Und wieso sollten wir uns um Mahlzeiten balgen, wenn jeder zu Hause mehr als genug bekam?

Der unangenehmste Moment im Tagesablauf war für mich die gemeinsame Mittagsruhe im Schlafraum, da sie mich zu sehr an das Kinderheim erinnerte. Ich freute mich jedes Mal, wenn wir uns nach dem strikten Ruhegebot wieder regen durften. Nach der Vesper am Nachmittag, die ebenfalls jeder selbst mitbrachte, wartete ich ungeduldig auf die Abholstunde. Nicht, weil ich mich nicht wohl gefühlt hätte. Mir bereitete es im Gegenteil viel mehr Freude als früher, mit den anderen Kindern zusammenzustecken. Nicht nur, weil ich mich tagtäglich freute, das vertraute Gesicht meiner Ersatzmutter wiederzusehen. Es war vielmehr das sichere Gefühl, dass Mutti *überhaupt* erschien, zuverlässig, regelmäßig und pünktlich. Entscheidend war für mich, nicht wieder sitzengelassen zu werden.

In mir lauerte weiterhin die Befürchtung, hintergangen und angeschwindelt zu werden, und selbst Nebensächlichkeiten bekamen für mich eine übergroße Bedeutung. Beispielsweise beruhigte es mich, dass ich von zu Hause eine rote Kunstledertasche für mein Pausenbrot mitbekam. Dies sah ich als Gewähr dafür an, dass meine Eltern mit meiner Rückkehr rechneten. Warum sonst hätten sie mir das gute Stück mitgegeben?

Meine ständige Anspannung ließ mich in den Augen der anderen Kinder vermutlich etwas unzugänglich erscheinen. Ich kann mich jedenfalls nicht erinnern, jemals ungezwungen und richtig befreit herumgetobt zu sein, obwohl das eigentlich meinem Naturell entsprach. Wenn ich heute Fotos von mir aus jener Zeit betrachte, dann sehe ich ein burschikos auftretendes Mädchen mit Bubikopf und stets ernstem Gesichtsausdruck. Ich denke, dass ich es meinen Mitmenschen damals nicht leicht gemacht habe, mich anzunehmen.

Dabei fühlte ich mich durchaus gut aufgenommen in diesem Kindergarten. Die Altersgefährten kamen von sich aus auf mich zu, und ich war von Anfang an in die Gemeinschaft integriert. Wir sangen und bastelten viel. Nie musste ich mir üble Nachreden anhören, niemand verunglimpfte mich als Heimkind. So wuchs mit der Zeit mein Selbstbewusstsein. »Das ist meine Mutti«, erklärte ich den Spielkameradinnen frank und frei, »aber nicht meine richtige.«

An ihrer Hand ging ich beruhigt nach Hause, wo Oma Erna und bald auch Vati sich zu uns an den Kaffeetisch gesellten. Solange es noch hell war, streunte ich meist mit der Oma durch das Gehölz oberhalb des Hauses, um Blumen oder Pilze zu sammeln. Sie beschrieb mir die Pflanzen in unserer Umgebung und erklärte mir alles ausführlich. Allein hätte ich in dem Wäldchen Angst gehabt, doch mit ihr wurde »Ich sehe was, was du nicht siehst« bald mein Lieblingsspiel.

Am Abend vertrieben mir Omas Gedichte und Wortspiele die Langeweile. Wenn ich im Bett lag, begleiteten mich ihre Gutenachtgeschichten durch die offene Tür in den Schlaf. Wenn es kalt war, steckte sie mir ihre alte Messingwärmflasche unter die Daunendecke. Sie blieb meine Hauptbezugsperson. Mutti hatte dagegen kaum Zeit für mich. Ich sehe sie in meiner Erinnerung vorwiegend über Bücher und Hefte gebeugt, wie sie in ihre bunten Kladden Notizen einträgt und dabei nicht gestört werden will. Wenn sie sich mal Zeit für mich nahm, war das eine Ausnahme, die ich sehr genoss.

Das Familienbild unterschied sich in jener Zeit sowieso von der Realität in anderen Ländern wie etwa der Bundesrepublik. Die nicht berufstätige Hausfrau, an deren Schürze sich die Kleinen klammern konnten, war in der DDR eher die Ausnahme. Die meisten Mütter, die ich kannte, gehörten zur großen Schar der Werktätigen. Dieses Rollenverständnis bekamen wir schon im Kindergarten vermittelt. »Wenn Mutti früh zur Arbeit geht, dann bleibe ich zu Haus«, sangen wir gern. »Ich binde eine Schürze um und feg die Stube aus.« Wie dieses arme Mädchen den lieben langen Tag, mutterlos und auf sich gestellt, den Haushalt versehen sollte, blieb allerdings das Geheimnis des Liedtexters.

Die Wirklichkeit sah jedenfalls anders aus: Öffentliche Einrichtungen übernahmen einen nicht unwesentlichen Teil der Erziehungsaufgaben. Aber unser Kindergarten war keine Kaderschmiede. Wir wurden weder mit staatstragenden Ansprachen noch mit ideologieschwangeren Kampfliedern traktiert. Wir mussten auch nicht Krieg spielen oder zum Appell antreten. Wir wuchsen in einen Staat hinein, der für uns normal und selbstverständlich war und zu dem es auch keine Alternative gab. Es stand einfach außer Frage, dass nur diese Gesellschaftsform existierte. Die Partei und ihre vielen Träger, der Katechismus des Sozialismus, die Freunde und Feinde, all das lag uns Kindern noch fern. Aber als das Wesen des Staates für uns im Laufe der Jahre Konturen annahm, da gehörte es zum öffentlichen Leben wie das Inventar zur Wohnung. Nie wäre mir in den Sinn gekommen, dem abstrakten Staat eine Verantwortung für mein Schicksal zuzuschreiben oder ihm gar das Verschwinden meiner Mutter anzulasten. Doch genau so war es.

10.

DIE KURZE, NOCH verbleibende Vorschulzeit in der ersten Hälfte des Jahres 1974 verbrachte ich kaum im Kindergarten. Häufig musste ich zu Hause bleiben – in meinem Bett. Wie schon seit frühen Kindheitstagen, löste eine Krankheit die andere ab: Bronchitis, Grippe, Husten, Fieber. Ich war in dieser Zeit häufiger krank als gesund. Noch wusste ich nicht, dass meine leibliche Mutter mir auch ein anfälliges Herz vererbt hatte. Jedenfalls war es ein Segen, dass sich meine neue Großmutter mit großer Zuwendung um mich kümmerte.

Meine Mutti kam in der Regel erst mittags, nach dem Unterricht. Damit war ihr Arbeitstag allerdings noch nicht beendet. Zu Hause verbrachte sie viele Stunden am Schreibtisch, um den Unterricht für den nächsten Tag vorzubereiten. Zeitaufwendig war auch ihre Funktion als Parteisekretärin der Schule. Erst viel später erfuhr ich, dass zu ihren Aufgaben auch gehörte, Berichte über das Verhalten und die Leistungen der Schüler zu verfassen, die sicher nicht ohne Einfluss auf deren weiteren Werdegang blieben. Hinzu kamen fortwährend Versammlungen, Besprechungen und öffentliche Veranstaltungen, die meine Mutti in Beschlag nahmen. Vati beklagte sich immer mal wieder, dass seine Frau wegen der »Scheißparteiarbeit« überhaupt keine Freizeit mehr habe.

Dabei legte Mutti größten Wert darauf, dass sie auch als Hausfrau den Anforderungen gerecht wurde. In unserem Heim führte ohne Zweifel *sie* die Regie, und es war ein strenges Kommando. Peinlich genau war sie darauf bedacht, dass in ihrem Haushalt Ordnung herrschte. Und dabei sollte ich als Helferin fungieren, sobald ich wieder genesen war.

In den ersten Jahren machte mir das großen Spaß. Ich war sogar stolz, dass Mutti mir eigene Aufgaben übertrug und mir zutraute, ihr zur Hand zu gehen. Gemeinsam mit ihr putzte und räumte ich bereitwillig auf. Auch in dieser Disziplin blieb sie ganz Lehrerin und unterrichtete mich, wie ich fegen, aufräumen und abtrocknen sollte. Anfangs erledigten wir die Hausarbeit noch Hand in Hand, und ich fühlte mich angenommen und aufgewertet.

Die ersten Schneeglöckchen und Krokusse streckten in unserem Vorgarten schon vorsichtig ihre grünen Spitzen aus der Erde. Eines Nachmittags ließ Mutti ihren Schreibkram liegen, packte mich in meinen warmen Mantel und nahm mich an der Hand, um mich zu ihrem Besuch bei einer befreundeten Familie mitzunehmen. Als sie mir die Fondtür unseres Trabants öffnete, damit ich auf die Rückbank klettern konnte, kreuzten sich für einen Moment unsere Blicke.

Unvermittelt überraschte sie mich mit der Frage: »Was glaubst du, wer bald zu Besuch kommt?«

Ich hatte keinen blassen Schimmer, wen sie meinen konnte, und war auch nicht sonderlich erpicht auf Überraschungen aller Art, die bislang doch meist Nachteile für mich gebracht hatten. Erst als sie das Rätsel auflöste, kam mir mein Bruder wieder in den Sinn: Ja richtig, Mirko. Ach ja, der. Ich hatte ihn zu dieser Zeit schon so gut wie vergessen. Er gehörte zu einem anderen Leben.

Meine erste Reaktion war dennoch Freude. Mirkos Name hatte einen guten Klang, nach dem verlorenen Teil meiner Kindheit, den ich als Glück empfunden hatte. Zugleich kroch neues Misstrauen in mir hoch: Was führte mein Bruder im Bund mit meiner neuen Mutter wohl im Schilde? Wollte er sich auch in diese Pflegefamilie hineindrängen, von der ich bis dahin geglaubt hatte, dass sie ganz allein mir gehört? Oder – beinahe noch schlimmer – wollte er mir von neuem den Nachbarsjungen wegschnappen, wie damals in Gadebusch?

Meine Sorge blieb unbegründet. Als Mirko in Vatis Schlepptau wenige Tage später vor der Haustür stand, fand ich einen ermattet wirkenden Bruder vor, der keineswegs vorhatte, sich in mein neues Zuhause einzunisten. Auf typische Jungenart quetschte er nur ein lässiges »Hallo!« durch die Zähne, als hätten wir uns gestern erst gesehen. An seinen Augen aber konnte ich ablesen, dass er sich freute.

Vorsichtig sagte ich: »Schön, dass du wieder da bist!« Ich hoffte so sehr, dass er mir meine Mitschuld an seinem Rauswurf bei Frau Dr. Denzer inzwischen verziehen hatte, nun, da dieses Kapitel auch für mich Vergangenheit war.

Ich hatte zu meiner Erleichterung jedoch nicht den Eindruck, dass Mirko noch irgendeinen Gedanken daran verschwendete. Er musterte mein neues Heim gründlich, aber es war nur eine Besichtigung, keine Inbesitznahme. Es gab keine Spannungen zwischen uns, wir fühlten uns ein paar Stunden lang wieder wie Brüderchen und Schwesterchen. Zur Feier des Tages spendierte Mutti einen gemeinsamen Ausflug in den Kinderfreizeitpark »Märchenwald«, was für uns einer außergewöhnlichen Urlaubsreise gleichkam. Nach der Rückkehr am Abend wurden wir sogar zusammen in die alte

Emaille-Badewanne gesteckt, die sich in einem holzgetäfelten Baderaum im Keller befand. Wir redeten wie alte Vertraute miteinander, ohne Misstrauen und Eifersucht.

Aber über die wesentlichen Fragen schwiegen wir. Weder erfuhr ich, wie Mirkos Alltag verlief, noch, was mit Mama geschehen war oder dass er weiter mit Oma in Kontakt stand, wie ich später herausfinden sollte. An unsere Vergangenheit rührten wir beide nicht, als hinge ein unsichtbares Schloss davor. Vielleicht scheuten wir uns, an den verschorften Stellen zu kratzen, die weh tun könnten. Jeder Hinweis, dass es da einmal ein anderes Leben gegeben hatte, ja, dass es überhaupt ein anderes Leben geben könnte, berührte mich irgendwie unangenehm, wie Brennnesselschmerz auf der Haut. Auch Mirko wirkte seltsam einsilbig, was unsere Herkunftsfamilie betraf. Hatte man ihm zuvor eingeschärft, mir gegenüber bloß ja kein Wort davon zu erwähnen? Jedenfalls sagte er nichts, und ich stellte auch keine Fragen.

Als wir ihn wieder in seinem Käthe-Kollwitz-Kinderheim ablieferten, das in einer schlossartigen Villa am Ufer der Weißen Elster untergebracht war, vereinbarte ich mit ihm zum Abschied, ihn bald wieder zu treffen. Ich entließ ihn als Vertrauten von früher in seine Welt. Mit meinem neuen Dasein hatte er nichts zu tun, und er empfand es umgekehrt vermutlich nicht anders. Ich war beruhigt. Mirko fehlte mir. Aber ich brauchte nicht mehr um ihn zu bangen, da ich ja jetzt wusste, wo er war und dass er mich nicht vergessen hatte.

Allmählich fühlte ich mich den Kleinkinderschuhen entwachsen. Das letzte Kindergartenjahr, das sich nun dem Ende zuneigte, ähnelte zwar bereits in vieler Hinsicht einer Schulklasse. Dennoch wollte ich, wie alle Kinder meines Alters, endlich eine richtige Schülerin sein. Schließlich wurde ich in diesem Sommer schon sieben Jahre alt. Den Kindergarten ließ ich ohne Wehmut hinter mir. Bevor mein aufregend neuer Lebensabschnitt beginnen würde, durfte ich mit meinen Eltern noch einmal eine gemeinsame Urlaubsreise an den Schwielowsee in der Nähe von Potsdam antreten. Ich war selig. Weder davor noch danach empfand ich mich jemals wieder so wohltuend von ihnen umhegt wie damals im Juli 1974.

Schon am Tag vor unserer Abreise falteten wir mit vereinten Kräften in unserer Hofeinfahrt das hochmoderne Klappfix-Zelt der Familie auseinander. Wer sich auf die Montage dieses Patents verstand, konnte in Minutenschnelle aus einem halbhohen Autoanhänger eine raffinierte Campingbehausung zaubern. Bei uns dauerte das etwas länger. Vor dem Aufbruch musste noch einmal sorgfältig geprüft werden, ob auch jedes Einzelteil unseres mobilen Obdachs intakt und vorhanden war. Onkel Karl, der in unmittelbarer Nachbarschaft wohnende Bruder meines Vatis, und dessen Frau packten beim Aufbau mit an. Schließlich sollte das Zelt beiden Familien im Wechsel je drei Wochen als Urlaubsquartier dienen. Meine Hilfstätigkeiten waren in dieser Testphase wohl eher von begrenztem Nutzen. Daher sprang ich nur aufgeregt um die Erwachsenen herum, die die Tücken der Technik verwünschten, bis unser fahrbares Zuhause schließlich zur allgemeinen Zufriedenheit stand und wieder verstaut werden konnte.

Am nächsten Morgen hatte ich die ganze Rückbank unseres Familientrabbis für mich und richtete sie mir mit Decken, Kissen und Teddy Bruno gemütlich ein. So ließ sich die rund zweihundertzwanzig Kilometer lange Strecke bis nach Brandenburg leidlich ertragen. Wir waren nicht die Einzigen, die an diesem Tag in die Ferien fuhren, und Staus im Reiseverkehr waren kein kapitalistisches Privileg.

Auf dem Zeltplatz, direkt am Ufer des Schwielowsees, fand sich bald auch Onkel Karl ein. Er war uns auf dem Hinweg extra gefolgt, um beim Aufbau des Zeltes mitzuhelfen. Außerdem brachte er im Anhänger seines dunkelroten Mittelklassewagens der russischen Marke Moskwitsch ein kleines Segelboot mit, das sich die beiden Familien ebenfalls teilten. Nachdem unser Quartier für die nächsten drei Wochen errichtet war, fuhr der Onkel zurück nach Hause, um zum Ende unserer Sommerfrische mit seiner Familie wiederzukehren.

So spartanisch sich unser Aufenthalt in den dünnen Zeltwänden, mit Campingkocher, Klappstühlen und Wasser aus dem Plastekanister auch gestaltet haben mag: Ich fühlte mich wie im Paradies. Alles war neu für mich. Noch nie hatte ich so viel Zeit in der freien Natur verbracht. Auf ausgedehnten Spaziergängen streifte ich mit meinen Eltern durch die märkische Landschaft. Beinahe jede Pflanze kannten sie beim Namen und stillten damit meine Lernbegier. Gemeinsam genossen wir das seltene Privileg, unbegrenzt Zeit zur Verfügung zu haben.

Wenn wir über Stunden Kniffel oder »Mensch ärgere dich nicht« spielten, wirkte auch Mutti ungewöhnlich entspannt. Ich fühlte mich sehr wohl in diesem Familienleben, und allmählich verdrängte Zufriedenheit das tief sitzende Misstrauen in mir. Ich freute mich auf die Schule und wähnte das Heimdasein weit hinter mir. Ich wollte an diese schwierige Lebensphase nicht mehr zurückdenken und hatte auch keinen Anlass dazu.

Dieses Mal hatte ich keine Scheu, mich wenigstens bis zur Brust in das trübe Wasser des Schwielowsees, der von der Havel gespeist wird, vorzuwagen, hasste es aber nach wie vor, mit kaltem Wasser bespritzt zu werden.

Am letzten Urlaubswochenende trafen dann Onkel Karl und Tante Marianne mit ihrem Sohn Michael ein, um uns abzulösen. Zur Begrüßung lud der Onkel meinen Vater und uns Kinder ein. »Kommt, lasst uns gleich mal die Segelsaison eröffnen!«

Ganz wohl war mir nicht bei dem Gedanken, schließlich hatte ich immer noch einen Heidenrespekt vor tiefem Wasser, denn ich konnte nicht schwimmen. Doch die Erwachsenen streiften mir kurzerhand Schwimmflügel über die dünnen Ärmchen und beruhigten mich mit den Worten, dass sie doch bei mir seien. Meine Angst verscheuchten sie damit nicht. Ich vermochte es einfach nicht zu genießen, als wir immer weiter vom Ufer entfernt über die Seeplatte glitten. Die Männer zogen das Segel auf, und dank einer frischen Brise gewann das Boot immer mehr an Fahrt. Mir ging das alles zu schnell, und ich fühlte mich eher wie ein begossener Pudel, da die Gischt immer wieder über den Bootsrand klatschte. Ich hatte Angst und wollte nur noch zurück. Die Beschwichtigungen der Segelcrew beruhigten mich wenig.

Ausgerechnet als die Erwachsenen ein Einsehen hatten und wieder gen Ufer umdrehen wollten, passierte es. Das zu forsche Wendemanöver brachte unser Boot aus dem Lot. Die Jolle legte sich tief in die Kurve, kippte und kenterte, und ich fand mich unter Wasser wieder. Todesangst packte mich, ich strampelte, schlug um mich, prustete und schluckte die Brühe. Als mein Kopf wieder aus dem Wasser ragte, entdeckte ich meinen Vater nicht. Ich konnte nicht schwimmen, und der Mann, der mich retten sollte, war nirgends zu sehen. Urplötzlich packte mich die Panik wieder. Ich war wie gelähmt vor Angst, erneut einen Vater zu verlieren.

Doch nach wenigen Sekunden – die mir wie eine Ewigkeit erschienen – kam er neben dem kieloben treibenden Boot wieder zum Vorschein. Offenbar war er auf der Suche nach mir unter der Jolle hindurchgetaucht. Mit ein paar Schwimmzügen war er bei mir, zog mich huckepack auf seinen Rücken und beschwor mich: »Halt dich ordentlich fest!«

In heller Panik klammerte ich mich mit beiden Armen so fest um seinen Hals, dass ich ihn fast strangulierte. Als ich merkte, dass er sich trotz meines Würgegriffs sicher über Wasser hielt, ließ meine Anspannung nach. Jetzt fühlte ich mich wieder sicher und gab seinen Hals frei.

Onkel Karl half meinem Vater, mich auf den Rumpf des gekenterten Bötchens zu ziehen. Von dort hievten die Brüder mich mit vereinten Kräften auf das Segelboot eines fremden Paares, das zufällig in der Nähe war und uns aus unserer Seenot half. Für meinen Cousin war unser Abenteuer eher ein Badespaß, mit Leichtigkeit schwang er sich über den Rand unseres Rettungsbootes. Ich dagegen zitterte immer noch am ganzen Leib und hing geschwächt im Bug.

Zu meiner eigenen Verwunderung war die Angst aber weg. Ich hatte erlebt, dass ich mir keine Sorgen um meinen Vater zu machen brauchte. Er wusste sich zu behaupten, und zusammen mit den beiden anderen Helfern war er für mich der Retter, stark und mutig wie ein Held. Er kümmerte sich um mich und ließ mich auch in der Not nicht im Stich. Ich hatte um sein Leben gebangt und dabei eine familiäre Verbindung gespürt. Ich hing an ihm, buchstäblich. Jetzt war er mein Vater, auch in meinem Herzen. Trotzdem nahm ich mir vor, nie wieder ein Segelboot zu betreten. Wenngleich ich diesem Vorsatz treu geblieben bin, vermochte ich doch später immerhin meine Wasserscheu zu überwinden. Nachdem ich schwimmen gelernt hatte, konnte ich dem nassen Element wider Erwarten viel abgewinnen.

Am Ufer nahm mich Mutti, die etwas aufgelöst wirkte, in Empfang. Aber nicht in ihre Arme. Bekümmert fragte sie meinen Vater: »Ist alles in Ordnung?« Unfassbar für mich, dass sie sich als erste Reaktion nicht bei mir erkundigte, wie es mir ging. Dabei konnte es ihr kaum entgangen sein, dass ich soeben nur knapp dem Ertrinken entronnen war. Allein um Vati schien sie sich zu sorgen.

Der war jedoch offenbar auf Schadensbegrenzung bedacht. Spontan wandte er sich mir zu, fragte mich vor aller Ohren: »Ist alles wieder gut? Geht's wieder?«, und lobte mich für meinen Mut und meine Tapferkeit. Davon konnte nun wirklich nicht die Rede sein, aber das war mir in diesem Moment egal. Ich war erleichtert. Lob hatte ich im Kinderheim nicht ein einziges Mal zu hören bekommen und auch in dieser Familie nur selten. Dabei ist Anerkennung, wie ich heute weiß, gleichsam ein Grundnahrungsmittel für das Selbstwertgefühl. Nachdem Mutti erfasst hatte, was tatsächlich geschehen war, nahm auch sie mich in den Arm und wärmte mich mit ihrem Handtuch. So wurde der Bootsunfall am Ende zu einer Art Aufnahmeakt in meine neue Familie.

Nach der Übergabe unseres Campingquartiers an Onkel Karl, wollten wir auf dem Heimweg noch den Bruder meiner Mutter besuchen. Über den südlichen Autobahnring um Berlin brauchten wir nicht einmal zwei Stunden, bis wir das Ferienhaus von Onkel Otto und Tante Ingrid erreichten. Ihre gut ausgestattete Datsche in Kallinchen bei Zossen lag ebenfalls nur wenige Meter von einem See, dem Motzener See, entfernt. Es war ihr Hort der Ruhe, während sie sonst in Berlin lebten und arbeiteten.

Zum ersten Mal drang ich hier in die Welt der Kader und Privilegierten vor, von der ich in meinem bisherigen Leben nicht einmal eine leise Ahnung gehabt hatte. Es war ein eher biederes Reich, denn hier gab es keine Prachtvillen, Yachten oder Golfplätze. Im kleinbürgerlich geprägten Realsozialismus war es auch unter besserverdienenden oder, was viel wichtiger war, staatstragenden Genossen verpönt, im Luxus westlichen Standards zu schwelgen.

Doch wer an einem der Seen rund um Berlin oder an der Ostseeküste ein Wochenendhäuschen sein Eigen nennen durfte, stand mit höchster Wahrscheinlichkeit im Dienst der Partei, des Staates, der Armee oder einer Kombinatsführung. Die Nachbarn meines Onkels Otto gehörten wie er durchweg dem Ministerium für Staatssicherheit an. Darüber sprach aber niemand offen, schon gar nicht in der Anwesenheit von Kindern, die stets im Verdacht standen, Erlauschtes bei nächster Gelegenheit auszuplaudern. Erst später erfuhr ich auf Umwegen, dass der Bruder meiner Mutter als hoher Stasi-Offizier offenbar direkt dem obersten Ordnungshüter Erich Mielke unterstand.

Nicht nur Onkel und Tante, sondern auch ihre Nachbarn nahmen uns herzlich und entgegenkommend auf. Wieder machte ich die beglückende Erfahrung, vorbehaltlos willkommen zu sein. Zu Diana, der Tochter der beiden, wiewohl sie acht Jahre älter war als ich, hatte ich auf Anhieb einen guten Draht. Allerdings spürte ich sofort, dass hier eine andere Form von Strenge herrschte. Tante Ingrid, die einen hohen Rang im Post- und Fernmeldewesen der DDR bekleidete, achtete geflissentlich darauf, dass es in ihrem Domizil stilvoll zuging und wir Kinder bei Tisch gesittete Manieren an den Tag legten. Ihr eigenes Erscheinungsbild pflegte sie sorgsam und war stets elegant und modisch gekleidet. Selbst mir als Kind blieb es nicht verborgen, dass sie sich als etwas Besseres betrachtete, gerade gegenüber uns Abkömmlingen aus der thüringischen Provinz.

Ihren Mann hingegen sah ich während der wenigen Tage unseres Besuchs nur hinter Büchern und Zigarettenqualm. Wie bei Vati waren viele Worte seine Sache nicht, schon gar nicht zu Fragen der Politik, jedenfalls soweit ich das mitbekam. Für meine Mutter war ihr zehn Jahre älterer Bruder das große Vorbild. Der Vater der beiden war im Krieg gefallen. Daher war Otto für seine kleine Schwester in die Rolle eines Ersatzvaters hineingewachsen, der sich für das Mädchen verantwortlich fühlte. Von ihm übernahm sie auch die Vorliebe für alles, was aus Russland kam.

Otto war das Privileg zugefallen, im Land des großen Bruderstaates studieren zu dürfen, was in der DDR als Ausweis besonderer Bevorzugung und Linientreue galt. Er gehörte jener oft vaterlosen Nachkriegsgeneration an, die in dem neugegründeten, vermeintlich »besseren Deutschland« im Osten von Beginn an ihre Bezugsgröße gefunden hatte. Die Jungen hatten nur wenig, was sie zurücklassen oder vermissen mussten. Sie waren frei, aus den Ruinen aufzuerstehen, und bildeten bald eine neue Funktionselite. Dafür verpflichteten sie sich der herrschenden Staatsdoktrin und der Treue zur dominierenden Partei. Ähnlich wie viele junge Westbürger auf Amerika fixiert waren, so war Stalins propagandistisch geschönte Sowjetunion das Mekka für die Nachwuchsfunktionäre, zumal wenn sich dort ihre Kaderschmiede befand. Im mächtigen Bruderstaat schien für sie die Gesellschaft noch ein wenig machtvoller, technisierter und ideologisch weiter entwickelt als in der DDR.

Meine Mutti eiferte in vielerlei Hinsicht dem Vorbild ihres großen Bruders nach. Sie hatte in Jena Sport und Russisch auf Lehramt studiert, sie liebte die russische Sprache, die Musik und Kultur des östlichen Riesenreichs und übernahm von ihm die sozialistische Prägung. Auch mir war somit eine Karriere in den Bahnen unserer Republik vorgezeichnet. Hätte ich diesen Leitbildern gemäß ebenfalls einen systemkonformen Lebensweg eingeschlagen? Manches spricht dafür – doch dann sollte vieles ganz anders kommen.

11.

MEIN ERSTER SCHULTAG am 1. September 1974 erfüllte mich auf doppelte Weise mit Stolz. Endlich war ich aus dem Kindergarten- und Vorschulalter herausgewachsen, das ich in den letzten Augustwochen nur noch mit größter Ungeduld ertragen hatte. Jetzt war ich ein Schulkind wie Mirko, den ich seit seinem Besuch bei uns nicht wiedergesehen hatte. Von jetzt an durfte ich täglich jenen Ort aufsuchen, der auch der Arbeitsplatz meiner Mutti war. Schon früher hatte sie mich manchmal mit in den Unterricht genommen, wenn es keine andere Betreuungsmöglichkeit für mich gab. Ich hatte dann mucksmäuschenstill in der Klasse gesessen und insgeheim bewundert, wie souverän sie im Mittelpunkt des Geschehens stand. Von nun an war ich sogar täglich mit ihr in ihrem Reich.

Auf meinem ersten Gang zu unserer 8. Polytechnischen Oberschule Bruno Kühn begleiteten mich meine Eltern beide. Ich hatte meinen nagelneuen Schulranzen aus rotem Kunstleder auf dem Rücken, und mein Vati trug unter dem Arm ein Bündel, das in ein Bettlaken eingehüllt war. Natürlich wusste ich, was sich darunter verbarg. Als dann im Klassenzimmer mein Einstandspräsent enthüllt wurde, war ich dennoch verblüfft, denn ein so großes Geschenk hatte ich nie zuvor bekommen. Meine persönliche Zuckertüte erwies sich als Füllhorn voller Süßigkeiten. Die vielen Bonbons und Schokoriegel schmeckten nicht nur süß, sie ließen mich das ungewohnte Gefühl kosten, etwas wert zu sein. Auch unsere neue Klassenlehrerin und die Hortnerin, die für unsere Betreuung nach dem Unterricht zuständig war, begrüßten uns mit Zuckertütchen.

Die meisten meiner Mitschüler aus unserem Stadtteil Langenberg kannte ich schon aus dem Kindergarten. Sie wussten von mir, dass ich neben der Russischlehrerin noch eine »richtige« Mama hatte, die aber irgendwie nicht mehr da war. Nachfragen ersparten sie mir – zum Glück. Obwohl wegen der

Probezeit meine offizielle Adoption noch ausstand und ich gesetzlich weiterhin den Namen meiner leiblichen Mama trug, wurde ich im Klassenzimmer bereits mit dem neuen Familiennamen aufgerufen und eingeschult. Meine Mutti hatte das auf dem kurzen Dienstweg im Lehrerkollegium geregelt. Ich fühlte mich auf sicherem Boden, weil meine Eltern in meiner Nähe waren.

Das Lernpensum machte mir von Anfang an Spaß. Lesen, Rechnen und Schreiben betrachtete ich nicht als Pflichtübung, sondern als willkommene Herausforderung. Es war wie ein Spiel, dessen Regeln man lernen musste, um dazuzugehören. Außer in Schreiben, Zeichnen und Sport stand in meinem ersten Halbjahreszeugnis hinter allen Fächern eine Eins.

Nach dem Unterricht war der Schultag aber noch nicht zu Ende. Ich kann mich jedenfalls nicht erinnern, dass einer meiner Klassenkameraden sofort nach Hause gegangen wäre. Wir trafen uns alle im Speiseraum und danach im schuleigenen Hort wieder. Nach dem Essen war die Mittagsruhe obligatorisch. Auch wenn wir nur noch selten wirklich in den Schlaf fanden, mussten wir uns auf die Pritschen legen. Ich liebte diese Auszeit, denn zur Entspannung las die Hortnerin uns jeden Tag eine Geschichte vor. *Grimms Märchen* oder russische Sagen zogen mich stets aufs Neue in ihren Bann. Erzählungen wurden meine Droge, und ich ließ mich von ihnen in das Reich der Fantasie entführen, umso leidenschaftlicher, je trister der Alltag wurde. Auch die Hausaufgaben blieben dem Hort vorbehalten, wenngleich ich bei deren Erledigung stets den unsichtbaren Druck meiner Mutti spürte. Ich wusste, wie wichtig gerade ihr gute Zensuren in der Schule waren.

Am Mittwoch hatten wir hausaufgabenfrei, denn an diesem Tag stand der Pioniernachmittag auf dem Programm. Die Jungen Pioniere waren die unterste Ebene der Parteihierarchie, in mancher Hinsicht vielleicht auch ihre eifrigste. Für uns zählte vor allem der Spaßfaktor. Wir spielten, alberten herum und sagten Reime auf, wie ich es auch aus dem Hort kannte, oder wir bastelten, sangen und packten Pakete. Das alles geschah natürlich nicht ohne einen höheren Sinn. Unsere Wandzeitung, die wir jeden Monat aus Fotos und Zeitungsausschnitten zusammenfügten, pries den Kampftag der Werktätigen für Frieden und Sozialismus, wie der Tag der Arbeit am 1. Mai hieß, oder den Weltfrieden – der selbstverständlich im Sozialismus beheimatet war.

Wir sammelten Unterschriften für die Freilassung der schwarzen US-Bürgerrechtlerin Angela Davis oder Hilfsgüter für Bedürftige in Russland und Chile, unsere Verbündeten. Gelegentlich zogen wir von Haus zu Haus, um zur Ressourcenschonung Altstoffe – heute würde man Recyclingmaterial sagen – in unseren Handwagen zu hieven. Unsere Beute brachten wir zum Altwarenhändler und steckten den Erlös in die Klassenkasse oder eine Spendenbüchse. Wir sangen die »Ballade vom kleinen Trompeter«, und ich weinte bitterlich um den armen Jungen, der der Kommunistenhatz in den zwanziger Jahren zum Opfer gefallen war. Wir stimmten auch die trotzig-traurige Hymne der »Moorsoldaten« an, die einige Häftlinge des nationalsozialistischen Konzentrationslagers Börgermoor 1933 verfasst hatten, oder schlicht Kinderlieder wie »Hänschen klein«.

Ich kann im Nachhinein nicht behaupten, dass wir damals einer ideologischen Gehirnwäsche ausgesetzt waren. Natürlich orientierten sich unser Lernstoff und in gewisser Weise auch unsere Freizeit an den Koordinaten unserer Republik, wie es ebenso in anderen Gemeinwesen, wenngleich unter anderen Vorzeichen, geschieht. Haften geblieben sind bei mir in erster Linie Werte, die mir auch heute noch wichtig erscheinen. Wir lernten, andere Menschen, Ältere, auch Benachteiligte, zu respektieren, sie zu besuchen und ihnen behilflich zu sein. Unsere eigenen Ansprüche, so lautete das Lernziel, sollten wir gegenüber denen der Gemeinschaft zurückschrauben. Zweifellos missbraucht jede Diktatur – und die SED bekannte sich ausdrücklich zu dieser Bezeichnung – Ideale für ihre Zwecke. Kinder mit gutem Willen sind ganz besonders anfällig für Manipulationen. Doch vieles von dem, was die Erzieher uns damals vermittelten, unterschied sich nicht grundlegend von den Wertmaßstäben eines Pfadfinderfähnleins.

Am 13. Dezember 1974, dem alljährlich zelebrierten Piongeburtstag, wurden wir dann formell in die Nachwuchsorganisation der Partei aufgenommen. Offiziell war die Mitgliedschaft freiwillig. Bei mir zu Hause stand die Zugehörigkeit zu den Jungpionieren sowieso außer Frage, vergleichbar mit der Erstkommunion für gläubige Katholiken. Ich kann mich aber auch keines Mitschülers aus den ersten vier Klassen entsinnen, der in unseren Pionierreihen gefehlt hätte. In der Praxis gehörte jeder automatisch dazu, sofern dessen Eltern nicht aktiv gegen eine Mitgliedschaft vorgingen, was wiederum mehr oder weniger tiefgreifende Nachteile einbringen konnte. Außerdem wollte sich natürlich kein Kind ausgeschlossen fühlen. Am wenigsten ich.

Unendlich stolz war ich, als mir nach den üblichen Ansprachen und Appellen einer der etwas älteren Thälmann-Pioniere das neue blaue Halstuch umband, vielleicht mehr noch als meine Klassenkameraden: Ich fühlte mich gleichrangig, der Gemeinschaft zugehörig. Mein Außenseiterdasein war damit beendet. Der Makel, das Kind einer Staatsverräterin zu sein, war vergessen. In unserem Pionierausweis, den ich überglücklich in der Hand hielt, waren die Jungpioniergebote aufgelistet, die vom Patriotismus über die Freundschaft zu den Kindern der Sowjetunion bis zur Freude am Sport reichten. Die Liebe zu unserer Republik hatte in der Rangliste sogar Vorrang vor den eigenen Eltern. Wir Sechs- und Siebenjährigen beteten die Gelöbnissprüche herunter, ohne ihren vollen Gehalt zu erfassen. »Lobenswert ist ihre Aktivität in der Pionierarbeit«, bescheinigte mir meine Klassenlehrerin immerhin im ersten Halbjahreszeugnis.

Zu dem obligatorischen blauen Halstuch mussten unsere Eltern uns noch die weiße Pionierbluse spendieren, die wir jeden Mittwoch zum Pioniernachmittag anzogen. An Gelegenheiten, die Bluse und das blaue Käppi zu tragen, mangelte es nicht. Brav standen wir in unserer Einheitskleidung zum

Schulbeginn, zur Zeugnisausgabe oder zu feierlichen Appellen Spalier. Zum Geburtstag der Republik am 7. Oktober sowie zur Feier des 1. Mai zogen wir winkend und Fähnchen schwenkend durch die breite Reichsstraße in Gera. Mir war die Menschenmenge nicht geheuer. Zu meiner Beruhigung durfte ich beim ersten Umzug auf den Schultern des Vaters thronen. Später vermittelte mir die Tatsache, dass meine Mutter als Lehrerin in unserem Schulblock mitmarschierte, ein Gefühl von Sicherheit.

Auch wenn ich meine Mutti auf dem Schulhof sah, wo sie gelegentlich die Pausenaufsicht führte, freute ich mich und verspürte sogar ein wenig Stolz. Aus sicherem Abstand beobachtete ich, wie sie von den meisten Schülern respektiert, von manchen umgarnt, von anderen aber gemieden wurde. »Die ist doof«, lästerten einige missmutige Klassenkameraden hinter vorgehaltener Hand, »sie nervt und meckert ständig herum.« Viel gab ich darauf nicht, denn sicher hatte meine Mutti ihre Gründe dafür, wenn sie als Lehrerin Schüler tadelte.

Einen Eindruck konnte ich aus eigener Anschauung teilen: So verbindlich sich meine Mutti nach außen gab, diskutieren ließ sich mit ihr nicht. Rigoros verfocht sie ihren, den »richtigen« Standpunkt, und wer sich ihre Ansicht nicht zu eigen machen wollte, der galt bei ihr als uneinsichtig und hatte das Nachsehen. Keine Debatte! Sozialistisch konfirmierten Schülern kam solcher Dogmatismus entgegen. Eigenwillige Eigenbrötler hatten jedoch bei ihr keinen leichten Stand. Wann immer ich selbständig Vorstellungen entwickelte, die sich nicht in ihr Weltbild fügten, behielt ich diese für mich. Es erschien mir aussichtslos, meine neue Mutter mit abweichenden Meinungen überhaupt zu erreichen. Einigkeit ließ sich mit ihr am besten dann herstellen, wenn ich mich fügte. Eine dauerhafte Herzensverbindung vermochte ich dagegen nie mit ihr zu knüpfen.

12.

AUCH ZU HAUSE waren Pioniertugenden gefragt. Bevor ich mich in meine Kammer zurückziehen durfte, hatte ich mich stets bei meiner Mutti zu erkundigen, ob ich ihr noch irgendwie helfen könne. Zu Beginn beschränkten sich meine Aufgaben im Haushalt auf leichte Hilfstätigkeiten. Sie spülte, ich trocknete ab. Ich kehrte den Boden, sie wischte nach und umgekehrt. Solange wir unsere Aufgaben im Duett anpackten, war ich meist mit Eifer bei der Sache. Dies entsprach durchaus dem Zeitgeist unserer damaligen Erziehung: Von klein auf sollten die Kinder lernen, dass sie auch zu Hause ihren Beitrag zum Wohl und Fortschritt unserer sozialistischen Gesellschaft beisteuern sollten.

Wenn meine Mutti mit dem Ergebnis meiner Arbeit unzufrieden war, erlegte sie mir auf, jede Tätigkeit so lange einzuüben, bis die Leistung stimmte. Zu allem Überfluss war sie als Hausfrau in ihrem Revier nämlich eine ausgesuchte Perfektionistin. Die Wohnung hatte stets vorzeigbar zu sein, Unachtsamkeiten hatten schnell mal strenge Blicke oder Worte zur Folge. Einmal leerte Mutti den gesamten Inhalt meines Kleiderschranks auf den Fußboden, weil sie der Ansicht war, dass er nicht ordentlich genug eingeräumt sei. Um derlei unangenehme Prüfungssituationen zu vermeiden, lernte ich rasch – mit dem Ergebnis, dass mir immer mehr Tätigkeiten überantwortet wurden. Immerhin half Oma Erna anfangs noch tatkräftig mit, Mutti zu entlasten, die es an den Schreibtisch zog. Selbst wenn im Haus alles ordentlich war, dann gab es noch den Garten. Mit der Zeit wurde ich auch immer öfter dazu herangezogen, die Kellertreppe zu fegen, Blätter zusammenzurechen oder Obstbäume abzuernten.

Selbst am Wochenende blieb mir selten Gelegenheit, mich mal auszuruhen. Am Samstag hatten wir vormittags bis um elf Uhr Schule. Gleich nach dem obligatorischen Eintopf meiner Oma zum Mittagessen und dem Abwasch stiegen Oma, Mutti und ich in den Keller hinab. Dort, oder bei schönem Wetter auch im Hof, standen die riesigen Zuber mit heißem Wasser, in denen die Schmutzwäsche der ganzen Woche eingeweicht wurde. Jedes Kleidungsstück musste per Hand gründlich auf einem Waschbrett mit Seife abgeschrubbt, danach wieder und wieder eingetaucht und ausgewrungen werden. Der Waschraum wurde zum Dampfbad; Dunst und Schweiß mischten sich auf der Haut. Zu Beginn war das für mich ein eher spielerischer Ausflug. Ich panschte im warmen Wasser herum und jagte die Seifenblasen, die aus der Lauge aufstiegen. Aber je älter ich wurde, desto aufreibender gestaltete sich der Waschtag für mich. Kaum war diese mühselige Arbeit erledigt, stand der Hausputz auf dem Stundenplan: Staubwischen, Fegen, Putzen, die Linoleumtreppe von oben bis unten bohnern, bis es schließlich um halb sechs Uhr in die Badewanne im Keller ging.

An solchen Abenden war ich oft ziemlich erledigt. Als einzigen Lichtblick empfand ich die *Flimmerstunde* des Deutschen Fernsehfunks aus Babelsberg, die meistens sowjetische oder tschechoslowakische Märchenfilme im Programm hatte. Für ein Mädchen wie mich, das sich immer schon gerne in Fantasiewelten entführen ließ, war diese filmische Märchenstunde fast die einzige Ausflucht. Westfernsehen war im Hause der Parteisekretärin selbstverständlich tabu, zumindest in Anwesenheit von Kindern. Pünktlich um halb acht Uhr abends verkündeten die Nachrichtensprecher in der *Aktuellen Kamera* die richtige Sichtweise auf das Weltgeschehen. Nur einmal bekam ich auf der Mattscheibe unseres Fernsehkastens der Marke Debüt die knuddeligen Mainzelmännchen des ZDF zu sehen, und ich fand sie sehr niedlich. Doch das war ein einmaliges Versehen, über das Mutti geflissentlich hinwegsah, als hätte es diesen Programmseitensprung nie gegeben.

Der Sonntag begann gleich nach dem Frühstück gewöhnlich mit den Wochenhausaufgaben für die Schule. Wenn ich nicht vorwärtskam, gab es im schlimmsten Fall durchaus einen Klaps auf den Hinterkopf. »Stell dich doch nicht so dumm an!«, entfuhr es meiner Pflegemutter dann schon mal. Für sie war es besonders wichtig, dass die Fassade stimmte. »Wie steh *ich* denn da, wenn du schlechte Noten bekommst?«, jammerte sie bei der Kontrolle meiner Arbeitshefte.

Daraufhin bemühte ich mich natürlich nach Kräften, den Anschein zu erwecken, den sie ihrer Umwelt präsentieren wollte. Außenstehenden müssen wir damals wie eine Musterfamilie erschienen sein. Ich gab mich stets artig und zurückhaltend, erledigte meine Arbeit gründlich, antwortete höflich. Und wenn das mal nicht ging, weil die Wut in mir hochstieg oder mir Tränen in die Augen schossen, rannte ich hoch in mein Zimmer, wo man mich in Ruhe ließ oder Oma Erna mir einen Kakao aufbrühte. Hauptsache, der Hausfrieden blieb gewahrt.

Die für mich unangenehmste Tätigkeit war dem Sonntagnachmittag vorbehalten. Gleich nach dem Kaffee wurden sämtliche Schuhe des Haushalts, die unter der Woche zum Einsatz gekommen waren, auf der niedrigen Seitenmauer unserer Hofeinfahrt entlang der Sichtschutzwand aus Fertigbetonelementen aufgereiht. Jedes Exemplar musste mit penibler Sorgfalt von Straßenstaub und Schmutz befreit, abgebürstet, eingerieben, blankgeschrubbt und nachgewienert werden, bis sich die Sonne im Lack spiegelte.

Solange wir diese Aufgabe im Team meisterten, konnte ich ihr noch ein gewisses Vergnügen abgewinnen. Im Laufe der Zeit verabschiedete Mutti sich jedoch immer öfter mit dem Verweis auf die vielen Hefte, die sie noch zu korrigieren hatte, und ich stand allein vor der Schuhparade. Nicht dass ich die Putzarbeit gescheut hätte, aber ich verrichtete sie vor aller Augen. Während die Nachbarskinder auf der Straße Gummitwist, Federball oder »Fischer, wie tief ist das Wasser?« spielten, war ich als das leibhaftige Hausmütterchen ausgestellt. Auch meine Spielgefährten blieben keineswegs von Hausarbeiten verschont, aber eben nicht am Sonntagnachmittag. Da trafen sie sich zum Spielen. Nur ich nicht. Sofort kam es wieder hoch, wie ein schmerzhafter Gruß aus der Vergangenheit: das Gefühl, nicht dazuzugehören.

Während ich das Leder mit dem Lappen bearbeitete, hielt ich Ausschau, wer so alles unsere Straße entlangflanierte. Irgendwo in meinem Innenleben glühte die schwelende Hoffnung immer wieder auf, dass meine richtige Mama eines Tages vor unserer Tür stehen könnte, um mich zu sich zu holen. Sie konnte mich doch nicht bis in alle Ewigkeit bestrafen! Irgendwann würde sie sich ganz bestimmt auf die Suche nach ihren Kindern machen! Mit solchen Gedanken ging mir die Hausarbeit leichter von der Hand. Aber erst, wenn der letzte Schuh in neuem Glanz erstrahlte, war es mir erlaubt, mich am Völkerballspiel der Nachbarskinder zu beteiligen – falls sie nicht schon heimgegangen waren.

Die Rollen meiner Eltern mir gegenüber schienen klar verteilt. Meine Erziehung war weitgehend Sache der Hausfrau. Meine Mutti gab vor, was ich zu tun und zu lassen hatte, und mein Vati nickte dazu. Wenn ich mich im Zweifelsfall bei ihm rückversicherte, kam stets die Frage: »Und was sagt Mutti dazu?« Das war ganz gewiss nicht das, was ich hören wollte, sonst hätte ich ihn nicht gefragt. Natürlich hatte sie mein Anliegen zuvor schon abgelehnt. »Na siehste!«, kommentierte Vati nur knapp. Dennoch war ich mir im Streitfall oft des unausgesprochenen Beistands meines Vaters sicher, fast unmerklich signalisiert durch ein kleines Nicken oder demonstratives Wegschauen während einer mütterlichen Gardinenpredigt.

Umso schwerer traf es mich, wenn ich seine Hand einmal direkt zu spüren bekam. Einmal hatte ich beim Toben im Hof während eines Gartenfestes den Grill umgeworfen. Reflexartig gab Vati mir eine Ohrfeige. Er bereute den Schlag zwar gleich wieder, und irgendwie sah ich es auch selbst ein, einen Fehler begangen zu haben. Dennoch tat der unerwartete Schlag mir auch in der Seele weh.

Unter der Oberfläche des Familienfriedens war ich durchaus nicht so folgsam, wie es den Anschein hatte. Mein Aufbegehren verlagerte sich einfach in die Verborgenheit. Die strengen Vorschriften unterlief ich, sobald ich mich unbeobachtet glaubte – und das durchaus mit Lustgewinn. Wenn ich etwa zur Verkaufsstelle der Konsumgenossenschaft geschickt wurde, weil die Küchenvorräte ausgegangen waren, gönnte ich mir gelegentlich, was zu Hause verboten war: Süßigkeiten wie die Zetti-Schokolode, in deren Hülle Pappfiguren aus der *Sandmann*-Sendung wie Herr Fuchs, Frau Elster, Schnatterinchen oder Pittiplatsch steckten. Die Schokolade verzehrte ich auf dem Heimweg, die Pappbilder versteckte ich, und das fehlende Wechselgeld erklärte ich damit, dass der Kaufmann sich verrechnet oder ich das Geld unterwegs verloren hatte. Diese Ausreden waren natürlich allzu durchsichtig. Mutti beschimpfte mich mehr als einmal als Diebin und verkürzte zur Strafe meine *Flimmerstunde*. Damit traf sie meinen wunden Punkt, denn das Verbot tat weh. Zugleich hatte ich jedoch auch Klarheit. Ich wollte damals meine Grenzen ausloten. Da wir über den Umgang mit Verhaltensregeln grundsätzlich nicht sprachen, erfuhr ich vorwiegend über die Strafe, wann ich zu weit gegangen war. Die Angelegenheit war damit allerdings für gewöhnlich auch erledigt.

Nur einmal nicht. Während des Sommerzeltlagers für Kinder, das alljährlich vom Betrieb meines Vaters angeboten wurde, »wechselten« die Skatkarten eines Jungen in meinen Besitz. Spielkarten bekam ich zu Hause von meinen Eltern nicht, daher war die Versuchung besonders groß. Als sie mich am letzten Tag abholten, fiel der Diebstahl auf und der Verdacht bald auf mich.

»Ich hab die Karten nicht geklaut«, beteuerte ich treuherzig – bis das Päckchen in meiner Reisetasche zum Vorschein kam. Am liebsten wäre ich vor Scham im Boden versunken. Ich kam mir vor wie eine Schwerverbrecherin und hatte große Angst davor, meinen Ersatzeltern wieder entzogen zu werden.

Doch sie beließen es bei der Ermahnung: »Du darfst uns nie wieder anlügen! Hörst du?«

Merkwürdig: Wenn ich wirklich mal etwas angestellt hatte, blieben meine Eltern seltsam unbeteiligt. Ich schloss daraus, dass ich eben doch nicht ihr »richtiges« Kind war. Für mich war die Konsequenz daher nicht, künftig ein tugendhaftes Leben zu führen, sondern eben möglichst nicht aufzufallen.

Mein diskretes Doppelleben passte allerdings durchaus zu den Usancen meiner neuen Familie. Ich erinnere mich noch gut daran, dass Mutti mir zum Jahresende 1974 ein kleines Püppchen als Geschenk von Vati mitbrachte. Sie hatte ihn in Berlin besucht, wohin er von seinem Kombinat entsandt worden war. In der Hauptstadt der DDR war er als Maurer am Bau ausländischer Botschaftsgebäude beteiligt. Seit unter Erich Honecker die DDR in den siebziger Jahren als neuer UNO-Mitgliedsstaat internationale Anerkennung erntete, gab es im Regierungsviertel einen größeren Bedarf an Repräsentativbauten für diplomatische Vertretungen.

Auch wenn Auswärtseinsätze für Vati nichts Ungewöhnliches waren, vermisste ich ihn jedes Mal. Mit der Puppe, seinem Geschenk, im Arm fühlte ich mich zumindest etwas getröstet. Als er dann aber zu Weihnachten immer noch nicht daheim war und Mutti mir an seiner statt das von ihm hergerichtete Puppenstübchen überreichte, brach ich in Tränen aus. Wo blieb Vati denn nur? »Er muss halt etwas länger arbeiten«, hieß es, als ich nachfragte. »Er kommt schon wieder.« Mutti war um Ausreden nicht verlegen. Aber was sie beteuerte, kam mir nur zu bekannt vor. Ging das etwa schon wieder los, mit den Ausreden, den Lügen, der Hinhaltetaktik? Blieb jetzt auch der erste richtige Vater meines Lebens verschwunden? Immer wieder wurde ich vertröstet, doch Vati kehrte nicht heim.

Als dann im Frühjahr 1975 auch noch Onkel Karl, der mir den Vater ein wenig ersetzt hatte, an einem Blinddarmdurchbruch starb, war meine Welt erneut aus den Fugen. Wieder war jemand einfach weg, von einem Tag auf den anderen. Ich konnte das nicht begreifen. Was Tod bedeutete, wusste ich damals noch nicht. »Wo ist Vati?«, fragte ich Woche um Woche, Monat um Monat. Die Erklärungsversuche der Erwachsenen trösteten mich nicht.

Was damals tatsächlich vorgefallen war, weiß ich erst, seit ich einige Jahre später im elterlichen Tresor Unterlagen aus dieser Zeit entdeckte. Vati wurde zum Jahresende 1974 keineswegs durch Bauarbeiten von uns ferngehalten, er saß vielmehr in Berlin in Untersuchungshaft. Zusammen mit einem Arbeitskollegen wurde ihm Diebstahl sozialistischen Eigentums vorgeworfen. Mit anderen Worten: Der gelernte Industriemaurer hatte offenbar auf seiner Baustelle Werkstoffe abgezweigt und mit den entwendeten Materialien nebenher unter der Hand ein Bauvorhaben realisiert. Diese Art von Schattenarbeit war durchaus üblich in der realsozialistischen Mangelwirtschaft, aber mein Vater war eben aufgeflogen oder verpfiffen worden. Dass seine Auftraggeber aus der privilegierten Funktionärsschicht kamen, lässt sich aus dem Umstand schließen, dass er im Gerichtsprozess mit einer Geld- und einer Bewährungsstrafe davonkam.

Diese Ereignisse waren auch für mein Schicksal von Bedeutung. Denn meine künftigen Adoptiveltern befanden sich zum Zeitpunkt von Vatis Inhaftierung noch in der Probezeit. Hätte mein Vati seine Strafe im Zuchthaus absitzen müssen, wäre er als Adoptivvater wohl kaum tragbar gewesen.

Außerdem gibt es in meinem damaligen Zeugnis einen Hinweis, wie sehr mich Vatis Fernbleiben belastet hat. In beinahe allen Fächern sackte ich in der Zeit seiner Abwesenheit auf die Note Zwei ab, was den vielsagenden Kommentar zur Folge hatte: »Im zweiten Halbjahr ließ ihre Aufmerksamkeit nach. Katrin muss sich gleichmäßiger anstrengen und konsequenter arbeiten.«

Nach der Rückkehr meines Vaters verlor in bewährter Doppelmoral niemand auch nur eine Silbe über den Vorfall. Für mich jedenfalls war die Welt wieder in Ordnung. Wenn mir die häusliche Plackerei auch manchmal über den Kopf wuchs, konnte ich mir stets sagen: immer noch besser als im Kinderheim. In der Bilanz gehörten meine ersten drei Jahre gleichsam als Kronprinzessin der Familie zu den glücklichsten in meinem Leben. Bis meine Mutti schwanger wurde.

13.

IM JAHR 1977 sollte der sehnlichste Wunsch meiner Adoptiveltern doch noch in Erfüllung gehen. So lange Zeit hatten sie auf ein eigenes Kind warten müssen, dass sie wohl selbst nicht mehr daran glaubten. Nun war Mutti guter Hoffnung, einem Stammhalter das Leben zu schenken. Ich bemerkte damals nichts von ihrer Schwangerschaft, eigentlich wusste ich noch gar nicht so recht, was das war. Ich hatte keine Ahnung, wie Kinder auf die Welt kamen. Aufklärung war für Mutti offensichtlich eine eher peinliche Angelegenheit. Brachte ich arglos ein Thema zur Sprache, das sich als heikel erwies, so gab sie mir sofort zu verstehen, dass »man« darüber nicht redete. Und daran hielt ich mich.

Nur ihren strengen Regeln entwich ich immer häufiger mit klammheimlicher Freude. Ich hatte stets pünktlich zu Hause zu sein. Als Trotzreaktion ließ ich mir daher unterwegs immer viel Zeit und trödelte, vor allem wenn daheim Arbeit auf mich wartete. Eines Abends im Frühjahr 1977 ging es schon auf halb sieben Uhr zu, als ich mich vom Spielplatz auf den Heimweg machte. Ganz gegen ihre Gewohnheit hatte Mutti mich nicht um 18.00 Uhr schimpfend nach Hause beordert. Vorsichtshalber drehte ich die Zeiger meiner Armbanduhr zurück und legte mir eine Ausrede zurecht.

Aber ich bekam gar keine Gelegenheit, sie vorzutragen. Als ich nach Hause kam, war die Tür verschlossen. Dabei brannte drinnen Licht. Ich klingelte, doch niemand öffnete. Also ging ich ums Haus. Der Kellereingang, die Tür zum Dachboden, die Fenster: alles war verschlossen und verrammelt. Ich war ausgesperrt. Angst kroch in mir hoch, und ich klingelte Sturm, aber nichts tat sich. Ich wusste genau, dass meine Mutti meine Ankunft längst bemerkt haben musste. Doch jetzt ließ sie mich so richtig auflaufen. Na schön, ich war unpünktlich, hatte die heilige Hausordnung missachtet. Bloß, war das ein Grund, mich gleich auszusperren? Mutti konnte manchmal so herzlos wie eine Stiefmutter aus dem Märchenbuch sein.

Ich läutete noch mal. Auf einmal befiel mich die blanke Panik. Die wollen mich nicht mehr!, schoss es mir durch den Kopf. Soll ich jetzt auf der Straße schlafen? Wo bekomme ich noch was zu essen? Ich brach in Tränen aus und überlegte krampfhaft, ob es nicht doch irgendeinen Zugang ins Haus gebe. Es war aussichtslos. Ich weinte und bat flehentlich: »Lasst mich rein!« Ich sah schon vor mir, wie ich wieder ins Heim abgeschoben wurde. »Es soll auch nie wieder vorkommen!«, beteuerte ich unter Tränen. Alle erdenklichen Versprechungen gab ich ab, das konnten meine Eltern nicht überhören. Aber es blieb fruchtlos. Meine Hilflosigkeit verwandelte sich mehr und mehr in Wut, und ich trat mit dem Fuß gegen die Tür. Immer wieder.

Sonst war ich eher in mich gekehrt, jetzt dagegen packte mich eine tiefe Verzweiflung. Beinahe eine halbe Stunde lang trommelte ich wie besessen gegen das Portal, bis mir die Kraft ausging. Kein Zweifel: Ich war in meinem Elternhaus nicht mehr willkommen. Nach manch anderen Enttäuschungen war das ein echter Tiefschlag für mich. In diesem Augenblick ging etwas in mir zu Bruch, was sich später nie mehr richtig zusammenfügen ließ. Für meine Eltern war ich all die Jahre eine Fremde geblieben. Das war für mich die Botschaft dieses Abends.

In meiner hilflosen Wut brüllte ich: »Wenn ihr mich nicht wollt, dann geh ich eben!« Heulend wandte ich mich ab, um Zuflucht bei meiner Tante fünf Häuser weiter zu suchen. Als ich das Gartentor erreichte und meine Aussperrung somit öffentlich zu werden drohte, öffnete sich wie von Geisterhand die Haustür.

Aufgelöst und gedemütigt schlich ich hinein.

Drinnen empfing meine Mutter mich mit der Frage: »Meinst du deine Versprechungen, so wie du sie gesagt hast, denn ernst?«

Vati saß schon wartend am Abendbrottisch und hielt sich

erkennbar heraus. Für Erziehungsfragen fühlte er sich wie üblich nicht zuständig.

Meine Wut war verflogen, mir war jetzt alles egal. Ich entschuldigte mich aufrichtig. »Es kommt nie wieder vor, ich versprech's euch«, schluchzte ich.

Daraufhin beendete Mutti mit einem belehrenden Tadel die Angelegenheit. »Du weißt doch, dass man seine Versprechungen einhalten muss.« Das war alles. Keine Umarmung, keine Bestrafung, keine Vergebung. Das Thema war mit dem Lehrspruch abgehakt.

So gut wie nie schlug Mutti mich, sie strafte mich vielmehr durch konsequentes Ignorieren. Tagelang konnte sie durch mich hindurchsehen, als ob ich aus Luft bestünde. Diese Reaktion war für mich die schlimmste nur denkbare Strafe.

Oma Erna versuchte mich an jenem Abend wieder aufzurichten, als sie mir ein wenig beim Abwasch half. »Nimm's nicht so schwer«, sagte sie. »Deine Mutti meint es nicht böse. Frag sie doch, ob du ihr noch etwas helfen kannst, dann ist sie wieder lieb zu dir.«

Nachdem ich mein Pensum erledigt hatte, hakte ich bei Mutti eigens nach, ob es noch etwas zu tun gebe. Höflich tauschten wir die Grüße für eine gute Nacht. Alles wirkte so, als wäre nichts vorgefallen. Meine Mutti hatte durch die Aussperrung ihr Ziel erreicht. Ich hielt von nun an, so gut es ging, die Vorschriften ein und vermied es, Ausflüchte zu erfinden oder zu lügen. Sie hatte nun eine Tochter, die aufs Wort parierte. Aber meine kindliche Zuneigung hatte sie verloren.

Umso mehr suchte ich die Verbindung zu meinem Vater. Es war kein Kontakt der vielen Worte, dafür fanden wir in praktischen Fragen zusammen. Wenn es darum ging, im Winter Schnee zu schippen, im Sommer das Unkraut aus den Fugen im Gartenweg zu kratzen oder im Herbst Laub zusammenzurechen, dann überließ Mutti uns bereitwillig das Feld. Vati brachte mir Tischtennis bei und sogar Zielschießen mit dem Luftgewehr. Er unterrichtete mich mit Engelsgeduld in den wichtigsten handwerklichen Grundkenntnissen. Mit ihm zusammen durfte ich unser Heim renovieren, Tapeten von den Wänden reißen, Zimmer neu streichen, Nägel einschlagen oder Holz zersägen. Ich war stolz, von ihm Fertigkeiten zu lernen, die Mutti ausdrücklich scheute. Ich beherrschte etwas, das sie nicht konnte. Und erntete dafür sogar Lob.

Selbst Vati verspürte unverkennbar das Bedürfnis, gelegentlich dem strengen Regiment seiner Frau zu entfliehen. Am liebsten unternahm ich mit ihm zusammen kleine Streifzüge durch das angrenzende Waldgebiet, neuerdings begleitet von der braungescheckten Miezekatze Minka, die zufällig zur Familie gestoßen war. Hin und wieder nahm Vati mich auch mit zu seinem Vater im nahe gelegenen Bad Köstritz. Opa Heinz bewirtschaftete neben seiner Arbeit in der Brauerei weiterhin seinen kleinen Bauernhof. Die Apfel- und Kirschbäume auf dem Gelände waren mein Klettergerüst. Zwischen all den Schäfchen, Hühnern und Kaninchen konnte ich mich als Kind fühlen, und niemand hinderte mich daran.

Auf dem Hof war Arbeit für mich etwas, was richtig Spaß machte. Zusammen mit Steffi und Lucie, den beiden Enkelkindern von Opas neuer Frau, kletterte ich auf die knorrigen Bäume, um Äpfel, Birnen oder Kirschen zu pflücken. Wir tobten durch den Heustadel – woraufhin ich prompt Heuschnupfen bekam –, oder wir buddelten Runkelrüben aus dem Acker. Schäferhündin Freya sprang mit hängender Zunge um uns herum, während hinter dem Feld ein Meer von Blumen wogte. Ich sammelte die schönsten in allen Farben zu einem bunten Strauß für meine Oma. Er wurde so groß, dass nur ein Eimer ihn fassen konnte. Ermattet von der Erntetätigkeit, ließ ich mich ins kniehohe Gras sinken und starrte einfach nur in den Himmel. Ich malte mir Phantasiebilder aus, die die Schäfchenwolken auf die blaue Leinwand über mir zeichneten. Es waren Momente ohne Zeit und Raum. Für mich beschreiben sie das Glück der Kindheit.

Auf der Koppel hinter dem Haus graste Marco, das betagte, auf einem Auge blinde Pony. Nur die Gutmütigkeit meines Opas hatte Marco vor dem Schlachthof bewahrt. Der geduldige Gaul zog uns auf einem umfunktionierten Leiterwagen von der Plantage zurück ins Haus. Auf dem Heimweg von unseren kleinen Landpartien hielt Papa gern mit einem schelmischen Seitenblick zu mir vor der Mitropa-Gaststätte am Köstritzer Bahnhof. Dort gab es den zweifellos leckersten Hackepeter der Region, auf frischem Bäckerbrot. Wir verzehrten ihn mit der verschwörerischen Lust am Geheimnis. Denn mit dieser Köstlichkeit konnte das Abendbrot meiner Mutti nicht konkurrieren. Sie hätte unseren kleinen kulinarischen Seitensprung daher prompt als Missachtung ihrer Kochkünste ausgelegt. »Das erzählst du zu Hause mal lieber nicht weiter«, schärfte Vati mir überflüssigerweise ein, und ich dachte mir, dass zwischen den beiden Ehepartnern auch nicht alles in Ordnung war.

Im Juni 1977 war die Frau des Hauses plötzlich weg. »Mutti ist im Krankenhaus«, hieß es. Obwohl ich mit meinen zehn Jahren allmählich »vernünftig« wurde, wie es oft hieß, war ich mehr als irritiert, dass Mutti nicht anwesend war, als ich im Wohnzimmer meiner Tante mit Kaffee und selbstgebackenem Kuchen meinen Geburtstag feierte. Nie war sie krank gewesen, keinen Tag hatte sie in der Klinik verbracht, seit ich hier war. Für mich war dieser Aufenthaltsort gleichbedeutend mit Krankheit. Mit Schaudern erinnerte ich mich an die Gasmaskenattacke, die dort auf mich verübt worden war. Sofort war meine Angst wieder da. Wird Mutti jemals wiederkommen?, fragte ich mich voller Sorge. Werde ich sie jetzt verlieren, wie einst Onkel Karl?

Kindern unter vierzehn Jahren war damals der Zutritt zu Kliniken generell untersagt, weshalb ich gar nicht die Gelegenheit hatte, nachzusehen, wie es ihr im Krankenhaus erging. Natürlich hatte man mir erzählt, dass meine Mutti von dort ein kleines Brüderchen mitbringen würde, ohne dass ich eine Vorstellung davon hatte, wo dieses Kind herkommen sollte. Aber die Erwachsenen hatten mir schon immer alle möglichen Geschichten erzählt.

Ein paar Tage später hieß es dann: »Mutti ist bald wieder daheim.« Nun würde sich zeigen, ob sie mir die Wahrheit gesagt hatten. Meine Hortnerin in der Kinderbetreuung war an jenem Tag sicher genervt von mir. Während ich sonst mit Hingabe den vorgelesenen Abenteuern der kecken Pippi Langstrumpf, den Wohltaten des großen »Kinderfreundes« Karl Marx aus dem in der DDR berühmten Kinderroman *Mohr und die Raben von London* oder den Umverteilungsaktionen des russischen Robin Hood, *Timo,* und seines Trupps lauschte, sah ich diesmal andauernd auf die Uhr. Der Tag im Hort zog sich endlos für mich hin. Ich war überdreht, neugierig und voller Vorfreude.

Nach einer Ewigkeit war es dann so weit. Ich hatte gewöhnlich mit Sport nicht viel im Sinn. Aber auf dem Heimweg rannte ich an diesem Nachmittag den Berg zu unserem Haus so schnell hinauf, dass mir die Puste ausging. Noch völlig außer Atem, sah ich sie schon von weitem im Hof vor dem Haus auf unserer Hollywoodschaukel sitzen. Sie hatte Besuch von einer entfernten Verwandten, die im Labor der Klinik arbeitete.

»Mutti, Mutti!«, rief ich voller Freude und rannte auf sie zu.

Ihr Blick sagte mir, dass sie beschäftigt war. Aber ich bezog das nicht auf mich und wollte sie umarmen. Noch nicht einmal »Hallo« sagte sie zu mir. Im Gegenteil: Sie stieß mich von sich und raunzte mich an: »Pass doch auf!« Dann trug sie mir auf, erst einmal meinen Ranzen aufzuräumen.

Das war zu viel. Ich stürmte die Treppe ins Haus hoch und hoffte gleichzeitig, dass Mutti mir folgen würde. Aber sie kam nicht. Vati war auch nicht zu Hause und nicht einmal das versprochene Brüderchen. Ich verzog mich in meine Schlafstube und weinte. Seit unsere Untermieterin angesichts der bevorstehenden Familienerweiterung das Feld hatte räumen müssen, verfügte ich über ein eigenes Zimmer, wo ich meinen Tränen freien Lauf lassen konnte.

Während ich mich in meine Kissen verkroch, verwandelte sich meine Trauer in Trotz. Wenn Mutti meine Zuneigung nicht will, dann zeige ich sie ihr auch nicht mehr, beschloss ich. In meinem Starrsinn glaubte ich fortan, auf ihre Mutterliebe verzichten zu können.

Fürsorglich wie immer kam irgendwann die betagte Oma Erna herein und erkundigte sich: »Was ist denn los mir dir, Katrin?«

»Egal«, erwiderte ich abweisend, »nicht wichtig«.

Sie versuchte mich mit ihrer heißen Schokolade zu trösten. Aber nicht einmal der Zaubertrank mochte mir heute schmecken.

»Freust du dich denn nicht, dass Mama wieder da ist?«, fragte sie.

Da konnte ich es mir nicht verkneifen, zu antworten: »Ja – aber sie freut sich nicht, mich zu sehen!«

Meine Oma wollte das nicht recht glauben und versuchte mich versöhnlich zu stimmen. Aber dazu sah ich nun wirklich keinen Anlass.

»Und ich blöde Kuh«, grollte ich in mich hinein, »hab mich doch tatsächlich auf sie gefreut!« Ich fühlte mich wie gelähmt und badete in Selbstmitleid.

Irgendwann war ich des Schmollens überdrüssig und schlich die Stiege wieder hinunter. Vor der Außentreppe zum Garten war eine kleine Marmortischplatte in die Hauswand gemauert. Dort ließ ich mich nieder, um unbemerkt dem Gespräch der beiden Frauen zu lauschen. Darin ging es nur um die Klinik, Krankengeschichten und Erwachsenenkram, von dem ich nichts verstand. Von mir oder meinem neuen Brüderchen war nicht einmal die Rede.

Nachdem Muttis Besuch gegangen war, kam sie über den Hof auf mich zu. Trotzig saß ich mit verschränkten Armen am Marmortisch und bemühte mich, besonders finster dreinzublicken.

Erst jetzt fragte sie mich, mit leichtem Vorwurf in der Stimme: »Freust du dich denn nicht, mich zu sehen?«

Beleidigt sprang ich auf und lief zum Haus. »Doch«, brach es aus mir heraus, »aber du, du willst nichts von mir wissen!« Da erst bemerkte ich, dass ihre Arme voller blauer Flecken waren.

»Du siehst doch«, tadelte sie mich, »dass es mir nicht gutgeht.«

Woher sollte ich das denn wissen? Mit mir hatte sie über ihre Schmerzen ja nicht gesprochen. Dass die Geburt nicht leicht gewesen war und die Infusionen schmerzhafte Stellen auf der Haut hinterlassen hatten, all das erschloss sich mir mit meinen zehn Jahren noch nicht. An ihrer Befindlichkeit ließ Mutti nie jemand anderen Anteil nehmen, mich schon gar nicht. In wichtige Belange wurde ich grundsätzlich nicht einbezogen. Ich hatte auch kein Recht nachzufragen. Immer wenn Besucher da waren, hatte ich den Mund zu halten. Jetzt begann ich ein wenig zu begreifen, warum sie mich vielleicht so abweisend empfangen hatte. Dennoch fühlte ich mich nicht im Unrecht.

14.

ANGESICHTS DER UMGEWÖHNUNGSSCHWIERIGKEITEN bei uns zu Hause traf es sich vielleicht ganz gut, dass ich im Juli 1977 erst einmal für drei Wochen ins Sommerferienlager nach Rostock-Lüttenklein fahren durfte. Wir, alles Kinder von Werktätigen der Baubrigade, für die mein Vati arbeitete, waren zusammen in einem elfgeschossigen Hochhaus für Montagearbeiter untergebracht. Gemeinsam unternahmen wir Wanderungen durch die Mecklenburger Heidelandschaft, machten Ausflüge an die Ostsee, veranstalteten Gemeinschaftsspiele und sangen Lieder am Lagerfeuer. In diesem Umfeld machten mir sogar sportliche Wettkämpfe Spaß. Beim Tischtennis und ausgerechnet im Luftgewehrschießen schnitt ich als Beste ab, weil ich beides mit Vati zu Hause geübt hatte.

Dennoch wartete ich die meiste Zeit ungeduldig auf die Abreise. Voller Vorfreude sehnte ich mich nach der ersten Begegnung mit meinem neuen Brüderchen Sören. Ich wusste, dass Sören nach meiner Abreise mit Verspätung nach Hause gekommen war, da er die ersten vier Wochen seines Lebens im

Brutkasten der örtlichen Kinderklinik zugebracht hatte. Mit seiner Geburt hatte er es offenbar etwas zu eilig gehabt. Aufregender konnte damals für mich keine Vorstellung sein, als dieses kleine Wesen bestaunen zu dürfen und von jetzt an eine große Schwester zu sein. Während der ganzen langen Rückfahrt von der Ostsee bis nach Thüringen rutschte ich unruhig auf dem Sitz unseres Kleinbusses hin und her.

Vati stand schon in unserem Hauseingang und begrüßte mich herzlich, als ich ankam: »Schön, dass unsere Familie jetzt wieder komplett ist.« Der freundliche Fahrer, der mich daheim ablieferte, war ein alter Freund und Kollege von ihm. Ebenso artig wie ungeduldig wartete ich, bis die Erwachsenen ihren Plausch beendet hatten. Mein Koffer blieb erst einmal in der Hofeinfahrt, bis jedes der Kleidungsstücke gründlich untersucht war, da es im Ferienlager Kakerlaken gegeben hatte. Dann gingen wir endlich ins Haus.

Wieder wurde mein Überschwang bereits im ersten Moment gebremst.

»Dein Brüderchen schläft«, flüsterte meine Mutter, die noch ziemlich mitgenommen aussah, und legte den Zeigefinger an die Lippen.

Nur auf Zehenspitzen durfte ich mich an seine Wiege schleichen, die in der Wohnstube stand. Da lag der niedliche kleine Kerl.

»Du darfst ihn ruhig anfassen. Musst nur vorsichtig sein«, raunte Vati mir zu.

Ich berührte das kleine Wesen ganz sachte. Seine Händchen waren kaum größer als der Daumen des Vaters. Aus der übergroßen Strickmütze ragten nur sein Stupsnäschen und der Schnuller, an dem er nuckelte.

Ich war unsagbar stolz. Jetzt habe ich einen kleinen Bruder bekommen, sagte ich mir, nachdem *sie* mir den großen genommen haben. Spontan musste ich an Mirko denken, und wieder versetzte mir der Gedanke einen kleinen Stich. So lange hatte ich ihn nun schon nicht mehr gesehen, obwohl wir besprochen hatten, dass er mich ein weiteres Mal besuchen sollte. Ich nahm mir vor, bei passender Gelegenheit meine Adoptiveltern zu fragen.

Bei Sören war es Liebe auf den ersten Blick. Von dem Moment an, als ich ihn sah, schloss ich den kleinen Mann in mein Herz, und da blieb er auch, als mein Herz größer und krank wurde, bis es irgendwann einen Schrittmacher benötigte. Er war wie ein nachträgliches Geschenk zu meinem Geburtstag, das schönste von allen. Gern übernahm ich es, wann immer sich die Gelegenheit ergab, ihn zu hüten und zu pflegen. Ich freute mich jedes Mal, wenn ich dem Säugling das Fläschchen geben durfte, auch weil es für mich den angenehmen Nebeneffekt hatte, dass ich in dieser Zeit von der lästigen Hausarbeit entbunden war. Da er als Frühchen unter Verdauungsproblemen litt, bekam er Babysan-Milch statt der DDR-üblichen KiNa-Ration in sein Fläschchen. Außerdem musste er viel umhergefahren werden. Bald war ich auf der Straße so gut wie nur noch mit dem Kinderwagen anzutreffen. Das war mir allerdings bedeutend lieber, als unsere Miezekatze Minka spazieren zu führen. Oft saß ich im Wohnzimmer und blätterte in meinen Mädchenbüchern, während ich Sörens Stubenwagen endlos hin und her rollte. Meine immer noch reichlich geschwächte Mutti ließ mich bereitwillig gewähren.

Diese zeitintensive Nebentätigkeit entfremdete mich meinen Klassenkameradinnen in der ersten Zeit noch nicht. Die meisten anderen Kinder schätzten mich sogar – auch wenn mein Status als Lehrerstochter meine Beliebtheit nicht unbedingt erhöhte. Dieses Handicap versuchte ich wettzumachen, indem ich darauf achtete, möglichst nicht durch Strebsamkeit und Gefügigkeit aufzufallen. Als einmal kurzfristig unser Lehrer ausfiel, saßen wir unbeaufsichtigt im Klassenzimmer und fingen an herumzualbern. Drei Kameraden kamen auf die abwegige Idee, wir könnten ein paar Stühle aus dem Fenster werfen. Ich weiß nicht, welcher Teufel mich ritt, aber ich ging eine Wette ein, dass sie es nicht wagen würden. Natürlich flog kurz darauf der Stuhl aus dem Fenster. In meinem Bemühen, bloß nicht als ewig artige Lehrerstochter abgestempelt zu werden, dachte ich gar nicht daran, wie sehr ich meine Mutti mit solchen Streichen blamierte. Die Lehrerin aus dem Werkraum einen Stock tiefer, der das geräuschvolle Attentat nicht entgangen war, stürmte herein, um die Übeltäter dingfest zu machen.

Sie begrüßte uns mit der in solchen Fällen obligatorischen Lehrerfrage: »Wer war das?« Die Antwort war das übliche peinsame Schweigen. Als sie damit drohte, die gesamte Klasse zur Rechenschaft zu ziehen, hob ich die Hand und gestand die Tat, die ich nicht direkt begangen hatte. Darüber hinwegsehend, dass die Initiative nicht einmal von mir selbst ausgegangen war, fühlte ich mich durch meine Wette verantwortlich für den Vorfall. Mein Gerechtigkeitsgefühl gebot es mir, keinen unbeteiligten Klassenkameraden durch mein Schweigen der Strafverfolgung auszuliefern. Durch mein Beispiel animiert, meldeten sich die drei anderen Beteiligten ebenfalls.

Um uns angemessen zu bestrafen, wurde eigens ein Pionierappell anberaumt. Wir vier Missetäter mussten antreten und vor aller Augen den förmlichen Tadel des Pionierleiters und des Schuldirektors über uns ergehen lassen. Mir vermochte dieser öffentliche Schauprozess kaum etwas anzuhaben. Ich fühlte sogar ein wenig Stolz, weil ich mich zu meiner Aufmüpfigkeit bekannt hatte und nun im Mittelpunkt der Aufmerksamkeit stand. Nur eine Sorge plagte mich: Wie sollte ich das bloß meiner Mutti beibringen? Ihre Tochter als Rädelsführerin bei unerlaubten Schulstreichen? Und das an ihrer eigenen Schule? Das passte so gar nicht zu dem glänzenden Bild, das sie der Außenwelt nur zu gern präsentierte. Noch bevor ich Gelegenheit zur Beichte fand, stellte sich heraus, dass sie längst unterrichtet war. Natürlich, wie sollte ihr so ein Vorfall auch entgehen? Die Gardinenpredigt blieb wider Erwarten aus, als ich nach Hause kam. Mutti hörte sich spürbar unbeteiligt an, was ich über den Ablauf meiner Verfehlung zu berichten hatte, und gab keinen Kommentar dazu ab. Erst als ich geendet hatte, meinte sie lapidar: »Da musst du jetzt durch …« Damit war der Fall für sie erledigt.

Meinem Ansehen in der Klasse schadete die öffentliche Maßregelung nicht. Manchen Altersgefährten mag der Anschein eines gewissen Rebellentums sogar imponiert haben. Ich knüpfte oberflächlichen Kontakt zu Mitschülerinnen wie Corinna oder Claudia und gehörte lose zu einer kleinen Clique von Mädchen. Das Problem dabei war lediglich, dass ich diese Verbindungen nur pflegen konnte, wenn ich in der Schule war oder in Ausnahmefällen mal zu einem Kindergeburtstag gehen durfte. Die Mädchen aus meiner Klasse wohnten nämlich alle weiter weg, und meine Mutti legte Wert darauf, dass ich gewöhnlich in Rufweite vom Haus blieb. Wenn meine Freundinnen mal die Möglichkeit hatten, sich mit mir zu treffen, dann fehlte mir oft die Zeit dazu. Die Betreuung meines kleinen Bruders hatte immer Vorrang, und mit dem kleinen Sören im Schlepptau wollte ich nicht bei meinen Mitschülerinnen anrücken. Da hätte ich mich irgendwie als Kindermädchen abgestempelt gefühlt.

Umgekehrt hatte es für mich immer geringere Priorität, pünktlich zu Hause zu sein. Da meine Mutter während ihrer Babypause das Mittagessen kochte, wurde ich in der vierten Klasse vom Hort befreit und sollte eigentlich unmittelbar nach dem Unterricht heimkehren. Doch dort wartete vor allem Arbeit auf mich: Geschirr spülen, Hausaufgaben, Wäsche aufhängen, Sören füttern, Kaffeetafel und Abendbrottisch decken. Daher wurde ich damals, glaube ich, Rekordhalterin im Trödeln auf dem Heimweg – jedenfalls in dem Rahmen, in dem zu Hause noch kein ernsthafter Ärger drohte. Für jede Abwechslung am Wegesrand war ich dankbar. Besondere Anziehungskraft im Herbst übten die kleinen Laubhügel auf mich aus, die die Anwohner unter den Kastanienbäumen sorgfältig zusammengefegt hatten. Mit unwiderstehlicher Lust drosch ich mit dem Bein in den nächstbesten Blätterhaufen, als wäre er ein Fußball beim Torabschlag. Ich empfand es als faszinierend und zugleich als willkommene Verzögerung, das farbenprächtige Laub durch die Luft wirbeln zu sehen, noch dazu mit dem besonderen Reiz des Verbotenen.

Die Hausbewohner waren allerdings anderer Ansicht. Kaum hatte ich mich an ihrem mühsam errichteten Laubhaufen vergangen, stürzte eine Anwohnerin heraus, als hätte sie nur auf mich gewartet. In wüsten Tönen, durch fuchtelnde Armbewegungen unterstrichen, wetterte die alte Frau gegen meine »Unverschämtheit« und meine »miserablen Manieren«.

Doch die zeternde Furie konnte mich kaum beeindrucken. »Blöde Kuh«, murmelte ich nur vor mich hin.

Da holte sie zum stärksten Hieb aus, den sie mir mit Worten verpassen konnte. »Was will man auch anderes erwarten«, meinte sie schnippisch, »wenn jemand aus dem *Heim* kommt!«

Das hatte gesessen. Volltreffer. Ich glaubte den Boden unter den Füßen zu verlieren. Genau davor hatte ich mich insgeheim immer gefürchtet. Meine kleine, heile Welt mit Vater, Mutter, Kind, mit Haus, Schule, Bruder, mit Freunden und Verwandten erschien mir mit einem Mal wie zertrümmert. Meine Herkunft war in unserer Straße also längst ein offenes Geheimnis. Ich war wieder die Fremde, die nicht hierhergehörte, die Außenseiterin, die Aussätzige. Das Heimkind. Ich kam mir vor wie eine ehemalige Verbrecherin, die den Weg in die Gesellschaft zurückgefunden hatte und nun mit ihrem Vorstrafenregister konfrontiert wurde.

Mir war schummrig zumute, alles drehte sich in meinem Kopf. Gab es denn für mich niemals die Chance auf ein neues Leben? Wurde ich meinen Makel nie los? Jahrelang hatte mich niemand wegen meiner Herkunft gehänselt. Ich hatte mich vollwertig gefühlt, gleichrangig mit den anderen Kindern, und ich hatte alles daran gesetzt, diesem Bild zu genügen. Jetzt lag es in Scherben vor mir auf dem Bürgersteig. Ich war nur ein Kuckuckskind. Ein Heimzögling.

Tränen schossen mir in die Augen. Ich spürte, wie verletzlich ich war, und verachtete mich deswegen. Wie sehr hasste ich meine Tränen, wie oft hatte ich dieser blöden Heulerei abgeschworen! Es half nichts, ich weinte den ganzen Weg nach Hause. Hemmungslos. Wie damals auf den Treppenstufen des

Kinderheims. Ich fand mich immer noch erbärmlich, wenn ich weinte. Zum Glück sah niemand zu.

Natürlich wollte Mutti, als sie mein verweintes Gesicht bemerkte, von mir wissen, was passiert war. Ich glaube nicht, dass sie mich dazu in den Arm nahm oder mir tröstende Worte sagte. Sie kam mir immer so abwesend und abweisend vor, stets mit wichtigeren Angelegenheiten beschäftigt. Ich kann mich nur noch an ihren zerstreuten Tadel erinnern: »So was macht man doch auch nicht!«

Das allerdings wusste ich selbst. Im Nachhinein hätte ich auf diesen Streich auch lieber verzichtet. Erwartungsgemäß servierte Mutti meinem Vater, als er von der Arbeit heimkam, meine Freveltat brühwarm zum Nachmittagskaffee. Er reagierte so, wie ich ihn kannte. Er verlor nicht viele Worte, ließ seinen Kaffee stehen, packte mich an der Hand und ging mit mir zum Tatort. Wieder bewunderte ich seinen Mut, seine Entschlossenheit. Trotzdem fürchtete ich mich vor der Begegnung mit der alten Frau, die bei uns Kindern wegen ihrer dauernden Nörgelei berüchtigt war. Ich hatte Angst, von ihr vor meinem Pflegevater als böses Mädchen hingestellt zu werden. Zum Glück gingen Papa und ich den ganzen Weg Hand in Hand.

Unterwegs schalt Vati mich wegen meiner Untat. »Was machst du denn für einen Blödsinn! Da würd ich mich an deren Stelle genauso ärgern. Zusammenleben bedeutet eben auch Rücksichtnahme, hörst du!«

Ich konnte dem wenig entgegensetzen, war ja selbst ganz bedrückt. Aber ihm gegenüber traute ich mich zu sagen: »Die Frau hat mir weh getan mit dem, was sie gesagt hat.«

An Papas Hand stieg ich die fünf Stufen zur Haustür der Nörglerin hinauf und wartete beklommen, während er den schwarzen Plasteklingelknopf drückte. Als hätte sie uns schon erwartet, stand die Hausherrin in ihrer abgetragenen Kittelschürze umgehend in der Tür. Papa forderte sie höflich auf, den Vorfall noch einmal zu schildern. Die kleine, kräftig gebaute Rentnerin beklagte sich darüber, wie dreist ich ihr Ordnungswerk ruiniert hatte.

»Und dann ist sie auch noch frech geworden, also …« Ihr Ton klang nun schon deutlich milder.

Vati ließ sich nicht beirren. Seine Stimme bekam einen anklagenden Unterton. »Haben Sie *Heimkind* zu ihr gesagt?« Jetzt antwortete die Frau nicht mehr. »Das ist eine Unverschämtheit«, legte mein Vater nach.

Betont zerknirscht murmelte sie eine Entschuldigung, und ihr faltiges Gesicht wurde fahl. Aber damit war die Affäre nicht aus der Welt.

Mein Vater betonte jedes seiner Worte überdeutlich: »Ja, Katrin war mal im Heim, aber jetzt ist … sie … *unser* … Kind!«

Das war Labsal für mein geschundenes Selbstwertgefühl. Nur scheinbar sprach Vati mit der Frau aus der Nachbarstraße. Seine Botschaft richtete sich in Wirklichkeit an mich. Du brauchst dich für deine Herkunft nicht zu schämen, gab er mir damit zu verstehen, du bist doch *unser* Goldschatz!

Es fiel mir daher nicht schwer, mich bei der Dame für den Vorfall zu entschuldigen. »Ich tu's auch nicht wieder!«, sagte ich mit Stolz und nicht mehr mit Scham. Ich fühlte mich rehabilitiert, sah mich nicht mehr als Heimkind, sondern als legitime Tochter.

Tatsächlich war die Alte beinahe gerührt, und ich spürte plötzlich, dass sie sehr einsam sein musste. Das Tadeln der Kinder, die häufig vor der alten Sporthalle gegenüber ihrem Haus herumhingen, war wohl ihr Hauptkontakt zur Außenwelt. Nach unserer Aussprache behandelte sie mich fortan auffallend nett und freundlich.

Auf dem Rückweg sagte Vati nicht mehr viel. Ich ging ein wenig aufrechter neben ihm her. Wieso ist es immer er, der mich beschützt, ging es mir nur durch den Sinn, warum niemals Mutti?

15.

IN DER VIERTEN Klasse war ich reif für eine politische Beförderung. Von den Jungen Pionieren durfte ich zu den Thälmann-Pionieren überwechseln. Ernst Thälmann, das wussten wir aus dem Unterricht, war ein »aufrechter« Kommunistenführer, der gegen die Nazis gekämpft hatte und deswegen von ihnen 1944 im Konzentrationslager Buchenwald ermordet worden war. Unzählige Straßen, Kombinate und Schulen in der DDR trugen seinen Namen. Er wurde uns stets und überall als Vorbild gepriesen. Jetzt waren wir selbst Nachwuchskommunisten, ohne dass ich so recht wusste oder mich darum kümmerte, was es denn mit diesem Kommunismus auf sich hatte.

Für mich zählte allein, dass wir nun anstelle des blauen ein rotes Halstuch tragen durften. Später kam noch das blaue Hemd der Freien Deutschen Jugend (FDJ) dazu, mit dem Emblem der aufgehenden Sonne am linken Ärmel. Diese Erkennungszeichen signalisierten in aller Öffentlichkeit, dass wir jetzt zu den Großen gehörten. Kinderkram und Ringelpietz waren von gestern, jetzt waren *wir* es, die den ABC-Schützen das blaue Halstuch umbinden durften. Im Vergleich zu ihnen fühlten wir uns schon fast erwachsen.

Mit Erstaunen lese ich heute in meinem Zeugnis für jenes Schuljahr die folgende Gesamteinschätzung: »Sie stellt die Ziele der Klasse höher als ihre eigenen.« Im Jahr darauf heißt es: »Politischen Ereignissen steht Katrin aufgeschlossen gegenüber.« Auch später wird mein Einsatz in der FDJ immer wieder lobend hervorgehoben.

Ich kann mich nicht entsinnen, mich damals in irgendeiner Weise für Politik interessiert zu haben. Die Pioniernachmittage aus jenen Tagen verbinde ich hauptsächlich mit Spielen, Basteln und Singen. Wenn im Fernsehgerät meiner Eltern die *Aktuelle Kamera* oder Eduard von Schnitzlers *Schwarzer Kanal* lief, stellte ich die Ohren auf Durchzug. Nachrichten und politische Kommentare waren für mich Botschaften aus einer anderen Welt, die mit meinem Leben nichts zu tun hatten.

Wenn ich heute darüber nachdenke, würde ich sogar annehmen, dass ich damals bewusst innerlich abgeschaltet habe. Ich wollte lieber nicht so genau zuhören, dann lief ich auch nicht Gefahr, etwas Falsches wiederzugeben, wenn mich jemand fragte. Lieber schweigen als sich blamieren. Nach wie vor war es meine größte Sorge, ja nicht unangenehm aufzufallen. Nichts wäre mir peinlicher gewesen, als etwas zu sagen, was womöglich nicht mit den Erwartungen an mich übereinstimmte. Alles, was sich außerhalb meines unmittelbaren Erlebnishorizontes abspielte, bereitete mir Unbehagen. Wirklich zu Hause fühlte ich mich daher nur in den Fantasiewelten meiner Bücher und Märchenfilme.

Da ich mich einer eingehenden Auseinandersetzung mit der deutsch-deutschen Realität verweigerte, blieben eher diffuse Vorstellungen in meinem Bewusstsein haften. Der Westen, so bekam ich es später vermutlich in Staatsbürgerkunde eingetrichtert, war etwas ganz Schlimmes, ein Hort des Bösen und der Heimtücke. Ich war froh, dass bei uns im Osten jeder einen Arbeitsplatz hatte und wir keine Gebühren für Kinderbetreuung und Schulen bezahlen mussten – ganz anders als »drüben«. Näher begründen konnte ich diese Zusammenhänge allerdings nicht. Im Grunde ging mich das alles auch nichts an. Was kümmerte es mich schon, wie es irgendwo draußen in der Welt zuging? Ich hatte genug mit meinem eigenen Leben und dessen Begrenztheiten zu schaffen.

Den meisten Eifer legte ich an den Tag, wenn es um praktische Unternehmungen ging. Auf Geheiß unserer Pionierleiterin beteiligten wir uns an den Subbotniktagen, an denen wir getreu dem Vorbild der sowjetischen Komsomolzen unseren Beitrag für das Gemeinwohl leisten sollten. Auf dem Schulgelände jäteten wir Unkraut, mähten Gras oder rechten Laub zusammen, in den Klassenräumen säuberten wir Schulbänke, Tafeln und Fenster – alles Tätigkeiten, die die Schulverwaltung offenbar nicht ohne unsere Unterstützung zustande brachte.

Wir waren eine nützliche, idealistisch gesinnte Hilfstruppe für die Lücken im sozialistischen Aufbauwerk. Wenn einzelne Mitschüler, vermutlich von ihren eher regimefernen Eltern davon abgehalten, an unserem »freiwilligen« Arbeitsdienst nicht teilnahmen, erschien mir das befremdlich, da sie in meinen Augen die Gemeinschaft im Stich ließen.

Es gab allerdings wohl kaum eine längere Phase in der kurzen Lebenszeit unserer Republik, in der sie bei der Mehrheit ihrer Bürger so hohes Ansehen genoss wie in den siebziger Jahren. Erich Honecker, Walter Ulbrichts Kronprinz und Königsmörder zugleich, galt zu Beginn seiner Amtszeit 1971 als ein Mann der Erneuerung. Der langgediente Funktionär hatte rechtzeitig erkannt, dass das Volk, dem weder eine Wahl noch eine Ausweichmöglichkeit blieb, nicht mit Askese oder Fünfjahresplänen zu gewinnen war, sondern vor allem mit dem kleinen, privaten Glück. So ließ er im großen Stil Wohnraum schaffen, der für damalige Verhältnisse komfortabel ausgestattet war. In kurzer Folge konnte der SED-Generalsekretär, der bald darauf auch im Staatsrat den Vorsitz übernahm, die Mieter der millionsten und der zweimillionsten Wohnung in ihren neu errichteten Plattenbauten besuchen.

Zugleich kurbelte das Regime die Konsumgüterproduktion an, damit die Bürger das eine oder andere Gebrauchsgut erwerben konnten. Auch in unserem Haushalt gab es daraufhin endlich eine Waschmaschine, zu unser aller Erleichterung und meiner persönlichen Entlastung. Die DDR wurde ansatzweise lebenswerter. Fröhliche Musik- und Folklorefestivals wie die Weltjugendfestspiele von 1973 sollten Weltoffenheit signalisieren. Auch ich registrierte bei den meisten meiner Landsleute die Grundeinstellung, sich in unserem Arbeiter- und Bauernparadies so gut es ging einzurichten. Dass vieles davon nur Fassade war, hinter der sich viel Unmut und Unzufriedenheit anstauten, erkannte ich all die Jahre nicht.

Im Grunde vollzog sich dieses Schauspiel auch bei uns zu Hause, wenngleich im Kleinformat. Meine Mutti hatte offenkundig das Bedürfnis, der Öffentlichkeit zu verkünden: »Seht her, ich habe aus Katrin einen ordentlichen Menschen gemacht!« Darin erschöpfte sich meine persönliche Zielvorgabe. Ich legte mich ins Zeug, um meiner Mutter, die an unserer Schule eine Autorität war, ja keine Blamage zu bereiten. Ich hatte verinnerlicht, dass ich meine eigenen Bedürfnisse zurückstellen musste. Noch erschien mir dieses Arrangement als einzig denkbare Rettung vor der tristen Bewahranstalt Kinderheim.

Wie ein Schatten begleitete mich dieser gefühlte Makel: *Heimkind. Tochter einer Staatsverräterin. Nicht vollwertig.* Um so eifriger tat ich alles dafür, um dem gewünschten Bild eines Vorzeigekindes zu entsprechen. Ich war mir bewusst, wie wichtig meiner Mutter, der Parteisekretärin, die Außenwirkung war. Das war wohl der Hauptgrund, warum ich mich mit derart großem Eifer bei den Thälmann-Pionieren hervortat.

Im Unterschied zu den zehn Jungpioniergeboten rückte in den Gesetzen, die jetzt für uns galten, der Punkt »Liebe und Achtung für unsere Eltern« vom zweiten auf den dritten Rang zurück. Die »Liebe für unser sozialistisches Vaterland« und der »Stolz auf unser rotes Halstuch« erhielten dagegen höhere Priorität. Ein Stück mehr gehörten wir dem sozialistischen Staat und entfernten uns von der Familie.

Dass es irgendeine Alternative zum staatlichen Jugendverband geben könnte, kam mir gar nicht erst in den Sinn. Selbst die beiden Schüler meiner Klasse, deren Eltern der Kirche verbunden waren, trugen das obligatorische Halsband. Auch sie wollten nicht ausgeschlossen sein.

Kirche war in meiner Familie wie ein rotes Tuch, ein Relikt aus finsterer Vergangenheit, ein Tabu, über das nicht gesprochen wurde. Was Religion war, wusste ich nicht, klerikale Bräuche waren mir unbekannt. Einmal hatte ich als Kind bei irgendeiner Gelegenheit kleine Heiligenbildchen zu sehen bekommen, auf denen die Abgebildeten zum Himmel beteten. Daraus schloss ich, dass es ein höheres Wesen geben musste. Aber ich war böse auf diesen Gott, wenn es ihn denn gab. Ich erinnere mich, dass ich in einem verzweifelten Augenblick zum Himmel hochsah und mich bitter beklagte. »Du bist nie da, wenn es darum geht, mir zu helfen!«, sagte ich vorwurfsvoll. Warum lässt dieser allmächtige Gott zu, dass ein Kind, das unschuldig und hilflos ist, derart leiden muss? Erst sehr viel später fand ich eine Verbindung zu Gott.

Selbst das Weihnachtsfest bei uns zu Hause hatte keinerlei religiösen Bezug. Allein Weihnachtsbaum und Gabentisch erinnerten an die Feier in christlichen Familien. Gab es zu Beginn noch Geschenke, die mein Herz berührten, wie den Teddybären Bruno oder mein erstes eigenes Fahrrad, so erhielt ich bald nur noch Präsente, die einen Alltagsnutzen hatten. Einmal lag für mich das Buch *Kochen. 1680 Rezepte für Sie*, das kulinarische Standardwerk der DDR, unterm Lichterbaum.

Ein Geschenk meiner Mutti jedoch hütete ich lange Zeit wie einen kleinen Schatz, obwohl es lediglich ein Jugendbuch war. Ich weiß nicht, wie oft ich diese Erzählung damals von vorn bis hinten gelesen habe, denn sie spendete mir immer wieder Trost und gab mir Hilfestellung. Christa aus der gleichnamigen Geschichte eines jungen Mädchens des sorbischen Autors Jurij Brězan war ein Adoptivkind wie ich, das sich auf die abenteuerreiche Suche nach seinen wahren Eltern macht. Am Ende stößt Christa nur auf ihren egoistischen Vater, die Mutter ist schon gestorben, weshalb sie geläutert beschließt, bei ihren Adoptiveltern zu bleiben.

Während ich diese Erzählung verschlang, wurde ich zu Christa; mit ihr bangte und forschte ich, mit ihr war ich traurig, weil es ihr am Ende versagt blieb, ihre leibliche Mutter in die Arme zu schließen. Christa wurde meine Identifikationsfigur. Ich spürte dieselbe Sehnsucht wie dieses Mädchen, nach den eigenen Wurzeln zu forschen, empfand aber zugleich die Angst, am Ende ähnlich ernüchtert zu werden. Merkwürdigerweise habe ich mich damals nie gefragt, ob Mutti mir gerade dieses Buch mit Absicht geschenkt hatte. Verbarg sich hinter der Geschichte etwa ein Gesprächsangebot an mich? Sollte Christas Beispiel mir zeigen, dass die Adoptivfamilie am Ende doch das richtige Zuhause war? Wollte sie mich mit diesem Buch einladen, ihr all die Fragen zu stellen, die mir auf der Seele brannten, die ich aber nie über die Lippen brachte: Was war meine leibliche Mutter für ein Mensch? Wo hielt sie sich verborgen? Warum kam sie nicht, um mich zu sich zu holen?

Noch erschien es mir unvorstellbar, meine Mutti nach meiner Mama zu fragen. Dabei verging kein Tag, an dem ich nicht an die Vermisste dachte, gerade wenn mir die Arbeit mal wieder zu viel wurde. Das hätte Mama nicht zugelassen, redete ich mir ein. Bei ihr hätte ich es besser gehabt.

In Wirklichkeit wusste ich nicht einmal, wer meine leibliche Mutter war. Ich konnte mir nicht einmal mehr richtig ins Gedächtnis rufen, wie sie ausgesehen hatte. Mein Bild von ihr speiste sich eher aus meiner Einbildungskraft als aus den Fragmenten meiner Erinnerung. Umso mehr Freiraum hatte ich, mein eigenes Mutterbild zu entwerfen. Alles, was ich an meiner Adoptivmutter schrecklich fand, war meiner »wirklichen« Mama wesensfremd. Was ich bei jener vermisste, dichtete ich dieser an.

Idealer, glaube ich, hätte ein Mutterbild nicht ausfallen können. Und meiner Mama wäre es mit Sicherheit unmöglich gewesen, wenn sie jemals wieder aufgetaucht wäre, dieser Wunschvorstellung auch nur ansatzweise gerecht zu werden. Aber sie blieb weiter verschollen, und genau das war für mich der Makel auf ihrem Heiligenschein. Wenn sie selbst jetzt, da die schlimmste Strafe längst abgebüßt sein musste, immer noch nicht kam, um ihr Versprechen einzulösen, blieb für mich nur eine Erklärung: Sie wollte mich nicht mehr haben.

Gera, November 2007

Ich komme mir schon fast wie ein Dauergast im Jugendamt von Gera vor. Mein zwischen Aktendeckeln dokumentiertes Leben hat sich als ausgesprochen vielseitig erwiesen. So besuche ich nun schon zum vierten Mal die freundliche Sachbearbeiterin, deren Sprechstunde mich bisweilen an eine Therapiesitzung erinnert. Das nüchtern gehaltene, aber zeitgemäße Büromobiliar ruft keine Assoziationen mehr an die DDR hervor, in den Aktenbündeln dagegen steckt sie noch, die scheinbar vergangene Zeit.

Blatt für Blatt arbeitet sich Frau Schwan durch die Dokumente und rezitiert aus der darin enthaltenen Verwaltungsprosa. Ich bemühe mich, möglichst viel davon in meinen Notizen festzuhalten, und bin der Sachbearbeiterin sehr dankbar, dass sie mir ausreichend Zeit dafür lässt. Zum ersten Mal erfahre ich, dass meine Mutter schon einmal im Gefängnis sitzen musste, gerade einmal sieben Monate nach meiner Geburt, wegen angeblichen Diebstahls und Urkundenfälschung. Es ist gelinde gesagt ein Schock für mich. Ich muss also schon in meinem ersten Lebensjahr mehrere Monate in einer staatlichen Dauerkrippe zugebracht haben.

Doch dann denke ich mir: Vermögen diese nüchternen Amtsvermerke die Wirklichkeit zu erfassen? Was wissen die Behörden schon von den Nöten einer jungen Mutter, die seit ihrem fünfzehnten Lebensjahr auf sich alleine gestellt war? Die bis zum Alter von zwanzig Jahren bereits drei Geburten hinter sich hatte und mit dem Verlust ihres Erstgeborenen zurechtkommen musste? Deren Kinder wegen häufiger Krankheiten besondere Zuwendung brauchten? Die ohne Berufsausbildung von schlechtbezahlten Gelegenheitsarbeiten leben musste? Nirgends findet sich ein Hinweis darauf, dass der Staat, der nach eigenem Bekunden so sehr um das Wohl des Nachwuchses bemüht war, meiner damals minderjährigen Mutter geholfen hatte, ihr Leben zu bewältigen sowie sich und ihre Kinder ausreichend zu versorgen.

Immer wieder rufen die amtlichen Vermerke verschüttete Erinnerungen in mir wach.

Zum ersten Mal seit meiner Kindheit habe ich wieder in Umrissen das Bild vor Augen, wie die Männer in den dunklen Mänteln meine Mama damals abgeholt haben. Die Beamtin hört mir aufmerksam zu, obwohl der jungen Frau viele meiner Schilderungen wie Erzählungen aus einem fernen Land vorkommen müssen. Sie ist erstaunt, von der überfallartigen Festnahme zu erfahren, die ich hautnah miterlebt habe, denn davon steht nichts in den Unterlagen. Während sie die Papiere noch einmal nach einem Hinweis absucht, versuche ich mir die damaligen Umstände vor Augen zu führen.

»Mama saß also zu der Zeit, als ihr das Sorgerecht entzogen wurde, in Haft«, folgere ich. »Ich muss herausbekommen, ob es ihre freiwillige Entscheidung war, mich und meinen Bruder herzugeben.«

Im Blick der Sachbearbeiterin lese ich mitleidsvolle Skepsis, als sie kurz aufsieht. Weiß sie etwa mehr als ich? Immerhin kennt sie die Akten besser.

Wie durch einen Spalt in einem Vorhang sehe ich mich an der Hand meiner Mama, es muss kurz vor ihrer Festnahme Anfang 1972 gewesen sein. Wir warten wie jeden Morgen vor meinem Kindergarten. Ich habe deutlich vor Augen, wie die schwere Tür ins Schloss fällt; wir beide davor, ausgesperrt. Von diesem Tag an gibt es für mich im Kindergarten keinen Platz mehr, aus welchem Grund auch immer. Bereits mir als Vierjähriger ist klar, dass meine Mama Schwierigkeiten bekommen wird, wenn sie keine Betreuung für mich hat, und das ist mir unangenehm.

Ich höre, wie sie sich aufregt, wie sie vor der Tür lautstark schimpft: »Wie soll ich denn einer Arbeit nachgehen, wenn ihr mir den Kindergartenplatz auch noch wegnehmt!« In ihrer Wut scheut sie nicht davor zurück, lautstark auf den Staat zu schimpfen. Ich kenne sie so nicht, noch nie habe ich Mama derart aufgebracht erlebt.

Neben diesem Unbehagen löste die verschlossene Tür damals auch aus einem anderen Grund Trauer bei mir aus: An jenem

Tag hätte es im Kindergarten falschen Hasen gegeben, eine thüringische Spezialität mit Hackbraten und Erbsen, die mir nun entging, was ich unter Tränen kundtat.

Mama tröstete mich. Sie ging vor mir in die Hocke, fasste mich an den Schultern und sah mir ins Gesicht. »Sei nicht traurig, mein Schatz«, sagte sie aufmunternd zu mir, »dann kochen wir uns eben heute Mittag selbst was Schönes.«

Auf dem Weg nach Hause überquerten wir an jenem Tag den Marktplatz. Mama war immer noch ziemlich wütend und steuerte direkt auf ein Café zu, in dem sie ab und zu als Bedienung aushalf und ihre Freunde traf. Heute weiß ich, dass es das Haus der deutsch-sowjetischen Freundschaft war, das abends als Tanzlokal, tagsüber als Café diente. Zornig knallte sie ihre Handtasche auf einen der Stühle und schrie: »Wenn das hier so weitergeht, dann hau ich auch ab!« Sie rief die verbotenen Worte so laut, dass jeder es hören konnte.

Zwei ältere Schwestern meiner Mutter waren bereits in den Westen geflohen, bevor die Mauer 1961 hochgezogen worden war. »Wir holen dich rüber, wenn du groß bist«, hatten die beiden der Jüngeren zum Abschied versichert. Seitdem war offenbar auch meine Mama als Republikfluchtwillige im Visier des DDR-Überwachungsstaates, wie meine Adoptivmutter einmal bestätigte, woher auch immer sie dieses Wissen bezog.

Einige Male finden sich in meinen Adoptionsunterlagen Briefwechsel zwischen dem Jugendamt, der Kaderabteilung und der Abteilung Inneres. Ich frage Frau Schwan, was das für eine Behörde sei, doch sie weiß es ebenfalls nicht. Als solche Amtsbezeichnungen galten, war sie noch nicht im öffentlichen Dienst. Je mehr bürokratische Protokolle und Vermerke die Vorleserin mir vorträgt, desto rätselhafter erscheinen mir die Vorgänge, die die Akten eher verschleiern als erklären. Was ist der wahre Grund für die Haft meiner Mutter? Warum wurden wir von ihr getrennt? Musste sie, mussten wir für ihre Fluchtgedanken büßen? In dem Blätterbündel vermag ich auf die Fragen, die mich am meisten umtreiben, keine befriedigende Antwort zu finden – in diesem Moment noch nicht.

16.

MIT DEM EINTRITT in die Mittelstufe der Polytechnischen Oberschule Bruno Kühn im September 1978 ließ ich die Grundstufe hinter mir und gehörte jetzt endgültig zu den Größeren. Auch mein Aufgabengebiet zu Hause erweiterte sich spürbar. Zum Schuljahresbeginn kehrte meine Mutti aus ihrem Babyjahr in den Lehrerberuf zurück, Sören kam in die Langenberger Kinderkrippe, im selben Gebäude, in dem auch mein ehemaliger Kindergarten war.

Und wer sollte ihn dorthin bringen und wieder abholen? Keine Frage: Diese Aufgabe ging mit der Zeit in meinen Verantwortungsbereich über. Meiner Mutti, die anfangs die Begleitung auf dem Hinweg noch übernommen hatte, war diese Pflicht neben ihrem Lehrerberuf und in ihrer Position offenbar zu viel. Sie kümmerte sich um Sören in erster Linie, wenn er krank war. Mein Vati fiel als Begleitperson ebenfalls aus, da er schon früh mit der Arbeit beginnen musste, wenn er nicht ohnehin auswärts im Einsatz war. Also blieb mir, der Ersatzmama, zweimal täglich der Gang zur Krippe überlassen. Ich musste unter der Woche um halb sechs Uhr aufstehen, um mein Brüderchen in aller Frühe zu wickeln, anzuziehen und ihm seinen warmen Pudding mit Haferflocken zuzubereiten. Anfangs empfand ich das nicht als Belastung, weil ich von ihm etwas zurückbekam: das Gefühl, gebraucht zu werden. Während meine Klassenkameraden noch am Frühstückstisch saßen, schob ich mit dem Ranzen auf dem Rücken den braungestreiften Klappkinderwagen den Langenberg hinab. Da die Krippe in entgegengesetzter Richtung zu meiner Schule lag, hatte ich jeden Morgen den doppelten Weg zu bewältigen. Mein Unterricht begann bereits um fünf nach sieben, ich musste mich also sputen.

Mein immenses Tagesprogramm schlug sich bald in den schulischen Leistungen nieder, denn manchmal kamen selbst die sonst so unantastbaren Hausaufgaben zu kurz. Mit der Zeit merkte ich ohnehin, dass mir praktische Fächer wie Werken, Musik und seit neuestem auch Nadelarbeit, wo wir sticken lernten, deutlich mehr lagen als Mathematik oder Deutsch. Meine größte Abneigung hegte ich gegenüber Leistungsproben, bei denen ich jedes Mal riskierte, unangenehm aufzufallen. Das galt besonders für den Sportunterricht, vor dem ich mich regelrecht fürchtete. Am Seil hing ich wie ein Sandsack, an der Kletterstange hatte ich panische Angst hinunterzufallen, und vor dem Barren scheute ich wie ein störrisches Pferd. Mit Entsetzen erinnerte ich mich daran, wie ich einmal abgerutscht und meine Haut danach mit grünen, gelben und blauen Flecken übersät gewesen war. Ausdauerlauf, Gymnastik sowie Turnen mit Bällen und Bändern sagten mir erheblich mehr zu.

Nach den Hausaufgaben hieß es für mich, erneut zur Kinderkrippe zu stapfen. Zum Ausgleich verzichtete ich auf die bequeme Fahrt im Linienbus und brachte Sören zu Fuß nach Hause, denn ich empfand jede herausgeschundene Minute als Schonfrist vor der Hausarbeit. Besonders gern parkte ich den Kinderwagen bei schönem Wetter neben dem Spielplatz am Ende der Schützenstraße. Während Sören im Sandkasten buddelte oder die Rutsche hinunterglitt, genoss ich die kleine Freiheit, hier zu sitzen und auszuspannen. Es war meine einzige Auszeit im Tagesablauf.

Der erschöpfte sich zu Hause in Wickeln, Aufräumen, Kehren, Essenvorbereiten, Tischdecken, Abwaschen und was sonst noch so anstand. Erschwerend kam hinzu, dass Oma Erna mit der Zeit zu altersschwach war, um mir wie früher zur Hand zu gehen. Bald zeigten sich deutliche Anzeichen einer Demenzerkrankung, und es wurde immer schwieriger, mit ihr eine Gesprächsbasis zu finden. Leider ging es mit meiner ehemaligen Vertrauten in der Folge gesundheitlich rapide bergab. Ihre letzten Lebensjahre musste Oma Erna in einem Pflegeheim fristen, wo sie 1983 verstarb.

Völlig selbstverständlich wurde daher von mir erwartet, dass ich im Alleingang meinen kleinen Bruder versorgte (was ich gern tat) und den gesamten Haushalt auf Vordermann brachte (was mir zuwider war). Kochen und backen, was meiner Mutter offenbar am meisten Spaß bereitete, übernahm sie zunächst noch selbst. Die eher undankbaren Aufgaben wanderten nach und nach in meinen Zuständigkeitsbereich. Erst im Anschluss an das Abendessen, nachdem ich Sören seine Gutenachtgeschichte vorgelesen hatte, ging ich manchmal noch auf die Straße, um mit den Nachbarskindern Federball zu spielen. Wenn ich dazu nicht zu erschöpft war.

Mutti schien es durchaus zu genießen, dass ich mein Tagewerk weitgehend ohne ihre Anleitung ableistete. Sie schien in mir nicht mehr das kleine Töchterchen zu sehen, das großer Zuwendung bedurfte. Deshalb beschäftigte sie sich vorwiegend dann mit mir, wenn es um Haus- oder Schulangelegenheiten ging. Unsere Gespräche wurden mehr und mehr zu Dienstbesprechungen. Die gemeinsamen Karten- oder Brettspiele am Samstagabend waren eine seltene Ausnahme. »Zuerst die Arbeit, dann das Vergnügen«, hatte ich oft zu hören bekommen. Jetzt blieb mir davon vor allem die Arbeit.

Ein Gedanke drängte sich mir auf, den ich nicht wieder loszuwerden vermochte: Ich hatte als Vorzeigekind der Musterfamilie offenbar ausgedient. Denn jetzt gab es ja einen *richtigen* Jungen, einen eigenen Stammhalter. Die vollwertige Alternative ersetzte das Provisorium. Meine Funktion war erfüllt, und nun bekam ich eine neue Rolle zugewiesen: Ich wurde zum Aschenputtel im Haus, wenn auch ohne hinterhältige Stiefschwestern. In mancherlei Hinsicht war meine Kindheit vorbei. Keiner meiner Erzieher schien je auf die Idee zu kommen, dass Kinderglück mehr beinhalten könnte als treue Pflichterfüllung.

Doch ich kreidete es nie meinem Bruder an, dass er mir viel Mühe bereitete. Zwischen Sören und mir stand auch in späteren Jahren nie Eifersucht oder Missgunst. Dankbar nahm er an, was ich ihm beibrachte. Er war aufmerksam bei der Sache, wenn ich ihm Bilderbücher zeigte und später Kindergeschichten vorlas. Ich wurde mit der Zeit zur Ersatzmutter für ihn, und das erfüllte mich mit großer Befriedigung.

Mein Einsatz zielte jedoch weiterhin in erster Linie auf meine Mutti. Wenn ich mich um Sören bemühte, wollte ich damit auch ihr gefallen und ihre Gunst zurückerringen. Ich erlebte ein seltsames Paradox: Einerseits litt ich sehr unter den Einschränkungen und Anspannungen meiner Doppelrolle als Schülerin und Haushaltshilfe, andererseits war ich stolz auf meine Leistungsbilanz. Meine Mutti ließ prompt keine Gelegenheit aus, gegenüber anderen Erwachsenen meinen Fleiß zu rühmen. Das erfüllte mich mit Genugtuung, denn ich fühlte mich unentbehrlich. Allerdings auch ausgelaugt. Erschöpfung und Selbstaufgabe waren der Preis für meine Anerkennung.

Abends mochte ich meist niemanden mehr um mich haben. Am liebsten verzog ich mich in mein Zimmer, um in meinen Büchern zu schmökern. In der Leihbücherei am Puschkinplatz suchte ich mir vor allem Lesestoff aus, der am Ende eine glückliche Wendung der beschriebenen Geschichten versprach. Wenigstens beim Lesen wollte ich in einer heilen Welt verweilen. Begleitend zur Lektüre ertönte Musik aus dem Stern-Kofferradio meiner Eltern, das ich als besonderen Gunsterweis mit auf mein Zimmer nehmen durfte. Verbotenerweise und daher sehr leise hörte ich bevorzugt Bayern 3, allerdings nicht, um Neuigkeiten aus dem Reich des Klassenfeindes zu erfahren, sondern weil mir die Musik so gut gefiel, besonders die Schlager der damaligen West-Hitparadenstürmer wie Howard Carpendale, Mary Roos oder Marianne Rosenberg.

Natürlich schätzte ich auch die Songs von Karat, Silly oder der Puhdys; ob Sozialismus oder Klassenfeind war mir egal, Hauptsache, sie sangen deutsch. Mir war es wichtig, die Texte zu verstehen. Ausländische Sprachen kamen mir schon immer irgendwie unheimlich vor. Ich fürchtete mich vor allem, was mir fremd und unbekannt vorkam und was sich damit meiner Kontrolle entzog. Englischen Liedtexten konnte ich unter anderem deshalb nicht folgen, weil ich als Einzige aus meiner Klasse das angebotene Wahlfach Englisch nicht besuchen durfte. Es stand nämlich genau zu jener Zeit auf dem Stundenplan, in der ich zu Sörens Krippe eilen musste. Außerdem lehnte Mutti die englische Sprache ohnehin als »kapitalistisch« ab. Nicht umsonst war sie Russischlehrerin.

Meine Lieblingssendung im Radio DDR II waren die Hörgeschichten und Krimis jeden Montag von 20.00 bis 21.00 Uhr. Mutti achtete streng darauf, dass ich das Gerät rechtzeitig ausschaltete, und ich hielt mich daran, denn andernfalls lief ich Gefahr, dass sie mein geliebtes Radio, für mich eine wertvolle Verbindung zur großen weiten Welt, gnadenlos konfiszierte. Gelegentlich ging sie vor das Haus, um zu kontrollieren, ob mein Fenster zur Schlafenszeit noch erleuchtet war. Wenn sie mich auf diese Weise zu später Stunde beim Lesen erwischte, pflegte sie mit einem Stock an mein Heizungsrohr zu klopfen, und ertappt löschte ich das Licht. Oft war dies nicht der Fall, denn gewöhnlich fielen mir schon vorzeitig die Augen zu.

Eines Tages, wie aus heiterem Himmel, stand Mirko wieder vor der Tür, in Begleitung eines Freundes aus dem Kinderheim. Er war dieses Mal sogar auf eigene Faust gekommen. Umso mehr freute ich mich, meinen großen Bruder zu sehen. Ich war heilfroh, mir meinen Kummer von der Seele reden zu können. Endlich hatte ich jemanden, bei dem ich mich bedenkenlos über meine Mutter und meine Mühsal beklagen konnte, während wir gemeinsam Sörens Sportkinderwagen über den mit reifen Kastanien übersäten Waldweg schoben.

Gleichzeitig bedeutete Mirkos Besuch für mich ein Dilemma. Immerhin war er der greifbare Beweis dafür, dass ich zwischen zwei Leben steckte. Solange ich diese andere Welt im Alltag ausblendete, konnte ich meinen Zwiespalt ganz gut ignorieren. Aber gerade jetzt, auf diesem Spaziergang, auf dem ich mich buchstäblich zwischen zwei Brüdern befand, spürte ich, wie schwer es mir fiel, mich in meinem Doppelleben zurechtzufinden. So gern ich Mirko um mich hatte, war mir an diesem Abend deutlich leichter ums Herz, nachdem er in sein Kinderheim zurückgekehrt und ich meiner Zerrissenheit nicht länger ausgesetzt war. Nach diesem Überraschungsbesuch habe ich ihn nicht wiedergesehen. Mag sein, dass Mutti mit einer Meldung an die Kinderheimleitung fortan die geschwisterlichen Begegnungen unterband.

Es war unübersehbar, wie gut es meinen Eltern tat, mit meinem Stiefbruder Sören nun auch ein eigenes Kind vorweisen zu können. Wenn Vati nachmittags von der Arbeit kam, kümmerte er sich aufmerksam um sein Söhnchen. Gemeinsam unternahmen wir dann Ausflüge in unser kleines Wäldchen, und Papa erklärte uns wie so oft, was da so alles kreuchte, fleuchte und blühte. Als Junge vom Land kannte er sich in der Natur bestens aus.

Ich fühlte mich durch meinen Bruder nicht an den Rand gedrängt. Nie hatte ich den Eindruck, dass ich Sören gegenüber zu kurz kam. Im Elternhaus genoss der Sohn keine Vorzugsbehandlung, denn er wurde nicht weniger streng erzogen als ich. Die ungeschriebenen Regeln, an die ich mich zu halten hatte, galten, altersgemäß angepasst, auch für ihn. Sobald er in der Lage war, einen Teller unfallfrei festzuhalten, bekam auch er das Geschirrtuch in die Hand gedrückt. Ich fand wenig Anlass, ihn um seine Position zu beneiden. Sein einziges Privileg war, dass er klein war und daher anfangs noch kaum gefordert.

Anders verhielt es sich, wenn Mutti mit uns beiden gemeinsam in der Stadt unterwegs war. Da verwandelte sich das oft wenig beachtete Bübchen in ihren Kronprinzen. Sie strich ihm allenthalben übers Haar, pries seine Lernfortschritte, wenn sie ein Schwätzchen hielt, und konnte sich ausdauernd darüber auslassen, in welcher Hinsicht der Sohn nach den Eltern geraten sei. Bisweilen kam mir der kleine Sören wie eine Trophäe vor, die sie vor sich hertrug. Ich existierte in solchen Momenten kaum noch.

Sobald sich die Haustür hinter uns schloss, war es damit für gewöhnlich jedoch wieder vorbei. Dann erhielt ich meistens wieder die Verantwortung für mein Brüderchen. Dabei ließ Mutti nie einen Zweifel aufkommen, wie sehr sie ihren Sohn liebte. Am meisten aber genoss es Sören, wenn er zusammen mit seiner großen Schwester am Wochenende hin und wieder im Gästezimmer unter dem Dach nächtigen durfte. Am nächsten Morgen konnte es dann tatsächlich geschehen, dass Mutti uns mit einem Frühstückstablett am Bett überraschte. Wegen mir allein hätte sie sich diese Mühe wohl nicht gemacht, dennoch ließ ich mir das ungewohnte Verwöhnprogramm am Morgen gerne gefallen.

Die Werteskala meiner Adoptivmutter war nach anderen Prioritäten justiert. Sie sah sich stets zuallererst in der Pflicht ihrer Republik, der sie ihren Aufstieg zu verdanken hatte. Ihr Geltungsbedürfnis befriedigte sie bevorzugt mit ihrem gesellschaftlichen Dasein. Ihre öffentlichen Auftritte, die vielen Ansprachen, Appelle und Versammlungen, schienen ihre gesamte Kraft und Aufmerksamkeit in Anspruch zu nehmen. Sie lebte für ihren Beruf, und die Partei war ihre wahre Familie. Nirgendwo sonst fand sie so viel Bestätigung und Zuwendung, keine andere Tätigkeit hatte ähnlich große Bedeutung für sie. Als Genossin verkörperte sie die gleichberechtigte berufstätige Frau, wie sie der Sozialismus als Idealbild propagierte. Auch dank meiner Hilfe.

Irgendwann im Laufe des Jahres 1979 war ich mit meiner Geduld am Ende. Vielleicht war es eine Begleiterscheinung der Vorpubertät. Mit meinen zwölf Jahren wollte ich mir jedenfalls nicht mehr alles bieten lassen und war nicht mehr bereit, klaglos hinzunehmen, dass meine Meinung nicht gefragt war. Immer häufiger kam es vor, dass ich meiner Mutti widersprach.

Ich wurde zunehmend aufsässig. Wenn mir ein Auftrag nicht passte oder ich stattdessen lieber in meine Bücherwelt entfliehen wollte, beschwerte ich mich, statt die Aufgabe wie früher schweigend zu erledigen. Das nützte zwar nichts, denn meine Mutti war stets stärker und die Drohung mit Fernsehentzug zog noch immer, aber es tat gut, ihre Autorität überhaupt angefochten zu haben. Ich fühlte mich ein Stück weit weniger ausgeliefert.

So wagte ich es schließlich gegen Ende des Jahres 1979, die Frage zu stellen, die in einer Endlosschleife durch meinen

Kopf kreiste, seit ich zurückdenken konnte. Die Frage, die so nahelag und mir dennoch bislang unaussprechlich erschienen war. Gelegenheit dazu fand sich unverhofft eines Abends, als Mutti mich ganz gegen ihre sonstige Gewohnheit zum Einkaufen begleitete, ohne dass wir Sören im Schlepptau hatten. Es war schon dunkel, als wir das Haus verließen, und trotz blauem Anorak und Wollmütze kroch die feuchte Kälte dieser trüben Jahreszeit in mir hoch. Die Bäume am Straßenrand, die ihre Blätter schon weitgehend in die Winterpause geschickt hatten, erschienen mir wie trostlose Wegbegleiter. In der Dunkelheit wirkten die bröckelnden Fassaden der Langenberger Einkaufsstraße noch grauer als sonst. Nur eine Kugel oder eine Kerze hier und da in den Auslagen deutete darauf hin, dass Weihnachten unmittelbar vor der Tür stand.

In der Schlange vor der Fleischertheke traf Mutti prompt auf eine Frau, die sie kannte, und vertiefte sich sogleich in einen angeregten Plausch mit ihr, eine Situation, die für Kinder für gewöhnlich an Langeweile kaum zu überbieten ist. Unvermeidlicherweise musste ich wieder einmal als Vorzeigeobjekt herhalten. »Das ist meine Große«, betonte meine Adoptivmutter. »Haben wir aus ihr nicht ein prächtiges Mädchen gemacht?« Während sie mich solchermaßen pries, wechselten die Frauen Blicke, die mir merkwürdig erschienen. Offenkundig war beiden bei aller Lobhudelei bewusst, dass es sich bei mir um keine »richtige« Tochter handelte. Ich verspürte einen kleinen Stich und grübelte darüber nach, warum ich niemals einfach selbstverständlich dazugehörte. Als wir nach einigen weiteren Erledigungen aus dem Postamt auf die Einkaufsstraße traten, nahm ich all meinen Mut zusammen. Ohne Vorrede und Umschweife brachte ich die Frage über die Lippen, die mich schon so lange quälte.

»Was ist eigentlich mit meiner richtigen Mama?«, fragte ich im Gehen. Endlich war es heraus. Die Antwort war – Schweigen. Offensichtlich hatte Mutti mit allem gerechnet, aber nicht damit.

Ich stierte krampfhaft auf den Boden vor mir, weil ich Angst hatte, sonst in ihren Augen Schmerz oder einen Ausdruck von Lüge zu bemerken. Doch auch ohne sie anzusehen, spürte ich, dass ihr Blick ebenfalls starr geradeaus gerichtet war, dass ihr offenbar bange zumute war. Das peinliche Gefühl, das ich den ganzen Weg über mit mir herumgetragen hatte, lastete jetzt auf ihr. Ich konnte mir vorstellen, wie es in ihr arbeitete, wie sie sich wand und überwinden musste. Schlagartig bereute ich, sie überhaupt gefragt zu haben. Ich hatte mir mehr Klarheit erhofft, aber irgendwie wirkte sie nur getroffen und verletzt.

Unangenehm berührt, das Gesicht krampfhaft von mir abgewandt, rang sich Mutti nach einer kleinen Ewigkeit dann doch zu einer Erklärung durch. »Na ja, deine Mutter ist eben lieber feiern und tanzen gegangen, als sich um euch zu kümmern. Und sie hatte öfter mal Männerbesuch …« Nach einer kurzen Pause fügte sie, wie zur Rechtfertigung ihrer Anklage, hinzu: »Deshalb seid ihr ins Heim gekommen.«

Nun war ich endgültig verwirrt, denn ich konnte den vollen Gehalt ihrer Aussage noch gar nicht erfassen. Wie sollte das alles zusammenpassen? Die Erzieherin im Kinderheim hatte mir doch erzählt, dass meine Mama eine Staatsverräterin gewesen sei und deshalb im Gefängnis saß. War sie eine Staatsverräterin, weil sie überführt worden war, sich zu wenig um ihre Kinder zu kümmern? Aber in diesem Fall hätte meine Mama doch nicht den Staat, sondern höchstens uns, ihre Kinder, verraten? Oder stimmte das alles gar nicht – wie schon so oft? Obwohl mein Kopf nur so schwirrte, stellte ich keine dieser Fragen. Mich hatte der Mut verlassen, und um jeden Preis wollte ich der unangenehmen Situation ausweichen, neuerlich angelogen zu werden, wofür ich, so klein ich war, ein ganz gutes Gespür besaß.

Ich durchpflügte noch einmal meine Erinnerungen: Meine Mama sollte also gern gefeiert haben? Ich konnte mich daran beim besten Willen nicht erinnern. Oder etwa doch? Ja, manchmal waren in der Tat noch andere Leute in unserer Wohnung gewesen. Hatte sie mit denen Feste gefeiert, während wir schliefen? Spielte Mutti auf Mamas Aushilfstätigkeit als Bedienung in einem Tanzcafé an, wenn sie von tanzen sprach? Hatte Mama dort andere Männer kennengelernt? Stand darauf Gefängnis?

Muttis Antwort hatte unzählige neue Fragen für mich aufgeworfen. Ich hätte so gern alles gewusst und hatte zugleich Angst davor, dass die Wahrheit unangenehm werden könnte. Daher beschränkte ich mich darauf, leise vor mich hin zu murmeln: »Wo ist sie jetzt?«

Die Erwiderung kam dieses Mal ohne jegliches Zögern. »Weiß ich nicht!«

Es war nicht das Eingeständnis, sondern die Art, wie Mutti die Worte ausgestoßen hatte, die mich zusammenzucken ließ. Mich fröstelte. Immer wieder mal war mir diese Gefühlskälte in ihrem Wesen begegnet, aber so kühl hatte sie mich noch nie abserviert. Ich spürte auch, dass Mutti mehr zu wissen schien, als sie vorgab, und dass sie damit hinterm Berg hielt.

Dann merkte sie wohl selbst, dass ihre Antwort etwas zu schroff ausgefallen war. Sie rang noch einmal nach Worten, bevor sie endgültig in Schweigen verfiel. Mir gab sie dadurch zu verstehen, dass ich in eine verbotene Zone vorgedrungen war. Ich hatte wohl an ein Geheimnis gerührt, das sonst streng gehütet wurde. Ich hatte ein Tabu gebrochen. Ihre schroffe Art stand in einem heftigen Gegensatz zu der vorweihnachtlichen Stimmung, die durch viele Fenster schimmerte.

Ich wusste schlichtweg nicht, was ich da ausgelöst hatte. Wahrscheinlich, so überlegte ich, hatte ich sie als Adoptivmutter gekränkt, weil ich mich so interessiert nach meiner leiblichen Mama erkundigt hatte. Vielleicht hatte sie gehofft, dass meine Vorgeschichte für mich keine Bedeutung mehr haben würde und ich meine ursprüngliche Mutter längst vergessen hätte. Mit ihrer Zurückweisung erreichte sie nun aber genau das Gegenteil. Meine Mama war mir von da an nur noch präsenter und ging mir gar nicht mehr aus dem Sinn. Was hatte sie damals getan? Gab es neben ihrem fürsorglichen, warmherzigen Charakter, dessen Erinnerung ich mir in meinem Herzen bewahrt hatte, noch einen anderen Wesenszug, den ich nicht kannte? Betrachtete meine Adoptivmutter Mama als unangenehme Konkurrenz, oder wollte sie mich vor der Wahrheit schützen? Hatte sie Angst, dass ich ihr eines Tages entgegenhalten könnte: »Du hast mir nichts zu sagen. Du bist gar nicht meine Mutter!«?

Wieder nagten Schuldgefühle an mir. Vielleicht wäre meine Mama damals unbehelligt geblieben, wenn ich nicht gewesen wäre? Eine meiner spärlichen Erinnerungen an unseren letzten gemeinsamen Tag war die Ohrfeige, die auf meiner Seele schmerzhafte Spuren hinterlassen hatte. Aber kann ein Kind etwas so Schlimmes anstellen, dass die eigene Mutter es gleich für alle Zeit loswerden will? Oder war ich ein derart schwieriger Fall, dass ich ohne staatliche Erziehung nicht zu bändigen war? Statt einer Antwort hatte ich jetzt noch mehr Fragen als zuvor. Nur leider gab es weit und breit niemanden, dem ich sie hätte stellen können.

Trotzdem ließ ich mir mein Mutterbild nicht zerstören. Nein, meine Mama war kein schlechter Mensch. Die Erwachsenen logen, wie sie es brauchten. Jeder hatte seine eigene Wahrheit, und meist diente sie nur ihren eigenen Zwecken. Sobald es dann unangenehm wurde, schwiegen sie. Sicher legte meine Adoptivmutter es mit ihren Seitenhieben nur darauf an, meine Mama schlechtzumachen, um selbst besser dazustehen. Ich beschloss, ihr nie wieder eine Frage zu stellen, die mich so viel Überwindung kostete und mir am Ende nichts als Unannehmlichkeiten einbrachte. Die direkte Folge meines Vorstoßes war eine Eiszeit, die mehrere Wochen andauerte. Im Jahr 1979 wurde mir die kälteste Weihnacht beschert, die ich in diesem Haus je erlebt hatte.

Heute habe ich den Eindruck, dass die Gefühlskälte meiner Mutti gar nicht unbedingt ihrem inneren Wesen entsprach. Vaterlos in Kriegs- und Notzeiten aufgewachsen, sah sie sich offenbar einem selbstauferlegten Leistungsdruck ausgesetzt, die äußere Ordnung und Disziplin aufrechtzuerhalten. Was sie sich abverlangte, erwartete sie fraglos auch von anderen. Ihre persönlichen Gefühle mussten dahinter zurückstehen. Dabei entging mir keineswegs, dass sie sehr wohl Zuneigung für mich empfand, aber sie brachte es nur in seltenen Momenten über sich, mich ihre Verbundenheit spüren zu lassen. Wie ein Korsett schien der selbstgestellte Auftrag, mich zu einer für die sozialistische Gesellschaft wertvollen Persönlichkeit zu formen, ihre innersten Gefühle zu drosseln. Auch ich lernte in dieser Atmosphäre, meine ureigenen Befindlichkeiten zu verbergen und dabei reibungslos zu funktionieren.

Statt an den Weihnachtsfeiertagen in der Küche die Geschirrberge abzuarbeiten, hätte ich allerdings gerne mitbekommen, was unsere Besucher an der Kaffeetafel zu erzählen hatten. Seit Onkel Karl tot war und Oma Erna in zunehmender geistiger Verwirrtheit vor sich hin dämmerte, blieben mir in der Verwandtschaft nur noch Tante Marianne und ihr Sohn Michael, denen ich mich anvertrauen konnte. Allein, zu ändern vermochten sie meine Lage auch nicht. Die beiden Enkelinnen meiner Köstritzer Oma bekam ich nur während unserer seltenen Ausflüge dorthin zu Gesicht. Auch ihnen mochte ich bei diesen Anlässen meinen Kummer nicht offenbaren. Haltung zu bewahren, das Gesicht nicht zu verlieren, war für mich oberstes Gebot.

Da ich meinen Eltern mit persönlichen Anliegen nicht zu kommen brauchte, schenkte ich meinem kleinen Brüderchen, was ich an Zuneigung aufbrachte. Ich war ganz begeistert, wie er die Welt um sich herum langsam entdeckte und eroberte. Ich nahm es ihm nicht krumm, wenn er einmal ein Glas fallen ließ, und freute mich über seine ersten ungelenken Strichbilder und drolligen Sätze. Er sollte von mir alles lernen, was ich ihm beibringen konnte. Wenigstens er sollte mich so kennen und lieben lernen, wie ich wirklich war.

Daher wollte ich ihn von Anfang an nicht im Zweifel darüber lassen, dass ich nicht seine leibliche Schwester war. Auch wenn der Zweieinhalbjährige bestimmt noch nicht erfassen konnte, was ich ihm da zu erklären versuchte, bemühte ich mich, meinem Brüderchen begreiflich zu machen, dass ich eigentlich eine andere Mama hatte. »Aber die ist nicht mehr da«, erklärte ich ihm, »und damit ich nicht im Heim bleiben musste, haben Mutti und Vati mich zu sich genommen.«

Natürlich hatte der kleine Racker nichts Eiligeres zu tun, als sich bei nächster Gelegenheit splitternackt vor meine Eltern hinzustellen und zu krähen: »Mama, Katrin kommt gar nicht aus deinem Bauch, sie kommt aus dem Kinderheim!« Er war sicher überzeugt, eine große Neuigkeit zu verkünden.

Mir stockte das Herz, denn ich rechnete fest mit einer heftigen Reaktion meiner Eltern. Hatten sie es doch bis dahin tunlichst vermieden, meine Herkunft offenzulegen. Adoption war ein Thema, mit dem man nicht hausieren ging. Und nun hatte der Kleine das Familiengeheimnis offengelegt. Wie naiv von mir, ihn einzuweihen!

Doch nichts geschah. Kein Wort, kein Kommentar, kein Tadel. Wieder legte sich diese betretene Stille, die ich so sehr hasste und fürchtete, wie Mehltau über unser Familienidyll. Zwar war ich in diesem Fall erleichtert, dass ich mir keine Standpauke anhören musste. Aber gleichzeitig fand ich es beklemmend, dass so beharrlich nicht über die Dinge geredet wurde, die wirklich wichtig für uns alle waren. Unter der dünnen Alltagsschicht herrschte kühles Schweigen. Es zeigte an, dass die Frage nach meiner Herkunft in meiner Familie dauerhaft auf Eis gelegt war. Ein Tabu.

17.

IMMER TIEFER VERKROCH ich mich im Winter 1979 in mein eigenes Nest. Als hätte die Eiszeit zwischen meiner Mutter und mir auch meinen geschwächten Körper angegriffen, wurde ich in jenem Jahr fünfmal von mehr oder weniger heftigen Mandelentzündungen heimgesucht. Erwiesen sich diese Krankheiten schon als starkes Handicap für mein seit Geburt vorbelastetes Herz, so wirkte das damals üblicherweise verabreichte Antibiotikum Berlocombin langfristig wie Gift auf meine angeschlagene Pumpe. Heute deute ich meine Herzkrankheit als Symptom für all das, was in meinem Leben damals unausgesprochen blieb.

Oma Erna war wegen ihrer Demenzerkrankung nicht mehr in der Lage, mich als Krankenpflegerin zu bemuttern, wenn die Fieberschübe mich heimsuchten. Ich fühlte mich alleingelassen und ausgeliefert. Hatte ich es anfänglich noch als Privileg genossen, mich aufs Krankenlager zurückziehen zu dürfen, begann ich allmählich, selbst eindeutige Anzeichen zu ignorieren und meine Gesundheit zu vernachlässigen. Vielleicht interpretierte ich meine Krankheiten manchmal auch als persönliche Strafe. Zudem erwartete Mutti von mir, dass ich aufstehen und wieder am Alltagsleben teilhaben sollte, sobald das Fieber zu sinken begann, da ohne meinen Einsatz zu viel Hausarbeit liegenblieb.

Selbst in den Phasen, in denen ich gesund war, fühlte ich mich innerlich krank. Ich blieb introvertiert. Meine Eltern deuteten meine Verschlossenheit wohl als Symptom der beginnenden Pubertät. So blieb für alle der Anschein von Normalität gewahrt. Wenn Mutti und ich allerdings doch einmal aneinandergerieten, waren die starken Spannungen zwischen uns nicht zu überhören.

An einem Samstag kurz vor Silvester 1979 hatte ich mein aufwendiges Putzprogramm gerade absolviert und wollte mich verdientermaßen vor der Mattscheibe niederlassen, da ging die Tür zur Wohnstube auf.

»Kannst du denn nicht auch mal von dir aus fragen, ob es noch was zu erledigen gibt, bevor du dich hier niederlässt?«, fuhr meine Mutti mich an, sichtlich genervt vom Anblick meiner Untätigkeit.

»Aber ich hab doch heute wirklich mehr als genug geschuftet«, erwiderte ich matt. Inzwischen schien nicht einmal mehr die Übererfüllung des Plansolls zu reichen. In diesem Moment kam es mir vor, als würde ihre schroffe Zurechtweisung mich buchstäblich vor Kälte erstarren lassen.

Wortlos rannte ich aus der Stube durch den Flur ins Badezimmer und schlug die Tür hinter mir zu. Dort hockte ich mich heulend, den Rücken gegen die Wandfliesen gepresst, auf den Boden. Das ist zu viel, du packst das nicht, diese Kälte erträgst du nicht mehr, ging es mir pausenlos im Schädel herum. Mir fehlte die Luft zum Atmen. Ich hielt mir wie im Krampf die Ohren zu und fühlte mich plötzlich in eine Achterbahn versetzt. Es ist zu viel, es ist alles zu viel. Monoton ratterte es in meinem Kopf, rauf und runter, wie im freien Fall, und dann wieder nach oben, den eisigen Fahrtwind im Gesicht, abgeschirmt von der Außenwelt. Ich bekam weder mit, ob meine Mutti nach mir rief, noch ob jemand am Türgriff rüttelte. Ich hörte nur das wiederkehrende Stakkato in mir drin: Du hältst das nicht länger aus!

Wie aus einem Schattenreich drängten unzählige Gedanken ans Licht, die sonst unausgesprochen blieben. Sobald wir das Haus verließen oder Gäste zu Besuch hatten, benötigte meine Mutter mich als Vorzeigeobjekt: Was für eine tüchtige Tochter! Doch dahinter verbarg sich die eigentliche Botschaft: Habe *ich* das nicht gut hinbekommen? Seht her, was *meine* Erziehung bewirkt hat!

Und jetzt kauerte dieses Musterexemplar von einem Mädchen wie ein Häufchen Elend auf dem kalten Badezimmerboden. Zu Hause existierte ich kaum noch als fühlender Mensch. Manchmal konnte ich meine Existenz allein durch Schmerzempfinden wahrnehmen, indem ich mir Schorf von der Haut kratzte. Im Schmerz spürte ich mich. Andernfalls kam ich mir mehr und mehr wie eine Maschine vor, die unempfindlich geworden war. Ich sah mich reduziert auf meine reine Funktion, ohne Anerkennung, ohne Geborgenheit.

Folgerichtig gab es nur einen Weg aus diesem Labyrinth: Wenn ich als liebenswerte Tochter für euch gestorben bin, dann soll es mich auch nicht mehr geben. Am besten für alle, wenn ich mich jetzt umbringe, überlegte ich verzweifelt. Ich mixe mir einen tödlichen Cocktail aus den Putzmitteln im Badezimmerschrank, schlucke das Zeug hinunter und bin endlich befreit.

Ich nahm meinen Zahnputzbecher und schüttete eine Portion Ata hinein. Dazu gab ich einen Schuss flüssigen Toilettenreiniger und verrührte die ätzende Brühe mit Wasser. Ich führte den Becher zum Mund und schloss die Augen.

Doch dann überfielen mich Zweifel. Sollte so meine letzte Stunde aussehen? Sollte das alles gewesen sein? Ein jämmerlicher Ausstieg aus einem tristen Dasein? Beißender, ekelerregender Geruch stieg mir in die Nase. Nein, so ging das nicht. Ich konnte den Gifttrank nicht hinunterschlucken. Allein der Gedanke löste in mir einen Brechreiz aus. Selbst wenn ich es über mich gebracht hätte, dieses Gebräu hinunterzuwürgen, so hätte ich mich augenblicklich übergeben müssen. Der Tötungsversuch wäre vergebens gewesen. Ich malte mir einen schrecklichen Aufenthalt im Krankenhaus aus und dachte mit Schaudern an meine Einlieferung in die Kinderklinik zurück. Also kippte ich den Inhalt des Zahnputzbechers ins Waschbecken.

Wollte ich mich damals tatsächlich umbringen? Vielleicht wäre ich in einem kurzen Moment der Verzweiflung versucht gewesen, aus dem Leben zu scheiden, wenn die Umstände mir die Tat erleichtert hätten. Aus heutiger Sicht betrachtet, war es wohl in Wirklichkeit etwas anderes als der Wunsch zu sterben, was mich derart in die Enge getrieben hat: Mein Suizidgedanke war vor allem ein Hilfeschrei an meine Adoptivmutter. Ich wollte mit Gewalt in Erfahrung bringen, ob sie noch irgendetwas für mich empfand. Würde sie mich wenigstens am Rande des Abgrunds noch halten? Hätte es ihren Eispanzer aufgebrochen, wenn ich mir etwas angetan hätte? Gab es nicht doch in irgendeinem Winkel ihres Herzens noch ein bisschen Platz für mich? Da sie meine Anwesenheit nach meinem Empfinden kaum mehr wahrnahm, fragte ich mich: Würde sie mich wenigstens vermissen, wenn ich nicht mehr da war?

Nach dem gescheiterten Abschiedsversuch fühlte ich mich leer. Ausgelaugt. Erloschen. Eine leblose Hülle. Ich hatte keinen Plan, fasste keinen Entschluss, es war eher ein Fluchtreflex. Plötzlich wollte ich nur noch weg, raus hier, fort von diesem Ort. Er war für mich an diesem Abend kein Zuhause mehr, kein schützendes Heim. Selbst die Kälte der Winternacht draußen konnte mich nicht schrecken. Nicht einmal eine Winterjacke zog ich mir an, als ich meinen Entschluss in die Tat umsetzte. Nachdem das Putzmittel mich nicht umgebracht hatte, würde es vielleicht die Kälte tun.

Unbemerkt gelangte ich in den Flur. Meine Mutti hatte es offenbar aufgegeben, mich zur Rede zu stellen. Leise zog ich die Haustür hinter mir zu. Wie eine Diebin schlich ich mich in einer dünnen Jeansjacke und mit Stoffturnschuhen aus dem Haus, das mein Zuhause hätte sein sollen. Als ich die frostige Luft in meine Lungen sog, fühlte ich mich etwas besser, freier. Nie zuvor hatte ich unser Einfamilienhaus verlassen, ohne meinen Eltern Bescheid zu geben, wohin ich ging. Noch immer hielt das winterliche Treiben an, meine dünnen Fußstapfen im frischen Schnee waren sicher bald wieder zugeschneit, die Spuren meiner Flucht flugs verweht.

Auf einmal wusste ich auch, wohin ich wollte. Genau genommen war es die einzige Anlaufstelle, die für mich überhaupt in Frage kam. Ich musste zu Mirko. Nur mein Bruder konnte vielleicht verstehen, was in mir vorging. Ihm konnte ich mich anvertrauen. Er würde sich etwas einfallen lassen, um zu verhindern, dass ich gleich zurückgeschickt werden würde, so hoffte ich. Ich betrachtete ihn noch immer als meinen Beschützer. Dummerweise wusste ich nicht mehr, wo genau sich sein Kinderheim befand. Auf jeden Fall musste ich erst einmal in die Innenstadt.

In der Dämmerung lief ich den Berg hinab und dann entlang der Buslinie ins Zentrum. Die Stadt lag zunehmend unter einer dichten Schneehülle begraben. Eiskristalle glänzten im Licht der Straßenlaternen, und für einen Moment fühlte ich mich in das Märchen von der Schneekönigin versetzt. Wie diese kam mir meine Adoptivmutti vor, und ich sah mich in der Rolle von Kai, dessen Herz durch einen frostigen Splitter zu Eis erstarrt war.

Ich spürte kein Gefühl mehr in mir drin und auch nicht die Kälte auf meiner Haut. Die Straßen waren dem Winter ausgeliefert, Menschen ließen sich nur vereinzelt blicken. Wer nicht dringend etwas zu erledigen hatte, zog sich in den Schutz der eigenen vier Wände zurück. Ich kam mir vor wie auf einer Expedition in die Ungewissheit – und zugleich auf der Flucht. Nun musste ich weiter, ich hatte keine andere Wahl. Der Gedanke, einfach kläglich umzukehren, war mir unerträglich. Das Empfinden meiner tiefen Einsamkeit wechselte mit ohnmächtiger Wut auf die schweigsamen Menschen um mich herum, die mir ihre Liebe zu verwehren schienen.

Nach einem schier endlosen Marsch erreichte ich die Uferanlagen entlang der Weißen Elster. Hier musste das Heim irgendwo sein. Bloß wo? Irgendwie sah alles so gleich aus. Jedes der schneebedeckten Häuser meinte ich schon einmal gesehen zu haben, trotzdem stellte sich kein Ortsgefühl ein. Fragen konnte ich niemanden, denn während der Feiertage wirkten die Straßen wie ausgestorben. Außerdem hätte ich mich dann gleich auf dem nächsten Polizeirevier melden können. Ein zwölfjähriges Mädchen um diese Stunde und bei diesem Wetter war ohnehin schon auffällig genug.

Sehnlichst wünschte ich mir, dass Mirkos Heim plötzlich vor mir auftauchen möge, aber die Gegend erschien mir immer finsterer und unbekannter. Ach, wäre er jetzt doch bei mir! Er hätte bestimmt eine Idee. Ich schlitterte durch den Schneematsch, immer wieder rutschten mir die Füße weg, und ich verlor den Halt. Bald taten mir die Beine von der Anstrengung weh. Meine Turnschuhe trieften vor Nässe, meine Nase tropfte und jetzt kamen Tränen dazu. Tränen der Wut und der Verzweiflung. Wo sollte ich jetzt noch hin? Es gab keine Anlaufstelle mehr für mich. Nur eines wusste ich mit Bestimmtheit: nach Hause auf gar keinen Fall.

Wie erloschen wankte ich suchend weiter. Innerlich hatte ich die Hoffnung längst aufgegeben, das Kinderheim noch zu finden. Ich bewegte mich nur noch, um nicht stehenzubleiben, um der Kälte zu entfliehen. Irgendwann konnte ich einfach nicht mehr weiter. Heftig atmend rang ich nach Luft und klammerte mich ans Geländer der Brücke, die sich über die Eisenbahntrasse von Gera spannte. Ich konnte nicht ahnen, dass Mirkos Kinderheim nur einen Steinwurf von hier entfernt war. Unter mir zog eine Diesellok eine schwarze Spur durch die frische weiße Schneeschicht. Ich spürte die Tiefe, spontan drängte sich ein Gedanke auf: Und wenn ich mir jetzt bloß noch diesen einen winzigen Ruck gebe? Ein schneller Schwung über das Geländer, ein kleiner Sprung nur – und alles wäre überstanden. Was habe ich zu verlieren? Wer würde mich vermissen? In diesem Moment, das sehe ich heute noch deutlich vor mir, hatte ich mit meinem Leben abgeschlossen. Ich hing nicht mehr an meiner erbärmlichen Existenz. Ich war vollkommen fertig, alleine, verloren – bereit, das Elend zu beenden.

Was mich abhielt, waren allein die Möglichkeit zu überleben und die Vorstellung, wie höllisch der Sturz auf die Gleise schmerzen würde. Größere Angst als vor dem Tod hatte ich vor diesem Schmerz. Ich war vielleicht bereit, mich umzubringen, aber verletzt, zerschunden oder verkrüppelt wollte ich keinesfalls enden.

Damit war auch diese Gelegenheit verstrichen. Ich hatte es wieder nicht zum Abschluss gebracht. Niemand würde davon erfahren, wie verwüstet und öde mein Innenleben war. Ich floh aus dem Leben und scheute den Tod. Armselig. Sollten die anderen doch über mich verfügen, wie sie wollten. Mit mir hatte das alles nichts mehr zu tun. Ich hatte mich aufgegeben.

Wie eine geprügelte, verfrorene Katze schlich ich mich zurück nach Langenberg. In einem letzten Anflug von Stolz brachte ich es aber nicht über mich, das Haus meiner Eltern anzusteuern – so als wäre nichts geschehen, als hätte ich nur ein bisschen Frischluft geschnappt. Also nahm ich meinen Mut zusammen und drückte auf den Klingelknopf meiner Tante, nur wenige Meter unterhalb des elterlichen Grundstücks. Zum Glück ging bereits beim ersten Läuten das Licht an. Tante Marianne öffnete die Tür und zog mich schlotternd und nass, wie ich war, in ihre warme Stube. Wie immer praktisch veranlagt, trocknete sie mich erst einmal, gab mir eine warme Decke und einen heißen Kakao, ohne mich gleich mit

Fragen zu traktieren. Offenbar hatten meine Eltern bereits Alarm geschlagen.

Als ich wieder etwas Lebensgeist in mir spürte, begann ich von mir aus zu berichten. Ich packte alles aus, was geschehen war. So tiefsitzend war die Demütigung dieses Abends, dass ich keine Scheu mehr verspürte. Ich erzählte offen und weinte dabei bitterlich. Meine Tante hörte einfach nur zu, und zum ersten Mal seit langer Zeit erfuhr ich ehrlich gemeinten, liebevollen Trost. Ach, wäre Tante Marianne doch meine Mutter!

Dann aber kam auch sie mit dieser Beschwichtigungsplatte, wie sie die Erwachsenen so gerne auflegen: »Die Christel ist manchmal etwas sonderbar«, sagte sie. »Das sehen wir doch auch. Aber sie ist halt so. Jeder Mensch hat seine Eigenheiten. Damit musst du dich irgendwie abfinden.«

Ich konnte darauf nichts erwidern.

Behutsam forderte sie mich auf, nach Hause zu gehen. »Deine Mutti macht sich bestimmt schon mächtige Sorgen.«

Wirklich? Ich hatte da meine inneren Zweifel. Fest stand jedoch, dass für die Lehrerin und Parteisekretärin kaum eine größere Blamage vorstellbar gewesen wäre als meine Flucht. Es wäre wie ein öffentliches Bekenntnis erschienen, dass sie an ihrem Erziehungsauftrag gescheitert war.

Ausgelaugt und willenlos ergab ich mich dem Rat meiner Tante. Wie oft hatte ich mir gewünscht, dass sie mich als ihr Kind angenommen hätte. Aber natürlich war ihr an einem guten Auskommen mit ihrer Schwägerin gelegen.

Mein Zuhause fand ich in tiefem Winterschlaf versunken vor. Der Schneefall hatte nicht aufgehört und gab dem Anwesen einen friedlichen, unberührten Anblick. Das Knirschen meiner Turnschuhe auf dem Weg durch den Vorgarten war das einzige Geräusch. Ich hoffte inständig, mich zu dieser späten Stunde irgendwie unbemerkt ins Haus schleichen zu können. So geräuschlos wie nur möglich drehte ich den Schlüssel im Schloss, tapste dann auf leisen Sohlen die Treppe hoch, warf meine durchnässten Kleidungsstücke auf den Boden und schlüpfte direkt ins Bett. Unter meiner Bettdecke kauerte ich mich wie ein Embryo zusammen. Ich wollte nichts weiter als schnellstmöglich einschlafen und diesen schrecklichen Abend hinter mir lassen.

Aber da hörte ich Schritte auf der Treppe, und kurz darauf kam Mutti vorsichtig in mein Zimmer. Sie knipste das Licht an und sagte – nichts. Keine Bemerkung, keine Frage. Ich muss heute noch weinen, wenn ich an diese schreckliche Wortlosigkeit denke, an unsere lähmende Unfähigkeit, miteinander zu reden.

Stattdessen versuchte sie mich etwas unbeholfen in die Arme zu nehmen, doch ich entzog mich ihrem Griff. Es erschien mir alles hoffnungslos, zu spät und irgendwie falsch. Ich konnte diese Nähe nicht zulassen. Merkwürdig: Jetzt, da sie mir auf ihre Art jene Zuneigung zeigen wollte, die ich sonst so sehnsüchtig begehrte, konnte ich sie nicht annehmen. Ähnlich wie seinerzeit im Kinderheim, als ich die tröstende Umarmung der Heimleiterin verweigerte, obwohl ich sie so bitterlich vermisste. Aber irgendwie glich ich einem streunenden Hund, der ständig um die fütternde Hand herumstreicht und gleichzeitig deren Berührung fürchtet.

Mutti merkte, dass sie mich an diesem Abend nicht erreichen konnte, und murmelte nur: »Ich lasse dich jetzt in Ruhe. Wir können ja dann morgen über alles reden«, bevor sie das Licht löschte.

Ich zog meine Bettdecke fester um mich und weinte mich in den Schlaf.

18.

WIR HABEN ÜBER das Vorgefallene nicht geredet, nicht am folgenden Morgen, nicht in den Tagen danach, nie. Der Gesprächsfaden zwischen meiner Mutter und mir war gerissen. Ich gab es auf, ihr überhaupt noch Fragen zu stellen. Wenn ich ein Echo erhielt, dann klang es falsch, ganz anders als mein

Empfinden. Oder verwechselte ich Wunschdenken mit Gefühlen? Ersehnte ich eine Antwort, die der Wirklichkeit widersprach?

Ich sah nur noch eine Ausflucht, die unerträgliche Erstarrung zu lösen: Ich musste dieses Haus und damit diesen Teil meines Lebens verlassen. Bald kreiste mein ganzes Denken nur noch um dieses Ziel: endlich raus hier. Wie eine fixe Idee, die mir beinahe den Verstand raubte.

Sooft es ging, versuchte ich meiner eigenen Wege zu gehen – kleine Fluchten als Kostprobe der für später erhofften Freiheit. Aber auch außerhalb unserer Wohnung hatte ich kein Zuhause. Es war nicht zu leugnen, dass viele Mitschülerinnen mich inzwischen mieden. Ich konnte mir damals keinen rechten Reim darauf machen. Gewiss, ich war keine Stimmungskanone und auch keine umwerfende Unterhaltungskünstlerin, mehr hässliches Entlein als stolzer Schwan. Dass ich nicht mit einem bezaubernden Erscheinungsbild glänzte, dafür sorgte schon meine Mutti. Schicke Kleidung und gestylte Frisuren entsprachen nicht dem mir verordneten Schönheitsideal. So sehr sie sonst Wert darauf legte, mit meinen Vorzügen hausieren zu gehen, schien ihr an meiner äußeren Unscheinbarkeit durchaus gelegen zu sein. Dabei achtete sie bei sich selbst sehr wohl darauf, als Lehrerin immer korrekt gekleidet, elegant und adrett in der Schule aufzutreten.

Doch dies allein konnte nicht der Anlass sein, dass meine Gefährten spürbar einen Bogen um mich machten. Gespräche verstummten, sobald ich näher kam. Wenn eine Neuigkeit die Runde machte, wurde ich oft nicht eingeweiht. Einladungen, Ausflüge oder Kinobesuche fanden in der Regel ohne mich statt, allein wegen meiner Haushaltspflichten. Die einzige Ausnahme bildeten drei Geburtstagsfeten im Jahr. Dennoch verband mich mit keinem Mädchen aus meiner Klasse eine enge Freundschaft, die mir ermöglicht hätte, mein Herz auszuschütten. Was stimmte bloß nicht mit mir?

Damals ahnte ich es nur, heute weiß ich es durch Erzählungen auf unseren Klassentreffen: Es lag an meiner Mutti. Meine

Schulkameraden sahen in mir nicht nur die Tochter einer einflussreichen Lehrerin und Parteisekretärin, zu der sie allzu enge Tuchfühlung lieber mieden. Viel deutlicher, als ich das selbst damals erfasste, vermuteten die Erwachsenen, dass meine Mutter einen direkten Draht zur Staatssicherheit hatte, die in der DDR Überwachungsbehörde, Kontrollinstanz und Meinungsforschungsinstitut in einem war. Daher schien den meisten Menschen Vorsicht geboten, und sie gaben diese Bedenken an ihre Kinder weiter. Konnten sie denn wissen, ob ich nicht eine unbedachte Bemerkung, eine zufällige Beobachtung, ein gut gehütetes Geheimnis an meine Mutti und damit an die Aufseher des »VEB Horch und Guck« weitermeldete? Allein der Verdacht einer Indiskretion genügte, mich als Unberührbare zu brandmarken, ohne dass ich offen damit konfrontiert wurde. Hüte dich vor der Kleinen aus dem Haus der Parteisekretärin, lautete offenbar die Devise, man kann ja nie wissen … Ausgerechnet ich, die Tochter einer Staatsverräterin, stand somit unter dem Verdacht, diesem Staat als Denunziantin zu dienen, und sei es auf dem Umweg über meine Mutti.

So unbedarft und gutgläubig ich auch war: Selbst mir blieben einige merkwürdige Vorgänge zu Hause nicht verborgen. Wenn es bei uns klingelte und ich gelegentlich einem Mann in erkennbar gutgeschnittenem Anzug, mit gepflegtem Erscheinungsbild und erlesenen Umgangsformen die Haustür öffnete, wusste auch ich, dass dieser Besucher kein Schülervater oder Zeuge Jehovas war. Mit ausgesuchter Höflichkeit fragte der Mann an der Tür üblicherweise nach meiner Mutter, die mich dafür umgehend aus dem Haus verbannte. »Wenn du siehst, dass unser Gast wieder gegangen ist, kommst du bitte sofort zurück«, hieß es immer. Selbst auf mein Zimmer durfte ich dann nicht, solche Furcht vor ungebetenen Ohrenzeugen schien sie zu hegen.

Daher blieb mir verborgen, worum sich diese diskreten Gespräche in unserem Haus drehten. Ich machte mir keine Gedanken, wer jene Besucher waren. Für mich stand in diesen Momenten im Vordergrund, dass ich unerwartet Freigang bekam. Erst bei einem Telefonat mit ihr im Jahr 2009 bestätigte Mutti auf meine Nachfrage hin die Vermutung, dass diese Gäste im Dienst der Staatssicherheit gestanden hatten. Thema der Gespräche seien die Werdegänge ihrer Schüler gewesen, behauptete sie. Wenn etwa ein junger Mann eine militärische Laufbahn anstrebte, erkundigte sich die Staatssicherheit nicht nur bei der Schulleitung, sondern auch bei der Parteisekretärin, was es mit diesem Bewerber auf sich hatte, wie entschieden er im Unterricht den »Klassenstandpunkt« vertrat oder ob er in irgendeiner Weise auffällig geworden war. Bezeichnenderweise vollzogen sich diese Nachforschungen nicht offiziell im Lehrerzimmer, sondern unauffällig, geradezu konspirativ, hinter dem Vorhang der Privatsphäre.

Doch die Folgen der organisierten Ausforschung waren für mich unübersehbar. Durch Muttis berufliche Stellung fand ich mich mehr und mehr in der Rolle der Außenseiterin wieder. War ich anfangs noch stolz darauf, dass sie an meiner Schule eine Autorität darstellte, so verfluchte ich diesen Umstand allmählich. Durfte ich denn nie einfach die Katrin sein? Konnten die anderen mich nicht so annehmen, wie ich war? Musste ausgerechnet jene Verbindung, die ich selbst als einengend empfand, für mich zum Makel werden?

Anschauungsunterricht hierzu bot mir unsere Schuldisco, die in unregelmäßigen Abständen samstagabends stattfand. Im Speisesaal bewegten wir uns zur Musik der Schallplatten, die die Discjockeys, dank einer eigens von den Kulturbehörden erteilten Lizenz, bevorzugt abspielen durften. Wenn sie nämlich die obligatorische Mindestquote von zwei Dritteln Ostmusik einhielten, um die Lizenz nicht zu gefährden, erhielten sie vom staatlichen Jugendverband die Erlaubnis, auch ein paar Songs aus dem nichtsozialistischen Ausland aufzulegen; am besten englischsprachige Titel, zum Beispiel von AC/DC oder Rod Steward, die sowieso niemand verstand. Deutschsprachige Balladen, etwa von Udo Lindenberg, die voller unerwünschter Anspielungen steckten, waren trotz der Quotenregelung verpönt.

Mir ging es an jenen Abenden gar nicht um die Musik. Ich wollte einfach nur dabei sein und von den Jungs zum Tanzen aufgefordert werden. Doch darauf wartete ich meistens vergeblich. Nirgendwo sonst wurde es augenfälliger: Ich führte eine Randexistenz. Außerdem war mir klar: Falls ich jemals engeren Kontakt zu einem Jungen in meinem Alter knüpfen sollte, würde dieser vor den Augen meiner Mutti höchstwahrscheinlich keine Gnade finden. Egal, welchen Freund ich nach Hause mitbringen würde, so fürchtete ich zumindest, sie würde ihn entschieden ablehnen. Kein junger Mann würde gut genug für *ihre* Tochter sein. Wie sollte sie etwas fördern, was mich aus dem Abhängigkeitsverhältnis zu ihr lösen konnte?

Und selbst wenn ich mich über den zu erwartenden Widerstand meiner Mutti hinwegsetzen würde: Welcher Junge würde sich überhaupt auf mich einlassen? Ich hatte ja immer und überall meinen kleinen Bruder im Schlepptau. Hinzu kam, dass ich die Schuldisco grundsätzlich vor allen anderen Klassenkameraden verlassen musste. Immer dann, wenn die beliebtesten Platten aufgelegt wurden, musste ich mich nach dem Willen meiner Eltern nach Hause verabschieden, um pünktlich um 21.00 Uhr daheim zu sein. Neidisch dachte ich während des einsamen Heimwegs an meine Gefährten, die später im Pulk, quasselnd, blödelnd und ins Gespräch vertieft, den Abend ausklingen lassen durften.

Einstweilen erschöpften sich meine Erfahrungen mit dem anderen Geschlecht also auf längst zurückliegende Doktorspiele mit dem Nachbarsjungen in dessen Kinderzimmer. Einmal hatte ich als kleines Mädchen halbnackt mit ihm in seinem Bett gekuschelt, da betrat seine Oma das Zimmer. Sie redete kein Wort, gab keinen Kommentar ab, während wir hastig in unsere Klamotten schlüpften, nur Schweigen und Wegsehen. Auch Mutti, Vati und die Nachbarin: Sie alle sagten nichts. Ich folgerte daraus, dass wir etwas angerichtet haben mussten, das unaussprechlich war, etwas geradezu Unsägliches. Verstärkt wurde der Eindruck der Peinlichkeit noch dadurch, dass der Nachbarsjunge seitdem nicht mehr in unser

Haus gelassen wurde und ich ihn nur dann besuchen durfte, wenn ich die ausdrückliche Erlaubnis dazu erhielt. Ich zog daraus nur eine Schlussfolgerung: dass alles, was zwischen Frauen und Männern vor sich ging, mit einem Tabu belegt ist.

Nur ein kleiner Freiraum, um eigenständig und unbefangen auf Entdeckungstour zu gehen, tat sich für mich noch auf: Es war die Sonntagnachmittagsvorstellung im kleinen Kino an der Einkaufspassage von Gera-Langenberg. An diesem Tag liefen für einen Eintrittspreis von ein paar Groschen fantasievolle Abenteuerfilme wie *Sindbad der Seefahrer* aus den Traumfabriken von Babelsberg bei Berlin oder Barandov bei Prag oder einmal sogar die Edgar-Wallace-Verfilmung *Das Gasthaus an der Themse.*

Wenn ich den Putzeimer nach getaner Arbeit in den Schrank gestellt hatte, durfte ich einige Male, ohne Aufsicht und meinen kleinen Bruder, ins Kino gehen. Für mich war dies der Höhepunkt der Woche, den ich voller Vorfreude erwartete. Die Hauptanziehungskraft übte auf mich allerdings das Publikum aus. Genauer gesagt: die Jungs aus dem Jugendwerkhof. In der offiziellen Sichtweise handelte es sich bei diesen Jugendlichen um schwererziehbare, gesellschaftsschädigende Subjekte. Oft hatten sie (ähnlich wie ich) ihre Eltern verloren, in manchen Fällen wurden die Erziehungsberechtigten den Heranwachsenden auch nicht mehr Herr.

In Wirklichkeit aber war das Hauptmanko dieser Jugendlichen, dass sie in irgendeiner Weise auffällig geworden waren, dass sie hervorstachen aus dem uniformen Heer der Werktätigen. In den dreiunddreißig Jugendwerkhöfen der DDR fanden sich Kleinkriminelle, Rowdys und Verwahrloste ebenso wieder wie Aufsässige, Unangepasste, Andersdenkende. Als schwererziehbar galt jeder, der sich der sozialistischen Pädagogik nicht fügte. Und die kannte meist nur ein Konzept: Härte, Strenge, Disziplin. Hinter dem verharmlosenden Begriff »Jugendwerkhof« verbarg sich ein Züchtigungsinstitut, das in vielerlei Hinsicht an ein Internierungslager erinnerte. Den Insassen war ein rigoroses Arbeitspensum auferlegt. Nur am Sonntag hatten auch sie, wenngleich unter Aufsicht, Freigang.

Diese »schwererziehbaren« Jungen fand ich reizvoll, denn sie verbreiteten eine Aura von Rebellentum und Widerspruchsgeist. Es war mein erster Flirt mit einer diffusen Opposition gegen unser Staatswesen, auch wenn ich diese Halbstarken nicht mit politischen Augen betrachtete und die meisten von ihnen für gewöhnlich auch nicht aus politischen Motiven handelten. Ich fühlte mich in ihrer Nähe einfach wohl, auf gewisse Art sogar wesensverwandt. Vielleicht erinnerten sie mich an meine früheren Heimgefährten. Ganz sicher aber fand ich es erleichternd, dass keiner dieser Jungs mich als die Tochter einer parteikonformen Lehrerin wahrnahm. Sie wussten nichts von meiner Mutter, und wenn sie etwas erfahren hätten, wäre es ihnen wohl egal gewesen. Sie ermöglichten mir, mich wenigstens einmal so zu geben, wie ich war. Weder musste ich das artige Hausmütterchen mimen noch befürchten, als Spitzel beargwöhnt zu werden. Sie akzeptierten mich, ohne mich nach meinem Zuhause oder meiner Herkunft auszufragen, und boten mir die seltene Gelegenheit, mich wie eine normale Jugendliche zu fühlen.

Nicht zuletzt waren es einfach Jungs, lässige, unangepasste Typen, die mein pubertierendes Teenagerherz höherschlagen ließen und meine Fantasie belebten. Und dabei sollte es nicht bleiben. Einer der Werkhöfler, Helmut, hatte es mir besonders angetan. Schon bald stand weniger das Filmdrama auf der Leinwand im Vordergrund. Viel spannender war für mich, dass ich neben meinem Verehrer händchenhaltend im Sessel sitzen durfte, dass er beim nächsten Mal seine Hand um meine Schulter legte und dass schließlich, in der Verborgenheit des dunklen Kinosaals, auch unsere Lippen zueinanderfanden. Noch nach der Vorstellung knutschten wir engumschlungen an der Bushaltestelle vor dem Kino. Ich war selig, dass Helmut auch im Freien seine Verbundenheit mit mir bekundete. Endlich hatte meine langgehegte Sehnsucht nach Liebe, Zärtlichkeit und Anerkennung ein Ziel. Von dem Tag an freute ich mich die ganze Woche auf den kurzen Nachmittag meines Glücks.

Natürlich konnte das nicht lange gutgehen. Der Moment, da meine Mutter Wind davon bekommen würde, mit wem ich vor dem Kino Umgang pflegte, nahte unweigerlich. Irgendjemand muss uns beobachtet und nichts Eiligeres zu tun gehabt haben, als meine Mutti vor der »schlechten Gesellschaft« zu warnen, in die ich da hineinzugeraten drohte. Immerhin sei der junge Mann in den Jugendwerkhof als Strafe für seine Aufmüpfigkeit und diverse Prügeleien auf dem Schulhof verbannt worden.

Als mein nächster Kinobesuch anstand, erklärt Mutti mir lapidar und in eher fürsorglichem als strengem Ton: »Du gehst da bitte nicht mehr hin! Das ist dort nicht der richtige Umgang für dich. Wir möchten das nicht! Ist das klar?«

Nach dem ersten Schock versuchte ich es mit inständigem Bitten. »Ich mach auch bestimmt nichts, was euch nicht recht ist! Das ist doch für mich das einzige Mal, dass ich hier rauskomme, dass ich mal was für mich tun kann. Die anderen Mädchen in meinem Alter dürfen das alles schon längst!«

Es war vergeblich. In solchen Situationen gab es keine Gespräche, Erklärungen, Argumente. Es wurde verfügt, und ich hatte mich zu fügen.

Konsequent und prinzipientreu nannte Mutti das. Gnadenlos und unerbittlich, würde ich heute sagen. Und ich sagte es meinen Eltern schon damals deutlich. »Eure Sturheit kotzt mich an«, schrie ich ihnen verbittert und wütend ins Gesicht. »Immer muss ich arbeiten. Ich mach doch schon alles, was ihr mir auftragt. Aber wenn *mir* mal was wichtig ist, dann wird es einfach verboten, mit irgendwelchen Ausreden. Das ist doch scheiße.« Das war der Moment, in dem die flache Hand meines Vaters schmerzhaft und mit voller Wucht auf meine Wange klatschte. Autsch! Ich empfand die Bestrafung als extrem ungerecht und maßlos überzogen. Ja, ich hatte mich im Ton vergriffen. Aber hatte ich dazu nicht allen Anlass? War mein Wutausbruch nicht quasi eine Art Notwehr?

Vati schien nachträglich nicht einmal Bedauern oder Reue zu empfinden. Er entschuldigte sich jedenfalls nicht, was auch mein Verhältnis zu ihm empfindlich anknackste. Schließlich war er der Ansicht, dass es mir nicht zustand, diesen Ton gegenüber meiner Mutti anzuschlagen, und wahrscheinlich hatte er sogar recht damit. Letztlich war es meine Hilflosigkeit gegenüber der elterlichen Willkür, der ich Ausdruck zu verleihen suchte. Verbessern konnte ich meine Lage dadurch nicht, im Gegenteil: Mein Freiraum wurde immer enger. Das elterliche Ausgehverbot beendete meine kleinen Sonntagsfluchten. Stattdessen durfte ich Schuhe wienern, gleichgültig, wie sauber sie waren. Meinen Verehrer aus dem Jugendwerkhof sah ich nie wieder.

Die Jungs vor dem Kino, Mirko, Oma Erna, ja, selbst Vati – inzwischen gab es kaum noch jemanden, dem ich mein Herz ausschütten konnte. Je weniger Ansprache ich fand, desto mehr verlegte ich mich auf innere Monologe mit meiner wahren Mama, die mir nach meiner festen Überzeugung nicht alles verbieten würde. Mein idealisiertes Mutterbild trug ich von klein auf mit mir wie in einem Amulett und holte es immer dann hervor, wenn ich mich besonders ungerecht behandelt fühlte.

Doch jedes Mal verspürte ich dabei auch einen schmerzhaften Stich: Wo mochte sie nur sein? Immer noch im Gefängnis? Warum nur suchte sie nicht nach mir? Wurde ich vielleicht vor ihr versteckt gehalten? Innerlich flehte ich sie an, mich aus meinem Engpass zu befreien.

Berlin, April 1996

Der 15. April ist der erste Arbeitstag bei meiner neuen Stelle als ambulante Krankenpflegerin in Berlin-Steglitz. Dieser Job ist für mich ein Rettungsanker nach stürmischen Zeiten. Für diesen Neuanfang habe ich meiner Spielsucht abgeschworen, die mich zuvor beinahe willenlos den einarmigen Banditen ausgeliefert hatte. Vorausgegangen sind meine Scheidung im Vorjahr, ein bitterer Rosenkrieg mit meinem Ex-Mann, in der Folge die zeitweilige Trennung meiner Tochter und meines Sohnes voneinander, der Verlust meiner Stelle bei einem ambulanten Pflegedienst im November und immer wieder Herzrhythmusstörungen, die meine innere Unruhe verstärkt haben.

Erst jetzt, da ich den neuen beruflichen Anfang wage, merke ich, wie ausgebrannt und leer ich in Wirklichkeit bin. Immer neue Ausflüchte habe ich gesucht, mich in Arbeit, Depressionen, Abhängigkeiten gestürzt. Doch all meine Sucht- und Fluchtmanöver haben mich lediglich von der Einsicht abgelenkt, dass meinem Leben der Inhalt fehlt. Ich funktioniere nur noch wie eine seelenlose Hülle. Und ausgerechnet jetzt, als ich sie mit neuem Leben zu füllen beginne, schaltet mein innerer Motor auf Stillstand.

Ausgerechnet als ich meinem neuen Arbeitgeber – aufgrund eines Missgeschicks verspätet – gegenüberstehe, falle ich das erste Mal in Ohnmacht. Ich fühle mich wie in einer leeren grauen Bahnhofshalle, in der aus zehn Lautsprechern unterschiedliche, stark hallende Ansagen ertönen. Diese Lärmkaskaden sind kaum zu ertragen. Als ich wieder zu mir komme, schiebe ich meinen Kollaps auf die Aufregungen dieses ersten Arbeitstages. Ich will keine Schwäche zeigen, so bin ich eben erzogen: »Wenn du stehen kannst, dann steh.«

Also schlage ich das Angebot aus, nach Hause in den Ostteil der Stadt zurückzukehren, um mich zu erholen, und steige zu einer Kollegin ins Auto, um mit ihr die Rundfahrt zu den Patienten anzutreten. Schließlich will ich die nötigen Ortskenntnisse auf Westberliner Terrain erwerben, um am folgenden Tag die Tour alleinverantwortlich übernehmen zu können. Zum ersten Hausbesuch schleppe ich mich noch mit viel Disziplin.

Nach der Rückkehr zum Auto aber ist mein Akku endgültig leer. Die nächste Patientin muss meine Kollegin alleine aufsuchen. Ich fühle mich völlig kraftlos, habe den Eindruck, dass meine Beine mich nicht mehr tragen wollen und ich keinen Schritt mehr tun kann, weil mein Kreislauf im Keller ist. Als mein Blick in den kleinen Spiegel auf der Innenseite der Sonnenblende fällt, erschrecke ich vor mir selbst: Ich bin kreidebleich und kann kein Rot mehr in den Lippen erkennen. Das ist keine Kreislaufschwäche, sagt mein inneres Gefühl. Meine Rechte wandert zum linken Handgelenk, um den Puls zu fühlen. Aber da ist nichts, außer einem kaum spürbaren Pochen in größeren Abständen.

Langsam beschleicht mich Panik. Ich überlege mir, ob ich Passanten bitten soll, einen Arzt zu rufen. Aber das ist mir peinlich, ich darf doch meine Schwäche nicht so offen zeigen. Meine bleichen Lippen formen sich zu einem Gebet, das sich instinktiv an meinen 1993 an einer Krebserkrankung verstorbenen Adoptivvater richtet: »Ich habe Angst und weiß, dass hier Schlimmeres passieren kann«, flüstere ich. »Bitte, Vati, hilf mir. Schnell!«

Nach einer halben Ewigkeit kehrt meine Kollegin zurück. Sie tippt auf einen Kreislaufkollaps und besorgt mir einen großen Becher mit viel zu viel heißem Kaffee. Als ich etwas davon abkippen will, um ihn trinkbar zu machen, verabschiedet sich mein Bewusstsein ein zweites Mal. Ich kann meiner Begleiterin gerade noch reflexartig den Becher in die Hand drücken, dann ist um mich herum plötzlich alles verändert. Ich finde mich eingehüllt in helles goldgelbes Licht, spüre eine starke innere Ruhe. Wärme umfängt mich. Es fühlt sich an wie die Geborgenheit, nach der ich mich mein Leben lang gesehnt habe. Alle Schmerzen sind weg, alle Sorgen verflogen. Ist das der Tod? Ist Sterben so leicht? So schmerzfrei? Tief in mir drin breitet sich das Gefühl aus, endlich das düstere Erdendasein hinter mir gelassen zu haben, zu guter Letzt zu Hause angekommen zu sein. Das muss der Himmel sein, denke ich. Dieser tiefe Seelenfriede ist nicht mehr von dieser Welt. Göttliche Liebe, wie sie selbst der begnadetste Dichter nicht besser beschreiben könnte.

Der Weckruf meiner Kollegin, »Wach auf! Wir fahren jetzt zur Ärztin. Alles wird gut«, dringt wie ein Nachhall der Wirklichkeit in meinen Dämmerzustand. In seliger Umnachtung nehme ich nur noch wahr, wie ich zu einer Arztpraxis und von dort in die nächstgelegene Klinik gebracht werde. Mein Puls ist mit dreiundzwanzig Schlägen pro Minute kaum mehr fühlbar. In der

Notaufnahme des Steglitzer Benjamin-Franklin-Klinikums spüre ich selbst bei den Einstichen in die Halsschlagader keinen Schmerz mehr. Ich will auch gar nicht gerettet werden.

»Ach, lassen Sie mich doch endlich sterben«, murmele ich in tiefer Sehnsucht.

»Heute wird nicht gestorben«, bescheidet der junge Arzt mich knapp, aber wirkungsvoll. Er streicht mir dabei so zart übers Gesicht, wie ich es schon lange nicht mehr gespürt habe.

Ausgerechnet ein wildfremder Mann schenkt mir diese so sehnlich vermisste Geste. Immer wieder lobt er mich, weil ich die qualvolle Prozedur so tapfer durchstehe. Er ist mein Lebensretter, ich müsste ihm dankbar sein. Aber ich will gar nicht weiterleben. Ich will endlich nach Hause, in jene bessere Welt, die sich mir soeben aufgetan hatte. Das Maß an Seelenschmerzen ist übervoll. Kann dieser Arzt das nicht verstehen?

Von fern höre ich seine Stimme: »Sie rutscht uns weg!« Dann empfinde ich von neuem die tiefe innere Ruhe. Von oben erblicke ich mich selbst auf dem Behandlungsbett – um mich das Team der Intensivstation, das sich um meine Wiederbelebung bemüht. Alles erscheint mir endlos weit weg.

Auf einmal ist neben mir mein verstorbener Adoptivvater. »Katrin, du musst zurück!«, ruft er mir zu.

Ich sehe ihn an. »Ach, Vati, ich will nicht zurück. Ich kann nicht mehr! Meine Kräfte sind aufgebraucht. All das ertrage ich nicht mehr.«

Seine durchschimmernden Hände umfassen meine. »Du musst wieder zurück, deine Zeit ist noch nicht gekommen.«

Ich möchte aber nicht von dem Seelenfrieden lassen.

Vati erinnert mich an meine Kinder, die meine Liebe brauchen. Sie sollen ihre Mutter nicht vermissen, wie ich es zeitlebens getan habe. »Du hast die Wahl: Weitermachen wie bisher, dann sehen wir uns viel zu früh wieder«, sagt er. »Oder du stehst auf und kämpfst endlich mal für deine Belange!«

Der väterliche Hinweis auf die Kinder – ob eingebildet oder nicht – zeigt offenbar Wirkung: Meine Seele scheint in meinen Körper zurückzukehren. Ich finde wieder in meine sterbliche

Hülle, die ich in meiner Wahrnehmung schon für einen Hauch von Ewigkeit verlassen habe.

Am Fußende des Krankenbettes sehe ich meinen Adoptivvater aufstehen. »Katrin, die Gefahr ist nun vorüber. Ich kann jetzt wieder gehen.«

Das darf nicht wahr sein!, denke ich. Wieder verlässt er mich, obwohl ich ihn mehr denn je brauche. Tränen rinnen mir über die Wangen. Warum nur bin ich wieder hier unten, in meinem Elend.

»Ich werde immer für dich da sein«, versichert Vati mir zum Abschied. »Du brauchst mich nur zu rufen.« Dann ist er verschwunden.

Als ich vollständig erwacht bin, bemerke ich die Spuren der Stromstöße, die mein kraftloses Herz dazu gezwungen haben, seinen Dienst wieder aufzunehmen. Ein Schrittmacher gibt nun den Takt vor, in dem meine Blutströme pulsieren, und hilft dabei, meine Lebensgeister zu wecken. Es ist meine zweite Geburt.

Die Herzschwäche habe ich von meiner Mutter geerbt. Auch durch dieses Handicap spüre ich eine Verbindung mit ihr, meiner Herzensverwandten. Unsere Leben pochen in vergleichbarem Takt – ein Doppelherz. Ebenso wie bei ihr scheint mein Herz den vielfältigen Belastungen des Lebens nicht gewachsen zu sein. Doch nun, mit dem kleinen technischen Taktgeber, kehrt die Kraft in mich zurück und damit auch mein Lebensmut. Bald stehe ich wieder auf beiden Beinen, erst schwankend, dann mit neuer Festigkeit. So leicht kann mich nun nichts mehr aus der Bahn werfen.

Ich spüre, dass es weniger medizinische Ursachen oder erbliche Vorbelastungen sind, die mein Herz bedrücken. Mir ist sehr wohl bewusst, dass meine innere Zerrissenheit auf Dauer nicht ohne körperliche Folgen bleiben kann, dass die Erlebnisse aus meiner Kindheit immer noch schwer auf meiner Seele lasten. Irgendetwas »stimmt nicht« mit mir. Allerdings spüre ich eine tiefe Angst vor dem Schmerz, vor der Wucht der Gefühle, die ich tief in mir drin vergraben habe. In klaren Momenten habe ich durchaus erkannt, dass diese Hemmnisse mir den Blick zurück verstellen, doch am Kern meiner Probleme will ich nicht rühren. Lange, viel zu lange, habe ich den Blick auf die kleine, leidende Katrin in mir gescheut. Ich wollte nichts mehr von ihr wissen. Ich mochte sie nicht, weil sie mir so verletzlich und zerbrechlich vorkam. Aber was ich mit Gewalt seit Jahren verdränge, belastet mich umso mehr. Ich komme mir wie gelähmt vor, drehe mich immer mehr im Kreis.

Erst als ich durch die Herzschwäche in das schwärzeste Loch geraten bin, öffnet sich jetzt für mich die richtige Tür. »Katrin, du musst zurück!«, ist zugleich der Ruf nach dem kleinen Mädchen, das ich einmal war, in einem fernen Leben.

Nach der Wiederbelebung fühle ich mich stark genug, endlich mein Leben selbstbestimmt in die Hand zu nehmen. Ich bin bereit zur Auseinandersetzung mit mir selbst und den Ursachen, die meiner Misere vorausgegangen sind.

19.

IM JAHR 1982 nahte auch für mich der Tag, der offiziell als Höhepunkt im Leben eines heranwachsenden DDR-Bürgers galt. Viele meiner Freunde empfanden das ebenso. Die Jugendweihe erfüllte eine ähnliche Funktion wie die Konfirmation in der protestantischen oder die Firmung in der katholischen Kirche: Durch ein öffentliches Ritual bekundet, wurden heranwachsende Jugendliche im Alter von vierzehn Jahren zu annähernd vollwertigen Angehörigen der Erwachsenenwelt. Ein Initiationsritus, wie ihn alle Kulturen der Welt kennen. Auch die sozialistischen Länder benötigten Zeremonien, um die durch den staatlichen Atheismus entstandenen Lücken zu füllen. Uns Mädchen versprach diese Aufnahmefeier die öffentliche Aufführung des Märchens von der Verwandlung des hässlichen Entleins in einen stolzen Schwan. Selbst unsere Lehrer und Betreuer würden uns künftig mit »Sie« ansprechen, wir rückten also beinahe auf Augenhöhe mit den Respektspersonen in unserem Umfeld.

Dem Festakt voraus ging eine gründliche Vorbereitungszeit. Im Klassenverbund hörten wir Vorträge, die uns mit unserer Republik und der allgegenwärtigen Partei vertraut machen sollten. Außerdem besuchten wir Tanzstunden und erhielten biologischen und politischen Aufklärungsunterricht. Höhepunkt dieser Einführung war ein Projekttag für alle achten Klassen unserer Schule in Buchenwald. Unter den begleitenden Lehrern war auch meine Mutti.

Es ist kaum möglich, sich der schaurigen Faszination dieses Ortes zu entziehen. Nur wenige Kilometer vom schöngeistigen Weimar entfernt, ragt auf dem Ettersberg vor der Stadt, weithin sichtbar, seit 1958 ein monumentales Mahnmal auf, das daran erinnern soll, zu welcher Barbarei das Volk der »Dichter und Denker« imstande war. Über sechzigtausend Verfolgte des Nazi-Regimes, politische Gegner, Juden, Roma und Sinti, mussten im Konzentrationslager Buchenwald unter unbeschreiblichen Qualen ihr Leben lassen.

Wir erfuhren damals allerdings nur die im Sinne der Staatsideologie retuschierte Version. Demnach waren vorwiegend kommunistische Widerstandskämpfer in diesem Lager von den Faschisten drangsaliert worden. Aus deren Martyrium leitete die DDR ein Vermächtnis zur Rechtfertigung des eigenen Herrschaftswesens ab. Der überdimensionale Gedenkturm diente als Staatsdenkmal der Republik, die im geteilten Deutschland von Beginn an den Antifaschismus für sich reklamiert hatte. Dass unter der sowjetischen Herrschaft in Buchenwald unmittelbar nach Kriegsende noch einmal über siebentausend Häftlinge regelrecht zugrunde gingen, davon habe ich erst vor kurzem erfahren. Niemand in meinem Umfeld hatte das Wissen, die politische Reife oder gar den Mut, unser Staatssystem auch nur ansatzweise in Frage zu stellen oder gar Mechanismen der deutschen Diktaturen im zwanzigsten Jahrhundert zu vergleichen.

Selbstverständlich verbietet sich für mich bis heute jede

Relativierung des Jahrhundertverbrechens der Nazis, zu dessen Tatorten auch Buchenwald gehört, mit dem Verweis auf die menschenverachtende Willkür des »real existierenden Sozialismus«. Doch wenn man die Massenaufmärsche oder die Mittel zur Mobilisierung der Jugend betrachtet, ergeben sich mitunter verblüffende Déjà-vus.

Damals, auf dem Ettersberg, war ich weit davon entfernt, einen gedanklichen Bogen zwischen den beiden deutschen Diktaturen zu schlagen. Zum ersten Mal durften wir voller Stolz statt weißer Bluse und rotem Halstuch unsere blauen FDJ-Hemden tragen, die zum Ausdruck brachten, dass wir jetzt zu den ganz Großen gehörten. Wir legten vor dem Denkmal im Kollektiv ein Treuegelöbnis für unsere Republik ab, fühlten uns auf der richtigen Seite im weltweiten »Klassenkampf« und nahmen alles frag- und kritiklos hin, was man uns vorsetzte. Als ich die Frage stellte: »Sind denn die Lageraufseher hier nach dem Krieg bestraft worden?«, erhielt ich von einer Lehrerin zur Antwort: »Die leben heutzutage unbehelligt in der BRD.« Diese Auskunft bestätigte mein Weltbild, nach dem der Westen als Hort des Bösen galt. Schlechte Menschen, die solche Grausamkeiten, wie an diesem Ort dokumentiert, begangen hatten, flößten mir Furcht ein. In manchen Momenten hatte ich das Bild der Männer in ihren schwarzen Mänteln vor Augen, die meine Mama seinerzeit abgeholt hatten.

Die Jugendweihe gehörte fraglos zu jedem ordentlichen DDR-Lebenslauf. Doch von weitaus größerer Bedeutung angesichts des bevorstehenden Ereignisses waren für mich die Vorkehrungen, die mein äußeres Erscheinungsbild betrafen. Meine Adoptivmutter und ich steuerten zu diesem Zweck das örtliche Konsumkaufhaus in der Innenstadt an. Zu meinem Leidwesen behielt sie auch in Garderobefragen das letzte Wort. Ohne auch nur einen Gedanken daran zu verschwenden, was mir möglicherweise gefallen könnte, verfügte sie, welches Kleid ich zur Jugendweihe zu tragen hatte. Was wollte ich tun? Wenn meine Mutti sich etwas in den Kopf gesetzt hatte, kam niemand dagegen an. Ich schon gar nicht.

Wenn ich mich heute auf dem Foto im Festkostüm betrachte, auf DDR-typisches, leicht blaustichiges ORWO-Fotopapier gebannt, muss ich ehrlich gestehen: Unvorteilhafter hätte sie mich kaum ausstaffieren können. Ein im Stil der Zeit mit Rüschen verziertes blütenweißes Kleid, kombiniert mit einer lila Cordjacke, weißen Sandaletten und einer rosa Nylon-Blüte an einer Anstecknadel. Schon damals kam ich mir in dieser Mischung aus einem Ballkleid für den Abschlussabend des Tanzkurses und einem gesteiften Küchenvorhang nicht übermäßig modisch vor. Das hatte allerdings auch damit zu tun, dass ich mich generell nicht besonders mochte. Ich fand mich eher unattraktiv und scheute den Blick in den Spiegel. Auf den Porträtfotos ist mir deutlich anzusehen, wie unwohl ich mich damals in meiner Haut fühlte: gestelzte Haltung, gequältes Lächeln, unsicherer Blick.

Dennoch sträubte ich mich nicht gegen die Zwangseinkleidung und zeigte meiner Mutti gegenüber aufgesetzte Freude. Vielleicht erblickte ich darin die Gelegenheit, ihr zu gefallen und sie mit Stolz zu erfüllen. Schließlich war dieses Kostüm nicht gerade preiswert, auch wenn es auf langfristige Haltbarkeit angelegt war. Wenn Mutti diese Summe für mich ausgab, dann musste ich ihr schließlich etwas bedeuten, dachte ich voller Überzeugung.

Jedenfalls freute ich mich riesig auf den bevorstehenden Feiertag, und zwar in erster Linie aus einem im Grunde materialistischen und eigennützigen Motiv. Ich wusste, dass es für den Empfang der Jugendweihe eine durchaus kapitalistische Entlohnung gab: Geldgeschenke. Es war üblich, dass Verwandte, Nachbarn, Kollegen der Eltern und Freunde des Hauses dem Geweihten den einen oder anderen Schein zusteckten, was sich zu einem stattlichen Betrag summieren konnte. Im Kreis der Mitschüler hatten wir bereits darüber gesprochen, was wir mit dem Geld anfangen könnten. Insgeheim malte auch ich mir aus, wie ich mein erstes eigenes Guthaben am sinnvollsten anlegen sollte.

Mein Wunsch stand bald fest: Ich wollte mir einen eigenen

Stern-Radiorecorder zulegen. Dieses Gerät aus der Fertigung des VEB Sternradio Berlin war zu jener Zeit das Nonplusultra zum Musikhören. Man konnte damit Audiokassetten, für uns damals Haupttonträger für Musik, abspielen. Diese tragbare Diskothek verfügte neben einem integrierten Radiogerät nämlich über ein Kassettendeck. Damit ermöglichte dieses kleine technische Wunderwerk dem Nutzer, Radiosendungen, Schlager und Hitparadensongs mitzuschneiden – für einen DDR-Jugendlichen ein ungeheurer Luxus. Musik machte mein Leben damals erträglicher. Ein eigenes Abspielgerät hätte mir den unschätzbaren Vorteil eingebracht, mir Lieder und Hörspiele anzuhören, wann immer ich es wollte, ohne mir dafür jedes Mal die Erlaubnis meiner Eltern einzuholen. Allerdings war der erwünschte Konsumartikel entsprechend teuer, daher hoffte ich inständig, dass alle Spenden zusammen den erforderlichen Kaufbetrag von eintausendsechshundert Ostmark ergeben würden.

Wie die übrigen von der FDJ, der SED oder der Schule inszenierten Zeremonien ließ ich auch die Jugendweihe mehr über mich ergehen, als mich persönlich davon berühren zu lassen. Für das öffentliche Leben in unserem Städtchen zählte sie zu den Höhepunkten im jährlichen Veranstaltungskalender. Den stilvollen Schauplatz gab das Stadttheater von Gera ab. Im Zuschauerraum des Prachtbaus aus der Jugendstilzeit saßen neben stolzen Eltern, begleitenden Geschwistern, Onkeln, Tanten und Großeltern auch die wichtigsten Amtsträger der Partei und der Stadt.

Hauptdarsteller aber waren wir. Unsere ganze Klasse durfte in der ersten Reihe sitzen, während sich Eltern und Gäste irgendwo weiter hinten verloren. Jeder von uns wurde namentlich aufgerufen, um den entscheidenden Schritt in die Welt der Erwachsenen zu tun. Mir war das alles eher peinlich. Im Rampenlicht zu stehen, noch dazu in einer mir eher unbehaglichen Kostümierung, das entsprach so gar nicht meinem zurückhaltenden Wesen.

Doch als ich die Treppe zur Bühne erklomm, auf der mir die

Pionierleiterin der FDJ die Aufnahmeurkunde mitsamt einer rosa Nelke und der obligatorischen Fibel *Der Sozialismus – Deine Welt* in die Hand drückte, spürte ich gleichwohl die Einzigartigkeit dieses Moments. Alle sahen auf mich, ich wurde namentlich herausgehoben aus der Menge. Ich gehörte zur Gemeinschaft und war einen Augenblick lang keine Außenseiterin mehr. Nun war ich in aller Öffentlichkeit als fast vollwertiger Staatsbürger anerkannt und bekam das vor aller Augen beurkundet. Ja, ich empfand seit langem mal wieder so etwas wie Stolz auf mich. Dieser Moment auf der Bühne versprach mich aus der häuslichen Enge zu befreien, um endlich das tun zu können, was *ich* wollte. Ich suchte den Blick meiner Eltern, konnte sie aber im Gegenlicht der Scheinwerfer nirgends ausfindig machen.

Ohne wirklich die inhaltlichen Dimensionen zu erfassen, gelobten wir im Kollektiv nicht nur, »für die große und edle Sache des Sozialismus zu kämpfen«, sondern auch »unentwegt zu lernen«, unseren »Weg zum persönlichen Glück immer mit dem Kampf für das Glück unseres Volkes zu vereinen« und den »Sozialismus gegen jeden imperialistischen Angriff zu verteidigen«. Dennoch beteten wir die Gelöbnisformel nicht einfach nur pflichtgetreu herunter. Im Bann dieser feierlichen Liturgie vermochte ich den Parolen in diesem Moment tatsächlich Bedeutung abzugewinnen. Ich hatte das Empfinden, im Sprechchor einer großen Gemeinschaft anzugehören, die sich in aller Öffentlichkeit zu ihren Idealen bekannte. Die Zukunft, für die wir hier standen, konnte in jeder Hinsicht nur besser werden.

Auch während der anschließenden Feier im Familienkreis durfte ich eine für mich gänzlich neue Erfahrung auskosten: einmal im Mittelpunkt zu stehen. Meine Großeltern, meine Tanten und Onkel, mein Cousin, meine Cousine, alle Familienangehörigen und Nachbarn waren eigens meinetwegen zu Besuch gekommen. Mittags speisten wir gepflegt im Stadthotel. Zum ersten Mal, seit ich zurückdenken konnte, durfte ich einfach nur am Tisch sitzen und es genießen, bedient zu werden. Selbst zum nachmittäglichen Kaffee bei uns zu Hause gab es genug helfende Hände, weshalb ich an diesem Tag von der Küchenarbeit befreit war.

Nach dem Kaffee war der ersehnte Augenblick gekommen, an dem ich die Scheine aus den vielen Geschenkumschlägen zusammenzählen durfte. Wie durch ein Wunder ergaben sie ziemlich genau die Summe von eintausendsechshundert Ostmark, was mir erlauben würde, den ersehnten Radiorecorder zu erwerben.

Würde. Denn wieder einmal hatte ich die Rechnung ohne die Wirtin gemacht. Meine Mutti war nämlich der Ansicht, dass ich mein Geldgeschenk nicht ausgerechnet in ein Gerät investieren sollte, das ihr dekadent oder gar subversiv erschien. Stattdessen sollte ich mir neue Kleidung kaufen. Sie glaubte offenbar, mit den erhaltenen Geldgeschenken in der Tasche könnte ich meine Garderobe eigenständig erneuern und so die Haushaltskasse entlasten.

Fatalistisch wie üblich nahm ich auch diese Anordnung ohne Murren hin. Nach außen hatte ich es aufgegeben, mich aufzulehnen oder zu wehren. Was nutzte es, gegen eine Mauer anzurennen? Dabei stellte ich ebenso wenig wie Vati in Frage, dass Mutti die Rolle der Geldverwalterin in unserem Hause zukam. Sie bestimmte nicht nur über Ausgaben, die mich betrafen, sondern hütete die Haushaltskasse für die ganze Familie. Ich hatte damals kein Taschengeld zur eigenen Verfügung, was ich allerdings nicht als Mangel empfand. Geld, das ich begründet brauchte, bekam ich in der Regel auch. Leider blieb es mir dadurch verwehrt, frühzeitig den vernünftigen Umgang mit Geld zu lernen.

Besonders gern unterhielt ich mich an jenem Nachmittag mit meiner Berliner Cousine Diana, die ich wegen ihrer Eleganz und Gewandtheit bewunderte, mit meinem Cousin Michael, der in unserer Straße wohnte, und mit Opa Heinz, weil sie alle drei ehrliches Interesse und Verständnis aufbrachten, wenn ich mich über meine Bevormundung beklagte. Für mich lag die wichtigste Bedeutung dieser Feier in der Erkenntnis, zur Familie zu gehören, ein fester Bestandteil dieses Verwandtschaftsgeflechts zu sein, das mir Halt gab.

Auf den Fotos meines Festtags lässt sich erkennen, dass auch Bier, Wein und Schnaps die Runde machten. Selbst wir Jugendlichen durften an einem Glas Bowle oder Rotkäppchensekt nippen. Neben der Anspannung lockerten sich auch die Krawatten der männlichen Festgäste im Lauf der Feier. In diesem fröhlichen Kreis fühlte ich mich aufgehoben und war seit langer Zeit mal wieder in meinem Element.

Meine Adoptivmutter, so erscheint es mir im Rückblick, sah dieses Ereignis durch eine andere Brille. Sie schien nicht in erster Linie mich und meine Jugendweihe zu feiern, sondern sich selbst. Sie war unendlich stolz auf ihre Erziehungsleistung – und ich gönnte es ihr. Nach ihren Vorgaben war ich es gewohnt, artig, bescheiden und vor allem dankbar zu sein, eigene Ansprüche hintenanzustellen. Ich gab stets die adrett grüßende, höflich lächelnde, fleißige Tochter. Heute erfüllt mich dieser permanente Druck, mich zu verstellen, mit Wut. Nicht nur Mutti und Vati, auch die Verwandten, die Nachbarn, die Kollegen meiner Eltern: Alle spielten sie diesen verlogenen Mummenschanz mit. Jeder von ihnen hatte seine Rolle in dieser Aufführung. Gegenseitig täuschten sie sich eine intakte Welt vor, deren Brüchigkeit allenfalls die nächsten Verwandten erkennen konnten. Alle gemeinsam erhielten sie den kollektiven Selbstbetrug aufrecht.

Im Rückblick erscheint mir die gesamte DDR als eine Art Potemkinscher Staat. Wie die Staats- und Parteiführung mit geschönten Bilanzen, gefälschten Wahlergebnissen und erlogenen Parolen sich selbst und die Welt meisterlich über das tatsächliche Desaster hinwegtäuschte, so lebten auch die Menschen um mich herum ein Scheindasein. Alle wollten ja nur zu gern glauben, dass sich die propagierte Leistungsbilanz erfüllte.

Mich erlebten meine Mitmenschen als das, was sie gerne sehen wollten. Kaum jemand hatte eine Vorstellung davon, welcher Groll tief in mir steckte. Selbst meine Mutti wird sich eingeredet haben, dass ich mich im Großen und Ganzen in ihrem Hause wohlfühlte. Mein Gemütszustand war mir nun mal nicht ins Gesicht geschrieben. Meine Gefühle behielt ich für mich. Leider täuschte ich damit auch Menschen, die mir eigentlich über meine innere Trostlosigkeit hätten hinweghelfen können.

Dabei musste ich ständig die Rebellin bändigen, die tief in mir drin wehrhaft und aufmüpfig sein wollte. Es widerstrebte mir im Innersten, all die Zumutungen klaglos zu ertragen. Genährt durch die Erfahrung aus dem Kinderheim, dass man nur dann verliert, wenn man kuscht, und angespornt durch das Beispiel meines Vaters, der auch unbequeme Meinungen vertrat, träumte ich davon, meinen eigenen Standpunkt irgendwann einmal entschieden zu verfechten. Zu Hause allerdings klappte das nicht. Jede Auflehnung, jeder Hilferuf, jeder Ausbruchsversuch, den ich einmal unternommen hatte, all das hatte im Ergebnis meinen persönlichen Freiraum bloß noch weiter eingeengt. Lediglich auf der Tanzfläche der Schuldisco, auf dem Spielplatz oder in meiner Leseecke erhielt ich eine Ahnung von dem, was ich heute ein selbstbestimmtes Leben nennen würde. Mein damaliges Dasein glich immer mehr einem Gefängnisaufenthalt.

Es blieb mir nur die Möglichkeit, durch »gute Führung« meinen Aufenthalt so angenehm wie möglich zu gestalten. Doch das war nicht nur Berechnung. Nach wie vor glaubte ich, meinen Eltern Dank zu schulden. Alles, was ich unter ihrer Aufsicht erdulden musste, war immer noch besser, als der Kinderheimerziehung ausgesetzt zu sein. Trotz aller Zerwürfnisse empfand ich dieses neue Heim als das geringere Übel. Ohne es je offen auszusprechen, schloss ich innerlich mit Mutti einen Waffenstillstand, der bis zu meinem erhofften Auszug gelten sollte. Aber mit einem aufrichtigen Dankeswort war es nicht getan. Mutti hatte die unausgesprochene Erwartung an mich, ihr meine tiefempfundene Dankbarkeit fortwährend zu zeigen. Ich fand diese aufgesetzte Beflissenheit falsch, hatte dabei stets das Gefühl, mich zu verbiegen. Wenn sie mich wirklich versteht, dachte ich mir, müsste sie spüren, dass ich ihr von Herzen dankbar bin.

Trotzdem vermied ich es tunlichst, meiner Mutter einen Anlass zu liefern, um mich neuerlich zu verletzen. Ich wollte nicht verantwortlich sein für Zweifel am erwünschten Familienidyll. In dieser Hinsicht durchlebte ich die Erfahrung vieler adoptierter Kinder, wenn sie ihren Status erkannt haben: Sie lernen schnell und instinktsicher, die Signale ihrer Umgebung zu empfangen und zu deuten. Sie erkennen genau, welche Erwartungen an sie gerichtet werden, und versuchen sie so weitgehend wie möglich zu erfüllen. Denn sie spüren irgendwann, dass sie kein genetisches Recht auf ihre Existenz als Sohn oder Tochter haben, sondern dass sie dieses gewissermaßen als Gnadenerweis erhalten haben. So fühlen sie die Verpflichtung, sich ihr »Bleiberecht« durch größtmögliche Anpassung und Dankbarkeit zu verdienen.

Was diese Kinder allerdings oft nicht so schnell begreifen, ist der Preis, den ihnen ihr Entgegenkommen abverlangt – besonders, wenn sie die gesteckten Erwartungen nicht erfüllen können. Sie vermögen nicht abzuschätzen, was es nach sich ziehen kann, sich andauernd zu verstellen, wie sehr sie dabei Gefahr laufen, als eigenständige Wesen innerlich auszubrennen. Jedenfalls erging es mir so. Es war, als hätte sich meine seelische Batterie fast vollständig entladen. Ich gehorchte, übernahm Verantwortung, stellte meine Verlässlichkeit unter Beweis. Aber niemand, nicht einmal ich selbst bemerkte, wie sehr mich diese Rolle überforderte. Ich bewältigte eine Aufgabe, der ich eigentlich nicht gewachsen war.

Erträglich wurde sie vor allem durch den Gedanken, der mich stets begleitete: Ich wollte raus aus Gera, egal wohin, Hauptsache, in eine andere Stadt, möglichst weit weg von hier. Die Fluchtfantasie wurde für mich zum Lebensinhalt. Jetzt bist du fünfzehn Jahre alt, kalkulierte ich nüchtern. Damit hatte ich den größten Teil der Erziehungszeit bei meinen Adoptiveltern schon hinter mir. Ein paar Jahre musste ich noch mit Anstand hinter mich bringen, dann würde ich endlich gehen dürfen, und alles würde sich zum Guten wenden. Von da an kreisten meine Gedanken fast nur noch um die Frage, wie ich zum frühestmöglichen Zeitpunkt entkommen könnte. Es ging sogar so weit, dass ich bewusst den Kontakt mit Jungs in meiner Umgebung mied, um mich auf keinen Fall durch eine engere Beziehung an meine Heimatstadt zu binden.

Seit mein Bruder Sören unsere Familie bereicherte, war mir bewusst, dass ich den Wettbewerb um die Gunst meiner Eltern verloren hatte. Sosehr ich mich auch bemühen mochte, zur Tochter, die sie genauso liebten wie ein eigenes Kind, würde ich niemals werden. Daher sehnte ich den Tag herbei, an dem ich mich zum Ende der zehnten Klasse von der Schule verabschieden würde.

Wenn ich die Stadt verlassen wollte, musste ich so bald wie möglich eine Berufsausbildung beginnen, die die Voraussetzung dafür liefern würde. Außerdem fand ich es von Tag zu Tag belastender, ausgerechnet die Schule zu besuchen, an der meine Mutter eine bedeutsame Funktion innehatte – so schön das zu Beginn war, sie auf dem Pausenhof ganz in der Nähe zu wissen. Noch mehr als andere Jugendliche in meinem Alter, drängte es mich, endlich auf eigenen Beinen zu stehen – um wegzugehen.

20.

NACH EINIGEM HIN-UND-HER-ÜBERLEGEN strebte ich eine Berufsausbildung an, die mir sehr vertraut erschien. Ich beschloss, Heimerzieherin zu werden. Vielleicht neigte ich zu diesem Entschluss, da ich den Beruf aus eigenem Erleben kannte. Für mich stand jedenfalls fest, dass ich zukünftig bevorzugt mit kleinen Kindern arbeiten wollte. Ich bemerkte oft, wie sehr mir der Umgang mit ihnen lag, wie gern ich mich mit Jüngeren beschäftigte. Vielleicht holte ich, wenn ich mit ihnen spielte, auch meine eigene verlorene Kindheit nach. Nicht zuletzt konnte ich fünf Jahre Erfahrung als das Kindermädchen meines kleinen Bruders vorweisen.

So fügte es sich, dass ich in den Winterferien im Februar 1983, fast auf den Tag genau elf Jahre nach meiner ersten Aufnahme in die staatliche Obhut, erstmals wieder ein Kinderheim betrat, diesmal als Praktikantin. Wie mein damaliges Domizil war der Hort in einer alten Villa untergebracht, die sich am Rand von Gera im schön gelegenen Stadtteil Ernsee befand, ganz in der Nähe eines Waldes. Es war ein wohltuendes Déjà-vu, denn die zweiwöchige Praxisarbeit in einer Betreuungseinrichtung für lernschwache Schüler machte mir von Beginn an Freude. Bei den etwa zwanzig zehn- bis zwölfjährigen Kindern fand ich die Aufmerksamkeit und Anerkennung, die ich sonst so schmerzlich vermisste. Sie hatten trotz ihrer Lernschwäche fast alle große Freude am Lernen und machten begeistert mit, wenn wir bastelten, spielten, herumtobten oder Ausflüge in die Natur unternahmen. Vor allem aber redeten wir. Mir, die ich so oft zum Schweigen verdammt war, tat das unendlich gut: einfach drauflos zuerzählen, was mir gerade in den Sinn kam, aber auch als Ansprechpartnerin gefragt zu sein. Wie dankbar und offen die Kinder waren, wenn sie jemandem ihre Eindrücke und Sorgen anvertrauen durften, der sich gut in ihre Lage hineinversetzen konnte!

Meine Betreuungstätigkeit verstand ich zugleich als Versöhnung mit meiner Biografie. An den Kindern wollte ich etwas von dem wiedergutmachen, was mir selbst widerfahren war. Ich schenkte ihnen die Zuwendung, die ich all die Jahre selbst vermisst hatte. Auch von den Erwachsenen bekam ich eine unerwartete Gabe: Anerkennung und Lob. Ein anderer angenehmer Nebeneffekt meiner Tätigkeit im Heim war für mich, dass ich guten Gewissens den ganzen Tag von zu Hause fernbleiben durfte.

Ein weiteres Praktikum im Sommer, diesmal im Kindergarten von Langenberg, wirkte dagegen ernüchternd, denn mit den Kindern selbst hatten wir Praktikanten kaum zu tun. Unsere Einsatzbereitschaft durften wir lediglich als Putzfrauen und Aufsichtspersonen unter Beweis stellen, und sogar die Mahlzeiten mussten wir getrennt von den Kindern einnehmen.

Meinem Entschluss für diese Berufsausbildung tat all das keinen Abbruch. Vorbedingung dafür war jedoch ein Eignungstest, der auch eine Untersuchung durch eine Hals-Nasen-Ohren-Ärztin beinhaltete. Für den Beruf des Kinderbetreuers gehören nun mal strapazierfähige Stimmbänder zur Grundausstattung. Was nutzt die beste pädagogische Befähigung, wenn man nicht in der Lage ist, sich Gehör zu verschaffen?

In Begleitung meiner Mutti suchte ich die HNO-Praxis voller Zuversicht auf – und verließ sie zutiefst enttäuscht wie ein geprügeltes Kind. Das Testergebnis war niederschmetternd. »Deine Stimme ist nicht kräftig genug«, befand die Ärztin. Damit fehlte mir eine notwendige Voraussetzung für mein bevorzugtes Berufsziel. Eine einzige Diagnose ließ meinen Wunsch wie eine Seifenblase zerplatzen, denn durch dieses Attest waren mir Heim, Hort oder Kindergarten als künftige Arbeitsstelle verwehrt. Paradoxerweise wurde mir in dem ärztlichen Gutachten jedoch die Tauglichkeit attestiert, eine kombinierte Ausbildung als Unterstufenlehrerin und Pionierleiterin der FDJ anzutreten. Dafür schienen meine Stimmbänder offenbar auszureichen.

Erst im Rückblick kamen mir Zweifel an dem ärztlichen Gutachten. Mutti hatte meinem Berufswunsch von Anfang an nicht viel abgewinnen können. Vielleicht überwog bei ihr die Sorge, dass die Beschäftigung mit Kindern mich aufs Neue mit meinem Kindheitstrauma konfrontieren könnte. Hatte sie sich hinter meinem Rücken mit der Ärztin verbündet, um mir diesen Weg zu verbauen und mich zugleich in eine Pionierleiterfunktion zu lotsen, die ihren politischen Vorstellungen viel eher entgegenkam? Eine Bestätigung für diese Verschwörungstheorie erhielt ich nie.

In meinem Abschlusszeugnis der neunten Klasse ist lediglich lobend vermerkt, dass ich in diesem Jahr einen Pionierzirkel der siebten Klasse geleitet und in der »politischen Diskussion einen positiven Standpunkt« vertreten hätte. Das deutet immerhin darauf hin, dass ich ideologisch ausreichend sattelfest gewesen sein muss. Die Ausbildung zur Pionierleiterin und Unterstufenlehrerin hätte mir jedenfalls den klassischen Weg zur Politiklaufbahn in der DDR geebnet.

In meinen eigenen Erinnerungen spiegelt sich dieser angebliche Eifer für die staatliche Jugendarbeit nicht wider. Ich muss erfolgreich verdrängt haben, wie aktiv ich jenem Staat zu Diensten war, der – ohne dass ich es ahnte – mein persönliches Glück zerstört hatte. Gut möglich, dass ich dies zum Wohlgefallen meiner Mutti tat. Wenn ich schon genetisch nicht eins mit ihr war, so wollte ich ihr wenigstens in meinem Engagement nahe sein.

In der Rückschau betrachte ich mich als unpolitische Mitläuferin. Den Unterricht im Fach Marxismus-Leninismus, dem offiziellen Katechismus unseres Staates, besuchte ich mit Widerwillen. Stolz auf den Staat, auf Sigmund Jähn, den ersten deutschen Raumfahrer im All, oder auf die Olympioniken der DDR ging mir vollkommen ab. Ich war vor allem froh, wenn ich meine Ruhe hatte.

Ich sah allerdings auch keinen Anlass, an meiner Republik zu zweifeln. Mein ganzes Denken war viel zu sehr durch meine familiäre Situation blockiert, um mich kritisch mit dem politischen Geschehen auseinanderzusetzen. Da mich die Kinder aus regimekritischen Elternhäusern wegen meiner Mutti mieden und zu Hause kein Westsender lief, bekam ich nie eine Gegenmeinung zu hören. Ich hatte nicht den Eindruck, dass es mir materiell an irgendetwas fehlte, und wäre selbst im Traum nicht auf die Idee gekommen, aus der Republik in den für mich eher unheimlich anmutenden Westen zu fliehen. Nicht die DDR empfand ich als Gefängnis, sondern mein Elternhaus.

In meinen Fluchtträumereien stieß ich jedoch immer wieder an die Stadtgrenzen von Gera – bis die beiläufige Bemerkung meiner Schulfreundin Corinna mir unverhofft einen Ausweg wies. Freudestrahlend eröffnete sie mir eines Tages, als ich sie nach ihrem Befinden fragte, dass sie nun einen Freund habe, spätere Heirat nicht ausgeschlossen. Auslöser war ihr Leserbrief an die *Armeerundschau,* die auflagenstärkste Soldatenzeitschrift des Landes. Doch was mich an ihrer Erzählung fesselte, war gar nicht so sehr diese mir bislang unbekannte Möglichkeit zur Kontaktanbahnung, sondern die Aussicht, dieses Leserbriefforum für meine eigene berufliche und persönliche Zukunft nutzen zu können.

In der Zwischenzeit hatte ich mich auf Anraten meiner Mutti für eine Ausbildung zur Krankenschwester entschieden. Auf diese Weise konnte ich, wenn sich schon die Aussicht auf einen Beruf in der Kinderbetreuung zerschlagen hatte, zumindest meiner Neigung nachkommen, anderen Menschen zu helfen. Allerdings hatte diese Ausbildung einen Haken: Nach den drei Jahren auf der Krankenpflegeschule musste ich mich verpflichten, weitere drei Jahre Dienst im Bezirkskrankenhaus von Gera abzuleisten. Während dieser endlosen Zeitspanne blieb mir die Möglichkeit verwehrt, in eine andere Stadt zu wechseln und die ungeliebte Heimatstadt zu verlassen. Eine kleine Ewigkeit für mich. Da ich über eine Wohnmöglichkeit in meinem Elternhaus verfügte, befürchtete ich zudem, auf lange Sicht nicht einmal eine eigene Unterkunft beziehen zu dürfen.

Corinnas Hinweis auf die Soldatenzeitschrift brachte mich nun spontan auf eine Idee, die diese Wartezeit immerhin um die Hälfte verkürzen würde. Könnte ich als Krankenschwester nicht auch in der Nationalen Volksarmee eine Beschäftigung finden?, überlegte ich. Dabei hatte ich jedoch keineswegs im Sinn, in Uniform dem »Machtinstrument der Arbeiterklasse«, wie sich die Armee selbst nannte, zu dienen. Mir ging es allein darum, dass diese Berufswahl die Aussicht bot, möglichst weit weg von Gera stationiert zu werden. Auf diese Weise könnte ich meiner Bestimmung, weitere sechs Jahre zu Hause festgehalten zu werden, ein Schnippchen schlagen. Der Geistesblitz hellte mein Gemüt sofort auf. Ich hatte unverhofft eine Perspektive gefunden.

Nur hatte ich leider nicht die geringste Ahnung, wie ich meine Idee realisieren sollte. Weder meine Verwandten noch die wenigen Freundinnen und schon gar nicht meine Eltern wagte ich mit dieser Frage in Bezug auf meine berufliche Zukunft zu behelligen. Wer konnte mir also Auskunft über Chancen und Risiken des medizinischen Militärdienstes geben? In Zeiten, in denen es weder Internet noch Hotlines oder Infobroschüren gab, waren solche Informationen nicht per Mausklick oder mit einem kurzen Anruf einzuholen.

Da fiel mir ein, was den Anstoß zu meinen Überlegungen gegeben hatte, und ich beschloss, mich mit einer Anfrage direkt an die Leserbriefseite der *Armeerundschau* zu wenden, die Interessierten ein viel gelesenes Forum für anonyme Fragen bot. Die Antworten der Leser wurden direkt an den Inserenten weitergeleitet – für mich die ideale Möglichkeit, diskrete Nachforschungen anzustellen.

»Dazu eine Frage an die Jungen«, formulierte ich meine Zuschrift so allgemein wie möglich, nachdem ich kurz meine Ausbildungsperspektive beschrieben hatte. »Was würdest du machen und sagen, wenn deine Freundin, Verlobte oder Frau den Wunsch hätte, zur NVA zu gehen? Würdest du ihr abraten oder sie unterstützen?« In der Juli-Ausgabe 1984 fand ich meinen Text dann schwarz auf weiß abgedruckt. Die Resonanz war überwältigend. Über hundert Briefe konnte ich in den nächsten Wochen aus dem Postkasten fischen. Meine Eltern waren zwar anfangs erstaunt über die Flut, aber als ich ihnen die Angelegenheit erklärte, verfielen sie in das übliche gleichgültige Stillschweigen.

Die Absender erwiesen sich überwiegend als Wehrpflichtige, und die Tendenz der Antworten war für mich eine große Überraschung: Nur etwa ein Drittel der Briefschreiber befürwortete mein Vorhaben, mich bei der Armee zu bewerben, uneingeschränkt. Die meisten rieten mir ab, aus unterschiedlichsten Gründen, manchmal unverblümt, meist hinter sehr vorsichtigen Formulierungen versteckt.

Heute mag es exotisch klingen, aber zum ersten Mal in

meinem Leben erhielt ich damals eine sachte Ahnung davon, dass man die Institutionen unseres Staates durchaus auch in Zweifel ziehen konnte. Das verunsicherte mich zutiefst. Es erschütterte mein Weltbild, das als Ergebnis einer gründlichen sozialistischen Erziehung in meiner Vorstellung fest zusammengefügt war. Für mich stand bisher außer Frage, dass unsere Armee hauptsächlich dazu diente, Land und Leute vor den äußeren Feinden zu beschützen. Es erschien mir geradezu unheimlich, dass jemand gegen die stets gepriesene Truppe Einwände vorbringen konnte. So legte ich rasch die Briefe beiseite, aus denen ich Vorbehalte herauslas und die mich verunsicherten. Unbewusst bevorzugte ich jene Schreiber, die sich ganz offensichtlich zu unserer »Friedensarmee« bekannten.

Dennoch brachten die zweifelnden Stimmen meinen Plan, auf dem Weg über den Militärdienst meinen Horizont zu erweitern, wieder ins Wanken. Dafür erwachte nach den ersten Erfahrungen im Briefverkehr die stille Hoffnung, vielleicht auf diese Weise einen Ritter kennenzulernen, der mich aus meinem eingesperrten Dasein erretten könnte. Mein Entschluss stand insgeheim fest: Den erstbesten Briefeschreiber, der sich für mich interessiert, den nehme ich – wenn er nur weit genug weg wohnt.

21.

ALS ICH NACH dem Abschluss der Oberschule im Herbst 1984 in die nach dem gestürzten Präsidenten von Chile benannte Krankenpflegeschule Dr. Salvador Allende überwechseln durfte, glaubte ich mit siebzehn Jahren meine Kindheit endgültig hinter mir gelassen zu haben. Ich war keine Schülerin mehr und auch nicht mehr nur Lehrerstochter. Die Berufsausbildung eröffnete mir die Chance, mit Selbstbewusstsein zu einer neuen Identität zu finden, die nicht durch eine Rollenzuweisung vorgeprägt war. Dennoch brachte sie mir nicht die erhoffte Freiheit. Im Gegensatz zu den meisten Mitschülerinnen durfte ich nicht in das angeschlossene Internat umziehen, da meine Eltern ein Eigenheim besaßen und ich somit keinen Quartierbedarf geltend machen konnte.

Also blieb in meinem Alltag vieles beim Alten, und natürlich behielt ich auch mein Zimmer. Meinen kleinen Bruder Sören konnte und musste ich zwar nicht mehr vom Hort abholen – er war alt genug, um selbständig den Heimweg anzutreten, und morgens nahm Mutti ihn auf ihrem Weg in die Arbeit mit –, aber wann immer es ging, hatte ich unseren Haushalt zu versorgen. Ich unterstand also weiter dem Diktat meiner Eltern. Mein erstes eigenes Einkommen, ein Stipendium in der stolzen Höhe von zweihundert Mark, sollte ich zur Hälfte in die heimische Haushaltskasse stecken. Erst auf den Einwand meines Vaters hin, dass mich allein die Fahrkarte zwölf Mark monatlich kostete, erließ Mutti mir von der Unterhaltsabgabe fünfzig Mark im Monat. Von meinem verbliebenen Salär erstand ich neben den Ausgaben für persönlichen Bedarf, Kleidung und Studienmaterial neuerdings auch Zigaretten der Marke Club, die mir wegen ihrer Länge so elegant erschienen.

Allerdings ließ mein neuer Stundenplan nur noch wenig Raum für häusliche Vereinnahmungen. Im Zweiwochenrhythmus wechselte ich zwischen Schichtbetrieb im Krankenhaus und dem Unterricht an der Krankenpflegeschule. Nach Feierabend suchte ich möglichst Abstand von zu Hause. Zweimal in der Woche fuhr ich auf meinem blauen Klapprad die fünf Kilometer zu meinen Großeltern nach Bad Köstritz. Es war einer der wenigen Orte, an denen ich mich unbehelligt und geborgen zugleich fühlte. Hier hatte stets jemand ein offenes Ohr für meinen nicht enden wollenden Kummer mit meiner Adoptivmutter, allerdings erntete ich die stets gleiche Antwort: »Die Christel ist halt so.«

An zwei Abenden ging ich zum Schwimmtraining in die betriebseigene Badehalle des Wismut-Kombinats, wo der Vater von Sabine, einem Nachbarmädchen, arbeitete. Gegen diese Art von Freizeitbetätigung konnte meine Mutti, selbst ausgebildete Sportlehrerin, nichts einwenden, und ich war für jeden Freiraum dankbar. Ausgestattet mit meinen neuen spärlichen Finanzmitteln, wagte ich mich sogar gelegentlich, auf Initiative einer anderen Schwesternschülerin, in den Jugendclub, der sich im Haus der Kulturen befand. Von außen erinnerte der schnittige Flachbau an Honeckers Ostberliner Palast der Republik, wenn auch im Kleinformat: eine ähnlich aparte Mischung aus Stahlbeton und getöntem Glas, für DDR-Begriffe die architektonische Moderne schlechthin. Auch die trendig gestalteten Clubräume im Inneren waren nicht unbedingt ein Hort der Regimekritik, wie Gera grundsätzlich nicht zu den Hochburgen der Oppositionsbewegung in der DDR zählte.

Aber ich traf hier mit Jugendlichen zusammen, die nicht aus Langenberg kamen oder mit mir die Schule besucht hatten. Ich war unbekannt und hatte die Chance, vorurteilslos wahrgenommen zu werden. Allerdings war mir dieses abendliche Vergnügen insgesamt nicht häufiger als zehnmal vergönnt. Meine Eltern erteilten mir die Ausgeherlaubnis nur, wenn ich anderweitig nicht gebraucht wurde und mein kleiner Bruder versorgt war. Ehe ich es mich versah, gehörte ich zum Vorbereitungsteam für die Clubabende, füllte Gläser an der Theke oder räumte hinterher wieder auf. Wenn der Andrang etwas nachließ, ging ich auch schon mal auf die Tanzfläche, die mit dem üblichen Mix aus einem Drittel West- und zwei Drittel Ostmusik beschallt wurde. Im Halbdunkel dieses Clubkellers fühlte ich mich mehr zu Hause als irgendwo sonst in Gera.

Meine Freizeit war ausgefüllt vom regen Briefwechsel, den meine Zeitungszuschrift ausgelöst hatte. Den umfangreichsten Austausch pflegte ich mit Soldaten, die mich in meiner positiven Sichtweise unserer Armee bestärkten. Allerdings reizte mich eine der eher skeptischen Zuschriften dann doch zu einem vertiefenden Briefkontakt. Oder lag es eher am Verfasser der Briefe? Auf Anhieb war ich davon angetan, dass er sich nebenbei noch als Musiker betätigte. Tommi, ein Professorensohn aus Berlin, hegte den Wunsch, Medizin zu studieren, und für sein Berufsziel war ein dreijähriger Wehrdienst die Voraussetzung. Als musisch geprägter Mensch sträubte er sich dagegen, in den Befehls- und Gehorsamsapparat eingebunden zu werden, obwohl er lediglich Menschen heilen wollte. Aus diesem Blickwinkel hatte ich den Dienst der Armee noch nie betrachtet.

Nach ausgiebigem Briefwechsel verabredeten wir uns im Februar 1985, da er Ausgang hatte und sich die Möglichkeit bot, im Restaurant des Stadthotels Gera. Tommi, ein schlanker, eher drahtiger Mann mit stoppelkurzem Armeehaarschnitt und legerer Kleidung, hatte sich dort für den Abend ein Zimmer gebucht.

Auch wenn sich mein Wissen weitgehend auf abstrakte Lehrinhalte aus dem Biologieunterricht oder der Stadtbibliothek beschränkte und meine Mutti mich nicht einmal auf meine erste Regelblutung vorbereitet hatte, konnte ich mir ausmalen, welche eindeutigen Absichten mit dieser Zimmerreservierung verbunden waren. Und das war mir durchaus recht. Ich war inzwischen siebzehneinhalb Jahre alt und wollte auf keinen Fall arg- und ahnungslos sein, bevor ich einem möglichen Traummann in die Arme lief. Mir schien die Zeit reif für meine erste sexuelle Erfahrung – und das möglichst, ohne gleich in eine feste Beziehung zu geraten. Vor unserer ersten Begegnung schluckte ich daher vorsichtshalber die Pille.

Bei einem einfachen Abendessen und einer Flasche Wein im Hotelrestaurant bestätigte Tommi den sympathischen Eindruck, den ich aus seinen Briefen gewonnen hatte. Wir beklagten uns wechselseitig über unsere Dienstverpflichtungen.

»Sobald ein Vorgesetzter auch nur entfernt in Sichtweite ist, musst du die Handkante an die Schläfe pressen – wie ein Hampelmann. Alles ist penibelst vorgeschrieben«, lamentierte mein Gesprächspartner.

»Das klingt ja fast wie bei mir zu Hause«, entgegnete ich schmunzelnd, um dann ernsthaft hinzuzufügen: »Weißt du, ich hab einfach die Schnauze voll. Ich will nur noch raus hier. Ich sehne so den Tag herbei, an dem ich dieses Kaff endlich verlassen kann, glaub mir.«

Tommi ahnte, worauf ich hinauswollte, und warnte mich: »Glaub bloß nicht, dass irgendwas besser wird, wenn du dich bei der Volksarmee verpflichtest. Da gerätst du nur von einer Abhängigkeit in die nächste.«

Nach dem Essen griff Tommi in seinem Hotelzimmer zu seiner Westerngitarre und stimmte einige der damals beliebten amerikanischen Popsongs an. Schon während unseres Briefwechsels hatte ich ihn ausdrücklich gebeten, mir bei unserem Treffen seine Sangeskünste vorzuführen. Ich war peinlich, aber auch angenehm berührt, dass er sein Instrument eigens meinetwegen mitgebracht hatte und mir obendrein gestand: »Ich singe das nur für dich.« Irgendwann im Verlauf des Abends, als seine Stimme schon etwas brüchig wurde, legte er das Instrument zur Seite und seine Hände stattdessen auf meine Hüften.

Am nächsten Morgen holte ich ihn in seinem Hotel ab, um mit ihm im Stadtpark an der Weißen Elster entlangzuschlendern. Es war ein strahlender Wintertag, und die Flaneure im Park genossen sichtlich die noch ungewohnte Sonnenwärme. Trotz des strahlenden Wetters fühlte ich mich etwas ernüchtert. Das sollte es also gewesen sein, wovon meine Mitschülerinnen hinter vorgehaltener Hand bisweilen getuschelt hatten? Mir kamen die Turnübungen im Hotelbett eher unspektakulär vor, und empfunden hatte ich auch nicht viel dabei. Ich konnte nicht nachvollziehen, was die anderen angeblich so toll daran fanden.

Während Tommi und ich Hand in Hand spazieren gingen, kam mir der Mann an meiner Seite auf einmal fremd vor. Später beteuerte er in einem Brief mehrmals, dass ich unsere Bettgeschichte bloß nicht mit Liebe verwechseln sollte. Er hoffe nur, dass ich mich nicht in ihn verliebt hätte. In dieser Hinsicht brauchte er sich nicht zu sorgen. Ich zog eine völlig andere Schlussfolgerung aus unserer Begegnung: Körperliche Liebe erschien mir nichtssagend, wenn sie keine Entsprechung auf der Gefühlsebene hatte. Trotz aller Ernüchterung reute mich die Erfahrung dieser ersten Nacht nicht. Ich betrachtete mich jetzt als Frau, vollwertig und reif. Damit fühlte ich mich gewappnet, den Mann meines Lebens kennenzulernen.

22.

EIN AUSSICHTSREICHER KANDIDAT für diese Rolle gelangte etwas verspätet in den Kreis meiner Briefpartner. Olaf, fünf Jahre älter als ich, hatte meine Frage in der *Armeerundschau* erst nach mehreren Monaten zu Gesicht bekommen. Jetzt antwortete er umgehend, ganz linientreu, aber in einem angenehm anmutenden Duz-Stil. »Ich würde es begrüßen«, befand er als Offizier, »wenn du dich als Frau um den Dienst in der Armee bemühen würdest.« Auch wenn sich für mich das Thema zu diesem Zeitpunkt längst erledigt hatte, fühlte ich mich von ihm verstanden und bestärkt.

Das Unwiderstehlichste an meiner neuen Brieffreundschaft war jedoch die Adresse auf dem Kuvert. Olaf war als frischgebackener Leutnant in einem Regiment des Militärtransportwesens in Prora stationiert. Er wohnte im nahe gelegenen Binz, dem bekannten Seebad auf der Ostseeinsel Rügen. Eben erst hatte er die Offiziersschule der Nationalen Volksarmee in Löbau absolviert und war als Politoffizier für die weltanschauliche Schulung der Reservisten zuständig. Allein sein Standort verströmte für mich, ohne ihn näher zu kennen, den wunderbaren Klang von Meer, Weite und Strandurlaub. Eine größere Entfernung zu meiner Heimatstadt war innerhalb unserer kleinen, überschaubaren Republik kaum denkbar.

Auch Olaf schien Gefallen an mir zu finden, und bald schrieben wir uns im Tagestakt. Da seine Eltern ebenfalls in Thüringen, genauer in Arnstadt, lebten, schlug er vor, mich während eines Heimataufenthalts besuchen zu kommen. Mutti, die ich einweihen musste, war sogar damit einverstanden, dass er zum Mittagessen zu uns nach Hause kam. Für mich war damit einer neuerlichen Hotelzimmererfahrung ein Riegel vorgeschoben.

Der erste Eindruck von meinem Gast auf dem Bahnsteig dämpfte meine Erwartungen indes ein wenig. Obwohl Olaf mit seinen eins dreiundachtzig und den breiten Schultern eine stattliche Erscheinung verkörperte, dachte ich bei seinem Anblick spontan: Schreiben kannst du aber besser, als du aussiehst. Das wird keine Liebe auf den ersten Blick.

Der dreiundzwanzigjährige Offizier trug keine Uniform, sondern war mit den obligatorischen VEB-Jeans, einem beigefarbenen T-Shirt und ausgetretenen Sandalen ausgesprochen leger gekleidet. In der Hand hielt er einen Strauß Pfingstrosen, die er offenbar noch schnell im Garten seiner Eltern für mich gepflückt hatte. Er hatte kurze dunkelbraune Haare und braune Augen; eine kleine Narbe an der Augenbraue gab seinem Gesicht einen sympathischen Zug. Seine Beine und auch sein Gang wirkten etwas krumm, später sollte ich erfahren, dass dies von einem chronischen Meniskusleiden herrührte. Ich spürte eine leise Enttäuschung, als wir auf dem Weg zu unserem Haus in der Trambahn Allgemeinplätze austauschten. Aber mein Realitätssinn sagte mir, dass ein Phantasiebild, wie es beim Briefeschreiben entsteht, für gewöhnlich nie der Wirklichkeit entspricht. Meine Wunschvorstellung schrumpfte auf ihre real existierende Entsprechung zusammen.

Daheim warteten meine Eltern schon auf den Besucher. Mutti übertraf sich mit übergroßer Herzlichkeit förmlich selbst, Vati zeigte sich wie üblich freundlich, aber distanziert. Mir blieb die gewohnte Funktion der Hausfrau vorbehalten. Während Mutti sich in ihrem Küchenkittel aus der damals gebräuchlichen DDR-Kunstfaser Dederon als tüchtige Hausfrau präsentierte und sich vorbehielt, ihren Porree-Eintopf (den ich im Übrigen hasste) selbst zuzubereiten, durfte ich Gemüse schnippeln, Geschirr abwaschen und den Tisch decken. Vati, in seiner üblichen robusten Heimarbeitskluft, war unterdessen bemüht, mit Fragen zu Olafs Armeedienst ein Gespräch in Gang zu bringen. Doch mit Aussagen, die Geheimhaltungsvorschriften berühren konnten, hielt sich der Offizier spürbar zurück.

Ohne jedes Anzeichen eines unguten Gefühls fläzte er auf der Eckbank an unserem Küchentisch und sah mir genüsslich und untätig dabei zu, wie ich die Suppenteller füllte. »Ich mag's gern deftig«, bemerkte er, als Kompliment auf Muttis Kochkünste gemünzt. Doch hinter seinem Rücken verdrehte selbst die Adressatin seines Lobs die Augen wegen dieser Paschahaltung. Ich spürte, wie Muttis anfängliche Sympathie für ihn rapide schwand.

In mir weckte das eher Trotz. Ich fand durchaus Gefallen an Olafs männlich-dominanter Ausstrahlung. Allerdings keineswegs an der Art und Weise, wie er sie mir glaubte beweisen zu müssen, sobald wir aus dem Sichtfeld meiner Eltern verschwunden waren. Als ich ihm zeigte, wo er sich im Bad die Hände waschen konnte, drückte er sich von hinten so unangenehm dicht an mich heran, dass ich ihm entschieden Einhalt gebot: »Lass das, ich will das nicht!« Leider ohne bleibende Wirkung. Kaum hatten meine Eltern uns nach dem Essen in der Stube allein gelassen, rückte Olaf mir auf dem Sofa schon wieder auf die Pelle und verlangte, sichtlich erregt, einen Kuss. Trotz meiner Ablehnung ließ er nicht davon ab, mich weiter zu bedrängen.

Damit hatte er für mich seinen Charme und seine Chancen erst mal verspielt. Ich empfand auf einmal nur noch Ekel, fühlte mich abgewertet und benutzt. Wie entwürdigend mir damals seine Übergriffe erschienen, lässt sich daran ablesen, dass ich es heute noch meide, mich neben einen Mann, dem ich kein Vertrauen schenke, auf das Sofa zu setzen. Damals jedenfalls war ich eher erleichtert, als mein aufdringlicher Gast sich am Abend wieder in Richtung Arnstadt zu seinen Eltern empfahl. Er lud mich zum Abschied zwar zum Gegenbesuch nach Binz ein, aber fürs Erste war ich bedient und eher auf Abstand bedacht.

So ganz wollte ich die Aussicht zum Ausbruch aus meiner familiären Einengung, die dieser Mann versprach, dennoch nicht begraben. Auch nach seiner Abreise erhielt ich unseren Briefwechsel daher aufrecht. Als ich bekannte, wie unwohl ich mich in seiner zudringlichen Gegenwart gefühlt hatte, zeigte Olaf durchaus Einsicht und gab zu, sich falsch verhalten zu haben. Zugleich schwärmte er davon, wie begeistert er von mir war, wie toll er mich fand, und seine Charmeoffensive ließ meine innere Abwehr schwinden. Je abwertender sich meine Mutti über meinen Galan ausließ, desto mehr erwärmte ich mich für ihn. Mir gefiel, dass er sich nicht so schnell beirren ließ. Anfänglich hatte ich sicher gehofft, dass ich mit diesem strammen Kandidaten ihr Wohlwollen gewinnen könnte. Nun begann in meinen Augen eher für ihn zu sprechen, dass sie ihn nicht mochte und er mir im Kampf gegen sie beistand.

Seine erneute Einladung nach Binz schlug ich trotzdem erst einmal aus, woraufhin er in trotziges Schweigen verfiel. Dabei gab es diesmal tatsächlich einen durchaus triftigen Hinderungsgrund, den ich aus dem Jugendclub mitgebracht hatte. Eines Abends, im Juli 1985, war ich an der Bar in ein Gespräch mit einem jungen Mann geraten, der ebenfalls zum Team des Jugendclubs gehörte. Von anderen Mitgliedern wusste ich, dass er im Dienst der Staatssicherheit stand. Das weckte meine Neugier. Durch ihn erhoffte ich mir einen unmittelbaren Einblick in das Innenleben dieses legendären Apparates. Doch auf meine Fragen antwortete er nicht, sondern druckste nur verlegen herum und hielt sich den ganzen Abend lang bedeckt. Das irritierte mich, da ich mir beim besten Willen nicht vorstellen konnte, dass ein Funktionsträger unserer Republik etwas zu verheimlichen hatte.

Das Gespräch fand ein abruptes Ende, als ich beiläufig einen Blick auf die Uhr warf. Spätestens um Mitternacht hatte ich zu Hause zu sein – obwohl ich seit kurzem volljährig war. An der Haltestelle gegenüber dem Haus der Kulturen stand die Tram schon abfahrbereit. Wie ärgerlich. Ich stürzte los – und fiel gleich am Eingang über die Treppenstufen. Der Länge nach schlug ich auf dem Pflaster hin, während die Straßenbahn sich in Bewegung setzte. Ich versuchte mich aufzurappeln, aber es tat höllisch weh. Meine Knie bluteten, und auch an den Händen hatte ich mir Schürfwunden zugezogen. Ein stechender Schmerz am Knöchel hinderte mich außerdem daran, richtig aufzutreten. Wie sich später herausstellte, hatte ich mir bei dem Sturz die Bänder oberhalb des Sprunggelenks angerissen.

Mit Mühe humpelte ich zur Straßenbahnhaltestelle und ließ mich, als die nächste Tram kam, erschöpft auf einen Sitz fallen. Der Umstieg in den Bus nach Langenberg erschien mir ebenfalls wie eine Höllenqual, und den letzten Abschnitt bis zu unserem Haus konnte ich nur bewältigen, indem ich mich langsam seitlich die steil ansteigende Straße hocharbeitete, um mein Fußgelenk nicht zu stark zu belasten.

Die ganze Zeit über peinigte mich jedoch nur eine Frage: Würde es daheim Theater geben, wenn ich eine Stunde zu spät nach Hause kam? So leise es ging, hinkte ich durch den Kellereingang und suchte in der Waschküche nach einer alten Wanne, um in meinem Zimmer das verletzte Bein hochlegen zu können. Es dauerte nicht lange, bis Mutti in mein Zimmer stürzte, um sich lautstark über mein spätes Nachhausekommen aufzuregen. Zum Glück verfügte ich mit meiner Blessur über eine plausible Erklärung, und sie gab sich damit zufrieden. Um den Zustand meines Beines kümmerte sie sich allerdings nicht. Wieder war es mein Vater, der mich am nächsten Morgen ins Krankenhaus fuhr. Ich verließ es mit einem Gipsverband wieder.

Die Bandage bot mir einen mehr oder weniger willkommenen Vorwand, Olafs Avancen erst mal abzuweisen. Er musste ja nicht wissen, dass ich mich gleichwohl in der Lage sah, eine Einladung nach Berlin anzunehmen. Meine Cousine Diana, die Tochter von Muttis Bruder, hatte mich bei ihrem alljährlichen Besuch in Gera eingeladen, sie während der Semesterferien in der Hauptstadt der DDR zu besuchen. Die Chance ließ ich mir auch von meinem Gipsfuß nicht nehmen.

Für mich symbolisierte Berlin die große, weite Welt. Der Alexanderplatz erschien einer Provinzpflanze wie mir als überdimensionaler Markt der Möglichkeiten. Unzählige Menschen flanierten über dieses Areal, auf dem wie ein Symbol des kosmopolitischen Geistes die große Weltzeituhr thronte. Überall sah ich fremdländische Gesichter, sogar Menschen aus Asien und Afrika, und hatte das Gefühl, mich im Zentrum einer richtigen Metropole zu befinden. Alles war ungleich weltläufiger und großzügiger als daheim in Gera. Selbst die Sommerkleidung der Passanten kam mir moderner und eleganter vor. Besonders attraktiv aber fand ich, dass hier niemand war, der mich kannte und mir mit vorgeprägten Vorurteilen begegnete. Die Anonymität der Großstadt, die manch anderer beklagte, wirkte auf mich faszinierend.

Meine sieben Jahre ältere Cousine kümmerte sich rührend um mich. Sie brachte mir bei, auf weiße T-Shirts mit grellen Farben und einer besonderen Knotentechnik bunte Muster zu batiken. Mit einigen wenigen Handgriffen verstand sie es, kunstvolle Accessoires zu fertigen, die ich todschick und modisch fand. Anfangs war ich unsicher, ihr zur Hand zu gehen, weil ich seit Kinderheimtagen außerhalb des Unterrichts nie mehr kreativ tätig gewesen war. Doch nach kurzer Eingewöhnung fand ich großen Spaß an diesem Kunsthandwerk.

Diana hatte ein sicheres Stilempfinden und einen selbstbewussten Modegeschmack; der Typ Frau eben, der selbst in einen Lumpensack gehüllt noch blendend aussieht. Beim Anblick ihres großstädtischen Erscheinungsbildes kam ich mir wie das graue Mäuschen vom Land vor. Sie war zierlich, schlank und sportlich, spielte ausgezeichnet Tennis, hatte halblange dunkelbraune Haare und ein gewinnendes Wesen. Ihr Ökonomiestudium in Dresden hatte die frischgebackene Mutter eines Sohnes erfolgreich abgeschlossen und lebte mit ihrem ebenfalls sehr sympathischen Lebensgefährten in einer Altbau-Zweiraumwohnung im Ostberliner Stadtteil Friedrichshain.

Meine Adoptivmutter hatte nie ein Hehl daraus gemacht, wie sehr sie alles bewunderte, was Diana unternahm. Ich hatte stets den Eindruck, dass meine Mutti gern selbst so eine Tochter gehabt hätte und ihrer Nichte generell mehr Glauben schenkte als mir. Wenn sie nur einmal von ganzem Herzen stolz auf mich wäre, hatte ich gelegentlich gedacht. Ich mochte und bewunderte Diana trotzdem ungemein, und unser Verhältnis war nie durch Neid getrübt. Schon der große Altersunterschied verhinderte jede unmittelbare Rivalität. Für mich glich sie eher einer älteren Schwester, ein kleiner Ersatz für meinen leiblichen Bruder, den ich weiterhin vermisste.

Den Ausflug in die Hauptstadt der DDR nutzte ich auch zu einem kühnen Vorhaben: Schon im Vorfeld der Reise hatte ich den angehenden Arzt Tommi, der inzwischen wieder in seiner Heimatstadt weilte, angeschrieben und gefragt, ob wir uns treffen könnten. Ich hatte das Bedürfnis, mit ihm und dem, was zwischen uns geschehen war, ins Reine zu kommen.

Tommi wirkte überrascht, überhaupt noch einmal von mir zu hören, stimmte aber einem Treffen zu und wollte auf mich an der Weltzeituhr warten. Das Haar trug er inzwischen nicht mehr soldatisch kurz. Er stand unmittelbar davor, sein Medizinstudium anzutreten, und machte auf mich einen weit weniger angespannten Eindruck als bei unserer ersten Begegnung.

Im Gestus des erfahrenen Großstädters lud er mich zu einer kleinen Exkursion in die kugelrunde Kuppel des Fernsehturms ein, der als Wahrzeichen unserer Republik über dem Alexanderplatz aufragte. Noch nie hatte ich die Welt auf diese Weise von oben betrachten können. Erst jetzt bekam ich eine Ahnung von der Weitläufigkeit Berlins. Dass sich durch diese Stadt eine Sperranlage zog, die zwei komplett verschiedene Welten voneinander trennte, war aus luftiger Höhe nicht zu erkennen. Aus der Vogelperspektive unterschieden Ost und West sich nicht voneinander.

Zurück auf dem Boden, sprachen wir uns bei einer Tasse Kaffee an einem Imbissstand in der Rathauspassage aus. »Wenn ich gewusst hätte, dass es für dich das erste Mal war«, räumte Tommi ein, »dann wäre ich bestimmt rücksichtsvoller vorgegangen.« Aus seinem eher zögerlichen Schuldeingeständnis hörte ich so etwas wie Verständnis für meine Wahrnehmung heraus. Ich freute mich, dass wir nach den belastenden

Irritationen wieder zum Gespräch gefunden hatten und hatte den Eindruck, dass sich damit der schale Nachgeschmack unserer ersten Begegnung verlor. Indem er meine Verunsicherung ernst nahm, trug Tommi erheblich zur Ehrenrettung der Gattung Mann bei, die ich bis dahin eher als aufdringlich und egomanisch erlebt hatte.

23.

DIE VERSÖHNLICH STIMMENDE Erfahrung mit meinem ersten Liebespartner war zugleich ein Motiv, zu Olaf wieder Verbindung aufzunehmen, als ich zurück zu Hause war. Beim Sortieren der langsam nachlassenden Zuschriftenflut auf meinen Leserbrief im Oktober 1985 wurde mir erst richtig bewusst, dass unser Kontakt zwischenzeitlich abgerissen war. Also beschloss ich, Olaf ein letztes Mal mit einem provozierenden Brief aus der Reserve zu locken. Jeder Mensch verdient das Recht auf eine zweite Chance, dachte ich mir, auch er. Die Antwort kam postwendend: Mit etwas abenteuerlichen Begründungen (»Du bist für mich halt so begehrenswert«) entschuldigte sich mein Brieffreund nochmals sich für sein Verhalten während seines Besuchs bei uns und unternahm einen weiteren Versuch, mich kurzfristig zu sich nach Binz einzuladen. Ich sollte ihn zu seinem bevorstehenden Regimentstreffen begleiten.

Ein kühner Vorschlag, denn dort würde ich nicht nur seine private Kammer mit ihm teilen, sondern zugleich quasi als seine offizielle Begleiterin bei der Feier im Kreise seiner Kameraden in Erscheinung treten. Da ich ohnehin so kurzfristig nicht dienstfrei bekam, musste ich meinen Verehrer erneut vertrösten. Dennoch hatte er mit seiner Einladung bei mir den entscheidenden Nerv getroffen: mein Fernweh. Schließlich ließ ich mich überreden, zu Silvester, wenn ich nach dem weihnachtlichen Schichtbetrieb ein paar Tage freibekommen würde, nach Rügen zu reisen. Zum ersten Mal sah ich die verlockende Aussicht vor mir, das neue Jahr am Ostseestrand zu begrüßen, statt zu Hause die obligatorischen Bowle zum langweiligen Fernsehprogramm zu servieren.

Zugleich wollte ich es Olaf nicht zu leicht machen und warnte ihn daher vorbeugend: »Sobald du mich erneut bedrängst, fahre ich sofort nach Hause!« Olaf bemühte sich nachhaltig, mich seiner besten Absichten zu versichern, und so saß ich am 29. Dezember 1985 im Zug nach Rügen. Natürlich träumte ich auf der beinahe zwölfstündigen Fahrt noch nicht von der Trauung, aber im monotonen Takt der Eisenbahnräder wiederholten sich in meinem Kopf die immer gleichen Worte: Nichts wie weg – möglichst weit weg! Selbst wenn dieser Ausflug die erstbeste Gelegenheit war, so bot er doch auch eine Chance. Die Chance meines Lebens. Sollte das Abenteuer schiefgehen, beruhigte ich mich, konnte ich die Expedition jederzeit ohne Verlust abbrechen. Außerdem glaubte ich, diesen Mann nach unserem ausgiebigen Briefwechsel inzwischen besser zu kennen.

Olaf hatte ersichtlich seine Lektion gelernt, denn am Bahnhof von Binz nahm er mich mit spürbarer Zurückhaltung und Höflichkeit in Empfang. Im Schatten der Dunkelheit geleitete mein Gastgeber mich zu einem neuzeitlichen Plattenbau, wo er im vierten Stock über eine Einraumwohnung verfügte.

»Herzlich willkommen in meinem bescheidenen Reich«, sagte er und gewährte mir den Vortritt.

Die Kammer mit dem angrenzenden Flur und einem Bad war in der Tat eher spartanisch eingerichtet. Das Mobiliar beschränkte sich auf zwei Sofas, eines davon zum Bett ausziehbar, einen Holztisch, ein antikes Bücherbuffet und eine Kochnische. Auf den ersten Blick erkennbar, hatte der Junggeselle seine Stube aufgeräumt, gewischt und auf Hochglanz poliert.

»Hast du ’ne Putzfrau kommen lassen?«, fragte ich scherzhaft und zugleich beeindruckt. »Ich wusste gar nicht, dass Männer in der Lage sind, selbständig sauber zu machen.«

Überdies hatte der Hausmann sich die Mühe gemacht, eine kleine Tanne in einem Pflanzenkübel mit bunten Kugeln zu verzieren. Selbst im Miniaturformat erweckte das Bäumchen sofort jene Weihnachtssentimentalität in mir, die ich mir aus Kindheitstagen bewahrt hatte.

Dieses Gefühl hielt den gesamten Willkommensabend über an. Gemeinsam improvisierten wir ein nettes Abendessen mit Spaghetti und ein paar Gläsern Wein bei Kerzenschein, während Peter Maffay, als Westsänger sonst eher verpönt, aus den Lautsprechern trällerte. Nach dem Essen setzte ich mich vorsichtshalber in deutlichem Abstand zu Olaf auf die Couch gegenüber seinem Sofa. Angeregt durch die Mischung aus Rotwein, Musik und Romantik schmolz dieser Abstand aber rascher als die Kerze dahin. Bald lag mein Kopf auf seinem Schoß, er strich mir übers Haar und meinte verträumt: »Dich heirate ich mal!«

Auf einen Schlag war ich wieder nüchtern. »Du kennst mich doch noch gar nicht!«, empörte ich mich.

Er blieb beharrlich. »Ich hab mich total in dich verliebt. Dich heirate ich eines Tages!«

Ich hielt das für ein Hirngespinst, aber natürlich schmeichelte mir sein Versprechen. Sofort wurden Wunschbilder wach: Heirat, Familie, Binz – alles fern von daheim. Wie ein Freier alter Schule legte Olaf mir irgendwann eine silberne Kette mit einem Herzchen um den Hals, und spätestens damit war mein Widerstand gebrochen. Seit meiner Kindheit hatte ich nie mehr etwas Persönliches, das keinen praktischen Nutzwert hatte, geschenkt bekommen. Der Kavalier hatte den richtigen Schalter umgelegt. Ich war vollkommen gerührt, fasste Vertrauen zu ihm und begann zu glauben, was er in seinen vielen Briefen beteuert hatte: dass er mit seinen Gefühlen, seinem Begehren wirklich *mich* meinte.

Diesmal wollte er alles richtig machen. Er ging vorsichtig mit mir um, sachte und ganz entspannt. »Wenn du nicht willst«, hauchte er mir ins Ohr, »brauchst du es nur zu sagen.«

Aber ich wollte, mein Herz pochte, und ich war aufgeregt wie vor der Hochzeitsnacht. An jenem Abend machte ich die für mich völlig neue Erfahrung, dass körperliche Liebe einfühlsam sein kann. Seine Zärtlichkeiten garnierte mein Liebhaber mit fortgesetzten Liebesschwüren, die mich wie Drogen berauschten. »Meine Süße« nannte er mich immer wieder, und ich war selig.

Selbst am nächsten Morgen packte mich kein Katergefühl. Vom Liebespfeil getroffen, turtelten wir wie Täubchen. Das neue Jahr begrüßten wir zusammen mit Olafs Jugendfreund und dessen Frau in deren Wohnung. Ich konnte mich nicht erinnern, jemals zuvor einen solch hoffnungsfrohen und vielversprechenden Jahreswechsel erlebt zu haben. Ich fühlte mich frei und geborgen zugleich.

Natürlich entgingen mir die seltsamen Wesenszüge meines Verehrers trotz akuter Verliebtheit nicht. Bei aller Freude stimmte es mich als grundsätzlich skeptischen Menschen misstrauisch, dass er gleich beim ersten Treffen von Heirat sprach. Sein schier unstillbares Begehren erschien mir denn doch etwas zu heftig. Auf anderen Sektoren neigte er dagegen nicht zu übertriebener Leistungsbereitschaft. Wenn ich mich des Haushalts annahm, rührte er selbst keinen Finger und ließ mich gerne gewähren. Frisch verliebt, wie ich war, nahm ich jeden Abstrich am Idealbild eines perfekten Partners leichthin in Kauf, mit dem stets gleichen Trost: All das ist immer noch besser als zu Hause!

Als ich einige Tage später wieder in Gera eintraf, sah ich mich in genau dieser Erkenntnis erneut bestätigt. Das Erste, was ich von meiner Adoptivmutter zu hören bekam, als ich ihr freudig von meiner Eroberung berichtete, war: »Muss das sein? Bei dieser Entfernung!« Nach meinem berauschenden Ausflug fiel mir umso deutlicher auf, wie sehr ich in diesem Haushalt ein Fremdkörper war. Die Missverständnisse häuften sich wie Stolpersteine zwischen uns. Mehr denn je spürte ich die permanente Bevormundung, und beinahe alles, was ich tat oder sagte, stieß auf Ungnade.

Je unwohler ich mich zu Hause fühlte, desto verlockender erschien mir der Gedanke an einen neuen, eigenständigen Lebensabschnitt mit einem Gefährten, der – welch beglückende

Entdeckung – Interesse und Gefallen an mir fand. Und das offenbar langfristig. Kaum zwei Tage vergingen, an denen wir uns nicht lange Briefe schrieben. Ich nahm dies als weiteren Beweis dafür, dass ich nicht bloß einer romantischen Laune zum Opfer gefallen war.

Sooft es ging, trachteten wir danach, uns in die Arme zu schließen. Trotz der großen Distanz, die zwischen uns lag, gelang uns dies jedes zweite oder dritte Wochenende. Mir war bereits damals bewusst, dass diese zeitlich befristeten Begegnungen nicht genügen konnten, einen bis vor kurzem noch wildfremden Menschen wirklich kennenzulernen und einschätzen zu können. Wir trafen einander unter Schönwetterbedingungen, die vom Alltagsgeschehen vollkommen losgelöst waren. Nur gelegentlich kam Olaf zu Besuch in seine alte Heimat; meist war ich diejenige, die den weiten Weg auf sich nahm.

Doch diese Fernreisen waren bald in Gefahr, denn irgendwann waren meine Ersparnisse vollständig aufgebraucht, und meine Mutti sah es nicht ein, unseren Liebestourismus auch noch zu subventionieren. »Wenn er sie sehen will, soll *er* die Fahrt doch bezahlen«, sagte sie in meiner Anwesenheit zu Vati. Der schien eine derart fordernde Haltung indes eher peinlich zu finden und konnte es diesmal durchsetzen, dass ich erstmals und einmalig fünfzig Mark von meiner obligatorischen Haushaltsabgabe als Reisegeld behalten durfte.

Jedes Mal, wenn mein neuer Freund im Haus meiner Eltern zu Gast war, spürte ich die Prüfungsatmosphäre. Ich kannte meine Eltern gut genug, um zu wissen, dass Olaf unter ihrem kritischen Blick kaum Chancen auf ihre Gunst hatte. Aber statt auch nur einmal seine Mithilfe anzubieten, ließ er sich meistens in den Sessel fallen und stand erst wieder auf, wenn die Arbeit getan war. Bei seinen Schwiegereltern in spe fiel er damit in Ungnade.

»Das gebietet allein der Anstand, dass er wenigstens mal fragt, ob's was zu tun gibt«, empörte Mutti sich, als Olaf gerade nicht im Raum war.

Vati ergänzte grimmig: »In so einem Haus ist immer genug zu erledigen, im Garten, im Hof – auch als Gast.«

Trotzig nahm ich meinen trägen Kavalier in Schutz. »Der Olaf ist halt mehr so der Theoretiker, für praktische Dinge hat er kein Händchen.«

Umgekehrt tat es mir unglaublich gut, wenn mein Freund für mich Partei ergriff. Als wir einmal zu einem Spaziergang aufbrechen wollten und meiner Mutti in diesem Moment reflexartig einfiel, was alles im Haushalt noch nicht erledigt sei, gab er ihr nachdrücklich zu verstehen, was er davon hielt.

»Katrin ist jetzt alt genug, sie kann selbst beurteilen, wann sie ihr Pensum erledigt«, sagte Olaf entschieden.

Das ging mir runter wie Öl. Da war tatsächlich ein Mensch, der meiner Adoptivmutter Paroli bot und offen für mich eintrat. Auch das war eine seltene Erfahrung. Mein Begleiter hatte Mut, er war mein Fürsprecher, und ich liebte ihn dafür.

Die Zurechtgewiesene indes war sichtlich irritiert ob der deutlichen Worte. »Wir sind eine Familie, und da muss eben *jeder* seinen Teil beitragen«, erwiderte sie pikiert und betonte ihre Replik so, dass sie deutlich als Kritik an Olafs notorischer Untätigkeit zu verstehen war.

Sein Prestige steigerte der Hausgast jedenfalls durch sein forsches Auftreten nicht gerade.

Das begann sich erst zu ändern, als Mutti im Gespräch eine spontane Eingebung kam. »Willst du nicht bei deinem nächsten Besuch mal in unserer Schule vorbeikommen und den Schülern von der Nationalen Volksarmee berichten?«, fragte sie den überzeugten Politoffizier.

Olaf wirkte geradezu geschmeichelt. Einige Wochen später trat er tatsächlich in seiner NVA-Uniform vor die neunten Klassen, um offiziell für die Armee zu werben. Der Leutnant, den die Lehrerin den Schülern bereits als ihren künftigen Schwiegersohn präsentierte, schien bei ihr einen ganz anderen Eindruck zu hinterlassen als der unhöfliche Hausgast auf dem heimischen Sofa. Hier war er nicht der Störenfried im Hausordnungsregime, sondern eine Vorzeigefigur der gemeinsam verehrten, wehrhaften Republik.

Diese Aufwertung meines Freundes in den Augen meiner Mutter wirkte sich freilich nur wenig lindernd auf mein Verhältnis zu ihr aus. Bisweilen kam es mir vor, als bestünde der Hauptreiz dieser Fernbeziehung für mich darin, Muttis ständiger Überwachung zu entkommen. Allerdings beschränkte sich auch mein Liebhaber nicht auf anteilnehmende Neugier, wenn ich ihm meinen Alltag schilderte, sondern begann bereits Besitzrechte anzumelden. Als ich einmal absichtslos einen Abend im Jugendclub erwähnte, fragte er in schneidendem Ton zurück: »Mit wem triffst du dich denn dort?«

Irritiert von seinem unangebrachten Misstrauen, verwies ich so beiläufig wie möglich auf flüchtige Bekannte aus dem Club.

Sofort ging er zum Angriff über. »Aha, so ist das also. Während ich hier Dienst schiebe, machst du mit anderen Männern rum?«

Ich geriet unwillentlich in eine Verteidigungsposition. »Hör mal, ich war in diesem Jugendclub schon, da haben wir uns noch gar nicht gekannt! Ein bisschen mehr Vertrauen hätt ich mir schon von dir gewünscht.« Seine aufkeimende Eifersucht fand ich beklemmend – und schmeichelhaft zugleich. Ach, ist das süß, sagte ich mir insgeheim. Er scheint mich so sehr zu lieben, dass er Angst hat, mich an einen Rivalen zu verlieren.

So willigte ich im Frühjahr 1986 bereitwillig in die Verlobung mit ihm ein. Vor aller Augen wollte ich demonstrieren: Seht her, es gibt einen Mann an meiner Seite! Dazu brauchte es allerdings auch einen ordentlichen Verlobungsring. Olaf schickte mir achthundert Mark, ein wahres Vermögen, das Vierfache meines Monatssalärs. Mit dem Geld in der Tasche fuhr ich eines Nachmittags mit der Tram nach Lusan, einer neuerrichteten Trabantensiedlung am Stadtrand von Gera. Am Klingelbrett eines imposanten Plattenbaus fanden sich ausschließlich asiatische Namen. Das ganze Gebäude schien von Vietnamesen bewohnt, die die DDR-Regierung seit 1980 als nützliche und willige Vertragsarbeiter aus dem sozialistischen Bruderstaat ins Land geholt hatte. Ich drückte auf einen bestimmten Klingelknopf auf der großen Tafel und holte die Ringe ab, die ich vorher auf eine Zeitungsannonce hin bestellt hatte. Schon auf der Rückfahrt in der Straßenbahn hatte ich nichts Eiligeres zu tun, als mir den kleineren Ring an den Finger zu stecken. Den anderen schickte ich Olaf nach Binz.

Damit war unsere Verlobung vollzogen, so hatten wir es zuvor abgesprochen. Ein Termin für eine gemeinsame Feier fand sich nicht in unseren dicht gefüllten Dienstplänen. Immerhin, mein Zukünftiger hatte nun einen sichtbaren Nachweis für sein Vorhaben erbracht, mich zu heiraten. Bereitwillig hatte auch ich mich mit dem Eheversprechen angefreundet, das die Flucht aus meinem Leben in Gera verhieß. Außerdem war ich betört von Olafs fortwährenden Liebesbeteuerungen in seinen Briefen. Ich fühlte mich aufgewertet und zu Hause ein gutes Stück eigenständiger. Bis ein unglücklicher Zwischenfall unsere Pläne durchkreuzte.

24.

ALS UNSERE FAMILIE im März 1986 zu einer Fahrt nach Berlin aufbrechen wollte, um dort die Hochzeit meiner Cousine Diana mit ihrem Lebensgefährten zu feiern, passierte es: In der Aufregung stieg Mutti hektisch die Stiege vom Dachboden herunter und verhedderte sich dabei mit der Fußspitze in einer Decke, die sie für die Fahrt herausgekramt hatte. Dabei stürzte sie so unheilvoll die Treppe hinunter, dass sie sich gravierend am Hals verletzte. Ich musste die geplante Reise trotzdem antreten, da ich während der Hochzeitsfeier schon fest als Babysitterin eingeplant war, aber ich heulte beinahe das ganze Wochenende über, weil ich nicht wusste, was meiner Mutti passiert war. Ich hatte ständig das Bild vor Augen, wie ich sie zum Abschied hilflos in ihrem Bett liegen sah, wo sie, auf den Notarzt wartend, über Taubheitsgefühle in den Händen klagte. Ist sie jetzt vielleicht für immer querschnittsgelähmt?, sorgte ich mich. Oder wird sie gar am Ende an den Folgen des Sturzes sterben? Immer wieder packten mich Panikattacken und Weinkrämpfe.

Erst jetzt, in der Not, wurde mir bewusst, wie groß meine Angst war, erneut eine Mutter zu verlieren. Sie war mir keineswegs so gleichgültig, wie ich immer angenommen hatte. Zwar litt ich dauerhaft unter ihrer Überpräsenz in meinem Leben, dennoch hatte sich in diesen Jahren mein innerer Kompass nach ihr ausgerichtet. Als ihre Statthalterin in unserem Haus sah ich zudem all die greifbaren Hoffnungen auf mehr Eigenleben schwinden.

Getrieben von meiner Sorge um ihren Gesundheitszustand, besuchte ich sie im Krankenhaus, sobald ich wieder in Gera war, und fand dort ein Bild des Jammers vor. Mutti hatte sich, wie die ärztliche Untersuchung ergab, einen Halswirbel gebrochen. Nun trug sie um den Kopf einen Bügel, der am Schädel befestigt und an einem Drahtseil aufgehängt war. Gegengewichte sorgten dafür, dass ihr Kopf in einer stabilen Position fixiert war, um die Wirbelsäule zu entlasten. Mutti war regelrecht gefesselt. Aber sie lebte und hatte gute Aussichten, die komplizierte Fraktur ohne bleibende Folgen zu überstehen – zu meiner großen Erleichterung.

Neben meinem Klinikdienst und der Hausarbeit verbrachte ich fortan täglich jede verfügbare Minute an ihrem Krankenbett, wusch sie, fütterte sie und gab ihr die notwendigen Spritzen, wobei mir meine Berufsausbildung zugutekam. Ich glaube, es gab in all den Jahren keine Zeit, in der ich mich meiner Mutti so nahe fühlte wie in dieser Phase ihres Klinikaufenthalts. Vielleicht war es gerade ihre offenkundige Hilfsbedürftigkeit, ihre Abhängigkeit von meiner Unterstützung, die die Eisschicht zwischen uns schmelzen ließ. Sie selbst wirkte wie verwandelt. Sie tadelte mich nicht, machte mir keine Vorhaltungen und Vorschriften, im Gegenteil: Wenn sie mit ihren Bettnachbarinnen oder den Ärzten sprach, fand sie nur lobende Töne für mich, und ich nahm ihr ab, dass sie unsere Verbundenheit zu schätzen wusste. Wenn sie auf mich angewiesen ist, dachte ich mir, kann sie sogar richtig nett sein.

Zu Hause hatte ich dafür nicht nur wieder den Haushalt und meinen Bruder Sören zu versorgen, sondern auch die Handwerker zu beaufsichtigen, die ausgerechnet in diesem Sommer unser Dach neu deckten. Gleichzeitig galt es, die Früchte unserer Obstbäume zu ernten, bevor sie verdarben, um Marmelade einzukochen. Dabei hätte ich in diesem Sommer für die Abschlussprüfung nach dem Ende des zweiten Studienjahres an der Schwesternschule büffeln sollen. Aber das war mir alles zu viel. Ich konnte mich einfach nicht auf die vielen Fachbegriffe in den Lernheften konzentrieren und gleichzeitig für das obligatorische Russisch-Diplom pauken. Wann immer ich einen Versuch unternahm, nickte ich meistens übermüdet über meinen Büchern ein.

Die Folge war absehbar. In der Physiologieprüfung erreichte ich gerade noch eine Vier, in der Gesamtwertung eine Drei – keine Traumvorlage für den weiteren Berufsweg. Aber ich hatte nur noch den Wunsch, diese Welt möglichst bald hinter mir zu lassen. Selbst das Angebot eines Lehrers, die Prüfung zu wiederholen, um meine Note zu verbessern, lehnte ich ab – mit Ausnahme des russischen Sprachdiploms, das ich später nachholte. Ich war froh über den Abschluss, mit welcher Note auch immer. Ich wollte endlich einen Schlussstrich unter Schule, Theorie und Lernstoff ziehen.

Als Mutti nach über einem Vierteljahr, den ganzen Oberkörper in einen, wie wir sagten, Kosmonautengips gehüllt, heimkam, kehrten auch die gewohnten Befehlsstrukturen wieder. Was sich in den letzten Wochen zaghaft an Zuneigung zwischen uns aufgebaut hatte, schien rasch aufgebraucht. Die Anspannung meiner Mutti wurde durch das Gipskorsett verstärkt, das sie erheblich in ihrem Bewegungsdrang einschränkte und an erholsamem Schlaf hinderte. Selbstredend machte ihr Unfall auch meine Hochzeitspläne zunichte. Die Trauung musste deswegen vom Sommer in den Spätherbst verlegt werden, und unglückseligerweise wählten wir dafür den 14. November. In der gereizten Stimmungslage hatte ich glatt übersehen, dass Mutti an diesem Tag Geburtstag hatte.

Die Entscheidung zur Heirat war aus der Vernunft heraus geboren, bei Olaf genauso wie bei mir. Ich sah darin meine einzige Chance, auf Dauer und zudem möglichst weit von Gera wegzukommen. Das romantische Gefühl der frischen Verliebtheit würde sicher schnell verfliegen, darüber machte ich mir keine Illusionen. Doch die Ehe bot mir eine realistische Perspektive, mein Dasein als Adoptivkind endlich hinter mir zu lassen. Olaf seinerseits benötigte als Offizier eine Frau an seiner Seite, weil dies sein Prestige bei der Armee erhöhte.

So mühte er sich nach Kräften, mir die Hochzeit schönzureden. In der DDR galt die Trauung als Eintrittskarte in eine neue Selbständigkeit, denn die Ehepartner erlangten in vieler Hinsicht größere Unabhängigkeit von ihren Eltern. Sie hatten einen Anspruch auf ein staatliches Darlehen, das sich durch Kindersegen noch erhöhte, und auf die Zuteilung einer geräumigen gemeinsamen Wohnung.

Olaf wollte allerdings nicht nur eine Ehegattin vorweisen, sondern eine über alle Zweifel erhabene Genossin. Stets trachtete er danach, das von ihm verlangte Plansoll möglichst überzuerfüllen. Wenige Wochen vor unserer geplanten Eheschließung nahm er mich daher beiseite und legte mir nahe, in die SED einzutreten. »Das musst du doch verstehen! Wie sieht das denn für mich als Berufsoffizier aus, wenn meine Gattin sich weigert, der Partei beizutreten? Da wird sofort nachgefragt, ob es vielleicht Zweifel gibt an deiner und damit auch an meiner Zuverlässigkeit. Weißt du, ich will in der Armee ja auch mal irgendwie weiterkommen. Außerdem bringt's dir selbst nur Vorteile, wenn du jetzt vorhast, die Krankenpflegeschule zu wechseln. Mit Parteibuch hast du da einfach bessere Karten.«

Trotz aller Vorzüge hatte das Wort »Partei« in meinen Ohren nach wie vor einen negativen Klang. Nicht wegen der Staatslehre, die sie propagierte, nicht einmal aus politischen Gründen. Partei stand für mich vielmehr für die häufig abwesende Mutti, die am Feierabend stets noch Papierkram abzuarbeiten oder eine der unzähligen Versammlungen zu besuchen hatte. Partei war ein Synonym für das Misstrauen, das meine Klassenkameradinnen mir in der Schule entgegengebracht hatten. Partei vertrug sich nicht mit einer *Staatsverräterin* wie meiner wahren Mama. Unwillkürlich scheute ich vor dem Aufnahmeantrag zurück und drückte mich zugleich vor einer deutlichen Absage.

In meiner Entscheidungsnot suchte ich den Rat meiner Adoptivmutter.

»Ich muss mal mit dir reden. Olaf fände es besser, wenn ich auch in der SED wäre«, erklärte ich ihr. »Ich weiß nicht, was ich davon halten soll. Wenn ich es nicht tue, könnte sich das negativ auf seine Karriere auswirken.«

Betretenes Schweigen hätte ich als Reaktion am wenigsten erwartet. Insgeheim hatte ich gehofft, dass sie mich als Genossin begrüßen und mir durch ihre Anerkennung die Entscheidung erleichtern würde. Wahrscheinlich erkannte sie aber dank ihres guten Gespürs, dass mir die innere Überzeugung fehlte, und antwortete ausweichend. »Warum sollte er deshalb Ärger bekommen?«

»Keine Ahnung«, sagte ich. »Er wird dann nicht befördert oder so …«

»Hat er denn nichts weiter zu dir gesagt?«, hakte sie nach.

»Nein.« Ich war verwirrt.

»Da kann ich dir leider auch nicht weiterhelfen«, sagte die Frau, die mir sonst selbst in den Kauf meiner Kleider hineinzureden trachtete. »Du musst selbst wissen, was du tust.«

Vati dagegen, nachdem sie ihn eingeweiht hatte, war deutlich klarer in seinem Urteil. »Katrin, lass lieber die Finger davon«, murmelte er beinahe geheimnisvoll, als wir im Garten auf das Thema zu sprechen kamen.

Auf Anraten meiner Mutti wandte ich mich schließlich an unseren Nachbarn, einen ausgewiesenen SED-Parteigänger, der mich und die Gepflogenheiten im Apparat gut genug kannte. Während ich mit ihm, um ungestört zu bleiben, eine

Fahrradtour durch das Elstertal unternahm, bestätigte er die Vermutung, dass Olaf als Politoffizier im Fall meiner Weigerung Schwierigkeiten bekommen könnte. »Eine solche Anfrage abzusagen, musst du dir vorher gut überlegen, Katrin!«, redete er mir ins Gewissen.

Diese Aussage gab schließlich den Ausschlag, denn ich wollte alles vermeiden, was meinem künftigen Gatten Ungemach bescheren konnte. Nie wieder wollte ich andere Menschen in die Bredouille bringen, wie, so bildete ich mir ein, meine Mama am Tag ihrer Verhaftung. Das durfte sich nicht wiederholen. Das Parteibuch sollte meine Mitgift für die Ehe sein. Zumindest als Ausweis einer Karteileichenexistenz.

»Wenn ich beitrete«, erklärte ich Olaf daraufhin tapfer, »dann nur als zahlendes Mitglied. Ich werde definitiv keine Ämter oder sonstigen Funktionen übernehmen.« So intensiv wie meine Mutti wollte ich mich der Parteiarbeit keinesfalls verschreiben.

Zufrieden über den Kompromiss, ging ich bei nächster Gelegenheit zur Parteisekretärin unserer medizinischen Fachschule. Doch als ich ihr meinen, mir mühsam abgerungenen, Entschluss verkündete, fragte sie schlicht zurück: »Warum?« So musste ich mich tatsächlich für mein Entgegenkommen auch noch rechtfertigen. Ich berief mich auf eine Art Erbfolge als Tochter einer Parteigenossin.

Außerdem sollte ich zwei zuverlässige Bürgen aufbieten, die die Ernsthaftigkeit meiner Entscheidung für die SED bezeugten. Am Ende dieser Prozedur hielt ich das rote Büchlein als Ausweis meiner Parteizugehörigkeit in der Hand und zahlte meinen ersten Mitgliedsbeitrag. Damit war für mich die Angelegenheit erledigt. Doch ich hatte meine politische Unschuld verloren.

Die Zugehörigkeit zur staatstragenden Einheitspartei brachte in der zweiten Hälfte der achtziger Jahre nicht mehr nur Vorteile. Bei den meisten Schwesternschülerinnen, besonders wenn sie meine persönlichen Beweggründe nicht kannten, war ich seit diesem Schritt unten durch.

Aber diese Ausbildungsstätte betrachtete ich ohnehin nur noch als Durchgangsstation. Meinem Aufstieg zur Ehefrau und in der Folge hoffentlich auch zur Mutter stand jetzt nichts mehr im Wege. Für die Hochzeitsfeier mieteten wir den Nebenraum der HO-Gaststätte »Zur Völkerfreundschaft« in Arnstadt, Olafs Heimatstadt. Mutti brachte einige Bekannte dazu, Kuchen zu backen, und Vatis Beitrag war ein riesiger, biedermeierlicher Brautstrauß. Als nützlich erwiesen sich für ihn dabei seine neuen beruflichen Kontakte. Aus gesundheitlichen Gründen hatte er die Maurertätigkeit aufgeben müssen und arbeitete inzwischen im Konsum in Langenberg. Dort ließ sich ein dringend benötigtes Gebrauchsgut schon mal unter der Hand besorgen – wenn es sein musste, auch ein üppiger Blumenstrauß.

Für die Wahl meines Hochzeitskleides fand sich ebenfalls eine kostengünstige und durchaus DDR-typische Lösung: Meine Tante Irene, eine ausgebildete Schneiderin, nähte mir aus Tüll und Spitze eine klassische weiße Robe. Die Schwester meines Vaters hatte Muttis Garderobe wohl schon öfter mit handgefertigten Röcken, Hosen, Blusen, Kleidern und Kostümen bereichert, allerdings gegen Bezahlung. Wegen eines Geschwisterzwists mied die Näherin nämlich jede Familienfeier. Den Stoff für mein Gewand besorgte ich selbst, aber das Nähen des Kleides war ein Geschenk meiner Tante.

Olaf wiederum sparte sich die Kosten für den Erwerb eines Anzugs komplett: Er wollte einfach in seiner Ausgehuniform zum Standesamt gehen. Mir war diese Lösung eher unangenehm, da ich keinen Wert darauf legte, als Offiziersbraut vor den Trautisch zu treten. Die Uniform würde garantiert einige Blicke auf sich ziehen, aber auch Urteile festigen. Wieder hatte ich Angst vor dem bekannten Muster, das mich gefangen hielt. Katrin, die Tochter der Lehrerin, der Parteisekretärin – und jetzt die Frau des Politoffiziers: die »rote Socke«. Wie sollte ich jemals loskommen von diesen Stereotypen? Olaf ließ sich jedoch nicht von seiner Idee abbringen. Sicher ging es ihm nicht allein um den Spareffekt, es war für ihn eine

Frage der Ehre, an diesem Festtag sein Vaterland zu repräsentieren.

Zu allem Überfluss war er dabei nicht allein. Als wir uns am 14. November 1986 im engsten Kreis in Arnstadt versammelten, hatte mein künftiger Ehemann einen älteren Offizierskameraden, den ich nur flüchtig kannte, an seiner Seite – ebenfalls in Uniform. Olaf beschwichtigte mein Unbehagen über den militärischen Begleiter mit dem Hinweis, dass wir schließlich jemand benötigten, um ein paar Fotos zu knipsen. Die Anzahl der Aspiranten für diese Aufgabe war in der Tat nicht groß, denn der Kreis unserer Hochzeitsgäste blieb sehr überschaubar. Mein Bräutigam hatte noch zwei Schwestern, zu denen ich auf Anhieb einen guten Draht fand. Hiltrud, die ältere, wohnte mit ihrer Familie und drei Kindern in Arnstadt, während die jüngere Schwester, Kerstin, mit ihrem Mann, einem Glasbläser, und ihrem Sohn in Neuenhagen bei Berlin lebte. Beide waren deutlich älter als ihr kleiner Bruder, elf bei der einen und sogar neunzehn Jahre bei der anderen betrug der Altersunterschied.

So hatte Olaf als spätes Nesthäkchen in Jugendjahren die beinahe ungeteilte Zuwendung seiner Mutter genossen. Als ihr Sohn eine Lehre als Gleisbaumechaniker antrat, war die Hausfrau sogar eigens putzen gegangen, um sein karges Lehrgeld etwas aufbessern zu können. Olafs Vater hatte nach der Heimkehr aus der Kriegsgefangenschaft als Autoschlosser gearbeitet, war dann aber wegen seiner Rückenprobleme in den Krankentransportdienst übergewechselt. Richtige Freunde meines künftigen Gemahls waren mir bislang nicht begegnet. Mit Regimentskameraden pflegte er vorwiegend dienstlichen Kontakt. Sein Nachbar Steffen in Binz schien eher ein flüchtiger Bekannter zu sein. Für die Gästeliste einer Hochzeitsfeier waren seine Verbindungen nicht eng genug. In dieser Hinsicht war ich meinem Bräutigam ähnlich. Im Grunde waren wir zwei einsame Menschen, die sich da zusammengefunden hatten.

Und dann war es endlich so weit. Noch etwas benommen vom Polterabend am Vorabend, stiegen wir am Vormittag des

14. November 1986 in eine geschlossene, weiß glänzende Pferdekutsche. Ein Bild wie aus dem Märchenbuch. Mein Adoptivvater trug den Brautstrauß, alle waren festlich gekleidet. Aus den Fenstern der umliegenden Häuser lugten die Nachbarn neugierig heraus, und ich spürte eine Aufgeregtheit wie selten zuvor. Mein Leben würde jetzt unwiderruflich eine neue Wendung nehmen.

Die Kutsche hielt vor dem prachtvollen Renaissance-Rathaus, das Arnstadt schon zierte, als Johann Sebastian Bach hier noch als Organist gastierte. Es war einer jener Spätherbsttage, an denen die kühle Luft schon den Winter ankündigte, während die strahlende Sonne den Sommer nachklingen ließ. Im stilvollen Rathausambiente wurden wir wie zum Examen aufgerufen und auf unsere Plätze gebeten. Ich war ganz beseelt von der Vorstellung, dass in der Trauungsurkunde unter meinem Namen als Zweitwohnsitz Binz eingetragen war. Bis zum Ende meiner Krankenpflegeausbildung musste ich zwar noch in Gera verweilen, aber die freie Zeit konnte ich schon jetzt an der Ostseeküste verbringen, die in einem Dreivierteljahr ganz zu meiner Heimat werden würde. Der Mann an meiner linken Seite war somit für mich mein Retter. Er würde mich aus meinem Aschenputtel-Dasein bald in sein fernes Reich mitnehmen. Dann würde sich auch die Liebe einstellen, malte ich mir aus, deren ich mir jetzt noch nicht ganz sicher war.

Von hinten spürte ich die Hand meines Vaters auf meiner Schulter und genoss die Geste, mit der er mir mein halblanges Haar glatt strich. Dann beugte er sich vor und flüsterte mir, unhörbar für die Umsitzenden, ins Ohr: »Katrin, noch kannste nein sagen!« Er musste mich beobachtet und wohl meine Zweifel irgendwie gespürt haben.

Etwas hilflos wisperte ich zurück: »Vati, jetzt ist es gelaufen. Ich hab die Traute nicht mehr.«

Olaf vor versammelter Runde durch einen Rückzieher bloßzustellen, das hätte ich niemals übers Herz gebracht. Stattdessen hielt ich mich an meiner Mutmacherparole fest: Katrin, jetzt wirst du bald ganz weit weg ein neues Leben beginnen!

Schon als kleines Mädchen hatte ich davon geträumt, einmal eine eigene Familie mit Kindern zu gründen.

Die Standardansprache der Standesbeamtin war jedoch kaum dazu angetan, romantische Gefühle zu wecken. Sie reihte Floskel an Floskel, und ich hatte selbst mit gutem Willen Mühe, dieser Abfolge unpersönlicher Leerformeln zu folgen. Nachdem sie ihren Sermon beendet hatte, kam der Schlüsselmoment. Wir steckten uns gegenseitig unsere Verlobungsringe aus vietnamesischer Fertigung vom linken auf den rechten Ringfinger um, was sie zu Eheringen umfunktionierte. Diese Geste vollzog sich ähnlich steif wie der anschließende Trauungskuss, der die Zeremonie abschloss. Olaf allerdings strahlte vor Genugtuung über das ganze Gesicht und brachte einen Stolz zum Ausdruck, den ich in mir noch nicht finden konnte.

Gleichzeitig gefiel mir das dominante Auftreten meines frischgebackenen Ehemannes sehr. Er wusste, was er wollte, und war nicht so ein Zauderer wie ich. Die Liebe wird schon wachsen, wenn wir erst einmal zusammen sind, redete ich mir ins Gewissen. Die paar Macken erziehe ich ihm schon noch ab. Ich war gerade einmal neunzehn Jahre alt und bar jeder Lebenserfahrung außerhalb meines Elternhauses. Liebe war für mich gleichbedeutend mit Erwartungen, die ich zu erfüllen hatte. Am Ende obsiegte der befreiende Gedanke: Diese neue Wirklichkeit muss auch Mutti jetzt endlich akzeptieren.

Am Rathausportal absolvierten wir das übliche Hochzeitsbrauchtum, zerschnitten erst mit der Nagelschere ein Band, das uns den Weg versperrte, und sägten dann ein Baumstück in zwei Hälften, nachdem wir uns zuvor bereits unseres Kleingeldes entledigt hatten. Für einen kurzen Moment musste ich daran zurückdenken, wie mein Bruder Mirko und ich auf dem Marktplatz von Gera einst die frisch getrauten Paare im Reisregen beobachtet hatten, was mir damals als Inbegriff des Glücks erschienen war.

Die Aufforderung zum Einstieg in die wartende Kutsche, die uns zur Hochzeitsfeier abholte, riss mich aus meinen Gedanken.

Unterwegs gab Olaf dem Kutscher das Zeichen zum Anhalten, ohne mich vorher in sein Vorhaben eingeweiht zu haben. Er vertrat nämlich die Auffassung, dass an so einem Feiertag die Opfer des Faschismus nicht unbedacht bleiben durften. Wir stiegen also aus und hielten in stillem Gedenken inne. Ein Mahnmal wie dieses gab es in jeder noch so kleinen Gemeinde der DDR, und es wurden damit fast überall nur kommunistische Antifaschisten geehrt, als wären sie die einzigen Leidtragenden des NS-Regimes gewesen. Darüber dachte ich damals zwar nicht nach, dennoch berührte es mich peinlich, unsere persönliche Familienfeier in eine öffentliche Demonstration umfunktioniert zu sehen. Ich empfand die Blicke der Umstehenden wie Brandmale auf der Haut und war froh, dass mich hier, über hundert Kilometer von meiner Heimatstadt entfernt, niemand kannte.

Olaf dagegen dachte in anderen Kategorien. Er empfand sich als politischen Soldaten, was nicht zuletzt seine Ausgehuniform mit dem umgehängten Ehrendolch signalisierte. In dieser Position gab es für ihn keinen Rückzug in die private Nische, und er erwartete das selbstverständlich auch von der Frau an seiner Seite. Für ihn stand selbst unsere private Eheschließung irgendwie im Dienste der Republik. Als Soldat in Uniform hatte ich ihn bislang kaum erlebt, und er wirkte darin fremd auf mich.

Als unsere Familien sich in der Gaststätte »Zur Völkerfreundschaft« versammelt hatten, holte mich ein leichter melancholischer Trübsinn ein. Olaf hatte den originellen Einfall, das Lied »Und dabei liebe ich euch beide« von Andrea Jürgens aufzulegen, in dem die kleine Sängerin erzählt, wie sie zwischen ihren Eltern hin- und hergerissen ist. Obwohl ich mich stets danach sehnte, mich endlich von meiner Familie zu lösen, befiel mich bei diesen Liedzeilen dann doch eine gewisse Schwermut. Ich hatte jetzt trotz aller Abneigung das Gefühl, dass ich mein Elternhaus vermissen würde. Es war schon paradox: Nun, da die Ablösung aus dem Elternhaus zum Greifen nahe war, begann sie mich schon zu reuen. Die sehr persönliche Ansprache meines Adoptivvaters, aus der herauszuhören war, wie sehr er an mir hing, verstärkten meine Zweifel. Hatte ich womöglich einen Fehler begangen?

Mein Ehemann war von solchen Unsicherheiten nicht behelligt. Er war am Ziel und feierte das ausgiebig, was seinen Alkoholpegel bis zum Abend beträchtlich ansteigen ließ. Die Aussicht auf unsere Hochzeitsnacht machte das für mich nicht verheißungsvoller, zumal wir diese in seinem alten Kinderbett verbringen mussten, das auf die Maße eines Halbwüchsigen zugeschnitten war. Aus der Warte der Hausfrau dagegen hatte sich der Gang zum Traualtar bereits jetzt für uns gelohnt. Als Starthilfe für unser Zusammenleben sahen wir uns mit so nützlichen Utensilien wie Handtüchern, Bettwäsche und einem Schnellkochtopf ausgestattet.

25.

UNSER EHELEBEN BEGANN in einem Ferienheim der Nationalen Volksarmee im Kurort Bad Elster. Hier konnte Olaf sich rasch von den Nachwirkungen der Hochzeitsfeier erholen, denn statt Obstwasser galt es dort Heilwasser zu trinken. Die friedliche Umgebung im waldreichen Vogtland tat uns beiden gut, und wir fanden zu der entspannten Vertrautheit zurück, wie ich sie in der Zeit unseres Kennenlernens zu schätzen gelernt hatte. Jede nette Geste, jedes lieb gemeinte Wort von ihm saugte ich auf wie ein ausgetrockneter Schwamm.

Die Harmonie hielt so lange an, bis wir im Kurbetrieb ein anderes junges Paar kennenlernten, das bereits der Geburt seines ersten Kindes entgegensah. Der werdende Vater ließ sich jedoch nicht davon abhalten, mich reichlich mit Komplimenten zu bedenken, was Olafs Eifersucht umgehend aktivierte. Aber eine ernsthafte Gefahr für den Ehefrieden bedeuteten seine mahnenden Vorwürfe nicht. Schließlich hatten wir wichtigere Vorhaben: Unsere künftige Familie sollte mit mindestens zwei bis drei Kindern gesegnet sein.

Umso ernüchternder wirkte auf mich eine Entdeckung, die ich drei Wochen nach unseren Flittertagen im Kurbad während eines Kurzurlaubs in meinem künftigen Ehedomizil auf Rügen machte. Während Olaf seinen Dienst bei seiner Einheit in Prora versah, stöberte ich aus Langeweile in seinen überschaubaren Buchbeständen, die er in einem massiven Eichenschrank, einem Erbstück seiner Familie, aufbewahrte. Dabei fiel ein Band auf den Boden. *Sonjas Rapport* stand auf dem Umschlag des Buches, das offenbar nur flüchtig in die Buchreihe geschoben worden war. Zwischen den Seiten lugte ein amtlicher Schein heraus, auf dem »Studienvorbescheid« stand.

Ich brauchte nicht lange zu überlegen, sondern stürmte aus der Wohnung und lief zur nächsten Kaufhalle, in der sich ein Münztelefon befand. Von dort aus rief ich meinen Mann an. Zu meinem Ärger merkte ich, wie meine Stimme höher, lauter und schriller als sonst klang, während ich die Sprechmuschel beschwor: »Denkst du denn gelegentlich mal daran, dass wir eben erst geheiratet haben? Glaubst du nicht, dass so eine Ehe eine Vertrauensgrundlage braucht?«

Olaf, der sich wohl nur schwer ausmalen konnte, worauf ich hinauswollte, vertagte das klärende Gespräch auf den Abend. Im Rückblick ist mir klar, dass er als Offizier bei Telefonaten über den Dienstapparat vorsichtig sein musste.

Nach seinem Dienstschluss empfing ich ihn auf seinem roten Sofa mit verschränkten Armen und versuchte mühsam, meine Wut in Schranken zu halten. Was war geschehen? Was sollte daran verwerflich sein, wenn Olaf ein Universitätsstudium aufnehmen wollte? Meine Irritation erklärt sich aus den Besonderheiten des Bildungszugangs in der DDR. Wenn ein Offizier im Rahmen seiner militärischen Ausbildung eine akademische Laufbahn einschlagen wollte, nahm der Staat den Aspiranten ganz besonders kritisch unter die Lupe. Schließlich sollten die hoch subventionierten Studienplätze keinesfalls potenziellen Republikflüchtlingen oder gar Spionen zugutekommen, die ihr Wissen dem Klassenfeind ausliefern würden.

Um einen möglichst soliden Eindruck abzugeben, empfahl es sich daher für Studienbewerber in sensiblen Sicherheitsbereichen, einen untadeligen Lebenswandel vorzuweisen. Ledige Bewerber galten in dieser Hinsicht als unsichere Kantonisten. Die bindende Lebensgemeinschaft hingegen, so das Kalkül des Staates, verlieh dem Hochschulabsolventen nicht nur die notwendige Wertbeständigkeit, sondern er hatte auch einen Grund mehr, in die Heimat zurückzukehren.

Mit anderen Worten: Die eigene Frau im Haus galt gewissermaßen als Faustpfand für die Republiktreue. Und dieses Faustpfand, das das Studium ermöglichen sollte, war in Olafs Fall ich. Während mich Skrupel plagten, ob ich für meinen Gatten ausreichend Liebe empfand, hatte der Studienbescheid in mir den Verdacht wachgerufen, dass bei seinem Heiratsentschluss womöglich Berechnung im Spiel gewesen war. Diente unsere Trauurkunde ihm lediglich als Eintrittskarte für seine Hochschule?

Kaum hatte Olaf die Wohnung betreten, hielt ich ihm den Bescheid hin und fragte: »Was hat das denn hier zu bedeuten?«

»Das ist erst die Studienzulassung. Es geht sowieso erst frühestens im nächsten Herbst los. Bis dahin muss ich erst noch einige Tests absolvieren. Mehr darf ich über dieses Studium nicht sagen«, versuchte er abzuwiegeln.

»Warum hast mir gegenüber denn niemals etwas davon erwähnt?«, fragte ich eindringlich.

»Weil ich Angst hatte, deine Liebe zu verlieren«, gab er, in die Defensive gedrängt, kleinlaut zurück.

Doch mich besänftigte diese Erklärung nicht. Dass mein Ehemann ohne mein Wissen sein Leben verplante und mich der Aussicht überließ, die ganze Woche allein in unserer künftigen Wohnung auf ihn zu warten, während er als Hochschüler unter den Fittichen der für Auslandsspionage zuständigen Hauptverwaltung Aufklärung isoliert war, brachte mich in

Rage. Im Gespräch mit der Frau eines Regimentskameraden von Olaf, die die meiste Zeit über eine Fernbeziehung führen musste, hatte ich erfahren, wie belastend die erzwungene Trennung für die Zweisamkeit sein konnte. War das meine baldige Bestimmung? Hausfrau und Strohwitwe eines Gatten, der ein undurchschaubares Eigenleben führte?

Was würde erst geschehen, wenn Olaf nach vier Jahren sein Studium absolviert hätte? Ich fragte ihn.

Er räumte offen ein, dass nach dem Studienabschluss ein Einsatz als Kundschafter im kapitalistischen Ausland denkbar sei, also Spionage. Einzelheiten dürfe er mir aber nicht verraten.

»Das heißt«, konstatierte ich, »du bist irgendwo außer Landes, und ich hab keine Ahnung, was du tust, wo du bist und wann du wiederkommst? Ist es das?« Unsere Pläne, gemeinsam eine Familie zu gründen, schienen sich in Luft aufzulösen. Jedenfalls wäre ich unter diesen Umständen die meiste Zeit mit den Kindern allein. Wie ich es auch drehte und wendete, in diesem Spiel fürchtete ich, die Niete zu ziehen. Daher erklärte ich ihm, vielleicht etwas drängender, als es sonst meine Art war: »Du kannst das Studium gerne beginnen, aber dann mache ich auf dem Absatz kehrt und bin aus deinem Leben verschwunden!«

Dieses Ultimatum ließ Olaf nicht unbeeindruckt. Er flehte mich regelrecht an, wenigstens die bevorstehende Eignungsprüfung noch ablegen zu dürfen. Seine Zukunftsplanung jedoch, das spürte ich, hatte ich ins Wanken gebracht.

Schon der Eingangstest für die Studienanwärter war in den dichten Nebel der Geheimhaltung gehüllt. Olaf musste laut seiner Schilderung sogar eine Augenbinde anlegen, um den Ort des Examens, einen Bunker in der Nähe von Strausberg, später nicht mehr identifizieren zu können.

Den Test bestand er, dennoch war meine Intervention nicht vergeblich geblieben. Beim abschließenden Aufnahmegespräch, so berichtete mein Mann nach seiner Rückkehr, habe er den Antritt des Studiums aus persönlichen Gründen abgelehnt. Darauf hätten ihn die Vorgesetzten regelrecht in die

Zange genommen, von ihm sogar die Scheidung verlangt, wie Olaf behauptete. Er aber habe allen Umstimmungsversuchen wacker widerstanden und sogar wie Romeo verkündet, dass er mich zu sehr liebe, um unsere Ehe wegen des Studiums aufs Spiel zu setzen.

Ich wurde ganz weich. Mein Einspruch schien Gehör gefunden zu haben. Nun, da er mir so überraschend nachgegeben hatte, plagten mich Selbstzweifel: Hatte ich nicht doch überreagiert und durch meinen Eigensinn Olafs Karriere zerstört?

Allerdings brachte sein Entgegenkommen nicht zugleich auch größere Transparenz in unser Eheleben. Bei meinem nächsten Besuch in Binz fand ich eine komplett in heller Eiche lackierte Schlafzimmereinrichtung vor. Mein Gatte hatte ohne Rücksprache mit mir einen Teil des Ehekredits ins Möbelgeschäft getragen und eine Wahl getroffen, die mit meinem Geschmacksempfinden nicht die geringste Schnittmenge hatte. Und nicht nur das: Durch Zufall entdeckte ich auf dem Schrank einen mit dunkelbraunem Velours bezogenen Kinderwagen. Olaf hatte ihn von einer Nachbarin geschenkt bekommen. Mich hatte er nicht gefragt. Dabei war ich noch nicht einmal schwanger.

Olafs Eigenmächtigkeiten ließen mich an einem Einvernehmen mit ihm zweifeln. Trotzdem: Ich durfte um keinen Preis aufgeben, schließlich wollte ich beweisen, dass ich verantwortungsvolle Entscheidungen zu treffen verstand und nicht bereits bei den ersten Schwierigkeiten Reißaus nahm. Besonders vor meinen Eltern wollte ich nicht als Versagerin dastehen.

Meine Schwangerschaft im Frühjahr 1987 verhieß neue Hoffnung – aber leider nur für kurze Zeit. Während einer Visite mit der Chefärztin auf der Krankenstation rutschte ich auf dem frisch geputzten Linoleum aus und landete unsanft auf dem Steiß. Im Ultraschallgerät waren zunächst keine nachteiligen Folgen für das Baby erkennbar, dann aber erstarben die Herztöne, und im Juni folgte die Fehlgeburt. Mich schmerzte dieser Abschied wie jeder Tod eines Familienmitglieds. Mein Leid löste sich in Tränen auf. Meine Mutti stand mir in dieser

Zeit als treue Trösterin zur Seite, schließlich wusste sie aus eigener, leidvoller Erfahrung, was eine um ihre frohe Hoffnung beraubte Schwangere empfand.

Nur meinem Ehemann vertraute ich mich nicht an. Wir hatten vereinbart, dass ich ihn anrief, falls etwas Gravierendes geschehen würde, aber ich griff nicht zum Telefon. Ich wollte meinen Kummer mit ihm lieber von Angesicht zu Angesicht bereden. Sobald ich aus der Klinik entlassen war, setzte ich mich in den Zug Richtung Rügen. Doch auch hier fanden wir nicht in ein tiefgreifendes Gespräch miteinander, um den Verlust des Babys gemeinsam zu bewältigen. Mich hatte nie jemand gelehrt, Probleme und Kummer offen anzusprechen, und auch Olaf machte lieber mit sich selbst aus, was ihn bedrückte. Ich hoffte, dass unser künftiges enges Zusammenleben zu mehr Austausch und Offenheit führen würde.

Nach dem Abschlussexamen an der Geraer Schwesternschule im Sommer 1987, das ich in der praktischen Prüfung mit der Note Eins und in der Theorie mit einer Drei bestand, durfte ich mich endgültig als von meinen Fußfesseln gelöst betrachten. Als verheiratete Frau war ich von der Verpflichtung, nach dem Examen noch drei weitere Jahre in der Ausbildungsklinik weiterzuarbeiten, befreit. Zum ersten Mal durfte ich meiner Heimatstadt dauerhaft den Rücken kehren. Die anstrengenden Wochenendausflüge an die Ostsee hatten ein Ende, ebenso wie das behütete Jungmädchendasein in meinem Elternhaus. Jetzt fühlte ich mich richtig befreit, bereit für einen neuen Lebensabschnitt. Erleichtert wurde mir dieser Schritt durch die neue Zweiraumwohnung, die uns als Ehepaar künftig zustand. Damit musste ich mir endlich auch nicht mehr wie eine Besucherin in Olafs Junggesellenbude vorkommen.

Im August 1987 fuhren wir mit seinem Trabant, den er – ebenfalls ohne Rücksprache mit mir – gebraucht erworben hatte, nach Gera, um einen Schlussstrich unter meine Kindheit zu ziehen. Bezeichnenderweise war meine Adoptivfamilie abwesend, als ich mit meinen wenigen Habseligkeiten mein

Ersatzelternhaus verließ. Nur wegen meines Auszugs hatten sie ihre allsommerliche Urlaubsreise nicht verschieben wollen. Die offenkundige Ignoranz meiner Eltern machte mich wütend: Wie eine Hausangestellte musste ich mich aus dem leeren Zuhause schleichen, nicht einmal ein würdiger Abschied war mir vergönnt.

So fühlte ich mich am Ende eher erleichtert, als die Tür, die viel Kummer verbarg, ein letztes Mal hinter mir ins Schloss fiel. Dennoch verspürte ich einen Stich im Herzen. Besonders weh tat mir der Abschied von meinem Bruder Sören, dessen Betreuung einen großen Teil meiner Kindheit ausgefüllt hatte und der mir dabei wie kein anderer Mensch ans Herz gewachsen war. Nach Mirko verlor ich nun auch den direkten Kontakt zu meinem zweiten Bruder.

26.

UNSER NEUES GEMEINSAMES Zuhause in Binz, das ich erst mit dem Einzug zu Gesicht bekam, war eine typische Dienstwohnung für Armeeangehörige. Schon im Flur des Mietshauses aus der unmittelbaren Nachkriegszeit empfing der übliche Bohnerwachsgeruch den Besucher. Badezimmer- und Küchenofen mussten noch mit Holz und Kohle beheizt werden, wie ich es von zu Hause gewohnt war. In jedem Raum stand ein Kachelofen als Heizung. Aber der Herd verfügte bereits über Elektroplatten, und ein strombetriebener Boiler über der Spüle wärmte das Wasser.

Von Beginn an fühlte ich mich sehr wohl in unserem neuen Nest. Stäbchenparkettboden, Glastür zum Flur, Einbauküche, Balkon: So sah für mich Freiheit aus. Dieses Heim war definitiv kein Synonym mehr für Fremdbestimmung und Hausarbeit.

Auch mit den anderen Hausbewohnern ließ es sich gut auskommen. Von den sechs Mietparteien waren die meisten junge Paare, deren männlicher Teil fast in allen Fällen wie bei uns im Dienste der Armee stand. Beate, unsere unmittelbare Nachbarin, die wie ich die Wohnung hütete, traf ich gelegentlich auf eine Tasse Kaffee.

Den engsten Kontakt pflegte ich allerdings zu Ines, die ich mit ihrem Mann Dieter in Olafs früherem Mietshaus kennengelernt hatte. Auch sie passte zu Hause auf ihr Kind auf, und so besuchten wir uns gegenseitig. Da die Dienstzeiten meines Gemahls oft bis in den Abend hinein andauerten und seine Modelleisenbahn wenig Reiz auf mich ausübte, war es mir wichtig, mich tagsüber mit jemandem vertraut austauschen zu können. Allerdings wiesen die stets gleichen Gesprächsthemen Mann und Kinder nach einiger Zeit gewisse Abnutzungserscheinungen auf. Gelegentliche Besucher aus dem Süden brachten ebenfalls willkommene Abwechslung mit.

Auf die Idee, dass eine Ehefrau ein selbstbestimmtes Dasein führen könnte, bin ich damals nicht gekommen. Ich bemühte mich vielmehr, meinem Mann eine gute Hausfrau zu sein. Ich hielt die Wohnung auf Hochglanz, kaufte ein, kochte, wusch und bügelte, wie ich es gewohnt war. Schon bald fand ich auch einen Arbeitsplatz. Dies stellte in der DDR keine große Schwierigkeit dar, denn offiziell gab es – in Abgrenzung zum »kapitalistischen Ausland« – keine Erwerbslosigkeit in unserer Republik. So trat ich im Oktober 1987 eine Stelle als Krankenschwester im örtlichen Ambulatorium an. In dieser Poliklinik praktizierten Ärzte verschiedener Fachrichtungen, denen ich zur Hand ging.

Diese Tätigkeit sollte jedoch nur von begrenzter Dauer sein, denn bald war ich erneut in freudiger Erwartung. Die Schwangerschaft setzte mir sehr zu, und schon vor Beginn des Mutterschutzes war ich häufig krankgeschrieben. Vom dritten Monat an bekam ich Blutungen und war von neuem in großer Sorge, das Kind zu verlieren. Aber ich strengte mich an, alles richtig zu machen; dieses Kind wollte ich um jeden Preis bekommen. Es war mein ganzer und – ehrlicherweise – auch mein einziger Lebensinhalt. Seit ich die ersten Bewegungen meines Babys im

Bauch spürte, fühlte ich mit ihm eine so innige Verbindung, wie ich sie in meinem sonstigen Dasein vermisste.

Während der Schwangerschaft wurde ich überraschenderweise von meiner Vergangenheit eingeholt. Einem Amtsschreiben konnte ich entnehmen, dass die Kinderärztin Frau Dr. Denzer trotz ihrer gesunden Lebensweise bereits Anfang der achtziger Jahre verstorben war. Erst jetzt, nach mehr als fünfjähriger Suche, hatten die Behörden mich ausfindig gemacht, um mir die von ihr vermachte Erbschaft in Höhe von einhundertfünfzig Mark zukommen zu lassen. Meine kurzzeitige Pflegemutter hatte ich schon beinahe vergessen. Ich überlegte, dass ich, wenn sie mich damals nicht vorzeitig zurückgegeben hätte, nach ihrem Tod sicher wieder im Kinderheim gelandet wäre. Ich war richtig froh, dass mir dieses Schicksal erspart geblieben war, und gab dem noch ungeborenen Kind in meinem Bauch das heilige Versprechen, es allzeit zu behüten und zu beschützen.

Dann war sie endlich da, im April 1988, drei Wochen früher als vorhergesagt. Aber Julia war gesund und schenkte mir einen neuen Lebenssinn.

Olaf hatte sich für die Geburt sogar heimlich aus seinem Regiment geschlichen, was ich ihm hoch anrechnete, wenngleich mir seine etwas uneinfühlsamen Anweisungen zwischen den Wehenschmerzen nicht wirklich Erleichterung brachten. Als Julia schließlich hilfsbedürftig und zitternd auf meinem Bauch lag, empfand ich das größte Glücksgefühl meines Lebens, und eine Ahnung tiefsten Friedens durchströmte mich. Nun fühlte ich mich auch mit meinem Mann versöhnt. Erst bei der Nachgeburt stellte sich heraus, dass ich bei dieser Schwangerschaft ein weiteres Zwillingskind verloren hatte, was nachträglich manche Komplikation erklärte.

Mein Mutterglück füllte mich ganz aus, alles drehte sich nur noch um das kleine Wesen. Ich habe allerdings im Rückblick den Eindruck, dass die Empfindungen für Julia zugleich meine Gefühle für Olaf aufzehrten. Sie war einfach nur dankbar, wenn ich sie in den Armen hielt, und strahlte mich an. Ich war voller Zuneigung für meine Tochter, aber meinem Mann gegenüber fühlte ich mich seltsam fremd.

Die anfangs noch von Zärtlichkeit und Austausch bestimmte Beziehung entwickelte sich immer mehr zu einer Zweckgemeinschaft. Sex erlebte ich nicht selten als Routineakt und benutzte immer häufiger Ausreden, um dessen Vollzug zu entgehen. Unsere wachsende innere Entfremdung fand eine bezeichnende Entsprechung auf dem Gabentisch. Hatte Olaf mir zu Beginn unserer Beziehung noch geradezu luxuriöse Accessoires wie Schmuck oder einen Radiowecker geschenkt, beschränkte er sich nun, ganz im Stil meiner Adoptivmutter, auf praktische Gegenstände für den Alltagsgebrauch. So fand ich einen eher einfach gebauten Wäscheständer unter dem Weihnachtsbaum vor. Bei Licht betrachtet musste ich mir eingestehen, dass uns nur wenige gemeinsame Interessen einten. Was mein Mann sagte, überzeugte mich immer weniger, und was er tat, mochte ich nicht. Seine Nähe wurde mir unangenehm, beinahe alles an ihm begann mich zu stören.

Der kleinen Julia war Olaf ein liebreizender Vater. Er koste sie mit glückseliger Herzlichkeit, wenngleich er sich beharrlich weigerte, sie zu wickeln. Mir gegenüber schien er seine Zuneigung eher strategisch einzusetzen, und zwar immer dann, wenn er etwas von mir wollte. Seine zunehmende Distanziertheit war allerdings sicher auch eine Reaktion auf meine Ablehnung. Immer deutlicher wurde mir bewusst, dass ich mich wohl weniger in seine Wesensart als vielmehr in seine Funktion als Befreier verliebt hatte. In Gera war Olaf für mich der Verbündete gegen die bedrückende Macht meiner Adoptivmutter gewesen. Nun, ohne dieses Feindbild, wurde mir die selbstbewusste Dominanz meines Erretters, die mir ursprünglich Orientierung bedeutet hatte, zunehmend zur Last. Meine Hoffnung, dass unsere Liebe mit dem Zusammensein wachsen würde, erfüllte sich nicht.

Anfangs holte ich meinen Mann noch mit dem Kinderwagen von der Arbeit an seinem fünf Kilometer entfernten Standort in Prora ab. Der Spaziergang, der an den Ferienheimen der Einheitsgewerkschaft FDGB, mehreren Zeltplätzen und den Wochenendhäuschen der Ostseeküste entlangführte, und die mineralhaltige Luft taten Mutter und Tochter gut. In Uniform sah Olaf allerdings nicht nur offizieller aus, er wirkte auch wie ausgewechselt. Jedes Mal, wenn uns auf der Straße ein niederrangiger Dienstgrad entgegenkam, achtete er darauf, dass dieser auch ordnungsgemäß grüßte. Falls der obligatorische Fingerzeig an den Schirmrand der Mütze unterblieb oder nur schlampig ausgeführt wurde, pfiff mein Mann sein Gegenüber zurück und forderte das korrekte Grußverhalten ein.

Mir war diese Abfertigung in meinem Beisein ähnlich peinlich wie das Zeremoniell zu unserer Hochzeit am Ehrenmal für die gefallenen Soldaten. Am liebsten hätte ich mich in Luft aufgelöst. Manch feindseligen Blick als Antwort auf die Zurechtweisung fühlte ich auch auf mich gerichtet und verstand beim besten Willen nicht, wie die Soldaten mir mit Hass begegnen konnten. Ich hatte ihnen nun wirklich nichts getan. Aber so formalistisch und rigide, wie mein Mann es tat, durfte man mit Befehlsempfängern auch nicht umspringen, fand ich und sagte es Olaf auch unverblümt.

»Mann, du hast Dienstschluss, du musst doch jetzt nicht auch noch den großen Zuchtmeister rauskehren. Merkst du denn gar nicht, in welch unangenehme Lage du mich damit bringst? Ich kann gut verstehen, dass die Soldaten frustriert sind. Mir wäre das auch zuwider, öffentlich derart bloßgestellt zu werden!«

»Du hast ja keine Ahnung«, belehrte Olaf mich unwirsch. »Wenn du einmal einen Regelverstoß durchgehen lässt, dann kippt bald das ganze Ordnungssystem. Stell dir nur mal vor: Mich beobachtet jetzt jemand, wie ich über diese Unterlassung locker hinwegsehe, und erstattet Meldung. Was glaubst du, was ich dann für einen Ärger bekomme.«

Ansatzweise begann dieser hierarchische Apparat, über den der angehende Arzt Tommi sich damals bereits beklagt hatte, in meinen Augen befremdliche Züge anzunehmen – und war mir bald so fremd wie gelegentlich mein Mann. Ich vermied es fortan nach Möglichkeit, Olaf zu begleiten, wenn er eine Uniform trug, und fürchtete mich davor, dass uns andere Rekruten begegnen könnten.

Im März 1989 war die Grenze des Erträglichen erreicht. Es war nichts akut geschehen, es gab keinen triftigen Anlass, aber meine emotionalen Vorräte waren einfach aufgebraucht. Nur zu vertraut war mir die Beklemmung, mein Dasein mit jemandem zu fristen, von dem mich eine unsichtbare Wand trennte. Wir lebten auf engstem Raum zusammen und dennoch die meiste Zeit schweigend nebeneinander her. In meinem Adoptivelternhaus hatte ich niemals gelernt, richtig zu streiten. Die Erwachsenen pflegten ihre Konflikte nicht offen auszutragen, Störungen spürte ich allenfalls atmosphärisch. Daher vermochte ich meinem Mann nicht ins Gesicht zu sagen, was mich traurig stimmte. Ich war unfähig zu gestehen, wie einsam ich mich in seiner Gegenwart fühlte.

Wenn wir aneinandergerieten, dann ging es meist um seine grundlose Eifersucht oder seine notorische Untätigkeit zu Hause. Gelegentlich rang ich mir dann das Bekenntnis ab: »Olaf, das fehlt mir echt, dass du nicht mehr so zärtlich zu mir bist wie früher. Ich brauch einfach mehr körperliche Zuwendung und nicht nur die schnelle Rein-raus-Nummer …« Seine Antwort bestand meist in der Beteuerung, sich künftig zu bessern. Doch davon war dann bald keine Rede mehr. Heute denke ich, dass Olaf unser Leben lange nicht als so unglücklich empfand wie ich und dass er mich daher nicht verstehen konnte. Damals hatte ich den Eindruck, mir ginge mit der Zeit der Atem aus. Wenn ich eine Zukunft haben wollte, so redete ich mir ein, musste ich die Notbremse ziehen.

Eines Nachmittags hievte ich daher unseren weinroten Sportkinderwagen mit Julia in den Zug nach Bergen, der Verwaltungsstadt der Insel Rügen. Dort in zentraler Lage sollte sich meines Wissens das Amtsgericht befinden, in dem ich die Scheidung einreichen wollte. Doch am beschriebenen Standort fand sich kein Gericht, auch nicht in der Nähe. Die wenigen Menschen, die ich auf der Straße antraf, konnten mir leider keine Auskunft geben – wie meistens, wenn man Passanten befragt. Je mehr Straßen ich mit dem Kinderwagen abfuhr, desto hörbarer meldeten sich indes innere Zweifel zu Wort. Mit der Scheidung würdest du deiner Tochter den Vater nehmen, pochte mein Gewissen, während ich Julia vor mir im Kinderwagen betrachtete. Sie würde ohne leiblichen Vater aufwachsen, wie du selbst. Dabei hast du immer von einer großen, heilen Familie geträumt. Du denkst doch nur an dich und dein eigenes Wohlergehen.

Am Ende betrachtete ich die ergebnislose Suche als eine Fügung des Schicksals. Da das Gerichtsgebäude nicht auffindbar war, sollte es eine einseitige Trennung eben nicht geben. Unverrichteter Dinge und seltsamerweise auch etwas erleichtert fuhr ich im Zug nach Binz zurück, wo ich gegen Feierabend eintraf. Auf den Gesichtern der heimkehrenden Werktätigen, von denen die meisten in den landwirtschaftlichen Genossenschaften auf Rügen oder in der Stralsunder Volkswerft arbeiteten, lag der übliche Ausdruck von teilnahmsloser, müder Gleichgültigkeit. Er spiegelte meine eigene Befindlichkeit in dem Moment.

Bis ich es wagte, mich meinem Mann zu offenbaren, benötigte ich noch einige Tage. Zum ersten Mal sprach ich das unerhörte Wort offen aus: Scheidung. Er tobte nicht, schrie nicht, flehte und bettelte nicht. Olaf wirkte nachdenklich und versprach, sich zu ändern. Seine Antwort klang reumütig und aufrichtig. Damit überzeugte er mich, und ich wollte unserer gemeinsamen Zukunft noch eine Chance geben. Ruhig, aber nachdrücklich ermahnte Olaf mich: »Vergiss nicht, es ist noch nicht einmal drei Jahre her, da hast du mir Treue gelobt bis in den Tod. Das wirft man nicht so einfach weg!« Vor meinem inneren Auge lief wie ein Film ab, was ich alles mit meinem unüberlegten Fluchtvorhaben aufs Spiel gesetzt hatte: unsere Partnerschaft, Julias Zukunft und nicht zuletzt meinen Traum von einer intakten Familie.

In den folgenden Tagen bedachte mich mein Mann mit liebevoller Aufmerksamkeit. Nach zwei Wochen jedoch gestaltete sich unser Alltag wieder nach gewohntem Muster. Er ging seinem Armeedienst nach, und ich fühlte mich emotional im Stich gelassen, als weitgehend alleinerziehende Mutter und Hausfrau. Tapfer redete ich mir meine Lage schön: Andere haben es viel schwerer, das hier ist nun mal dein Leben. Mach das Beste daraus!

Die Rückkehr ins Berufsleben nach Ablauf des einjährigen Babyjahres erschien mir wie eine Erlösung. Da sich der Schichtdienst im Ambulatorium nicht mit meinen Mutterpflichten vertrug, konnte ich in einen Beruf wechseln, der ebenfalls dem Ministerium für Gesundheitswesen unterstand und meinem ursprünglichen Berufswunsch entsprach. Ich trat eine Beschäftigung als Erzieherin in der Kinderkrippe an, in der ich auch Julia unterbringen konnte. Meine angeblich so schwachen Stimmbänder waren plötzlich kein Hinderungsgrund mehr. Zu meiner großen Beruhigung hatte ich jetzt mein Töchterchen tagsüber ganz in meiner Nähe und durfte endlich meiner Neigung nachgehen, mich um Kinder zu kümmern. Sie wurden bald zu meinem Lebensinhalt.

Außer Ines kannte ich weiterhin keinen Menschen in der ganzen Stadt näher, dementsprechend klingelten nur selten Besucher an unserer Wohnungstür. Während meine Adoptiveltern die weite Reise nach Binz kein einziges Mal auf sich nahmen, konnten wir Olafs Eltern aus Arnstadt und sogar Nachbarn meiner Eltern aus Gera in unserer bescheidenen Herberge begrüßen. Abends war das heimische Sofa mein Hauptaufenthaltsort, wo ich meistens las oder Musik hörte. Nur alle paar Wochen ging ich mal zum Bahnhof, um dort vom grauen Münzapparat aus meine Adoptiveltern in Gera anzurufen. Ihnen versicherte ich regelmäßig, dass es uns gutgehe und alles in Ordnung sei. Mit meinen Sorgen wollte ich ihnen auf diesem Weg nicht kommen.

Die aufreibende Gestaltung meines eigenen Familienlebens nahm mich zur Genüge in Beschlag. Was vorher war, verblasste in meiner Wahrnehmung. Oma, Mirko, Mama, die Vertrauten aus jenem fernen Dasein, sie hatten sich längst in den Tiefen meines Bewusstseins verloren. Falls doch einmal Phantome aus meiner frühen Kindheit durch meine Gedanken spukten, verscheuchte ich sie rasch wieder.

Berlin-Hohenschönhausen, Herbst 2002

Die Frage liegt eigentlich nahe, und doch öffnet sie mir, vollkommen überraschend, eine lange Zeit verschlossene Tür.

»Was würde denn die kleine Katrin jetzt sagen?«, fragt die Psychotherapeutin mich bei einer unserer Sitzungen, einfühlsam und abwägend formulierend.

Meine etwa fünfzigjährige Gesprächspartnerin wirkt mit dem kurzen braunen Haar und der eher kleinwüchsigen Gestalt nicht gerade wie der Inbegriff einer Mutterfigur. Aber ihr gelingt es wie kaum einem Mitmenschen zuvor, mein notorisches Misstrauen, mit dem ich jedem Fremden erst einmal begegne, zu überwinden. Aus den Worten der Frau, die mir an einem schlichten Resopaltisch gegenübersitzt, spricht Lebensweisheit, aus ihrer Art zuzuhören Vertrauen. Sie nimmt ernst, was ich sage. Sie lässt sich auf mich ein. Auch wenn sich ihre Fragen nicht immer angenehm anfühlen.

Mein Blick wandert an den weißgetünchten Praxiswänden entlang bis zu der breiten Fensterfront, vor der einige mächtige alte Friedhofsbäume ihr herbstliches Blättergewand auffächern. Im Grunde ist mir schon lange bewusst, dass ich mein Leben nur auf diesem Weg in den Griff bekommen kann: Ich muss es schaffen, mich dem kleinen Kind in mir zu stellen, von dem mich eine Barriere aus Angst trennt. Doch so, wie man jede Berührung vermeidet, die Schmerzen hervorrufen könnte, verweigert mein inneres Ich bis jetzt den Vorstoß zu den Ursachen meines Traumas. Wende, Familie, Ehekrise, Arbeitslosigkeit: Vorwände, um mein Lebensthema vor mir herzuschieben, habe ich bislang noch immer zur Genüge gefunden.

Doch inzwischen ist der Leidensdruck einfach zu groß. Seit

Jahren fühle ich mich antriebslos, depressiv gestimmt, andauernd den Tränen nahe. In den letzten Monaten habe ich jedoch die Schwelle zur Unerträglichkeit erreicht. Während meiner Erholungskur in diesem Frühjahr hat mir ein Psychologe ins Gewissen geredet. »Ihre gesundheitlichen und psychischen Probleme können Sie nur bewältigen, wenn Sie Ihre tiefsitzende Traumatik auflösen.«

Der ärztliche Rat war für mich ein letzter, beinahe überlebensnotwendiger Anstoß, um mich nun endlich in einer tiefenpsychologischen Behandlung meinen seelischen Bedrängnissen zu stellen. Ich habe schlicht Angst, eines Tages vor dem Trümmerhaufen eines verpfuschten Lebens zu stehen, obwohl ein Ausweg möglich gewesen wäre. Das bin ich auch meinen beiden inzwischen zwölf und vierzehn Jahre alten Kindern schuldig. Ich will endlich die Kraft zurückgewinnen, um ganz für sie da sein zu können. Nur wenn ich selbst weiß, wo ich herkomme, kann ich ihnen den Weg weisen.

Dennoch kostet es mich erhebliche Überwindung, alle zwei Wochen die Treppe zu dem modern umgestalteten Ärztehaus im Ostberliner Stadtteil Hohenschönhausen hinaufzusteigen. Beklommen harre ich jedes Mal im Wartezimmer meiner Therapiestunde und weiß, während ich geistesabwesend durch die ausgelegten Illustrierten blättere, dass ich gleich wieder losheulen werde. Wie ein Reflex. Ich brauche nur darauf angesprochen zu werden, was mich belastet, und schon fließen die Tränen. Wie ich das hasse. Es ist mir peinlich, schwach zu wirken. Ich meide sonst tiefgründigere Gespräche mit mir unbekannten Menschen, um nicht in diese Verlegenheit zu geraten.

Bei dieser Therapeutin ist es immerhin etwas anders. Bei ihr empfinde ich die beruhigende Gewissheit, mich buchstäblich auch mal ausweinen zu dürfen. Im Austausch mit ihr ist mir deutlich geworden, dass mein Weg zur Erkenntnis unweigerlich durch ein Tal der Tränen führen muss, auch wenn es schwerfällt. In zurückliegenden Gesprächen und Selbsterforschungen habe ich viel über mich und die Bedingungen, unter denen ich aufwuchs, gelernt. Doch auf meiner gedanklichen Zeitreise zurück in die Kindheit bin ich bislang immer nur bis zu meinem Heimdasein gelangt. Die ganz kleine Katrin bekomme ich nie zu fassen. Sie hält sich hartnäckig verborgen, unerreichbar, wie hinter einer Sperre.

»Warum wollen Sie sich denn nicht an sie erinnern?«, fragt die Psychologin behutsam.

»Weil ich dann weinen muss«, antworte ich spontan, »und das will ich nicht.« Dies ist der Moment, an dem die Therapeutin den Bann bricht.

»Was würde die vierjährige Katrin denn dazu sagen?«, fragt sie und spricht von dem kleinen Mädchen in der dritten Person.

Dieser Kunstgriff ist frappierend – und wirkungsvoll. Er erlaubt mir, gewissermaßen einen emotionalen Sicherheitsabstand zu wahren. Plötzlich betrachte ich jenes kleine Wesen, das ich selbst in früher Kindheit einmal war, wie eine neutrale Zeugin. Ihre Antwort liegt für mich auf einmal klar auf der Hand: »Die kleine Katrin fühlt sich so hilflos, verlassen. Sie möchte innerlich aufschreien, kann es aber nicht, weil sie sich zusammenreißen muss.«

Die Therapeutin nutzt die Gelegenheit, um nachzuhaken. »Können Sie das Mädchen sehen?«, fragt sie mich.

Ja, zumindest in Umrissen habe ich sie vor Augen, zum ersten Mal, seit ich zurückdenken kann. »Sie steht in der Ecke«, beschreibe ich, »und dreht mir den Rücken zu.« Doch ich sehe sie, eine erste Verbindung ist hergestellt zwischen der großen und der kleinen Katrin. Im inneren Dialog taucht in Umrissen aus verborgenen Bewusstseinssphären jenes Kindergartenkind wieder auf, das ich so lange Zeit weggeschoben habe. Schemenhaft beginne ich ihre überschaubare Welt aus ihrer Sicht zu betrachten.

Meine Erinnerungsarbeit gleicht der Entdeckung einer an vielen Stellen brüchigen Filmrolle in einem bis dahin unerreichbaren Verlies. Über die innere Leinwand huschen unscharfe Bilder, über die ich jahrzehntelang hinweggesehen habe. Am Ende der Therapie habe ich all jene Ereignisse, die mein Leben aus den Angeln gehoben haben, wieder vor mir, als wären sie erst gestern geschehen: den Überfall der schwarz bemäntelten Männer in unserer Wohnung, die Ohrfeige meiner Mama, das Auto, in dem sie aus meinem Leben entschwand, die Couchdecke, in die ich mein Verlassensein heulte, die Trennung von meinem Bruder.

Es ist der Schmerz, der mich noch immer plagt – das spüre ich – die Wunde, die mich von einem unbeschwerten Dasein fernhält. Am intensivsten wirkt das Gefühl der tiefen inneren Einsamkeit nach, die keine äußere Ablenkung gänzlich vertreiben kann. Im sonnendurchfluteten Therapieraum finde ich zu einem neuen Selbstgefühl. Nicht für alles, was mir geschehen ist, muss ich die Schuld bei mir suchen. Mein Leben ist geprägt von Einflüssen, für die ich gar nicht verantwortlich bin. Und die ich nun endlich erkunden kann.

27.

ENDE AUGUST 1989, als sich die DDR allerorten schon für ihren 40. Geburtstag im Oktober rüstete, erklärte mir Olaf eines Abends überraschend, dass er vom 1. September an zu einer viermonatigen Weiterbildung für Politoffiziere nach Berlin abbeordert sei. Während er sich eine Tasse Kaffee aufbrühte, sah er mir kein einziges Mal ins Gesicht.

»Ich muss in ein paar Tagen los«, sagte er drängend.

Ich hatte mich inzwischen daran gewöhnt, dass mein Mann mir nichts aus seinem Berufsleben erzählte. Ich wusste nie, was hinter den Kasernenmauern vor sich ging. Mir war schlicht unbekannt, in welcher Weise mein Mann seiner Republik zu Diensten war. Sein striktes Schweigegebot zu Armeeinterna galt auch gegenüber engsten Angehörigen. So ungezwungen, wie es mir in dieser Schrecksekunde nur möglich war, fragte ich ironisch zurück: »Du wirst doch nun schon so viele Jahre politisch geschult. Was willst du denn noch groß lernen? Hat sich am Marxismus-Leninismus so grundlegend was geändert, dass ihr über ein Vierteljahr Fortbildung braucht?«

Meine schnippische Rückfrage war nichts weiter als der Ausdruck meines Misstrauens: Trat er nun doch heimlich das Studium an, das er sich angeblich mir zuliebe versagt hatte? Am 1. September war in der DDR üblicherweise Semesterbeginn. Hatte er mich womöglich über seine wahren Absichten hinweggetäuscht? Offen auszusprechen wagte ich meinen Verdacht jedoch nicht. Angst lastete schwer auf meiner Brust: Ich wollte nicht allein in der Wohnung zurückbleiben. Dafür hatte ich meinen Lebensmittelpunkt nicht an den nördlichsten Zipfel unseres Landes verlagert. Trotz der Unaufmerksamkeit, die mein Mann an den Tag legte, war es mir dennoch wichtig, ihn beständig an meiner Seite zu wissen.

Da empfand ich es als schwachen Trost, dass Olaf mir gönnerhaft eine Aushilfslösung anbot. Seit einigen Tagen brachte er einige Male einen vierundzwanzigjährigen Untergebenen, der frisch von der Offiziersschule kam und nun in Olafs Einheit diente, mit nach Hause. An den Namen des Rekruten kann ich mich nicht mehr erinnern. Gemeinsam nahmen die beiden Männer in unserer Wohnung Reparaturen und Ausbesserungsarbeiten vor. Dieser blonde Jüngling sollte während Olafs Abwesenheit einspringen, falls ich tatkräftige Hilfe im Haushalt benötigte.

Mir waren diese Zusammenhänge nicht ganz geheuer. Selbst wenn es sich tatsächlich um einen politischen Lehrgang handelte: Zu welchem Zweck wurden die Politoffiziere in der Hauptstadt der DDR (oder wo auch immer sie sich tatsächlich trafen) zusammengezogen? Ich habe es bis heute nicht erfahren. Olaf hat mir den wahren Einsatzgrund nie verraten, selbst später nicht, als sein Abschied von der Armee ihn vom Loyalitätsdruck befreit hat. Damals war ich jedoch viel zu sehr mit unserem Privatleben beschäftigt, um eindringlicher nachzufragen. Mein Leben kreiste ausschließlich um Kinderkrippe, Windelwechseln, Einkäufe und den Streit mit meinem Mann. Für weitergehende Gedanken blieb kein Raum.

Mit meinem heutigen Wissensstand erscheint es mir geradezu unfassbar, wie der Gärungsprozess in unserer Republik

1989 vollkommen unbemerkt an mir vorübergehen konnte und wie unbeteiligt ich an diesen Vorgängen war.

Die ersten Lücken im Eisernen Vorhang, die versteckten Proteste gegen die gefälschten Kommunalwahlergebnisse, die Formierung von Oppositionszirkeln und Umweltgruppen unter dem Dach der Evangelischen Kirche, die ersten Versuche, demokratische Parteien ins Leben zu rufen und vor allem der anschwellende Exodus von Menschen, die unserem Land den Rücken kehrten: Die allmähliche Zerrüttung unseres Staatsgebildes ist heute Geschichtsstoff für mich. Damals nahm ich die Veränderungen nicht im Ansatz wahr, obwohl ich als zahlendes SED-Mitglied diesen Staat zumindest passiv mittrug. Die *Aktuelle Kamera,* die Nachrichtensendung des Deutschen Fernsehfunks, in der die Lage in unserem Land grundsätzlich schöngefärbt wurde, sah ich nur, wenn Olaf die Flimmerkiste anstellte. Zeitung las ich nicht, ich zog es vor, in zeitlosen Büchern zu schmökern, und andere Informationsquellen wie das heute allgegenwärtige Internet gab es nicht.

Natürlich blieb auch mir nicht gänzlich verborgen, dass auffallend viele DDR-Bürger aus dem Sommerurlaub in Ungarn nicht zurückkehrten, wenngleich ich in meinem Umfeld keine »Republikflüchtlinge« kannte. Doch von solchen Abenteuern wollte ich lieber nichts wissen. Wer Fluchtgedanken hegte, der bekam Ärger, und alles, was mit Ärger zu tun hatte, wollte ich um jeden Preis meiden.

Olaf schien über die Vorgänge besser im Bilde zu sein. Jedenfalls ließ er sich, als er im Oktober einmal für ein Wochenende nach Hause kam, dazu hinreißen, wütend gegen die abtrünnigen Landsleute zu wettern. »Diese Staatsverräter«, schimpfte er aufgebracht, als müsste er mir seine besondere Linientreue vorführen. Ich wusste gar nicht, auf wen sich dieses abwertende Urteil bezog, das Schimpfwort indes kannte ich. Die blonde Erzieherin im Kinderheim pflegte meine Mama so zu titulieren, und ich hatte diese Abwertung stets wie ein Brandmal auf meiner eigenen Haut gespürt. Unterbewusst musste ich wohl abgespeichert haben, dass jemand, der sich mit dem Staat anlegen wollte, rigorose Konsequenzen zu befürchten hatte, wie es meiner Mutter offenkundig widerfahren war. Den mit dieser Erinnerung verbundenen Schmerz wollte ich nicht an mich heranlassen. Je weniger ich wusste, was um mich herum vor sich ging, desto sicherer fühlte ich mich. Mein Leben genügte mir, so wie es war.

Zu dieser Zeit wurde ich zu allem Überfluss in das Büro der Krippenleiterin beordert, die zugleich die Parteisekretärin der staatlichen Einrichtung war. Sie bot mir erst einen Stuhl an und dann, vollkommen überraschend, ihre Position.

»Ich werde mich beruflich verändern und wahrscheinlich von hier wegziehen. Hast du Interesse daran, meinen Posten in der Partei zu übernehmen?«, fragte sie mich.

Ich war froh, dass ich saß, und vollkommen verdattert, so unerwartet aus meinem Karteileichendasein gerissen zu werden. Hatte ich doch immer noch im Hinterkopf, dass die SED es nicht gerne sah, wenn eine Genossin vor dem angebotenen Ehrenamt zurückscheute. Aber hier auf Rügen, unter all den Soldaten mit ihrem seltsamen Verhalten, war mir dieser Parteibetrieb erst recht nicht geheuer. Konnte denn niemand akzeptieren, dass ich am liebsten meine Ruhe haben wollte? Ich versuchte mir meine Aufregung nicht anmerken zu lassen und entgegnete in ruhigem Tonfall: »Bei meinem Beitritt habe ich doch schon erklärt, dass ich über den Mitgliedsbeitrag hinaus keine weiteren Aktivitäten übernehmen möchte. Und das will ich eigentlich auch so beibehalten. Als berufstätiger Mutter fehlt mir einfach die Zeit.«

Sie nickte, beinahe beruhigt, wie nach der Erledigung einer lästigen Pflicht. Meine Antwort schien ihr auszureichen.

Konsequenzen für meinen Berufsalltag blieben zum Glück aus. Auch in der Partei machten sich offenbar Auflösungserscheinungen bemerkbar.

Trotz oder vielleicht auch wegen meiner Rückzugsneigung war ich froh, Olafs Statthalter nun in meiner Nähe zu wissen. Jedes Mal, wenn der junge Offizier mir in seinem Militärlastwagen auf der Straße entgegenkam, hieß er den Fahrer mit einem knappen Befehl anhalten, sprang herunter und umarmte mich ohne Scheu. Das irritierte mich, schmeichelte aber zugleich meinem Ego. Half er mir anfangs nur, wenn Not am Mann war, etwa um Möbel zu verrücken oder Kohlen aus dem Keller hochzuschleppen, so wurde er bald zum allabendlichen Gast, der meine Einsamkeit durchbrach.

Er schien sich wohlzufühlen in meinem behaglichen Zuhause, das er in seiner Kasernenstube vermisste, und er schien Gefallen an mir zu finden. Ich genoss es, ausgiebig mit ihm zu plaudern, gerade weil er eine reizvolle Abwechslung zu meinem einsilbigen Gatten bot. Was mir bis dahin völlig fremd war: ein Mann, der sich im Haushalt nützlich machte. Die spürbare Freude meines Besuchers an unseren Begegnungen, deren Regelmäßigkeit und seine Verlässlichkeit beeindruckten mich. Ich verbot mir jedoch jegliche vertraulichen Gefühle, schließlich hatte ich meinem Mann die Treue versprochen, und auch mein Kavalier vermied jede unziemliche Annäherung.

Trotzdem bekam Olaf auf seinem Lehrgang umgehend Wind von den häufigen Hausbesuchen seines Untergebenen, der sich zu diesem Zweck stets ordnungsgemäß in der Kaserne abmeldete. So hatte mein Mann sich die Hilfsbereitschaft seines NVA-Kameraden offenbar nicht vorgestellt. Prompt machte er mir eine hochdramatische Eifersuchtsszene, als er dem jungen Mann einmal bei seiner Rückkehr in unserer Wohnung begegnete. Er fand keine andere Erklärung für dessen Anwesenheit, als dass ich ihn hinter seinem Rücken betrog. Er wütete, schmollte und ätzte, und ich verteidigte mich standhaft.

»Da war nie was! Du hast ihn doch selbst angeschleppt, weil du ja nie da bist. Weil nämlich immer deine Armee Vorrang hat!«

Die Gegenattacke zeigte Wirkung, und mein Mann beruhigte sich wieder.

Doch bei seiner nächsten Heimkehr schlich er sich verdächtig leise zur Wohnungstür herein. Erwartete er etwa, mich mit unserem Hausgast in flagranti zu ertappen? Dazu gab es indes keinerlei Anlass.

Ich war ungehalten über das offenkundige Misstrauen meines Gatten und fragte ihn, nun meinerseits von Misstrauen angestiftet: »Wieso bist du denn so zeitig von deinem Lehrgang zurück? Wisst ihr jetzt schon alles über Marxismus-Leninismus?«

Seine lapidar hingeworfene Antwort war eine echte Bombe, deren Sprengkraft ich erst mit großer Verzögerung erfasste: »Der Lehrgang hat sich erledigt. Die Mauer ist auf.«

Es war der 10. November 1989.

Alles hatte ich mir vorstellen können, nur das nicht. Wenn etwas in meiner Einbildungskraft festgefügt, undurchdringlich und beständig war, dann die innerdeutsche Grenze. Und jetzt sollte diese Sperre durchlässig sein? Nein, diese Mitteilung kam mir vollkommen unglaubwürdig vor. Sicher war es nur eine absurde Ausrede, mit der Olaf seinen Überraschungsbesuch kaschieren wollte.

Statt einer Erklärung schaltete er das Fernsehgerät ein. Ohne wirklich zu verstehen, was da vor sich ging, sah ich ungläubig all die hupenden Trabbis, die kein Schlagbaum mehr hielt, die feiernden Menschen auf den Straßen Berlins, die sich mit schulterklopfenden Westbewohnern verbrüderten. Verwaschene Jeansjacken aus volkseigener Fertigung vor der Kulisse der kapitalistischen Glitzerwelt, Tragetüten mit Werbeaufdrucken in Arbeiter- und Bauernhand, überschäumende Sektflaschen vor den Pforten unserer Mangelwirtschaft: Das alles schien mir überhaupt nicht zusammenzupassen. Ich starrte fassungslos auf die selbst noch immer fassungslosen Gesichter im Fernsehen am Tag eins nach der Maueröffnung. Mir kam dieses Geschehen in jenem Moment vor wie eine Direktübertragung vom Mars. Da Julia krank war, hatte ich schon die ganze Woche zu Hause verbracht und war somit von der Außenwelt abgeschnitten. Die historischen Vorgänge erreichten mich daher vollkommen unvorbereitet.

Ich jubelte nicht und holte auch keinen Rotkäppchen-Sekt aus dem Schrank, ich schaute nur sprach- und verständnislos meinen Mann an. Das Ganze kann nur ein großangelegter

Schwindel sein, dachte ich in den Kategorien des jahrelang eingeübten Denkens. Ich hatte sogar spontan Mitleid mit den Menschenmassen, die gerade unbedarft ihre Grenzen überschritten, denn sie würden für ihre Arglosigkeit empfindlich bestraft werden. Man würde sie, wenn sie überhaupt wieder zurückkehren durften, zur Rechenschaft ziehen und ins Gefängnis stecken, davon war ich überzeugt.

Mir kamen die warnenden Worte meiner Lehrerin während unseres Buchenwald-Besuchs wieder in den Sinn, dass im Westen die früheren Nazis ihr Unwesen trieben. Meine Gedanken überschlugen sich. Würden die jetzt einen Krieg gegen uns anzetteln? War der Friede in Gefahr? Seit je gehörte der »antifaschistische Schutzwall« für mich zum Bestand unseres Staates, wie Zinnen und Zugbrücken zu einer Ritterburg. Ohne diesen Schutz fühlte ich mich bedroht.

Wie jede unberechenbare Wendung überforderte mich auch die Maueröffnung. Eine diffuse Angst schnürte mir die Kehle zu und raubte mir nachts den Schlaf. Als ich dann doch wegdämmerte, hörte ich im Traum nach langer Zeit wieder meine Mama, wie sie damals rief: »Wenn sich hier nichts ändert, dann hau ich auch ab!«

Mit der Vorstellung einer offenen Grenze verknüpfte sich meine tiefsitzende Verlassensangst. Dass mit der Mauer zugleich die DDR hinfällig sein konnte, dieser kühne Schluss wäre mir damals allerdings nicht in den Sinn gekommen.

28.

NACH DIESEM HISTORISCHEN Wochenende unternahmen die Hüter unseres Staates keine erkennbaren Anstalten, die Grenze wieder zu verriegeln. Im Gegenteil: Der Strom der Neugierigen, Nostalgiker, Einkaufsausflügler und Kontaktsuchenden an den Grenzübergängen schwoll täglich an. Scheu und Argwohn schwanden mit jedem Tag. Schließlich hatten die Erfahrungen der ersten Pioniere gezeigt, dass die Grenzgänger am Ende des Tages unbehelligt zurückkehren konnten.

Auch auf der leicht abgelegenen Insel Rügen wurde der Sog Richtung Westen bald immer stärker spürbar. Selbst für mich gab es irgendwann kein Halten mehr, als mich die Mutter eines Mädchens aus meiner Kinderkrippe zur Fahrt ins frühere Feindesland einlud. Olaf durfte nicht mitkommen, da in seiner Dienststelle noch nicht geregelt war, wie mit der neuen Reisefreiheit umzugehen sei. So konnte er an diesem Tag auf unser Töchterchen aufpassen, das immer noch nicht ganz gesund war. Diese erste Trennung von Julia, wenn auch nur für einen halben Tag, fiel mir sehr schwer, doch meine Neugier war stärker. Mit beklommener Miene stieg ich in den hellgrauen Trabant der Bekannten, den ihr Mann Richtung Lübeck steuerte.

Ich hatte nicht die geringste Vorstellung davon, was mich in der BRD erwartete. Das kapitalistische Deutschland jenseits des Stacheldrahtzauns war für mich ebenso unbekannt wie heute vielleicht Afrika. Je näher wir dem Grenzgebiet kamen, desto stärker packte mich erneut die Panik, wenngleich ich mir nichts anmerken ließ. Es war, als würde ich mich zum ersten Mal in das Kerngebiet einer verbotenen Zone vorwagen.

Das Herz schlug mir bis zum Hals, als wir am Grenzübergang ankamen – weniger wegen des ungewissen Abenteuers, das mich dahinter erwartete, als vielmehr wegen der Passkontrollen, die hier zu absolvieren waren. Staatsverräterin, pochte es in meinen Gedanken, und ich rechnete jeden Moment damit, verhaftet zu werden. Uniformen, Kontrollen, Waffen – in meiner Vorstellung waren das weiterhin Sinnbilder für Bedrohung. Und meine Tochter hatte ich nicht mitgenommen. Würde sie mein eigenes Los, verlassen zu werden, teilen? Ich schloss für einen Moment die Augen und fürchtete mich vor dem schlimmstmöglichen Ausgang.

Aber da waren wir auch schon auf der anderen Seite. Einfach so. Der Grenzbeamte hatte nach kurzem Blick auf unsere DDR-Ausweise nur knapp gegrüßt und uns freundlich durchgewinkt. Der Grenzübertritt, von dem Hunderttausende geträumt, für den Tausende ihr Leben riskiert, bei dem Hunderte ihr Leben gelassen hatten, erwies sich an diesem Novembertag als Kinderspiel.

Die Ausgabestelle für das Begrüßungsgeld in einer Lübecker Bank war in hellem Marmor gefliest, wie das Sinnbild eines kapitalistischen Tempels im Kleinformat. Vor dem Schalter drängten sich wartende Ost-Besucher in mehreren Schlangen, doch dank der Ausgaberoutine der Kassierer kamen wir zügig voran. Als ich nach etwa einer Viertelstunde den blauen D-Mark-Schein in der Hand hielt, war es selbst für mich buchstäblich greifbar, dass die gewohnte DDR nunmehr Geschichte war. Das war kein Freigang für eingesperrte Untertanen mehr, sondern der Untergang eines Staatssystems.

Wie die meisten meiner Landsleute beschäftigte mich spontan die Frage: Was soll ich mir für diese hundert Mark kaufen? Noch nie hatte jemand mir einfach einen Schein in die Hand gedrückt, schon gar nicht Devisen, frei nach dem Motto: Hier hast du Geld, kauf dir was Schönes! – ohne Gegenleistung, ohne Erwartung, schlichtweg für meinen ganz persönlichen Bedarf. Die Vorstellung war verführerisch – aber auch eine Bürde. Die Kaufhäuser der Hansestadt empfingen uns mit einem Trommelfeuer aus Werbeslogans, Lautsprecherdurchsagen, greller Beleuchtung und überdosiertem Duft. Kein Vergleich zur Kargheit unserer Konsum- und HO-Läden mit ihrem eher überschaubaren Sortiment.

Ich kam mir umzingelt vor, betäubt durch das Überangebot der Sinnesreize und empfand bald nur noch einen einzigen Wunsch: raus hier, ins Freie, durchatmen. Meinen Begleitern erging es nicht anders. Schließlich standen wir mit dröhnendem Schädel wieder in der adretten Fußgängerzone – mit leeren Händen wie zuvor.

Letzten Endes ließen wir einen Bruchteil unserer Empfangsprämie in einer McDonald's-Filiale, wo wir zum Fertigmenü die kleinen Stofffiguren Susi und Strolch als Zugabe erhielten. Wenn man ihnen auf den Bauch drückte, ertönte die Melodie von »Jingle Bells« – ein passendes Geschenk für die kleine Julia, wie mir schien, im Gegenwert von immerhin sechs Westmark. Die übrigen Scheine steckte ich ein, um deren Verwertung später mit meinem Mann zu besprechen. Mein Unbehagen, ein Schwindelgefühl aus Überreizung und Überdruss, wollte mich bis zur Abreise nicht mehr verlassen.

Am Nachmittag war ich richtig froh, nach diesem grellbunten Konsumschock mein Kind wieder in die Arme schließen zu können. Nicht nur die Vertrautheit der gewohnten Umgebung empfand ich als befreiend, sondern allein die Tatsache, dass wir wieder zurück waren. Am eigenen Leib hatte ich erfahren, dass sich die vermeintlich undurchdringliche Grenze passieren ließ – ohne Schikanen, ohne Verdächtigungen, ohne Hinterhalt. Erst jetzt, an diesem Novemberabend erreichte auch mich die Wende mit allen Konsequenzen.

Der Zwang zur Anpassung war aufgehoben. Ich fühlte mich rehabilitiert vom latenten Vorwurf des Staatsverrats. Zugleich erfasste ich ansatzweise, wie das Kartenhaus, welches meine Eltern, Lehrer und Betreuer im Sinne des Staates vor mir aufgetürmt hatten, nun ins Wanken geriet. Ich verspürte plötzlich das Bedürfnis, eine Entscheidung, die mich betraf, auch einmal vollkommen eigenständig zu fällen. Selbst wenn das nun keiner Zivilcourage mehr bedurfte, kramte ich meinen SED-Parteiausweis aus der Schreibtischschublade und gab ihn meiner Chefin zurück mit den Worten: »Das ist jetzt vorbei.« Sie sah mich verständnislos an, und ich war selbst ein wenig über meine Forschheit überrascht. Ich hatte diesen Schlussstrich auf meine Zugehörigkeit zur Partei bezogen.

Doch auch auf unseren Staat traf der Abgesang zu. Die DDR war drauf und dran, sich ziemlich unspektakulär aus der Weltgeschichte zu verabschieden. Für die deutschen Teilstaaten auf beiden Seiten des Stacheldrahts hatte dieser Wall eine bequeme Funktion erfüllt: Die Mauer schied die Welt, aus jeweils konträrem Blickwinkel, in Gut und Böse. Dieses Lagerdenken hatte nun keinen Bestand mehr, obwohl wir noch nichts davon merkten.

Unsere absehbare Eingliederung in die westliche Welt weckte Existenzängste in mir. Ende 1989 fanden nun selbst auf der Uferpromenade des Rügener Strandbades Binz die ersten Montagsdemonstrationen statt. Auf selbstgemalten Pappschildern forderten die Menschen Reisefreiheit. Ich betrachtete diese Kundgebungen mit Interesse, aber Abstand. Ich hatte andere Sorgen. Jahrelang geprägt durch die sozialistische Schulung, fürchtete ich mich vor dem bevorstehenden Kapitalismus, wie wir ihn als Schreckgespenst kannten. Mussten wir jetzt um unsere Arbeitsplätze bangen?

Für meinen Mann, mehr noch als für mich, muss in dieser Phase eine Welt zusammengebrochen sein. Die Armee hatte über Nacht keine Verwendung mehr für marxistisch-leninistisch geschliffene Politoffiziere. Sonderstellung, Kaderkarriere und Dienstwohnung gehörten in kürzester Zeit der Vergangenheit an. Ich vermag nicht zu sagen, ob Olaf die Zeit nach der Grenzöffnung auch als persönliche Niederlage empfunden hat. Merkwürdigerweise redete ich mit ihm über solche Fragen nie. In Berufsangelegenheiten blieb er verschlossen wie zuvor, und ich wich weiter heiklen Gesprächen aus, zumal unsere Existenz in dieser Zeit in jeder Hinsicht neu zusammengefügt werden musste.

Im Januar 1990 reichte Olaf seine Kündigung bei den Streitkräften ein und wurde im Rang eines Majors entlassen. Kurz darauf gelang ihm als gelerntem Gleisbaumechaniker der Wechsel zur Reichsbahn in seiner Heimatstadt Arnstadt. Er tauschte die grüngraue Armeeuniform gegen die dunkelblaue Dienstkleidung der Bahn, und zu unserer Beruhigung beförderte ihn sein früherer Rang in eine gleichwertige Lohngruppe. Unsere neue Wohnung in Arnstadt glich zu Beginn eher einer trostlosen Kaschemme. Auch wenn der Kontakt zu unseren Eltern sporadisch blieb, versagten sie uns ihre Unterstützung nicht. Während Vati auf meine Bitte mit Olaf unsere neue Bleibe handwerklich versiert herrichtete, kamen wir vorübergehend bei meinen Schwiegereltern unter. Für die Zeit unseres Aufenthalts dort fand ich im örtlichen Kreiskrankenhaus von Arnstadt eine Stelle.

Trotz hoffnungsfroher Zukunftsaussichten nahmen wir die Neuigkeit meiner erneuten Schwangerschaft im ersten Moment wie eine Hiobsbotschaft auf. In unsicheren Umbruchszeiten hatten wir den Kinderwunsch eigentlich zurückgestellt, aber der neue Erdenbürger war schneller.

Zu allem Überfluss brachte Olaf, als er mir in der Badewanne über meinen Kugelbauch strich, es fertig, zu sagen: »Wer weiß, ob der überhaupt von mir ist.«

Diese grundlose Unterstellung trieb mir die Tränen in die Augen. Ich richtete mich auf und schleuderte ihm resigniert entgegen: »Eben hast du auch den letzten Rest unserer Liebe kaputt gemacht!« Das entsprach in diesem Moment meinem Empfinden, denn ich fühlte jene innere Leere, die ich aus meiner Jugendzeit kannte.

Wieder ging mir die Kraft zur Gegenwehr aus, und ich verkroch mich in meiner Verzweiflung über das Scheitern unserer Liebe. Je mehr Ablehnung ich erfuhr, desto wichtiger wurde mir mein Mutterdasein. Ich wollte dieses Kind bekommen, eine Abtreibung kam für mich nicht in Frage. Bei allen Ungewissheiten und trotz der Schieflage unserer Ehe verhieß meine Schwangerschaft, nachdem ich mich einmal mit ihr vertraut gemacht hatte, die innere Rettung für mich.

Allerdings wurde meine Situation für mich im Mai 1990 zur Belastungsprobe. Nach der gynäkologischen Untersuchung in der Schwangerenberatung schrieb der Klinikarzt mich umgehend bis zum errechneten Geburtstermin krank. Schon bei Julias Entbindung hatte der Arzt mir für die nächste Schwangerschaft empfohlen, untersuchen zu lassen, ob das kleine Wesen durch eine Erbkrankheit vorbelastet sein könnte. Diesen Vorsatz wollte ich jetzt in die Tat umsetzen. Doch für den Test benötigte der Genetiker eine Vergleichsblutprobe, und die konnte nur ein Mensch liefern – meine leibliche Mutter.

Der staatliche Zwangsapparat, der mein Dasein von Anfang an unbewusst dirigiert hatte, existierte kaum mehr, war handlungsunfähig, wurde abgewickelt. Damit musste nach Lage der

Dinge auch der Gefängnisaufenthalt meiner Mama ein Ende gefunden haben, wenn sie ihn denn überlebt haben sollte. Ich hatte indes seit der Wende kaum noch einen Gedanken an sie verschwendet. Viel zu sehr war ich damit beschäftigt, mein Familienleben auf ein neues Fundament zu stellen. Es brauchte die Aufforderung eines Arztes, um mich wieder auf meine Herkunftsgeschichte zu stoßen. Die medizinische Notwendigkeit erst offenbarte mir die Lücke, die nach wie vor in meinem Leben klaffte. Oder hatte ich die Suche nach meiner leiblichen Mutter nur gescheut und die Gedanken an sie weggeschoben, weil ich unangenehme Wahrheiten fürchtete?

Insgeheim war ich froh, dass die Gesundheit meines Babys mich geradezu zwang, mich meiner eigenen Geschichte zu stellen. Der hilfsbereite Genetiker wies mir dazu einen Weg, der mir selbst gar nicht in den Sinn gekommen wäre: eine Nachfrage im Geraer Jugendamt nach der aktuellen Adresse meiner Mama. Es klang so einfach. Woher aber hätte ich wissen sollen, dass dort in irgendeinem Registerschrank mein »Vorgang« hing?

Das hieß allerdings nicht, dass ich selbst Erkundigungen über meine leibliche Mutter einholen durfte, schließlich war Mama rechtlich nicht mehr meine Mutter. Sie hatte das Sorgerecht für mich abgegeben, aus welchen Gründen auch immer. Als adoptierte Tochter einer anderen Frau stand ich für die Behörden gesetzlich in keinem Verwandtschaftsverhältnis mehr zu meiner Mama. Wir waren aus Datenschutzgründen einander entfremdet worden.

Mir blieb nichts anderes übrig, als meine Adoptivmutter um Amtshilfe zu bitten, die kurioserweise das Anrecht hatte, welches mir verwehrt blieb. Gleich nach dem Arztbesuch wählte ich von einer Telefonzelle aus die Nummer ihrer Nachbarn in Langenberg. Die freundlichen Anwohner klopften wie üblich an die Wand meines Adoptivelternhauses, und wenig später war Mutti am Apparat.

»Hör mal«, erklärte ich ohne Umschweife, »ich muss unbedingt wissen, was mit meiner leiblichen Mama ist. Ich brauch von ihr eine Blutprobe, damit die Ärzte eine genetische Untersuchung vornehmen können.«

Noch bevor ich ihr die Umstände näher erläutern konnte, sagte sie kurzerhand in ihrer zupackenden Art: »Ich ruf mal beim Jugendamt an.«

Nur wenige Tage später meldete sie sich zurück. »Wir können die Adresse gemeinsam abholen«, erklärte sie mir emotionslos.

»Danke!« Mehr brachte ich in jenem Moment nicht hervor.

Ich konnte es einfach nicht fassen: Was mir all die Zeit so aussichtslos erschienen war, sollte nun so schlicht möglich sein? Hieß das wirklich, dass meine seit Jahrzehnten für mich verschollene Mama wieder in mein Leben zurückkehren konnte?

Aufgelöst fuhr ich bei nächster Gelegenheit zu meiner Adoptivmutter nach Gera und begleitete sie zum Jugendamt, von dem ich mir den entscheidenden Hinweis auf meine Mama erhoffte. Doch an der Pförtnerloge ließ Mutti mich etwas verdutzt vor der Tür zurück. Ich fühlte mich in diesem Moment wie abgestellt, kam mir vor wie ein kleines Mädchen, das brav warten muss, während die Erwachsenen seine ureigenen Angelegenheiten regeln, ohne sich in die Karten blicken zu lassen. Wir müssen leider draußen bleiben.

Allerdings setzte ich mich nicht zur Wehr, dazu war ich zu konsterniert. Stattdessen grübelte ich, was dieser Behördengang erbringen würde. Würde ich bald Gewissheit haben über die Frage, die mich seit meiner Kindheit umtrieb: Wo ist meine Mama?

Da kam Mutti auch schon zurück aus dem grauen Amtsgebäude, in Begleitung einer zierlichen, älteren Dame. Wie häufig im Beisein Außenstehender, stimmte meine Adoptivmutter ihr übliches Loblied auf mich an. Unterdessen fragte ich mich die ganze Zeit, warum mir das Gesicht dieser Mitarbeiterin der Jugendhilfestelle so bekannt vorkam. Sie begrüßte mich mit der eher aufgesetzten Herzlichkeit einer entfernten Tante bei einem Familienfest. Am liebsten wäre ich weggerannt, wie immer, wenn mein Gefühlshaushalt außer Kontrolle zu geraten drohte. Meiner Erziehung gehorchend, bekam ich mich jedoch wieder in den Griff und blieb stumm.

Erst nachdem wir gegangen waren, machte es schlagartig klick in meinem Kopf, und ich sah diese Dame, achtzehn Jahre jünger, wieder vor mir, als wäre es gestern gewesen. Richtig: Damals, am 7. Februar 1972, hatte sie zusammen mit dem Verhaftungskommando vor der Haustür unserer Stadtwohnung gestanden und später meinen Bruder und mich zu unserer Oma begleitet, nachdem meine Mama aus unserem Leben verschwunden war. Was mochte nur aus Mirko und Oma geworden sein? Ich hatte sie beinahe vergessen. Aber sie hatten auch von sich aus nie wieder den Kontakt zu mir gesucht.

Wie auf einer Zeitreise tauchten lauter Bilder aus meiner Kindheit auf. Das Gesicht der Frau weckte verschüttete Erinnerungen. Damals war die Dame von der Jugendhilfe die freundlichste der Amtspersonen gewesen. Unberührt von allen Veränderungen, versah sie nun wie eh und je ihren Dienst an der Jugend, der lange Zeit eher ein Dienst am Staat gewesen war.

Auf dem Rückweg nach Hause drückte Mutti mir einen kleinen Zettel in die Hand, auf den sie eine Notiz gekritzelt hatte: die Adresse meiner verschollenen Mutter. Ein tiefes Glücksgefühl durchströmte mich: Mama lebt.

Leider blieb diese handschriftliche Notiz dann eine ganze Weile in meiner Schublade liegen. Die Geburtswehen setzten so vorzeitig ein, dass die Zeit nicht mehr ausreichte, meine Mama zur Blutprobe zu bitten, um die Erbanlagen abzugleichen.

Mein Sohn Benjamin kam am Abend des 11. Juli 1990, noch früher als seine große Schwester, aber ebenfalls gesund, zur Welt. Die ersten Tage musste das winzige Kerlchen in der Frühgeborenenabteilung im Brutkasten zubringen – so streng isoliert, dass ich ihn nur auf verwackelten Polaroidfotos sehen durfte. Auf schmerzhafte Weise fühlte ich mich von meinem Baby getrennt. Ich lag auf der Wöchnerinnenstation und bekam, statt mein Kind, Depressionen.

Anders als mir, die ich noch die Folgen der Geburt auszuheilen hatte, wurde Olaf der Zugang zu unserem Baby nicht verwehrt. Als stolzer Vater zeigte er sich wiederum von seiner sanftmütigen und durchaus aufmerksamen Seite.

Leider vermochte auch die gemeinsame Geburtserfahrung unsere Ehe nicht mehr aufzufrischen. Heftiger denn je peinigte mich mein Mann in den folgenden Wochen und Monaten beim geringsten Verdacht mit seiner Eifersucht. Zu allem Übel gab ich ihm tatsächlich eines Tages einen realen Anlass dafür. Zum ersten Mal in unserem fünfjährigen Zusammensein ging ich fremd. Ich war so mürbe durch die fortwährenden Vorwürfe, dass ich mir einredete, diese seien weniger verletzend, wenn er einen tatsächlichen Grund dazu hätte. Natürlich erwies sich das als Fehleinschätzung. Zurück blieben bei mir nur ein schales Gefühl und die bittere Erkenntnis, dass Olafs Eifersucht nun auch noch begründet war.

Ein wütender, frustrierter Ehemann, zwei Kinder, die all meine Energie aufzehrten, zwei Mütter, zu denen mir in dieser Phase auf unterschiedliche Art der Kontakt fehlte: Irgendwie schien in meinem Leben alles schiefzugehen. Ich fühlte mich bis an die Schmerzgrenze belastet und sah mich außerstande, auch noch die Frage meiner Herkunft, die neuen Schmerz befürchten ließ, zu klären. Geradezu panisch, so erscheint es mir im Rückblick, befürchtete ich, dass meine Kindheits- und Jugendjahre in der DDR ein einziges Trugbild gewesen sein könnten. Aus all diesen Gründen lag der Kontakt zu meiner leiblichen Mutter erst mal weiter brach.

»Liebe Mama«, hatte ich schon lange auf einen Briefbogen geschrieben, dann aber den Stift wieder aus der Hand gelegt. Der zuwendungsbedürftige Benni bot mir immer wieder eine willkommene Ausflucht. Am Dienstag nach dem Osterfest 1991, an dem mir meine tiefe Einsamkeit, trotz der Kinder, wieder mal besonders deutlich bewusst wurde, hatte ich den Brief endlich fertig. In wenigen Worten hatte ich meiner Mama meine Familie vorgestellt und vorsichtig angefragt, ob sie Interesse an einem Wiedersehen habe.

Bereits zwei Tage später lag ihre Antwort in unserem Postkasten. »Ihr seid mir jederzeit gerne willkommen!«, schrieb sie.

Bei Greiz, 6. April 1991

Ich darf nicht mehr länger zögern, vielleicht hat sie uns schon kommen sehen. Olaf wartet mit den beiden Kindern in unserem anthrazitfarbenen Renault vor dem Haus. Als ich auf die Plasteklingel drücke, zittert meine Hand etwas. Ich sehe mich selbst wie eine Fremde in diesem schmalen Hauseingang stehen, mitten in einem Dorf bei Greiz im Südosten Thüringens, nervös, mulmig, bang, wie ferngesteuert, wie in einem Film.

Auf dem Klingelschild steht kein Name. Vor lauter Aufregung habe ich schon wieder vergessen, wie meine Mama inzwischen mit Nachnamen heißt. Ich kann mich nicht erinnern, dass mir jemals so beklommen zumute war. Mein ganzes bisheriges Leben scheint auf diesen Moment ausgerichtet. Wie oft habe ich in meiner Kindheit und Jugend jede Frau, die ungefähr im Alter meiner leiblichen Mutter war und aussah, als würde sie suchend Ausschau halten, prüfend gemustert: Könnte das meine vermisste Mama sein? Nun mündet alles Warten, Suchen, Bangen und Sehnen in diesen einen Augenblick, der mir hoffentlich ein Wiedersehen bringen wird.

Der Brief in meiner Hand ist inzwischen vollkommen zerknittert. Er trägt die Spuren meiner Aufregung während der gesamten Fahrt. Immer wieder aufs Neue habe ich mir die Zeilen in ihrer sorgfältigen Handschrift durchgelesen. Sie schreibt, dass sie sich ehrlich freue, mich wiederzusehen. So tief sitzt noch immer die Enttäuschung, verlassen worden zu sein, in mir, dass ich ernsthaft überlege, ob sie das wirklich so meint. Wieso will sie mich jetzt sehen, nachdem sie vorher offenbar nicht nach mir gesucht hat? Ist das bloß wieder eine dieser Floskeln?

Ich muss meine aufkommende Nervosität zügeln, in meiner Fantasie nicht zu große Erwartungen aufbauen. Beim Blick auf den Brief fällt mir ein, dass unser Besuch für Mama trotz ihrer Einladung einem Überfall gleichen muss. Wie die meisten Bewohner der neuen Bundesländer verfügt sie noch immer nicht über einen eigenen Telefonanschluss, daher konnte ich ihr unser Kommen nicht ankündigen. Für einen Brief war die Vorlaufzeit leider zu kurz. Vor zwei Tagen erst hat sie mir geschrieben, und ich wollte keine Zeit mehr verlieren.

So stehe ich an diesem Samstag nach Ostern im Jahr 1991 unangemeldet vor der Tür der angegebenen Adresse und fühle mich tief verunsichert: Stimmt die Anschrift? Passt ihr der Besuch? Ist sie überhaupt zu Hause? Aus dem Fenster im ersten Stock beugt sich eine Bewohnerin mittleren Alters. Ist sie das? In meinem Gedächtnis existiert kein Bild mehr von meiner Mama.

»Die Tür ist offen«, antwortet die Frau freundlich auf mein Klingeln. »Kommen Sie rein!«

Ihre Stimme klingt mir auf Anhieb nicht vertraut.

Der Hausflur ist dunkel, erst mit der Zeit nehmen meine Augen die Konturen wahr. An den Wänden sind Kleidungsstücke aufgehängt. Ich taste mich langsam zu einer ausgetretenen Holzstiege vor, auf die von oben Licht fällt. Am oberen Treppenabsatz wartet die Frau schon auf mich. In diesem Augenblick fällt mir ein, dass Mamas Nachname auf dem Briefumschlag zu finden sein muss.

»Ich suche eine Frau Weiß«, sage ich etwas beklommen nach einem verstohlenen Blick auf die Adresse der Absenderin.

»Katrin?«, kommt umgehend die Reaktion.

»Ja«, antworte ich zögernd, immer noch ein wenig ungläubig.

Da hat sie mich auch schon im Arm, so liebevoll und innig, wie es sich nur bei der eigenen Mutter anfühlt. »Ach, mein Kind, meine Katrin!«, murmelt sie.

Ich kann gar nichts sagen. Selig sauge ich ihren Geruch in mich auf, wie ein lange entbehrtes Elixier, so vertraut, so geborgen, so erlösend. Sie ist tatsächlich meine Mama. Es war keine Einbildung, die mich all die Jahre heimgesucht hat. Meine immer wieder schwankende Hoffnung hat mich nicht getrogen. Meine leibliche Mutter hat mich genauso vermisst wie ich sie. Tränen rinnen mir übers Gesicht. Ich wische sie verstohlen weg, schließlich will ich nicht wie ein heulendes Elend vor ihr stehen, nicht wie die kleine, zerbrechliche Katrin, der jede Rührung Wasser in die Augen treibt. Mama kann ihre Ergriffenheit ebenfalls nicht verbergen. In dieser Hinsicht sind wir offenbar seelenverwandt. Mein Puls geht schneller, bei ihr wird es kaum anders sein. Unser Doppelherz schlägt im Takt.

Vor ihrer Stubentür, im Schein des Oberlichts, finde ich endlich Gelegenheit, sie näher zu betrachten. Ihre braunen Haare sind halblang und glatt wie bei mir, sie ist von kleiner Statur wie ich und hat um den Mund einen warmherzigen Zug. In ihren Augen mag ich wie ein entferntes Spiegelbild erscheinen. Ohne Scheu bittet Mama mich in ihre einfache Bleibe. In diesem Heim bin ich willkommen, das spüre ich.

Mir fällt auf, dass die Behausung sich von den Siedlungshäusern und Plattenbauten, die ich bisher kannte, deutlich unterscheidet. Das ganze Gebäude ist schon etwas in die Jahre gekommen, ein Zimmer hat so feuchte Wände, dass es nicht mehr benutzbar ist. Die Wohnküche dagegen wirkt geräumig und gemütlich. Einweckgläser stehen auf einem Seitenregal. Auf vertraute Weise fühle ich mich in das Heim meiner Adoptivgroßeltern in Bad Köstritz versetzt. Vom Fenster aus gebe ich Olaf den Wink, mit den Kindern hochzukommen. Als er mit Benni auf dem Arm und Julia an der Hand in der Tür erscheint, nimmt Mama sie nicht minder liebevoll in Empfang. Die Geste, mit der sie meinen Mann begrüßt, kommt von Herzen, und unseren Kindern streicht sie sichtlich bewegt übers Haar.

Besonders an meiner Tochter, die gleich unbefangen in die Stube stolziert, scheint sie auf Anhieb einen Narren gefressen zu haben. Vielleicht mag Julia ihr wie ein fernes Ebenbild ihrer kleinen Katrin anmuten, die sie damals verloren geben musste und die nun unverhofft selbst als Mutter wieder vor ihr steht.

Ich habe so viele Fragen, die sich ein Leben lang angesammelt haben, und weiß doch nicht, was ich sagen soll. Daher bin ich froh, meiner Mama erst einmal meinen Mann und meine Kinder vorstellen zu können. Mama bewundert ihre Enkelkinder, ich bewundere ihr Strickwerk.

»Julia ist genau wie du damals«, sagt sie, aber es gelingt ihr nicht, ihrer Stimme einen versonnenen Klang zu geben. Dann macht sie sich am Herd zu schaffen.

Kaum haben wir uns einen Platz zum Sitzen gesucht, geht die Tür auf, und ich darf meine Halbschwester kennenlernen, die Tochter meiner Mama mit ihrem jetzigen Mann. Melanie ist zwölf. Sie hat noch einen zehnjährigen Bruder, Danny, der gerade bei einem Freund ist. Auf Anhieb ist mir Melanie sympathisch. Erst durch meinen Brief haben sie und Danny überhaupt von meiner Existenz erfahren. Ich mag ihr fremd erscheinen und muss mich selbst erst an den Gedanken gewöhnen, meine Mutter nun mit kleineren Geschwistern zu teilen. Doch schon mit dem Handschlag erscheint es meiner Halbschwester selbstverständlich, dass ich mit zur Familie gehöre. Rührend nimmt sie sich meiner Kinder an und geht mit ihnen an die frische Luft zum Spielen.

Als Mama mit frisch gebrühtem Kaffee zurückkommt, überwinde ich mich und stelle ihr als Erstes die Frage, die seit Kindertagen mein Denken beherrscht: »Was ist damals passiert? Du hast doch gesagt, du wolltest abends wiederkommen, und dann bist du einfach nicht mehr aufgetaucht, nie mehr?«

Sie wirkt kein bisschen überrascht von meiner plötzlichen Attacke und antwortet äußerlich ruhig, fast sanft, wobei ich spüre, wie ihre Stimme leicht bebt. »Ich konnte nicht zurückkommen, Katrin«, sagt sie leise. »Ich war im Gefängnis.«

Für einen Moment lastet angestrengtes Schweigen im Raum.

»Ja«, erwidere ich zögernd, »aber warum hast du mich nicht gesucht, als du aus der Haft freigekommen bist?«

Wieder lässt sie mich spüren, dass sie meine Fragen gut versteht. Sie macht nicht den Eindruck, als stünde sie unter Rechtfertigungszwang. »Das durfte ich nicht, das war verboten. Sie haben mir sogar zur Auflage gemacht, dass ich keinen Kontakt zu dir aufnehmen darf. Trotzdem habe ich es einmal versucht, dich aber leider nicht gefunden.« Sie habe jedes Mädchen in meinem Alter gemustert, ob ich das sein könne – vergebens, berichtet sie weiterhin. Mirko durfte zu seiner Mutter nur unter der strikten Auflage des Jugendamts, ihr meinen Aufenthaltsort keinesfalls preiszugeben. Anders als mein Bruder, der bereits zur Schule ging, war ich als Kindergartenkind nach Ansicht der Behörden noch jung und vermeintlich formbar genug für eine Adoption. Und diese neue Familienbeziehung sollte wohl nicht durch Störmanöver aus dem früheren Leben beeinträchtigt werden.

So richtig zufrieden stellt mich Mamas Auskunft dennoch nicht. Ich habe, wie zuvor schon so oft bei meiner Adoptivmutti, das Gefühl, dass sie mit etwas hinter dem Berg hält. Ich sitze da mit einem Rucksack voller Fragen und weiß nicht so recht, wie er zu leeren ist.

Meiner Mama entgeht meine Skepsis nicht, und so beteuert sie mit Nachdruck: »Ich hätte dich nie von mir aus freigegeben und hab's auch nie getan, das schwöre ich auf das Leben meiner Kinder.« Ihre Stimme klingt aufgebracht. »Die haben mir das Sorgerecht entzogen, und ich war nicht einmal dabei!« Sie redet sich nun richtig in Rage, während sie Olaf mit verstohlenen Blicken mustert. Am Ende schlägt die Resignation in ihrer Stimme in blanken Hass um: »Die Schweine haben dich mir weggenommen!«

DIE, *immer sagt sie nur* DIE. *Ich habe keine Ahnung, wer sich hinter* DIE *verbirgt. Ich merke nur:* DIE *muss der Inbegriff von etwas ganz Bösem sein, von etwas, das mir nicht geheuer ist.* Die Schweine. *Wen meint sie damit? Ich will auf einmal gar nicht weiter nachfragen, zu deutlich spüre ich, wie sehr die Vergangenheit meine Mama plagt, und will sie nicht mit meiner Neugier quälen.*

Dann fällt ein Begriff, der bisher in meinem Wortschatz nicht existierte: Zwangsadoption. Demnach hat nicht Mama mich einer fremden Familie ausgeliefert, sondern DIE *waren es. Ein unergründliches Phantom hat also über mein Schicksal bestimmt.*

Das ist zu viel für mich, ich wechsle das Thema. »Warum bist du überhaupt ins Gefängnis gekommen?«, frage ich sie.

Nach und nach erhalte ich aus ihren Andeutungen zumindest in Umrissen eine Vorstellung von ihrem damaligen Dilemma. »Den Wunsch, in den Westen auszureisen, hatte ich schon lange«, erklärt Mama. »Deswegen haben sie mich auch die ganze Zeit auf dem Kieker gehabt.«

Mehrmals bekam sie unangemeldete Hausbesuche von Mitarbeitern des Jugendamts, und sie hatte zudem den Eindruck, dass die Behörden über sie Erkundigungen einzogen. Mehrere Male musste sie in der örtlichen Stasi-Dienststelle zur Klärung eines Sachverhaltes antreten. Für mich sind das alles böhmische Dörfer, von denen sie da spricht. Man habe ihr vorgehalten, dass sie mehrmals von der Arbeit ferngeblieben sei. »Das war eine Falle«, beteuert sie. »Wenn sie dich in der Krippe nicht genommen haben oder wenn du krank warst, musste ich bei dir bleiben, da konnte ich gar nicht zur Arbeit!«

Über ihr weiteres Schicksal nach der Verhaftung verliert sie nicht viele Worte. Nur ein einziges Mal im Verlauf des Gesprächs brechen ihre Gefühle hervor. Ihre Erinnerung geht zurück in das Frühjahr 1974, die Zeit, als ich den Langenberger Kindergarten zum ersten Mal betrat. Mama war erneut verhaftet und in den Roten Ochsen in Halle eingeliefert worden, ein berüchtigtes Untersuchungsgefängnis, wie ich später erfuhr, das direkt dem Ministerium für Staatssicherheit unterstellt war. »Sie haben dort versucht, mich weichzuklopfen«, flüstert sie, mehr zu sich selbst. Es fällt Mama sichtlich schwer, sich ihren Erinnerungen zu stellen.

Das wenige, was sie berichtet, ist für mich schon befremdlich genug. So will sie erlebt haben, wie einige Aufseher Häftlinge in einen Bretterverschlag steckten und ihnen stundenlang Wasser über den Kopf schütteten. Oder hatte sie das etwa auch am eigenen Leib erfahren? Ihrer Darstellung der Situation lässt sich das nicht entnehmen. »In die Einzelzellen«, erzählt Mama weiter, »konnten die Beamten jederzeit ein Gitter einziehen. Dann war die Insassin von der Kloschüssel getrennt. Das war eine abscheuliche Schikane, denn man musste sein Geschäft auf dem Boden verrichten.«

Eine andere Demütigung habe darin bestanden, das Bett an der Wand hochzuklappen und zu verriegeln, um die Gefangenen am Schlafen zu hindern. »Und wenn sie willkürlich das Zellenlicht ein- und ausgeschaltet haben«, berichtet Mama, »dann wusstest du bald nicht mehr, ob es Tag oder Nacht ist. Schlafmangel, das ist Folter.« Sogar sexuelle Übergriffe durch Wärter und Mithäftlinge soll es gegeben haben, wie ich Mamas Andeutungen entnehme.

Ich mustere Olaf mit einem Seitenblick, kann aber keine Reaktion ablesen. Weiß er davon? Kann es solche Dinge überhaupt gegeben haben? Für mich klingen Mamas Geschichten wie Erzählungen aus einem unbekannten Land. Dass Menschen in unserer ehemaligen Republik zu solchen Untaten imstande gewesen sein sollen, kann ich nicht glauben – ich will es auch gar nicht. Es passt nicht in die Vorstellung, die man mir von unserem Staat vermittelt hat.

Sicher gab es Schwächen und Fehler, das ist selbst mir nicht entgangen. Aber die geschilderte Perfidie, ein solches Maß an Menschenverachtung, das findet in meinem Bild von der DDR keinen Platz. Ich befürchte daher, dass meine Mama in ihrer Not vielleicht von Wahnvorstellungen heimgesucht wurde. Wer weiß, was von alldem wirklich so stattgefunden hat. Ich vermag jedenfalls nicht zu erkennen, wo die Grenze zwischen Interpretation und Wirklichkeit verläuft.

Meinen Mann muss Mamas Bericht noch mehr befremden als mich, aber er hört regungslos zu, ohne einen Kommentar abzugeben. Von mir kennt er zwar in groben Zügen die Hintergründe meiner Adoption, allerdings kann ich mir nicht vorstellen, dass sein DDR-Bild mit den geschilderten Zuständen in Einklang zu bringen ist. Vermutlich hält er Mamas Sichtweise zumindest für übertrieben. Doch über solche Fragen kam es seit der Wende nie zum Gespräch zwischen uns, wie Mehltau lastet dieses Tabu auf unserer Ehe.

Überraschend kommt irgendwann der Mann an Mamas Seite, der an diesem Tag auswärts zu tun hat, für einen kurzen Moment herein, um uns zu begrüßen. Er ist ein kräftiger, ähnlich dunkelhaariger Typ wie mein Vati. Sein freundliches Lächeln und der verwegene Schnauzbart verleihen dem Arbeiter in der Pappe-Herstellung ein sympathisches Erscheinungsbild. Auch er lässt mich keinen Vorbehalt und keinen Argwohn spüren. Das hilft mir, mich in Mamas Welt vertraut zu fühlen. Als ich zwischenzeitlich die Toilette im Hinterhaus aufsuche, wird mir allerdings erst richtig bewusst, unter welch kärglichen Umständen meine Mutter hier haust. Die Sanitäranlagen bestehen lediglich aus einem primitiven Plumpsklo. Bereits im Flur nehme ich den muffigen Geruch wahr, den die feuchten Hausmauern absondern, und unter dem bröckelnden Putz der Wände schimmern bläuliche Schimmelflecken. Meine arme Mama. Ihr Leben steht offensichtlich weiterhin unter keinem glücklichen Stern.

Nach meiner Rückkehr beginne ich mit einem Geständnis. »Deine Adresse trage ich nun schon über ein Jahr mit mir herum, aber mir hat einfach der Mut gefehlt, mich bei dir zu melden«, gebe ich ihr bedrückt zu verstehen.

»Ach, meine Maus«, sagt sie nur und drückt mich fest an sich. Sie ist voller Verständnis.

Wieso nur habe ich so lange gezögert, sie wiederzusehen? Die Vertrautheit der eigenen Mutter, das unbeschreibbare Erlebnis tiefer Geborgenheit, das ich immer suchte – hier ist es. Diese Frau ist meine Mama. Ihre Stimme, ihre Augen, ihre Gesten, all das erkenne ich jetzt wieder, auch weil ich vieles davon an mir selbst wiederfinde. Diese Frau ist nicht die verächtlich verdammte Staatsverräterin, sie ist meine geliebte Mutter, und ich bin ein Teil von ihr.

Ich fühle mich sehr wohl in dieser neu entdeckten Geborgenheit und schiebe den Moment der Abreise vor mir her. Ich habe den Eindruck, dass ich nicht einfach abrupt gehen kann, als wäre unser Wiedersehen nur ein nettes Kaffeekränzchen gewesen.

So stimme ich nach einem kurzen Blickwechsel mit Olaf gerne zu, als Mama uns vorschlägt, sie auf das Bockbierfest im Ort zu begleiten. Anschließend könnten wir alle zusammen selbstverständlich bei ihr übernachten. Melanie, die mit den Kindern zurückgekommen ist, erklärt sich sofort bereit, Julia und Benni am Abend zu hüten, damit wir ausgehen können.

Schon vor dem Eingang der Gaststätte am Dorfplatz empfangen uns die Rauchschwaden eines großen Schwenkgrills. Unsere Männer, die offenbar sofort einen Draht zueinander gefunden haben, haben wir weit hinter uns gelassen. Die anwesenden Festbesucher begrüßen meine Mutter mit herzlicher Vertrautheit. Sie ist hier offenkundig voll und ganz integriert, ihre Mitmenschen mögen und schätzen sie. Ich überlege, dass sie wohl kaum ein schlechter Mensch sein könne, wenn sie bei anderen so beliebt ist. Mit ehrlicher Freude stellt sie mich allen Bekannten als ihre *Tochter vor. Zahlreichen neugierigen und abschätzenden Blicken muss ich an diesem Abend standhalten. Aber für meine leibliche Mama bin ich keine Präsentiertochter zum Nachweis ihrer eigenen Leistung. Ihr Mutterstolz kommt von Herzen.*

Den Arm um meine Hüfte geschlungen, nimmt sie mich geradezu beflügelt mit in den gemütlich eingerichteten Festsaal. Etwa vierzig Einheimische haben es sich an U-förmig aneinandergereihten und mit weißen Tischdecken bezogenen Tafeln bequem gemacht. Als wir das Kopfende des Raumes erreichen, verschafft Mama sich mit der freien linken Hand Aufmerksamkeit.

»Ich will euch mal jemanden vorstellen«, ruft sie in das lebhafte Gemurmel hinein. »Das hier ist meine Tochter Katrin!« Triumphierend fügt sie hinzu: »Seht ihr, ich hab's immer gewusst, dass meine Katrin mich eines Tages findet!«

Ein warmes Gefühl durchströmt meine Brust. Mama teilt ihre Freude, ihr Glück mit ihren Freunden und Nachbarn. Sie hat all die Jahre auf mich gewartet. Sie hat mich nicht vergessen, nicht abgeschrieben! Ich sehe mich umringt von Menschen, die ich nicht kenne, und blicke in freudige Gesichter. Unbekannte begrüßen mich, Fremde klopfen mir vertraut auf die Schulter. Dieses Fest gleicht einem Kettenkarussell, und ich bin einen Moment lang die Achse, um die sich alles dreht. Ich fühle mich freundlich empfangen, willkommen, aufgenommen in diese Dorfgemeinschaft, die durch meine Mama längst von meiner Existenz wusste.

An unserem Tisch kreist das Gespräch bald um das Schicksal, das meiner Mama zu DDR-Zeiten widerfahren ist. Empört beschweren sich die Frauen über den Staat und entrüsten sich darüber, was er unbotmäßigen Menschen angetan hat. »Unglaublich: nur weil jemand nicht so dachte wie die«, sagt eine der Anwesenden empört. Da ist es wieder, dieses DIE, *die großen Unbekannten, die gesichtslosen Täter …*

Die Frauen in der Runde zeigen weit weniger Zurückhaltung als Mama in unserem Gespräch, sie geben dem Phantom einen Namen. DIE, *das heißt für sie Partei, Polizei, Staatssicherheit, Armee und andere Organe unserer DDR. Allmählich wird mir doch ein wenig mulmig. Zum Glück ist Olaf gerade draußen, denke ich mir, denn ich fürchte nichts mehr als einen Eklat bei unserer Wiedersehensfeier. Hoffentlich eröffnen die Leute hier jetzt nicht noch die Hetzjagd auf meinen Mann.*

Kaum hörbar flüstere ich Mama zu, dass auch Olaf Politoffizier gewesen ist.

Sie fällt keineswegs aus allen Wolken. »Das habe ich auf den ersten Blick gesehen«, raunt sie zurück, »dass er einer von denen ist.« Fast unbezähmbare Wut schwingt in den Worten der sonst so sanftmütig wirkenden Frau mit. Allerdings garniert sie die Bemerkung mit einem verschwörerischen Augenzwinkern, aus dem ich schließe, dass sie mich in ihr verachtendes Urteil nicht einbezieht.

Einer von denen. Für Mama gehört also auch mein eigener Mann zu DENEN, *die ihr so viel Unheil zugefügt hatten. Die Debatte wirkt zunehmend unangenehm auf mich, als hätte ich zu viel Alkohol getrunken. Ich will das alles gar nicht hören und stehe abrupt vom Tisch auf. Die widersprüchlichen Facetten der Wirklichkeit überfordern mich. Wenn das Urteil stimmt, das die Frauen über unseren Staat fällen, dann kann dies in der Konsequenz nur heißen, dass auch mein eigenes bisheriges Dasein auf Lügen beruht. Die Grundfesten meiner DDR-Existenz, die seit der Wende ins Wanken geraten sind, drohen nun endgültig einzustürzen. Das meiste von dem, das mich prägte und zu dem ich erzogen wurde, ist gefährdet, als trügerische Illusion entlarvt zu werden.*

Auf einmal möchte ich nur noch nach Hause. Als ich gerade den Saal verlassen will, laufe ich ausgerechnet Mamas Mann, der sich zuvor am Grillplatz aufgehalten hat, in die Arme. Er hatte gerade vor, sich eingehender mit mir zu unterhalten, aber ich bin weniger erpicht darauf. Im Überschwang der Gefühle bedrängt er mich mit einer Vertraulichkeit, die in diesem Moment unangenehm auf mich wirkt. Ich fühle mich durch die sicher aufrichtig gemeinte Annäherung dieses mir unbekannten Mannes eingeengt. Vielleicht freut er sich, in mir nun gewissermaßen eine weitere Tochter hinzugewonnen zu haben. Aber ich brauche keinen Vaterersatz, ich habe ja Vati. Das offen auszusprechen hüte ich mich natürlich. Nur leider lässt er weiter nicht locker. Eine Spur zu laut fordert er mich mit einer Kopfbewegung in Richtung meiner Mama auf: »Sag doch einfach Mutti zu ihr!«

Ich sehe ihn bloß irritiert an. Innerlich weise ich seine Einmischung zurück.

Trotzdem berührt er mit seiner Aufforderung einen wunden Punkt. Der Gedanke daran lässt mich nicht mehr los, während wir kurz vor Mitternacht zu viert den Heimweg antreten. Wie soll ich meine leibliche Mutter ansprechen? Bis jetzt habe ich jede direkte Anrede umgangen. Ich kann es nicht: Ich bringe dieses Wort – noch – nicht wieder über die Lippen. Ich kann sie nicht einfach Mama nennen! Als hätten uns nicht zwei Jahrzehnte getrennt! Erst in diesem Moment wird mir bewusst, dass ich quasi zwischen zwei Müttern stehe. Mein Dauerthema, das mich in dieser Nacht lange Zeit am Einschlafen hindert. Ich weiß nicht, wo ich eigentlich hingehöre.

Am nächsten Morgen will ich Klarheit. Am Fenster ihrer großen Küche stehend, beobachte ich, wie Mama die Utensilien für das Frühstück aus dem Küchenschrank holt. Da erst bringe ich es endlich fertig, ihr gegenüber einzugestehen, wie sehr mich die Aufforderung ihres Mannes verunsichert hat. Sie stellt das Geschirr weg, wischt sich die Hände am Küchentuch ab und kommt langsam auf mich zu.

»Ach, mein Schatz«, beruhigt sie mich und drückt mich dabei an sich. Jedes Mal, wenn sie Schatz zu mir sagt, spüre ich ein

wohliges Kribbeln. Niemand sonst nennt mich so. »Lass ihn doch reden«, sagt sie mit wegwerfender Geste und sieht mir dann direkt in die Augen, »und sag zu mir einfach das, was dir am angenehmsten ist.«

Wieder ist es ihre kluge Schlichtheit, die mich für sie einnimmt. Trotzdem setze ich noch einmal an: »Uns fehlen so viele Jahre. In meinem Inneren bist du immer meine Mama geblieben, aber ich kann es irgendwie noch nicht aussprechen.«

Wieder besänftigt sie mich. »Mach dir keine Sorgen. So, wie du es möchtest, ist es richtig.«

Wohltuende Erleichterung umfängt mich. Ich wusste es, all die Jahre, wann immer ich an Mama gedacht hatte: Sie hat Verständnis für mich.

Dann, nach einem kurzen Seitenblick aus dem Fenster, fragt Mama mich unvermittelt: »Na, was denkst du, wer gleich hier sein wird?«

Einen Moment später steht er auch schon in der Tür, in Jogginghosen und T-Shirt. Auf den ersten Blick erkenne ich ihn wieder, obwohl in den elf Jahren seit unserer letzten Begegnung aus dem Schuljungen ein erwachsener Mann geworden ist: Mirko. Er ist kräftig gebaut, aber nicht dick, und die dunkelblonden Haare trägt er unverändert kurz. Vor vier Jahren hat er eine eigene Familie gegründet und ist inzwischen Vater von Zwillingsbuben. Er ist mindestens so überrascht von unserer unerwarteten Begegnung wie ich.

Zum ersten Mal stehen wir Geschwister uns ohne jeden Rivalitätsgedanken oder irgendwelche Behördenauflagen gegenüber. Niemand droht uns, unsere Mutter wegzunehmen. Als Erwachsene mit eigenen Familien müssen wir nicht mehr um die Gunst von Pflegemüttern und Erzieherinnen buhlen.

Mirko bemüht sich, so locker wie möglich zu wirken, frei nach dem Motto: Na, lange nicht gesehen? Das Gegenteil ist der Fall. Ich habe ihn noch nie so verkrampft erlebt. Wir sind zu lange getrennte Wege gegangen, und ich finde keinen direkten Draht mehr zu meinem großen Bruder, meinem Beschützer aus Kleinkindertagen. Mir fällt es schwer, zu ignorieren, was für gegen-

sätzliche Lebenserfahrungen zwischen uns stehen. Die spontane innere Verbundenheit wie zu meiner Mama, die Blutsverwandte von Freunden scheidet, spüre ich bei ihm nicht.

Mirko kommt mir wie ein Fremder vor, und ihm scheint es umgekehrt nicht anders zu gehen. Nachdem das Grillfleisch, das er Mama mitgebracht hat, im Kühlschrank verstaut ist, tauschen wir hastig unsere Adressen aus, dann ist er auch schon wieder verschwunden. »Ich muss los, meine Frau wartet mit dem Essen«, murmelt er entschuldigend. Er flieht regelrecht.

Mit Mama hält er regelmäßig Kontakt, schaut öfter bei ihr vorbei. Auch ich hoffe, ihm demnächst in etwas unverkrampfterer Atmosphäre noch einmal begegnen zu können. Trotz der langen Trennung bedeutet Mirko mir weiterhin viel, immerhin einen uns elementare Erfahrungen.

Zum Abschied liege ich meiner Mama noch einmal in den Armen. Ich kann kaum genug bekommen von der lange vermissten Nähe. Natürlich können wir nicht einfach anknüpfen an jenen Schicksalstag vor zwei Jahrzehnten, der uns entzweit hat. Ich muss diese Frau trotz aller Vertrautheit neu kennenlernen. Bruchstückhaft erahne ich, was meine Mutter seitdem durchzustehen hatte, was aus ihr, im Wortsinn, eine gebeugte Frau gemacht hat. Als Folge der Haft leidet sie an einer Mangelerkrankung, trägt einen Herzschrittmacher in der Brust und traumatische Erinnerungen im Kopf. Die Frau, die ich an mich drücke, ist sichtbar von ihrem unbarmherzigen Leben gezeichnet.

Ich lasse sie zurück, in der beruhigenden Erwartung, dass wir uns schon bald wiedersehen. Erleichtert spüre ich, wie die Last der Ungewissheit von mir abfällt. Die Kluft, die mein Leben in zwei Teile getrennt hat, ist überbrückt. Wenn wir uns auch erst annähern müssen und ich mit meinem über Jahre gewachsenen Misstrauen zu kämpfen habe: Endlich sind wir vereint, ich habe meine Mama wieder. Diese äußerlich gebückte und zugleich innerliche Unbeugsamkeit ausstrahlende Frau, die uns vom Fenster aus nachwinkt, ist das bisher fehlende Verbindungsstück zwischen meinen zwei Leben.

29.

AUF DER RÜCKFAHRT vom Besuch bei meiner Mama im Auto fragte ich Olaf, was er von den Erzählungen aus ihrer Haftzeit halte, da sie mir nicht mehr aus dem Kopf gingen.

»Hältst du es für möglich, dass man so etwas mit Menschen gemacht hat?«, hakte ich nach.

Er verneinte knapp und bestätigte damit meine Annahme, dass er von Mamas Schilderungen unbeeindruckt geblieben war. Wieder einmal spürte ich, dass die DDR-Vergangenheit zwischen uns ein Tabuthema blieb. Ohne weitere Vertraute bekam ich daher keine Gelegenheit, die aufwühlenden Eindrücke im Gespräch mit anderen zu verarbeiten.

Erst viel später wurde mir bewusst, welche Belastung unser Besuch für Mama bedeutet haben muss. Diese Frau hatte den Strafvollzug durch den Staatsapparat der DDR erst zwölf Jahre hinter sich, und dann stand eines Tages ihre lange vermisste Tochter, die man ihr gewaltsam weggenommen hatte, unangemeldet in der Tür. Gewiss bemerkte sie sofort: Ihre Katrin war kein Mensch, der als Heranwachsender die Schattenseiten des Regimes hatte erleben müssen. Im Gegenteil: Aus ihrer verlorenen Tochter schien eine »rote Socke« geworden zu sein, eine Parteigängerin der SED, schon von Kindesbeinen an in den Denkstrukturen der Diktatur geformt. Ihr eigenes Kind hatte sich in eine andere Richtung entwickelt, als wenn es bei der leiblichen Mutter geblieben wäre.

Damit nicht genug: Im Schlepptau hatte die Tochter einen offenbar weiterhin überzeugten Politoffizier, geschliffen in der Kaderschmiede der Diktatur, geschult in klassenkämpferischem Freund-Feind-Denken. Was für eine unangenehme Überraschung muss all das für sie gewesen sein! Wie sollte sie ihrem Kind, das von diesem Staat stets nur das vermeintlich Beste erfahren hatte, die Dimensionen ihrer Haftbedingungen begreiflich machen? Wie sollte sie auf Verständnis für ihre jahrelange Isolation stoßen, wenn ihre Tochter keine Ahnung von den abgründigen Details der Strafverfolgung hatte? Vielleicht auch gar nichts davon wissen wollte? Wie sollte Mama uns klarmachen, dass sie ihre Mutterrolle nicht freiwillig aufgegeben hatte, wenn ein Begriff wie Zwangsadoption im Vokabular angepasster Staatsbürger nicht vorkam?

Dabei hatte sie ganz gewiss vieles von dem, was sie am eigenen Leib erleben musste, für sich behalten. Häftlingen in der DDR war es bei Strafe untersagt, von ihren Erlebnissen zu berichten – eine Drohung, die noch bis in die Wendezeit nachwirkte. Sie wird es in manchen Details bei Andeutungen belassen haben, um uns nicht vor den Kopf zu stoßen. Und sie registrierte sicher schmerzvoll die Skepsis, die ich ihren Ausführungen entgegenbrachte. Ihre vermisste Tochter musste ihr nun wie eine Fremde vorkommen, eine Abgesandte aus dem Lager ihrer Verfolger.

Doch all das ist mir erst später bewusst geworden, die Erkenntnis brauchte noch lange Zeit. Bei unserem ersten Wiedersehen waren mir solche Überlegungen jedenfalls vollkommen fremd. Für mich existierte in jenen Tagen innerhalb der DDR kein Schattenreich. Ich war in erster Linie glücklich darüber, dass die ungewisse Wartezeit, die verzweifelte Suche nun ein Ende gefunden hatte. Zu diesem Zeitpunkt konnte ich weder die Persönlichkeit meiner Mutter noch ihr erlittenes Schicksal klar erkennen. Ich schied von Mama in der Erwartung, sie fortan regelmäßig zu sehen. Mich beseelte die Vorstellung, meine beiden Leben wieder auf einen gemeinsamen Nenner zu bringen, meinen beiden Müttern gleichermaßen in meinem Herzen Platz zu gewähren.

Auf dem Heimweg grübelte ich lange darüber nach, wie ich meine Adoptiveltern über das Wiedersehen mit meiner leiblichen Mutter in Kenntnis setzen sollte. Ich befürchtete, dass meine eigenmächtige Kontaktaufnahme unser zerbrechliches Auskommen nachhaltig schädigen könnte und sie mir mit Vorwürfen begegnen würden. Mir war zudem bewusst, wie absehbar Ungunst und Eifersucht zwischen zwei konkurrierenden Müttern entstehen konnten.

Ich sah nur eine Möglichkeit, diesen Zwiespalt aufzulösen. Es war ein radikaler Schritt, und zugleich erschien er mir als einzig gangbarer Weg: Die beiden mussten sich kennenlernen! Wenn sie einander begegneten, so malte ich mir aus, würde bei ihnen endlich das Verständnis für meine Zerrissenheit entstehen, das ich zeitlebens vermisste. Wie alle Adoptivkinder sehnte ich mich nach einer friedvollen Balance zwischen allen Beteiligten. In meinem Zwiespalt wurde mir auch bewusst, dass ich im Grunde von beiden Müttern geliebt werden wollte, egal wie schwierig das Verhältnis sich jeweils gestalten mochte.

In mir reifte der naive Gedanke, meine engsten Angehörigen gemeinsam an einem Tisch zu versammeln, um auf diese Weise die Teile meiner zerrissenen Existenz zusammenzubringen und neue Verbindungen zu knüpfen. Mama, so redete ich mir ein, müsste eigentlich Dankbarkeit gegenüber dem Ehepaar aufbringen, das mich immerhin vor dem Dasein als Heimkind bewahrt hatte. Und meine Adoptivmutti sollte sich endlich persönlich davon überzeugen können, dass es keineswegs eine Rabenmutter war, deren Nest ich entstammte.

Mein Vorhaben war zunächst nicht einmal schwer in die Tat umzusetzen. Alle Angesprochenen zeigten sich aufgeschlossen für die Idee eines Familientreffens – sicher trug dazu auch Neugier bei, die jeweils andere Seite kennenzulernen. Wir fanden einen Termin, der allen zusagte, und verabredeten uns in dem kleinen Dorf bei Greiz, Mamas neuem Wohnort.

Doch schon als Olaf und ich meine Adoptiveltern in Gera abholten, zeichneten sich erste Unstimmigkeiten ab. Mutti zeigte sich nun, da der Plan Wirklichkeit werden sollte, alles andere als aufbruchsbereit und empfing uns mit einer Litanei des Jammerns und Nörgelns. Am liebsten wäre sie zu Hause geblieben, hätte Vati nicht – selten genug, aber wirkungsvoll – ein Machtwort gesprochen. »Wir fahren da jetzt hin! Für die Katrin ist das wichtig!«, sagte er mit Nachdruck.

Vatis Loyalität beruhigte mich und minderte ein wenig meine Anspannung, die ihren Höhepunkt erreichte, als wir endlich an einem prachtvollen Sommersonntag des Jahres 1991 in zwei Autos auf der asphaltierten Dorfstraße am vereinbarten Treffpunkt vorfuhren. Ihrem Haus gegenüber besaß Mama ein kleines Gartengrundstück am Hang neben der Straße. Hier zog sie eigenes Gemüse, und in einem kleinen Holzschuppen knabberten Kaninchen an Möhren. Mich erinnerte auch ihr Garten an die ländliche Idylle meiner Adoptivgroßeltern in Bad Köstritz. Mama hatte einen überdachten Holztisch bereits mit ihrem besten Geschirr eingedeckt. Sie hatte einen Kuchen gebacken, und Mutti steuerte einen weiteren bei.

Sämtliche Erwachsenen – mein Mann, meine Adoptiveltern, meine Mama und ihr neuer Mann – waren geradezu krampfhaft bemüht, Fehler zu vermeiden. Als Mutti, vermutlich in der Absicht, ihr pädagogisches Geschick hervorzukehren, halb scherzhaft in die Runde warf: »Katrin war kein einfaches Kind. Sie konnte ganz schön bockig sein und hat dann auch gern mal auf die Tränendrüse gedrückt«, milderte Mama den unterschwelligen Vorwurf mit einem nachsichtigen Lächeln sofort ab.

Zu meinen beiden Kindern gewandt, sagte sie: »Ach, im Grunde ist Katrin eine ganz Liebe, genau wie unsere beiden Süßen hier.«

Schnell überboten sich alle Beteiligten gegenseitig mit Komplimenten, wie liebreizend Julia und Benni doch seien. Aus jedem ihrer Sätze sprach vorsichtige Höflichkeit, einem Gang über ein Minenfeld gleich. Offensichtlich befürchteten alle, dass ein falsches Wort zur falschen Zeit die Stimmung abrupt umkippen lassen könnte. Ich sah das Unheil irgendwie kommen, und plötzlich stieg das untrügliche Gefühl in mir hoch, dass dieses Treffen ein Fehler war.

Beinahe wäre dennoch alles gut ausgegangen. Beim freundlichen Plausch an der Kaffeetafel hatten wir alle heiklen Themen ausgespart. Wir waren fast schon wieder am Parkplatz, als Mutti es sich schließlich nicht verkneifen konnte, den Vollzug ihres Erziehungsauftrags zu vermelden.

»Wir haben immerhin ein anständiges Mädchen aus Katrin

gemacht«, meinte sie zum Abschied, unverkennbar nach Lob heischend.

Ich rollte mit den Augen und wusste in derselben Sekunde, dass mit diesem Satz die Mine doch noch explodieren würde. Sorgenvoll beobachtete ich, wie unter Mamas beherrschter Fassade die Wut emporstieg, wie sie sich mühte, die Fassung zu bewahren.

Nicht Muttis unbeholfenes Eigenlob war es, das die bisher harmlose Sonntagskonversation schlagartig zum Schweigen brachte, sondern ihr ungewollt kritischer Unterton. Bei meiner leiblichen Mutter musste nämlich eine andere unausgesprochene Botschaft ankommen: Seht her, ich habe dieses Mädchen, das du einst stiefmütterlich behandelt hattest, aufgenommen, gerettet und auf den rechten Weg zurückgeführt. Mir ist es gelungen, dieses Kind, das du selbst nicht großziehen konntest, zu einem verantwortungsvollen Mitglied der sozialistischen Gesellschaft zu formen.

Nach einem Moment der Sprachlosigkeit brach es aus Mama mit unerwarteter Heftigkeit und deutlich spürbarer Wut heraus. »*Ihr* habt mir ja keine Chance gelassen zu beweisen, dass ich eine gute Mutter bin. *Ihr* roten Socken! *Ihr* habt mir ja meine Kinder weggenommen.«

Aus jedem Wort sprach aufgestauter Hass, angesammelt in vielen Jahren der Verzweiflung – Hass auf das System und auf all seine Träger, die ihr Schicksal verschuldet hatten. Selbst ohne nähere Kenntnis ihrer Leidensgeschichte kam es mir in diesem Moment so vor, als spräche Mamas tiefe Verzweiflung auch aus meiner Seele.

Mutti verstand die Botschaft sehr wohl. Auch bei ihr war es nun vorbei mit der höflichen Zurückhaltung. »Natürlich hatten wir unsere Verpflichtungen«, keifte sie aufgebracht zurück. »Aber es ging schließlich darum, aus Katrin einen ordentlichen Menschen zu machen.«

Eher hilflos versuchte mein um Harmonie bemühter Adoptivvater den Familienfrieden zu retten und sagte versöhnlich, an seine Frau gewandt: »Wir müssen uns hier nicht streiten.

Schließlich sind wir auf Katrins Wunsch hergekommen. Lasst uns jetzt mal lieber in die Zukunft schauen.«

Damit war die falsche Eintracht endgültig bloßgestellt, und die Gräben lagen offen zutage.

Ich plagte mich mit Selbstvorwürfen. Mein Gott, was hatte ich da nur angerichtet! Ich hatte meine beiden Mütter einvernehmlich in mein Leben integrieren wollen und nun genau das Gegenteil erreicht. Mein Plan war misslungen. Die beiden zerstritten sich allein meinetwegen. Zwei Welten waren bei diesem sonntäglichen Familientreffen aufeinandergeprallt, schier unvereinbare Gesellschaftsschichten und Wertesysteme.

Ich musste mich damit abfinden, dass ich zwei Mütter hatte, zwei Lebensfragmente, die sich nicht zusammenfügen ließen.

»Hört auf, euch zu streiten«, sagte ich nur noch erschöpft, enttäuscht und resigniert, »das hat doch alles keinen Sinn.«

Mama, Mutti und Vati, sie konnten meinen Zwiespalt nicht lösen, sie bauten keine Brücke, die meine inneren Abgründe zu überwinden vermochte.

Ich empfand mich als Auslöser des Konflikts und als Prellbock zugleich, wusste weniger denn je, wo ich mich zugehörig fühlen sollte. Zugleich spürte ich, wie mich die gesamte Situation überforderte. Am liebsten wäre ich davongerannt, dieses komplizierte Gefühlswirrwarr einfach hinter mir lassend. Aber was wäre mir dann für ein Leben geblieben, ohne Halt, ohne Bindung, ohne Bezug? Ich erahnte an diesem Tag zum ersten Mal die schizophrenen Züge meiner Existenz. Den Blick auf die Ursachen, auf die Rolle, welche meiner verflossenen Republik dabei zukam, scheute ich allerdings nach wie vor. Von klein auf hatte ich von den Erwachsenen gelernt wegzusehen und zu verdrängen. Wie sollte ich nun zu ehrlichen Eingeständnissen fähig sein?

30.

NACH MEINEM GESCHEITERTEN Brückenschlag herrschte Funkstille zwischen beiden Lagern. Meine Mütter bekämpften sich nicht, sie trugen sich auch nichts nach, sie hatten einfach nichts mehr miteinander zu tun. Keine ließ sich auch nur in einem Nebensatz zu einer Bemerkung über die Gegnerin hinreißen. Wieder begegnete ich auf beiden Seiten diesem verbissenen Schweigen, wie ich es aus meiner Kindheit kannte. Dennoch vermied ich es peinlich, irgendeine Verbindung zwischen meinen widerstreitenden Verwandten herzustellen.

Der direkte Kontakt zu meinen Müttern lockerte sich in der Folge dieser Entwicklungen. Auch mein Bemühen, mit Mirko an unsere enge Geschwisterbeziehung von früher anzuknüpfen, war nicht von Erfolg gekrönt. Unsere Familien trafen sich zwar noch einmal in seiner Wohnung, und ich lernte seine Frau und die beiden Zwillinge kennen. Der Versuch, unser Verhältnis nach all den Jahren auf eine neue Basis zu stellen, scheiterte an Missverständnissen und Verständigungsproblemen. Ich musste einsehen, dass unsere getrennten Wege uns auf Dauer entzweit hatten. So ist es – leider – bis heute geblieben.

Olaf und ich waren mit unseren Kindern inzwischen in die anonyme Weitläufigkeit der Berliner Trabantenstadt Hellersdorf umgezogen. Um nicht vollends auf mich alleine gestellt zu sein, ließ ich mich weiter auf den anstrengenden Versuch ein, mein Leben mit meinem Mann zu teilen. Ich tat es vor allem der inzwischen dreijährigen Julia und dem einjährigen Benni zuliebe, die mir mehr denn je zum Lebensinhalt wurden. Um den beiden Kleinen nicht die familiäre Geborgenheit zu nehmen, versuchte ich so weiterzuleben, als hätte es zwischen uns Ehepartnern nie Verwerfungen gegeben.

Dann trat zu allem Übel auch noch das ein, was uns bereits zu DDR-Zeiten als Menetekel des Kapitalismus hingestellt worden war: Im Mai 1991 wurde Olaf arbeitslos. Dank der monatlichen Überweisungen des Arbeitsamtes ließ es sich, entgegen der früheren Prophezeiungen der DDR-Propaganda, leidlich gut mit der Erwerbslosigkeit leben, bis mein Mann eine neue Stelle fand. Ich war beruhigt. Die neue Zeit war wohl doch nicht so erbarmungslos, wie ich insgeheim befürchtet hatte. Allerdings ereilte mich kurz darauf das gleiche Los: Meine Anstellung als Pflegerin in einem Altenheim, die ich nach Ablauf des Babyjahrs mit Benni in Berlin-Zehlendorf ergattert hatte, wurde nach der Probezeit im November 1991 nicht verlängert. Über ein Jahr lang war die Mutterrolle meine Hauptbeschäftigung, und mein Mann wurde wieder zum Haupternährer der Familie. Da unser kränklicher Sohn meine ungeteilte Zuwendung brauchte, kam mir das erzwungene Hausfrauendasein allerdings durchaus entgegen.

Persönlichen Halt gaben mir in dieser Zeit die Gespräche mit Olafs Schwester Kerstin, die im nahe gelegenen Stadtteil Neuenhagen lebte. Sie kannte ihren elf Jahre jüngeren Bruder nun wirklich von Geburt an aus der Nähe und flößte mir genügend Zutrauen ein, um meine Eheprobleme ansprechen zu können. Verlässlichkeit fand ich auch weiterhin bei meinem Vati, mit dem ich einen sporadischen Telefonkontakt hielt. Bei einem seiner seltenen Besuche in unserer Plattenbauwohnung im November 1992 versicherte er mir ohne Umschweife: »Katrin, wenn irgendetwas ist, ruf mich an. Ich komm sofort und hol dich mit den Kindern.« Es war ihm nicht entgangen, dass meine Ehe mit Olaf nur noch auf der Notwendigkeit gründete, durchzuhalten. Sowenig er sprach, er fand meist die richtigen Worte.

Mein Geraer Elternhaus stand indes unter keinem glücklichen Stern. Zu Ostern 1992 wurde bei meiner Adoptivmutter Magenkrebs diagnostiziert. Meiner Tochterpflicht gehorchend, besuchte ich sie in der Anfangszeit so oft wie möglich, um ihr angesichts der schockierenden Diagnose unterstützend zur Seite zu stehen. Es waren stets solche Momente des Leidens und der Not, die mir bewusst machten, wie sehr ich an dieser Frau hing, die es mir nie leicht gemacht hatte, sie zu lieben.

Kurz darauf, als sie sich bei einem Kuraufenthalt erholte, rief mein Adoptivvater an und berichtete von einem anhaltenden starken Husten. Ich riet ihm zum sofortigen Arztbesuch. Die medizinische Untersuchung ergab, dass er an Lungenkrebs im fortgeschrittenen Stadium erkrankt war und maximal noch ein halbes Jahr zu leben hatte. Am Boden zerstört, erwog Vati den Freitod, stellte sich dann aber doch der hoffnungslosen Prognose. Seine Hauptsorge galt seiner Ehefrau. Ohne zu zögern, sicherte ich ihm zu, wie es meiner Erziehung entsprach, ihnen in diesen schwierigen Zeiten beizustehen.

Mich schmerzte am meisten die Vorstellung, dass der einzige Vater meines Lebens in absehbarer Zeit nicht mehr da sein würde. Übermächtig schob sich die Angst, erneut verlassen zu werden, in mein Bewusstsein. Es wurde ein Abschied auf Raten. Ein- bis zweimal im Monat fuhr ich nun nach Gera, um meinen Adoptiveltern zur Seite zu stehen. Nach gewohntem Muster war es meine Aufgabe, mich zu kümmern und zu helfen, wenn Not am Mann war. Oma Erna lebte nicht mehr, mein fünfzehnjähriger Adoptivbruder Sören hatte, während meiner Besuche gewöhnlich wie unsichtbar in seinem Zimmer verschanzt, mit seiner Pubertät zu kämpfen, und Mutti, ihrerseits gesundheitlich angeschlagen, war schnell überfordert, wenn es um zwischenmenschliche Anteilnahme ging.

Als ich im Sommer 1993 zu Besuch war, bestand Vati fast nur noch aus Haut und Knochen. Er hustete viel und litt unter starken Schmerzen. Mit dem Blick einer Krankenschwester erkannte ich auf Anhieb, dass ihm nur noch eine kurze Zeit beschieden war. Als Tochter schmerzte mich dieser Anblick bis an die Schwelle der Unerträglichkeit. Ungeachtet seiner Krankheit erteilte Vati mir als Führerscheinneuling Nachhilfe beim Autoanfahren am steilen Berg. Vorsorglich sammelte ich in meinem Klinikdienst Überstunden an, um über ausreichend freie Tage für die Zeit der Abschiednahme zu verfügen. Auf meiner Station begleitete ich in jenen Tagen bewusst einen Patienten in seinen letzten Stunden, um mich auf das vorzubereiten, was mir beim Sterben meines Vaters bevorstand.

Die Wirklichkeit an Vatis Sterbebett ließ alle meine beruflichen Erlebnisse verblassen. Im August von Mutti alarmiert, fand ich nur noch einen Schatten des einst vor Vitalität strotzenden Mannes vor. Vati dämmerte vor sich hin, ließ sich widerstandslos Nahrung einflößen. Unterstützt von meiner Tante Marianne und ihrem Sohn Michael, die beide nach wie vor in der Nachbarschaft lebten, wachte ich an seinem Bett, gab ihm die nötigen Tabletten und Spritzen.

Gegen Abend wurde der Patient vom Todeskrampf geschüttelt. Verzweifelt trommelte ich mit beiden Fäusten auf seinen Brustkorb und schrie den Sterbenden an: »Du darfst mich nicht alleinlassen! Ich brauche dich doch noch.« Ein Heulkrampf erstickte meine Worte. Um den Spasmus abzumildern, blieb der Hausärztin nur, Vati in einen künstlichen Schlaf zu versetzen.

Mutti hielt sich fern, plötzlich von »wichtigen« Erledigungen abgehalten. Sie konnte es nicht ertragen, ihren geliebten Mann in seinem Leid und Elend zu erleben. Als es mit ihm deutlich dem Ende zuging, verkroch sie sich, unter Einnahme von Schlaftabletten, ins Bett. Ich konnte gerade noch verhindern, dass sie eine Überdosis schluckte. Wie früher, wenn sie sich überlastet fühlte, neigte sie dazu, sich zurückzuziehen und mir die Verantwortung zu überlassen.

Gegen sechs Uhr morgens, nach einer weiteren durchwachten Nacht, merkte ich, wie Vati buchstäblich die Luft ausging. Eine halbe Stunde später war er für immer eingeschlafen. Ich brachte es nicht fertig, seine Haut zu berühren oder mich von ihm zu verabschieden.

Zwei Tage vor seinem Tod hatte er zum ersten Mal einen Satz über die Lippen gebracht, der mir bis heute unendlich wertvoll erscheint: »Katrin, ich weiß, dass ich dir oft nicht genügend Beistand geleistet habe. Das tut mir sehr leid! Aber eines sollst du wissen: Ich hab dich lieb.«

Es war etwas, was ich immer gespürt hatte. Aber erst jetzt, am Ende seiner Zeit, vermochte er mir das offen zu sagen. Ich musste um Fassung ringen und ging zum Weinen vor die Tür.

Mit ihm verlor ich den einzigen Menschen, der mir dauerhaften Halt in meinem Leben gegeben hatte.

Mutti unterstrich diesen Eindruck auf ihre unnachahmliche Art. Noch bevor Vatis Leichnam in die Erde gesenkt wurde, hatte sie offenbar nichts Eiligeres zu tun, als bei seiner Lebensversicherung den Todesfall zu melden. An seinem letzten Tag hatte sie ihn im Stich gelassen, und jetzt ging es ihr nur wieder um Geld, auf das sie nun wirklich nicht existenziell angewiesen war.

Ich war außer mir und warf ihr Pietätlosigkeit vor.

Empört über meine Anmaßung, schleuderte sie mir entgegen, was meinen lange schon schwelenden Verdacht bestätigte: »Ich sag dir mal eins: Von mir aus wärst du damals längst ins Kinderheim zurückgekommen. Dass wir dich behalten haben, hast du nur Vati zu verdanken, weil er es nicht zugelassen hat.«

Warum sagte sie mir das, ausgerechnet jetzt? Wollte sie mir, in die Defensive gedrängt, zu verstehen geben, dass sie mich in Wirklichkeit nie gemocht hatte? Dass ich mein Bleiberecht in ihrem Haus nur dem Willen meines Adoptivvaters zu verdanken hatte? Dass ich nun, mit seinem Tod, auch meine Zugehörigkeit zu meiner Adoptivfamilie dauerhaft verwirkt hatte? War ich für immer ausgeschlossen? Hatte sie selbst Sören, dem ich alle Zuwendung meiner Jugendjahre geschenkt hatte, gegen mich eingenommen, der sich in diesen Tagen so offenkundig von mir zurückzog?

Auch ohne die harsche Reaktion meiner Mutti begriff ich, dass es in erster Linie Vati gewesen war, dessen Rückhalt mich in diesem Haus gehalten hatte. Mit seinem Tod reduzierte sich mein Tochterdasein auf eine bloße Duldung. Ich gehörte zwar noch irgendwie lose zur Familie, aber wirklich willkommen konnte ich mich nun nicht mehr fühlen.

31.

DER VERLUST MEINES Vaters setzte mir mehr zu, als ich mir eingestehen wollte. Sein Tod verstärkte meine innere Einsamkeit. Fortwährende Migräneanfälle waren der körperliche Ausdruck meiner Trauer und bewogen mich, psychologische Beratung in Anspruch zu nehmen.

»Sie können in einer Verhaltenstherapie lernen, mit dem Schmerz über den Verlust ihres Vaters umzugehen«, sagte der Psychologe, den ich daraufhin aufsuchte. »Aber in Ihnen steckt eine viel tiefer sitzende Trauer, die schon vorher bestand. Wenn Sie da wirklich heranwollen, kann Ihnen nur eine tiefenpsychologische Therapie helfen.«

Ich spürte unwillkürlich, dass seine Einschätzung stimmte. Ich wusste, da gab es die kleine, zerbrechliche, hilfesuchende Katrin in mir. Doch ich wollte dieses Kind nicht sehen, ich scheute jede Konfrontation mit ihm. Vehement lehnte ich dieses hilfsbedürftige Mädchen ab, das ich am liebsten los sein wollte.

Daher beließ ich es vorerst bei einer Verhaltenstherapie, die mich dennoch ein gutes Stück voranbrachte. Bereits nach der fünften Sitzung stand zumindest ein Entschluss für mich fest: Ich musste mich scheiden lassen. Als Vati gestorben ist, überlegte ich, war er gerade mal fünfzig Jahre alt. Wenn ich die Entscheidung, endlich auf eigenen Beinen zu stehen, so lange aufschob, bis meine Kinder erwachsen waren, wäre ich über vierzig. Dann bliebe mir, falls mich eine ähnliche Krankheit ereilen sollte, gerade noch ein Jahrzehnt, um ein selbstbestimmtes Leben zu führen. Das war zu wenig. Ich musste mich daher aus Olafs Dominanz befreien, bevor es für einen Aufbruch zu spät war, folgerte ich in meiner eigenartigen Logik.

Wie abzusehen war, widersetzte sich mein Mann mit aller Macht einer Trennung. Zuerst wollte er mir meinen Entschluss nicht glauben, den ich inzwischen mehrmals verkündet hatte. Danach beschimpfte er mich, umwarb mich, bedrohte mich und fing schließlich an, mich zu bekämpfen. Ich hatte den Eindruck, dass der vormalige Politoffizier mich in alter DDR-Manier zu seinem persönlichen Feind erklärte. Aus meinem Wunsch, mich von ihm zu lösen, entwickelte sich ein Scheidungskrieg, der mit dem Trennungsakt vor dem Familiengericht am 24. August 1995 leider kein Ende fand.

Verschärft wurde der Konflikt dadurch, dass Olaf in dieser Zeit ausgerechnet den Kontakt zu meiner Adoptivmutter suchte und ihr hinter meinem Rücken manch abträgliche Bemerkung über mich zutrug. Bisweilen bekam ich den Eindruck, dass sie ihm größeren Glauben schenkte als mir, ja, dass sich die beiden überzeugten Parteigänger der einstigen DDR regelrecht gegen mich verschworen.

Um den Streit mit meinem Ex-Mann nicht weiter eskalieren zu lassen, hatte ich schweren Herzens in den von einem Gutachten empfohlenen Kompromiss eingewilligt, jedem Elternteil ein Kind zu überlassen. Ich bezog also mit Julia eine kleine Wohnung direkt an meiner Arbeitsstätte im Krankenhaus, Benni hingegen blieb bei Olaf, und so bekam ich ihn nur besuchsweise zu Gesicht. An die Abmachung zwischen uns Eltern, auf freien Wunsch der Kinder die strenge Besuchsregelung lockern zu können, was für mich eine Bedingung meiner Einwilligung war, fühlte sich mein Ex-Mann jedoch bald nicht mehr gebunden. Ich durfte Benni nur noch jedes zweite Wochenende sehen und fühlte mich um meinen Sohn betrogen.

Dass meine Kinder nun voneinander getrennt waren, überstieg meine Kräfte. Damit war ihnen jenes Los beschieden, das mein Bruder Mirko und ich durchlitten hatten. Es zerriss mir fast das Herz, zu sehen, wie ihr Leid sich in meinem spiegelte. Meinen Frust versuchte ich erfolglos an Spielautomaten zu bewältigen, die ich mit einem Teil meines Haushaltsgeldes fütterte. Meine inzwischen neu aufgetane Stelle in der neurologischen Abteilung des Wilhelm-Griesinger-Krankenhauses in Berlin-Biesdorf hatte ich bei der Scheidung wieder aufgeben müssen, weil sich nach Meinung der Scheidungsrichterin Kinderbetreuung und Schichtbetrieb nicht miteinander vertrugen.

Mit meinen Kolleginnen verlor ich eine Gemeinschaft, die mir Rückhalt und Zusammengehörigkeitsgefühl vermittelt hatte.

Nach meinem Wechsel in die private Krankenpflege bekam ich zu spüren, welche soziale Kälte die neue Marktwirtschaft mit sich gebracht hatte. Achtzehn bis zwanzig Patienten an einem Achtstundentag, Fahrtzeit inklusive, hatte eine Pflegerin zu bewältigen. Hier wurde die Behandlung der Kranken vorwiegend unter Ertragsgesichtspunkten betrachtet. Für persönliche Ansprache oder eine eingehendere Beschäftigung mit der Krankheitsgeschichte blieb keine Zeit. Ich war eine Getriebene der Akkordarbeit. Es konnte kaum schlimmer kommen.

Manchmal braucht es solche Grenzerfahrungen. Als ich die im April 1996 plötzlich auftretenden Herzrhythmusstörungen nur dank eines in letzter Minute eingesetzten Schrittmachers überlebte, war mir endlich die zwingende Notwendigkeit klar, aus meiner Lethargie auszubrechen. Als Erstes musste ich das Verhältnis zu meinen Müttern klären. Trotz beiderseitiger Enttäuschungen bestand meine Verbindung zu meiner Adoptivmutter fort. Ich wollte eigentlich einen Schlussstrich ziehen, aber sie warb damals regelrecht um meine Gunst, wohl weil sie seit dem Tod ihres Mannes unter ihrer Einsamkeit litt. Ausgerechnet am Muttertag, als sie mich während meines Krankenhausaufenthalts besuchte, kam es zur lange fälligen Aussprache.

»Katrin«, flehte sie, »du musst mir verzeihen, wenn ich mich daneben benommen habe!« Sie zitterte dabei am ganzen Leib.

Inzwischen hatte auch sie den Kontakt zu Olaf abgebrochen, seit mein Ex-Mann sich bei einem gemeinsamen Restaurantbesuch mit ihr offenbar gründlich deplaziert verhalten hatte. »Irgendwie kommt es mir so vor, als ob dich Olaf richtiggehend zum Feind erklärt hätte«, sagte sie dann und bestätigte damit meine Vermutung. Zum ersten Mal seit langer Zeit fühlte ich mich von ihr verstanden, was mich wohlgesinnt stimmte. Wenn ich fortan aus Krankheits- oder beruflichen Gründen Unterstützung brauchte, kam sie eigens nach Berlin, um mich tatkräftig zu entlasten.

Mutti und ich beschlossen, es noch einmal miteinander zu versuchen, und tatsächlich entkrampfte sich unser Verhältnis. Sie stellte ihre eigenen Befindlichkeiten zurück und interessierte sich ehrlich für mich. Ich erkannte, dass ihre früher oft gezeigte Gefühlskälte kein Wesenszug war, sondern eher ein Ausdruck ihrer selbstauferlegten Disziplin. Erstmals empfand ich aufrichtigen und nicht eingeforderten Dank. Auf einmal war ein Einvernehmen zwischen uns, wie ich es mit ihr immer gesucht hatte.

Die Annäherung an Mutti war mir umso wichtiger, als es in dieser Zeit zu einem Bruch mit meiner wahren Mama kam. Wieder spürte ich die Pendelbewegung zwischen meinen beiden Müttern. Ich hatte mir vorgenommen, endlich auch meinen leiblichen Vater ausfindig zu machen, und mich an sie gewandt. Doch als ich Mama nach ihm fragte, beschied sie mich nur knapp: »Der ist tot.«

Instinktiv spürte ich, dass dies nicht die Wahrheit war. Tatsächlich ließ Mama mir kurz darauf über meine Halbschwester ohne ein Wort der Entschuldigung die Adresse meines Vaters zukommen. Diese Geste vermochte mich allerdings nicht mehr mit ihrem Verhalten zu versöhnen. Ich fühlte mich belogen und verletzt. Es schmerzte mich, dass sie den Mann verleugnete, der mich gezeugt hatte, und dass sie meinen Wunsch, ihn kennenzulernen, in einer ersten Reaktion kaltherzig ignoriert hatte. Über ein Jahrzehnt lang sollte unser mühsam aufgebauter Kontakt in der Folge brachliegen.

Mein leiblicher Vater zeigte sich auf mein Schreiben hin, dem ich ein Foto von mir und den Kindern beigelegt hatte, desinteressiert und abweisend. Er gab mir zu verstehen, dass er die Angelegenheit für erledigt betrachtete. Er habe nun seine eigene Familie und mit seinen Unterhaltszahlungen bis zur Adoption seine Vaterpflichten erfüllt. Punkt.

Das war ein weiterer Schlag ins Gesicht für mich, und niemand war da, dem ich meine Trauer, meine Wut, meine Hilflosigkeit offenbaren konnte. Ich fühlte mich wie ein Kaufobjekt, das längst abbezahlt war. Dabei hatte ich gar keine Forderungen an meinen leiblichen Vater gestellt. Ich wollte lediglich wissen, wie er aussieht, ob wir Ähnlichkeiten besitzen, was er denkt, wie er fühlt, was für ein Mensch er ist. Er sollte die Chance haben, von der Existenz seiner Tochter und seiner Enkelkinder zu erfahren. Dazu kam es leider nicht. Ich habe meinen Vater nie zu Gesicht bekommen.

Zu allem Überfluss erreichte der Streit mit Olaf im Sommer 1997 einen traurigen Höhepunkt. Als Benni mich vereinbarungsgemäß in meiner Wohnung besuchte, fielen mir einige blaue Flecken an seinem Po auf. Zuerst dachte ich, er sei vielleicht in der Badewanne ausgerutscht und hingefallen. Auf Nachfrage gab mein Söhnchen jedoch zu, dass sein Papa ihn geschlagen habe – mit einer sogenannten peruanischen Hammerkeule, einem richtigen Gewaltinstrument, wie sich später herausstellte. »Ich war vorgestern böse«, sagte der kleine Junge schuldbewusst.

Mir wurde es heiß und kalt zugleich, und ich machte mir heftige Vorwürfe: Warum hatte ich nicht stärker um meinen Sohn gekämpft und ihn vor körperlicher Gefahr geschützt? Nun verstand ich, warum der Junge im zurückliegenden Jahr so oft krank war, was für ihn bedeutete, dass er dann zu mir durfte, um gepflegt zu werden: Auf diese Weise entkam er der Willkür seines offenbar rabiaten Vaters.

Die Kinderärztin bestätigte mir in einem medizinischen Attest Olafs Gewalttätigkeiten gegenüber seinem Sohn. Mit diesem Gutachten und dank der Hilfe einer fähigen Anwältin erstritt ich im Juni 1997 das Aufenthaltsrecht für Benjamin bei mir. Endlich hatte ich nun wieder beide Kinder. Was mir jedoch noch viel wichtiger erschien: Ich hatte zum ersten Mal in meinem Leben einen eigenständigen Entschluss durchgekämpft und nicht nur untätig zugesehen, wie andere über meinen Kopf hinweg entschieden. Ich hatte mich nicht mit angeblichen Sachzwängen und Notlösungen arrangiert, sondern von mir aus die Initiative ergriffen. Ich war im Begriff, vom Passiv ins Aktiv hinüberzuwechseln.

32.

EIN ZUFALL HALF mir auf dem weiteren Weg zur Selbstfindung. Trotz des künstlichen Taktgebers beeinträchtigte mein schwaches Herz mein Befinden weiterhin erheblich und hielt mich von der Rückkehr in meinen erlernten Beruf ab. Ersatzweise musste ich in einem türkischen Imbissladen arbeiten und in einer Hellersdorfer Gaststätte kellnern, wobei mir die zu Jugendzeiten erlernte Anpassungsfähigkeit zugutekam. Da mein Grunddilemma ungelöst blieb und sich mein Zustand in der Folge auch im neuen Jahrtausend nicht besserte, bekam ich, wie bereits fünf Jahre zuvor, noch einmal eine Erholungskur verschrieben. Im Verlauf der Anwendungen führte ich im Herbst 2002 ein weiteres Beratungsgespräch mit einem Psychologen, der mir abermals eindringlich riet, eine tiefenpsychologische Therapie zu beginnen. Nun endlich, nach manchen Tiefschlägen, war ich allmählich bereit anzuerkennen, dass es nicht nur gesundheitliche Mängel waren, die meinen Antrieb schwächten und mich lähmten.

Dank der unbürokratischen Unterstützung durch meine Krankenkasse konnte ich schon drei Wochen später den therapeutischen Weg in meine Vergangenheit antreten. Die versierte Psychotherapeutin im Ostberliner Stadtteil Hohenschönhausen, die mich dabei ein halbes Jahr lang begleitete, verhalf mir zum ersten Mal zur Begegnung mit der kleinen Katrin, deren kindlicher Schmerz mein Seelenleben schon all die Jahre belastete. Im inneren Dialog mit ihr hatte ich endlich erkennbar vor Augen, was mir in früher Kindheit widerfahren war.

Doch die Trauer, der ich in den Gesprächen nachspürte, holte mich auch außerhalb der Therapieräume bisweilen abrupt und unvermittelt ein. Im Frühjahr 2003 war ich gerade auf der Heimfahrt von einer Sitzung, als im Autoradio der Song »Kein Zurück« von Wolfsheim lief – Ablenkungsmusik. »Ach, und könnte ich doch nur ein einziges Mal die Uhren rückwärtsdrehen. Denn wie viel von dem, was ich heute weiß, hätte ich lieber nie gesehen.« Der Liedtext ging mir unter die Haut. »Immer vorwärts. Schritt um Schritt. Es geht kein Weg zurück.« Ich spürte förmlich, wie eine unsichtbare Hand mein Herz umklammerte und zusammenpresste. »Was jetzt ist, wird nie mehr ungeschehen. Die Zeit läuft uns davon. Was getan ist, ist getan. Und was jetzt ist, wird nie mehr so geschehen.«

Ich konnte nicht mehr weiterfahren, musste meinen Wagen umgehend an den Straßenrand steuern. »Es geht kein Weg zurück.« Tränen verschleierten mir die Sicht, doch mir erschien es in diesem Moment, als würden sie meinen Blick klären. »Es geht kein Weg zurück.« Diese Zeilen entsprachen meiner Wirklichkeit. Meine Beziehung zu Mama und Mirko ließ sich im Nachhinein nicht mehr zu einer Einheit zusammensetzen, und auch die Unbefangenheit meines Kindseins vor unserer Trennung würde ich nie mehr erlangen.

Kaum zu Hause, schrieb ich mir, wie von der Therapeutin empfohlen, mein Leid von der Seele, in einem seitenlangen Brief an meine leibliche Mutter. Die Tinte auf dem Papier verschwamm unter den vielen Tränen. Ich war es leid, keine befriedigenden Antworten auf die Ungewissheiten, die mich tief im Inneren plagten, zu finden. »Warum warst Du damals nicht da, als ich Dich gebraucht hatte?«, klagte ich meine Mama in dem Schreiben an. »Warum hast Du das Risiko Deiner Verhaftung auf Dich genommen? Du wusstest doch, wie groß die Gefahr damals für uns alle war?« Zugleich versicherte ich ihr, dass meine Liebe zu ihr nie aufgehört hatte und ich ihr von Herzen alles Liebe wünschte. Den fertigen Brief schickte ich nie ab, sondern verbrannte ihn. Es gab keinen Weg zurück. Ich fand einfach nicht den Zugang zu meiner leiblichen Mutter. Zu viel Enttäuschung und Schmerz, die durch meine Beschäftigung mit meiner Kindheit neu spürbar wurden, lagen zwischen uns. Gerade in dieser Phase der Verunsicherung suchte ich nach einer Stütze. Ich klammerte mich an alles, was auf dem schwankenden Boden, auf dem ich durchs Leben ging, Halt versprach. So packte ich am 28. Juni 2003 die Kinder und einige Habseligkeiten, um in meine Heimatstadt Gera zurückzukehren. Hier hoffte ich auch auf Ruhe vor den Nachstellungen meines Ex-Mannes. Es war wie das Eingeständnis eines gescheiterten Ausbruchsversuchs. »Es gibt keinen Weg zurück.« Obwohl die Liedzeilen wie ein Auslöser für meinen Entschluss wirkten, überhörte ich die warnende Botschaft hinter diesen Worte.

Es ist eben doch ein Unterschied, ob man nur telefonisch seine Seele erleichtert oder von neuem den Lebensraum miteinander teilt. Die Vorstellung eines harmonischen Ausgleichs mit meiner Adoptivmutter erwies sich jedenfalls als Illusion. Unser herzliches Einvernehmen in der zurückliegenden Zeit war offensichtlich zu einem guten Teil der räumlichen Distanz zu verdanken gewesen. Nun, da wir uns ständig nahe waren, brachen die alten Verhaltensmuster, die mich einst zur Flucht veranlasst hatten, allmählich wieder durch.

Wie eine Glucke wehrte ich mich, wenn Mutti abwertende Urteile über meine Kinder abgab oder glaubte, sich in die Erziehung der beiden einmischen zu müssen. Wie in längst überwunden geglaubten Zeiten traf es mich bis ins Mark, wenn ich das Gefühl hatte, dass sie ihren leiblichen Sohn mir gegenüber bevorzugte. Wenn Mutti beispielsweise Sören üppiger und liebevoller zum Geburtstag bedachte als mich, riss diese an sich nebensächliche Geste bei mir sofort alte Wunden auf. Noch immer war ich wie ein verletzbares Aschenputtel, das sich im Wettbewerb um die Gunst der Stiefmutter gegenüber dem Wunschkind uneinholbar im Nachteil fühlte. Enttäuscht stellte ich im Sommer 2005 auch zu ihr den Kontakt ein. Wir waren uns zwar räumlich nah, doch emotional fühlte ich mich ihr so fern wie nach Vatis Tod.

Zwei Jahre später sah ich die gefühlte Zurücksetzung auch schwarz auf weiß bestätigt. Auf eine dumpfe Ahnung hin hatte ich mir eine Kopie des Grundbuchauszugs vom Haus meiner Adoptivmutter in Langenberg beschafft. Das Schriftstück offenbarte, was ich im Grunde erwartet hatte, dennoch zog es mir buchstäblich den Boden unter den Füßen weg. Mutti hatte das Haus, in dem ich aufgewachsen war, für den Erbfall allein ihrem leiblichen Sohn überschrieben. Und zwar im Frühjahr 2003, genau zu dem Zeitpunkt, als ich meine Rückkehr nach Gera angekündigt hatte, als ich mich eigentlich mit ihr versöhnt hatte. Von meinem gesetzlichen Pflichtteil abgesehen, war Sören der alleinige Erbe.

Mir ging es nicht um den Nachlass. Ich legte keinen Wert auf die Immobilie und gönnte sie dem leiblichen Sohn meiner Adoptiveltern. Was mich traf, war die Botschaft, die das Schriftstück enthielt: Ich hatte nach wie vor keine Chance, von Mutti als vollwertige Tochter anerkannt zu werden. An mir haftete noch immer der Makel des Stiefkinds. Ich gehörte nicht richtig zur Familie, und das war nach dem Tod meines Adoptivvaters nun auch amtlich besiegelt.

Dennoch war ich nach dem ersten Schock nicht wütend, nicht einmal enttäuscht oder verletzt. Den Grundbuchauszug empfand ich vielmehr wie einen Wegweiser. Zu lange Zeit hatte ich darunter gelitten, nicht zu wissen, wo ich eigentlich hingehöre. In diesem Dokument stand nun die Antwort: Ich hatte in diesem Haus eine vorübergehende Adoptionsherberge gefunden, mehr nicht. Wenn ich in dieser Familie nun aber nicht wirklich zu Hause war, wo hatte ich dann meine Wurzeln? Wenn mein Familienname nur ein vorübergehendes Etikett war, wie lautete mein richtiger Mädchenname?

Es war eine Lebensphase, die mich in vieler Hinsicht in eine Sackgasse führte. Meine eigenen Familienbande waren zerrissen, mit meiner Adoptivmutter hatte ich gebrochen, der Kontakt zu meiner leiblichen Mutter lag brach. An der Prüfung zur Heilpraktikerin, von der ich mir eine neue Berufsperspektive erhofft hatte, scheiterte ich im Oktober 2007. Anderen war ich stets nach Kräften zu Hilfe gekommen, wie meine Erziehung es mich gelehrt hatte. Für mich selbst dagegen hatte ich so wenig erreicht. Ich verspürte ein starkes Bedürfnis, mich grundlegend neu zu orientieren und endlich zu meiner eigenständigen Identität zu finden.

Ich musste unbedingt wissen, wer ich war. Und als Erstes

wollte ich meinen ursprünglichen Mädchennamen zurückhaben.

Als ich mich nach den Möglichkeiten einer Namensänderung erkundigte, stellte ich bei dieser Gelegenheit zu meiner Überraschung fest, dass mein Schicksal durchaus keine Ausnahme war. Mit wachsender Faszination forschte ich im Netz nach allen verfügbaren Informationen zum Thema Adoption. Dabei stieß ich auch auf die Internetseite www.imheim.de. Bis tief in die Nacht las ich die dort gesammelten Erfahrungsberichte. Wie ich selbst, waren auch die anderen Betroffenen als Kinder von ihren Eltern, die in der DDR aus unterschiedlichen Gründen in Ungnade gefallen waren, unter Zwang getrennt worden. Oft hatten sie danach eine Heimkarriere mit Drill und Fremdbestimmung durchlaufen, denn allzu vielen war es nicht gelungen, in einer Ersatzfamilie Aufnahme zu finden. Ich erkannte, dass mein Lebensweg im Vergleich zu den meisten geschilderten Schicksalen noch glimpflich verlaufen war.

In einer Hinsicht erwies sich meine nächtliche Surftour als wegweisend: Ich entdeckte den Hinweis, dass die Adoptionsvermittlungsstellen der Jugendämter nicht nur Kontakte zu den leiblichen Eltern vermittelten, sondern den Adoptierten unter Aufsicht auch Einblick in ihre Akte gewährten. Eigentlich ein naheliegender Gedanke, der für mich jedoch vollkommen neu war. Ich musste mich erst einmal mit der Vorstellung vertraut machen, dass mir eigene Persönlichkeitsrechte zustanden. Mehr als fünfunddreißig Jahre nach der erzwungenen Trennung von meiner leiblichen Mutter sah ich nun einen Weg, das rätselhafte Geschehen von damals zu entschlüsseln.

Mit Herzklopfen wählte ich am nächsten Morgen die angegebene Telefonnummer der Jugendhilfestelle Gera. Ich hatte Glück: Statt mich gleich zu Beginn abzuweisen und mich damit gänzlich zu entmutigen, notierte sich die hilfsbereite Sachbearbeiterin mein Anliegen und meldete sich tatsächlich zwei Tage später mit der erfreulichen Botschaft: »Sie können Ihre Unterlagen hier in meinem Büro gemeinsam mit mir einsehen.«

33.

DER GANG ZUM Amt erschien mir wie die Zeitreise in ein für mich lange unzugängliches Gebiet, weshalb für mich diese Exkursion eine feierliche Note hatte. Im Archiv der Geraer Adoptionsvermittlungsstelle war das Schicksal meiner Mutter eingelagert. Es war in zwei Kladden dokumentiert, aus denen mir die Sachbearbeiterin in insgesamt vier Sitzungen vorlas – die Niederschrift einer DDR-Häftlingskarriere: Im Jahr 1967 hatte Mama neun Monate Haft in Gera und Leipzig zu verbüßen, von Februar bis November 1972 das Arbeitskommando in Quedlinburg abzuleisten, im Oktober/November 1973 war sie zur Untersuchungshaft in Greiz, nach der Urteilsverkündung bis Frühjahr 1978 im Gefängnis Roter Ochse in Halle und von März bis August 1979 in Markkleeberg bei Leipzig. Dazwischen gab es immer wieder Gerichtstermine, Urteile, Gnadengesuche.

Zwischendurch musste ich die nette Sachbearbeiterin bitten, ihre Lesung für einen Moment zu unterbrechen. Wie eine Achterbahnfahrt durch eine fremde Vergangenheit wirkte die Chronik auf mich. Mir schwindelte. Zu unvorbereitet traf mich das komprimierte Lebenslos meiner Mama. Erst jetzt, bei der Konfrontation mit den Dokumenten, erfasste ich den ganzen Wahrheitsgehalt ihrer Gefängniserfahrungen, in die sie uns bei meinem ersten Besuch nach all den Jahren nur einen winzigen Einblick gewährt hatte. Es war kein schlecht inszenierter Politkrimi, sondern die blanke Wirklichkeit. Wie kann mir all das zu DDR-Zeiten nur komplett entgangen sein?, grübelte ich. Ich war doch in demselben Staat zu Hause? Was mir kurz nach der Wende noch streckenweise wie ein Vorwand meiner Mama erschienen war, sich nicht um meinen Bruder und mich kümmern zu müssen, sah ich nun schwarz auf weiß bestätigt: Das DDR-Regime hatte diese Frau jahrelang ihrer Freiheit beraubt. Damit hatte es auch nicht in ihrer Entscheidungsmacht gelegen, ob wir uns je wiedersehen konnten.

Warum? Als Grund für ihre Verurteilungen in den Jahren 1972 und 1973 war nur knapp vermerkt: »Gef. d. öffentl. Ordn. d. asoz. Verhalten.« Entziffert hieß das: »Gefährdung der öffentlichen Ordnung durch asoziales Verhalten.« Was es mit diesem Delikt auf sich hatte, erschloss sich mir nicht auf Anhieb. In den Unterlagen fanden sich Hinweise, dass die Angeklagte gelegentlich ihrem Arbeitsplatz ferngeblieben war. Beschwerden über Arbeitsbummelei und schlechte Arbeitsmoral häuften sich. Hatte sie tatsächlich ein Lotterleben geführt, wie es meine Adoptivmutter einst so geheimnisvoll angedeutet hatte? War sie deshalb mit dem Gesetz in Konflikt geraten?

Gegenstand eines weiteren Verfahrens vor dem Familiengericht Gera waren wir Kinder – also alles, was meiner Mama damals noch geblieben war. Nicht eine einzige Vorwarnung, uns ihr zu entziehen, fand sich in der Akte, dafür zahlreiche Belege für die offenbar ausgeprägte Sammelleidenschaft der zuständigen Stellen. Einer Notiz zufolge hatte mein Bruder häufig unentschuldigt in der Schule gefehlt. In einem weiteren Vermerk hieß es, dass er im November im Dunkeln allein auf der Straße gesehen worden sei. Was bedeutet das im Winter schon, überlegte ich, wenn es frühzeitig dunkelt?

Laut einer Zeugenaussage soll in unserer Wohnung außerdem große Unordnung geherrscht haben. Dagegen sprechen die Aktenvermerke von zwei unangemeldeten Hausbesuchern, laut deren alles »ordentlich« ausgesehen habe. Ich wurde das Gefühl nicht los, dass die Behörden gezielt Belastungsmaterial gegen meine Mutter zusammengetragen hatten. Warum?

Ich durchstöberte mein Gedächtnis nach Erinnerungsfetzen, Bildfragmenten, die die Aussagen der Protokolle mit meiner damaligen Wahrnehmung in Einklang bringen konnten. Für die Unterstellung, wir seien vernachlässigt worden, fand ich keine Entsprechung. Selbst wenn meine Mutter arbeiten war, gab es immer jemanden aus der Familie, der sich unser liebevoll annahm. Als kleines Mädchen hegte ich keinen Zweifel, dass wir für Mama das Herzstück ihres Lebens waren.

Doch die Zivilkammer des Kreisgerichts Gera entschied am 30. August 1972 knapp und kühl: »Der Verklagten wird das Sorgerecht [...] entzogen.« Auf den Pfennig genau wurden die Unterhaltszahlungen für uns festgelegt. Zur Begründung hieß es, dass sie ihre Kinder und die Wohnung vernachlässigt habe. Durch unsere Fehltage in den staatlichen Betreuungseinrichtungen habe sie »die Kinder der gesellschaftlichen Einwirkung durch den Kindergarten und durch die Schule entzogen« und somit ihre »geistige Entwicklung gefährdet«. Die Verurteilte selbst war laut Verhandlungsprotokoll an jenem Tag nicht persönlich im Gerichtssaal anwesend.

Eine kleine Hintertür ließ das Gericht der Abwesenden jedoch offen. Der Verklagten wurde in Aussicht gestellt, nach ihrer Haftentlassung beweisen zu dürfen, ob sie »die richtigen Lehren aus dem Strafvollzug gezogen hat und die Gewähr für eine einwandfreie Erziehung ihrer Kinder bietet«. In diesem Fall, so die Urteilsbegründung weiter, könne ihr das Erziehungsrecht wieder übertragen werden.

Als ich das hörte, stiegen mir spontan Tränen der Wut und Empörung in die Augen. Wieso hatte die Justiz ihr die Kinder entzogen und sie gleichzeitig mit der Wiedererlangung des Sorgerechts im Falle ihrer »Besserung« gelockt? Sah das Gericht in mir und meinem Bruder Geiseln, um unsere Mutter zu Wohlverhalten zu zwingen? Warum war sie selbst von der Verkündung der Entscheidung ausgeschlossen, die derart gravierende Folgen für unsere Familie hatte?

Auch meiner Großmutter untersagte das Jugendamt jeglichen Kontakt zu mir. Endlich begann ich zu begreifen, warum mir die alte Frau damals bei unserem Abschied so gefühlskalt erschienen war. Die Behörden hatten meiner Oma auferlegt, sich fortan von mir fernzuhalten. Ein bürokratischer Akt hatte unsere Familienbande durchtrennt, und ihr war nicht einmal die Möglichkeit geblieben, mir die Hintergründe zu erklären. Sie war zum Stillschweigen genötigt worden. Die amtliche Verfügungsgewalt reichte bis zu der Auflage vom 28. März 1974, dass ich meinen eigenen Bruder Mirko nicht mehr sehen durfte, da er weiterhin mit meiner Oma in Verbindung stand. So wurde ich systematisch von meinen engsten Angehörigen isoliert, wie Mama seinerzeit schon angedeutet hatte. Ein Frösteln durchfuhr mich, als ich das zu hören bekam. Von welcher Paranoia muss ein Staat ergriffen sein, der mit solch konsequenter Härte Familien trennt?, überlegte ich.

So dünn der Gehalt der behördlichen Weisungen in meiner Adoptionsakte auch wirkte, sprach er dennoch vom Druck, der damals auf allen Beteiligten gelastet hatte. Allmählich begann ich zu erfassen, was Zwangsadoption, dieses fremde Wort aus Mamas Sprachgebrauch, wirklich hieß. Trotzdem verstand ich weiterhin nicht, wieso Mama sich all dem gebeugt hatte. Warum und wie hatte sie es fertiggebracht, sich von mir loszusagen?

Als wollte ich mich mit dieser Erkenntnis nicht abfinden, bat ich die Sachbearbeiterin, noch einmal Seite für Seite zurückzublättern. Wir mussten ein wichtiges Detail übersehen haben. Und in der Tat: Bei dieser Nachlese kam hinter dem Gerichtsformular ein weiterer Vermerk zum Vorschein, den wir bei der ersten Durchsicht überblättert hatten: Bereits am 19. September 1972 beantragte die Jugendhilfe nach dem Sorgerechtsentzug die Übernahme der Vormundschaft für mich. Das Familiengericht gab diesem Antrag statt und mich damit zugleich frei für eine Adoption – über den Kopf der Mutter hinweg. Damit hatte ich das fehlende Beweisstück: Nicht Mama hatte mich der Adoption ausgeliefert, sondern der Staat. Dies wurde eindeutig gegen den Willen meiner Mutter verfügt.

Ich konnte es kaum fassen. Was sie bei unserer ersten Begegnung beteuert, ich in meinem notorischen Misstrauen jedoch angezweifelt hatte, stimmte also tatsächlich: Mama hatte uns auf jeden Fall behalten wollen. Sie hatte es ernst gemeint mit dem Versprechen, das sie mir zum Abschied am Tag ihrer Festnahme gegeben hatte. Der Amtsvermerk war die Bescheinigung ihrer mütterlichen Verantwortung. Ihre beharrliche Weigerung, das Sorgerecht für uns aufzugeben, mochte sogar ein Grund für ihren Ausschluss von der Urteilsverkündung gewesen sein.

Weiter hinten im Dokumentenstapel fand sich ein Brief, den Mama nach Verbüßung ihrer Haftstrafe am 13. Januar 1973 in ihrer ordentlichen Handschrift verfasst hatte. Damals hatten die staatlichen Einrichtungen über unser weiteres Schicksal noch nicht entschieden. Geradezu flehentlich bat sie die Behörden darum, wenigstens meiner Oma den Kontakt zu uns Kindern zu ermöglichen. Sie selbst werde sich jetzt bewähren, um uns, wie in der Urteilsbegründung in Aussicht gestellt, zurückerhalten zu dürfen. Die Jugendhilfe lehnte die Bitte am 7. Februar, auf den Tag genau ein Jahr nach unserer Trennung, ab.

Aus dem lapidaren Schreiben ging deutlich hervor, dass, entgegen allen Versprechungen, die Weichen für unseren weiteren Werdegang inzwischen gestellt waren: Um den Kindern »das Einleben in einer fremden Familie zu erleichtern«, hieß es nämlich in dem Bescheid, sei es notwendig, »alle Kontakte zu den bisherigen Verwandten abzubrechen« – im »Interesse von Mirko und Katrin«.

Ich sah die Sachbearbeiterin an und fragte: »Woher wollten die denn wissen, was in unserem Interesse war? Uns ging es doch nur um eins: Wir wollten zurück zu unserer Mama.«

Doch was Kinder wollten, stand damals nicht zur Debatte. Meine Adoption wurde vom Jugendhilfeausschuss beim Rat der Stadt Gera beschlossen und dabei, wie es kühl hieß, »auf die Einwilligung der Mutter (…) verzichtet«.

Mich überfiel maßlose Trauer, ebenso tiefes Mitleid mit meiner Mama, wie ich es zuvor nicht empfunden hatte. Mich reute das Unrecht, das ich ihr mit meinem Argwohn all die Jahre angetan hatte. Was kann für eine Mutter grausamer sein, als gewaltsam von ihren Kindern getrennt zu werden? Zum Abschied bemüht, tapfer zu lächeln, während sie bereits ahnte, dass sie die geliebten kleinen Gesichter vielleicht niemals wiedersah? Ein Einschnitt, eine Amputation: Ein größerer Schmerz ist für eine Mutter wohl kaum vorstellbar, überlegte ich mir, die ich nun selbst zwei Kinder hatte.

Ob meine Mama sich nun damals wirklich etwas zuschulden kommen ließ oder nach den Maßstäben einer freien Gesellschaft zu Unrecht in der Zelle saß: Sie war es nicht, die mich meinem späteren Schicksal ausgeliefert hatte. Für mich war das die wichtigste Erkenntnis aus der Akteneinsicht im Jugendamt. Die DDR hatte mich ihr enteignet – per Gerichtsbeschluss. Jener Staat, der für mich einst die einzig denkbare Gesellschaftsform war. Erstmals wandte sich meine unterschwellige Wut weg von Mama und gegen das abgedankte Regime. Ich begann die Tiefe des Hasses zu begreifen, den ich in Mamas Augen gesehen hatte, als sie meiner Adoptivmutter gegenübersaß. Der Staat hatte sie ihrer Kinder, ihrer Gesundheit und ihres bescheidenen Familienglücks beraubt.

Das bestritt auch die geduldige Sachbearbeiterin nicht. Als sie die Akte schloss, las ich auf der Rückseite des Hefters eine Anweisung aus dem Jahr 1990, die Unterlagen seien zu vernichten, just in dem Jahr, als ich meine Suche aufgenommen hatte.

»Was machen Sie denn jetzt mit Ihrem Wissen?«, fragte mich die Dame vom Amt zum Abschied.

Ich hatte darüber noch nicht nachgedacht. Doch nun kam mir spontan ein Gedanke in den Sinn. »Ich gehe an die Öffentlichkeit«, sagte ich, selbst ein wenig von meiner Forschheit überrascht. »Ich bin sicher nicht die Einzige, die es auf diese Weise getroffen hat.«

Kein anderer Leidensgenosse, so schwor ich mir in diesem Moment, sollte so lange Zeit für sich alleine kämpfen und einen solch mühsamen Weg zurücklegen müssen wie ich.

34.

NOCH IM FLUR des Amtsgebäudes griff ich zu meinem Mobiltelefon, um mich bei Mama zu melden. Seit einigen Wochen hatte ich vorsichtig wieder den Kontakt zu ihr gesucht. Wie so oft, wenn die Verbindung zu einer meiner beiden Mütter abflaute, gewann die andere an Bedeutung für mich. Dennoch war mir jetzt ganz flau zumute, Und ich hatte das dringende Bedürfnis, Abbitte zu leisten.

»Es tut mir unendlich leid, dass ich all die Jahre dir gegenüber so misstrauisch war«, begann ich stockend, als ich ihre Stimme am anderen Ende der Leitung vernahm. »Mir ist erst jetzt, durch die Akteneinsicht bei der Jugendhilfe, bewusst geworden, wie fest ich an die Lügen geglaubt habe, die man mir immer wieder aufgetischt hat.«

Auch diesmal hörte ich keinen Ton der Verbitterung aus Mamas Antwort. Es kam mir so vor, als läge es in ihrer Weitsicht, dass *DIE* ihr die Tochter entfremdet hatten.

»Katrin«, sagte sie, und dieses Mal vermochte ich ihr auf Anhieb zu glauben, »du warst das einzige Druckmittel, das sie gegen mich in der Hand hatten. Sie wollten mich damit erpressen, dich mir wegzunehmen.« Mama ließ mir Zeit, ihre Aussage auf mich wirken zu lassen. Kinder im Tausch gegen Anpassungsbereitschaft an das System? »Aber das habe ich nicht zugelassen«, fügte sie hinzu.

Jetzt fiel mir wieder ein, was Mama mir einmal erzählt hatte, ohne dass ich ihre Schilderung für bare Münze genommen hatte. Um in der Haftzeit ihr Einvernehmen zu erzwingen, habe man sie 1972 unter verschärften Haftbedingungen in eine Einzelzelle gesteckt. Eines Morgens sei sie in ein Verhörzimmer beordert worden, und der Vernehmungsoffizier habe sie förmlich gefragt, ob sie ihre Meinung geändert habe und mich zur Adoption freigeben werde. »Nur über meine Leiche«, habe sie trotzig erwidert. Daraufhin habe der Vernehmende die Schreibtischschublade geöffnet und ein Papier herausgezogen, das er vor ihr auf den Tisch knallte. »Wir brauchen Ihre Einwilligung gar nicht, hier ist das Urteil«, lautete sein lapidarer Kommentar.

Meine Mama habe irritiert auf das Dokument gesehen und gar nicht richtig erkennen können, was da stand. Aber der Offizier nahm ihr, wie sie berichtete, jeden Zweifel am Inhalt. »Das haben wir schon erledigt. Wir haben die Adoption bereits verfügt. Wir brauchen ihr Einverständnis nicht!« Das Ringen um ihre Gefügigkeit erwies sich als Machtspiel. Möglicherweise hatten ihre Peiniger darauf gebaut, im Ringen um die Adoptionsfreigabe eine Gegenleistung, etwa die Bereitschaft zur Spitzeltätigkeit, aushandeln zu können.

Vergeblich. Denn sie war, wie sie mir damals beschrieb, auf diese Erklärung hin regelrecht ausgerastet. Schließlich hatte sie von da an nichts mehr zu verlieren. Ihre Schutzbefohlenen waren der Heimerziehung anvertraut, und nun sollte ihr ihre Jüngste auch noch lebenslang entzogen werden. Mama musste sich in diesem Moment zutiefst betrogen gefühlt haben. Was hatte sie bloß getan, dass ihr das Schlimmste widerfuhr, was einer Mutter zugefügt werden konnte? Mama reagierte nicht mehr besonnen oder überlegt, wie sie zugab. Ihre ausweglose Lage trieb sie in einen regelrechten Tobsuchtsanfall.

Das Einzige, was sie damit bewirkte, war jedoch verschärfte Einzelhaft. Ihr Aufbegehren gab den Verantwortlichen Anlass, die Gefangene weiter zu schikanieren und zu drangsalieren. Irgendwann hatte die Staatsgewalt ihr Ziel erreicht. Sie hatte den Lebensmut meiner Mutter gebrochen.

Die Existenz, die sie nun unter kargen Bedingungen fristete, erschien mir wie der Nachhall ihres zerrütteten Lebens. Es war ihr unverkennbar peinlich, andere Menschen an sich heranzulassen, ihr Dasein zu offenbaren. Sie wich dem Gespräch über ihre schlimmen Erfahrungen auch dann noch aus, als der Unterdrückungsapparat längst Geschichte war. Wenngleich wir in dieser Zeit wieder regelmäßig miteinander telefonierten, spürte ich deutlich, dass sie mich um keinen Preis mit ihrer tristen Befindlichkeit belasten wollte.

Meine Mama ließ keine Gelegenheit aus, zu beteuern, wie stolz sie auf mich sei. Gleichzeitig ging sie unverkennbar auf Abstand. Gerade mir gegenüber wollte sie nicht zeigen, was sie in Wirklichkeit war: nur noch ein Schattenriss jenes Mutterbildes, das ich mir seit früher Kindheit bewahrt hatte, von einem schweren Leben gezeichnet. Auch wenn ich nun endlich mein Misstrauen überwunden hatte, ließen sich unsere zwei unterschiedlichen Lebenswege nicht einfach so wieder zusammenführen.

Jedes Mal, wenn ich mir nach einem dieser Telefonanrufe vor Augen hielt, dass es die Handlanger eines Zwangsapparates waren, die uns entzweiten, jedes Mal, wenn ich daran denken musste, wie sie in der Einzelzelle die Selbstbehauptung meiner Mama zu brechen versucht hatten, während andere Funktionäre dieses Staates mich gleichzeitig den Treueschwur auf ihn lehrten, überkam mich blanke Wut. Am meisten entsetzte mich, wie leicht manipulierbar ich als adoptierte Jugendliche gewesen war.

Um meinen Zorn nicht ins Leere laufen zu lassen, beschloss ich, mich endlich offensiv meinem Lebensthema zu stellen. Nach all diesen Offenbarungen überwand ich mich, endlich auch die Schattenseiten der DDR-Wirklichkeit ins Sichtfeld zu nehmen. Vorsichtig, in verträglichen Portionen, begann ich mich mit der Geschichte meines Landes auseinanderzusetzen. Mir schien, als müsste ich eine Materie, die mir eigentlich nicht fremd war, von Grund auf neu erlernen, da ich sie nun aus einem ungewohnten Blickwinkel betrachtete. Mit meinem persönlichen DDR-Erlebnis ließ sich nicht in Einklang bringen, was ich über Perfidie und Menschenverachtung erfuhr.

Natürlich hatte ich auch schon vor 1989 Erfahrungen gemacht, die mich irritierten, etwa als mein Ehemann seine Untergebenen auf der Straße demütigend zum Grüßen nötigte. Diese Momente hatten mich zwar befremdet, aber nicht meine Grundüberzeugung berührt, in einem fortschrittlichen, positiven Zielen verpflichteten Heimatland zu leben. Selbst nach der Wende hegte ich an der grundsätzlichen Redlichkeit meiner Republik zunächst kaum Zweifel. Das stolze Selbstbewusstsein, mit dem die DDR sich zu Lebzeiten in der Welt behauptet hatte, die Fahnen, Uniformen, Treuebekundungen, all das wirkte auf mich immer noch sehr vertraut.

Je intensiver ich meine Nachforschungen betrieb, desto offenkundiger erwies sich die Vorstellung von meinem Staat als Irrglaube. Ich begann seine Oberfläche als Fassade zu begreifen, hinter der sich ein prägender Wesenszug verbarg, in Arrestzellen, Verhörzimmern, Amtsstuben. Meine Weltsicht kippte: Was ich früher fest geglaubt hatte, erweckte jetzt mein Misstrauen.

Mit wachsender Neugier sog ich während der nächsten Wochen alles in mich auf, was sich zum Thema Adoption finden ließ. So sehr hatten mich meine Lebensumstände all die Jahre absorbiert, dass ich konsequent ignoriert hatte, was mich persönlich betraf. Im Westen hatten die Medien bereits Mitte der siebziger Jahre berichtet, dass die DDR Republikflüchtlingen das Sorgerecht für ihre Kinder entzog und deren Betreuung in eigener Regie regelte. Der *Spiegel* erfand für diese Praxis den Begriff »Zwangsadoption«. In der Westpresse folgten damals eine Reihe ähnlicher Erfahrungsberichte, Dementis, aber auch partielle Zugeständnisse von Seiten der DDR-Führung.

Erst in jüngster Zeit erbrachten wissenschaftliche Untersuchungen von Adoptionsakten den Nachweis für den staatlich gesteuerten Kindesentzug: Kinder von ideologierenitenten Eltern wurden ohne deren Einverständnis einer systemkonformen Heim- oder Familienerziehung ausgeliefert. Mit anderen Worten: Zwangsadoptionen sind keine Erfindung der Gerüchteküche aus den Zeiten des Ost-West-Konflikts, sondern nachweisbare Realität.

Mehr als fünfundsiebzigtausend sogenannte »Inkognitoadoptionen«, bei denen die leiblichen Eltern in Unkenntnis darüber bleiben, wohin ihre Kinder vermittelt wurden, sind inzwischen dokumentarisch belegt. Allerdings besagt diese Bezeichnung noch nichts darüber, in welchem Maß gegen den Willen der Beteiligten gehandelt wurde. Es zeichnet sich nämlich gleichfalls ab, dass der ideologiebedingte Sorgerechtsentzug bei weitem nicht in solchen Dimensionen vorkam, wie vielfach unterstellt. Oft sind die Grenzen zwischen staatlicher Fürsorgepflicht und doktrinärem Zwang aus heutiger Sicht nicht mehr klar zu trennen. Bei näherer Betrachtung scheint so manche vermeintlich politisch diktierte Entscheidung zur

Adoptionsfreigabe durchaus dem Wohl der Kinder geschuldet, etwa um sie vor Verwahrlosung oder Missbrauch zu schützen. Daher lässt sich die korrekte Anzahl der Zwangsadoptionen statistisch nicht seriös beziffern, was die Tragödie jedes einzelnen Schicksals jedoch in keiner Weise relativiert. Nach aktuellen Schätzungen haben die DDR-Behörden zumindest mehrere hundert Kinder ihren leiblichen Müttern weggenommen.

Formell achteten die zuständigen Beamten stets darauf, dass die verfügten Maßnahmen im Einklang mit den geltenden Gesetzen standen. Auch in der DDR-Verfassung waren der besondere Schutz der Familie und das Recht der Eltern auf Erziehung ihrer Kinder verankert. Allerdings gab es eine gravierende Einschränkung gegenüber dem Selbstverständnis freiheitlicher Gesellschaften: Erziehung war keine Privatsache. Es war der Staat, der die Leitziele vorgab »zur sozialistischen Einstellung zum Leben und zur Arbeit«, »zur Einhaltung der Regeln des sozialistischen Zusammenlebens«, zum »sozialistischen Patriotismus und Internationalismus«. So galt als wichtigste Funktion der Familie, Kinder zu »gesunden und lebensfrohen, tüchtigen [...] Menschen, zu aktiven Erbauern des Sozialismus« zu formen.

Diese staatsbürgerliche Aufgabe delegierte das Regime an die Erziehungsberechtigten jedoch nur, solange sie den Erfordernissen gerecht wurden. Lediglich die im sozialistischen Sinne gut funktionierende Familie galt als Garant für die Stabilität der gesellschaftlichen Ordnung. Gab es Zweifel an der politisch-erzieherischen Grundhaltung der Eltern, so waren die Jugendhilfestellen angehalten, den Erziehungsberechtigten Auflagen zu erteilen. Aber auch Kollegen, Nachbarn, Verwandte hatten das Recht, Auffälligkeiten im Verhalten von Eltern und Kindern zu melden, ohne der Verletzung der Privatsphäre geziehen zu werden.

Als Pflichtverstoß galt die »bewusste staatsfeindliche Beeinflussung« der Kinder, etwa wenn ihnen erlaubt war, »westliche Hetzsendungen« zu hören, oder verboten wurde, an Pioniernachmittagen teilzunehmen. Zeigten die Erziehungsberechtigten wenig Bereitschaft, den Anordnungen Folge zu leisten, so drohten familienrechtliche Konsequenzen, im Extremfall bedeutete das den Entzug des Erziehungsrechts.

Bei solchen Verstößen blieb es den Behörden vorbehalten, Minderjährige der Familie befristet oder auf Dauer wegzunehmen und sie Pflegefamilien oder staatlichen Einrichtungen zu überantworten, die als Kaderschmieden für den sozialistischen Nachwuchs galten. Dort sollten die Kleinen nicht nur mit dem Marxismus-Leninismus und den »revolutionären Traditionen der Arbeiterklasse« vertraut gemacht werden, hier sollten sie auch die »Liebe zur Deutschen Demokratischen Republik« und den »leidenschaftlichen Hass gegen die imperialistischen Feinde unseres Volkes« lernen.

Bei notorischer Unbelehrbarkeit konnte den betroffenen Eltern das Erziehungs- und Sorgerecht auch dauerhaft entzogen werden. In letzter Instanz war es der Staat, der über das vermeintliche Wohl und Wehe der Kinder verfügte. Als Nebeneffekt zielte die staatliche Vermittlung von Heimkindern an Adoptiveltern auch auf die Stabilisierung von deren Ehe durch die unverhoffte Erfüllung ihres Kinderwunsches.

Um die Zustimmung der leiblichen Eltern zur Adoptionsfreigabe zu erhalten, wurden diese in vielen Fällen erheblich unter Druck gesetzt. Oft wurden sie ganz offen mit der Androhung von Repressalien gegen sich, ihre Angehörigen oder ihre Kinder erpresst. Doch selbst wenn Eltern standhaft blieben, konnten sich die zuständigen Stellen über die vorgeschriebene Adoptionsfreigabe hinwegsetzen, mit dem schlichten Verweis auf das Wohl des Kindes. Wer das Gebiet der DDR illegal verlassen hatte, dessen Kinder waren ohnehin der Willkür des Staatsapparates ausgeliefert. Der behördlich gebilligte Nachzug in den Westen gelang nur in wenigen Fällen, üblicherweise auf Vermittlung der deutsch-deutschen Diplomatie.

Am meisten beschäftigte mich bei diesen Nachforschungen naturgemäß das Schicksal meiner eigenen Mutter. Was gab den Behörden damals Anlass, sie von ihren Kindern zu trennen? Sollte ich zu meinem Schutz vor einer Fehlentwicklung bewahrt werden? Oder hatte die Alleinerziehende der staatlichen Norm nicht Genüge getan? Ich nahm mir das Gesetz vor, auf dessen Grundlage das Gericht meine Mutter 1972 zu zwei Jahren Arbeitserziehung verurteilt hatte. »Wer das gesellschaftliche Zusammenleben der Bürger oder die öffentliche Ordnung dadurch gefährdet, dass er sich aus Arbeitsscheu einer geregelten Arbeit hartnäckig entzieht, obwohl er arbeitsfähig ist«, so hieß es in Paragraph 249 des Strafgesetzbuchs der DDR, »wird mit Verurteilung auf Bewährung oder mit Haftstrafe, Arbeitserziehung oder mit Freiheitsstrafe bis zu zwei Jahren bestraft.«

In der Behördensprache trug dieses angebliche Delikt die Bezeichnung »asozial«. Treffender wäre bei näherer Betrachtung der Begriff »a-sozialistisch«. Das Verdikt galt jenen, die sich vermeintlich außerhalb der sozialistischen Gesellschaftsordnung bewegten. Dieser sogenannte Asozialen-Paragraph war dehnbar genug, um ihn in der gängigen Justizpraxis generell gegen missliebige Staatsbürger anwenden zu können.

Im Fall meiner Mutter vermutete ich eine fatale Kettenreaktion. Sie war nach allem, was ich von diversen Personen aus ihrem Umfeld hörte, nie gefügig. Sie eckte an und hielt mit ihrer Meinung nicht hinter dem Berg. Schon frühzeitig schwanger geworden und auf eigenen Beinen stehend, war sie wohl von ihrer Rolle als Alleinerziehender bisweilen überfordert. Da sie als Ungelernte bei den vorgeschriebenen Arbeitsstellen denkbar schlecht bezahlt wurde, musste sie materiell manchen Engpass überstehen, was möglicherweise der Grund für kleinere Ladendiebstähle war. Sie war nicht verheiratet und hatte uneheliche Kinder von verschiedenen Vätern. Damit entsprach sie weder der sozialistischen Norm noch dem durchaus verkrampften Moralempfinden der DDR-Gesellschaft. Sie kam immer wieder mit der Justiz und auch mit Vorgesetzten und Kollegen in Konflikt. In der Folge erhielt sie abwertende Einträge in ihre Kaderakte, in der die Personalabteilung jedes Betriebs schriftlich Aufsicht führte.

Mit Rücksicht auf uns Kinder weigerte sie sich, Arbeiten im Schichtbetrieb anzunehmen. In der DDR gab es jedoch nicht nur ein Recht auf Arbeit, sondern auch die Pflicht dazu. Offenkundig erschien Mama, sicher teilweise auch durch ihre Mutterpflichten bedingt, nicht so zuverlässig wie vorgeschrieben an ihrem Arbeitsplatz. Sie sah sich ins gesellschaftliche Abseits gedrängt, aus dem es für sie kein Entkommen gab.

Ich begann in jenen Tagen, meine Mama als Opfer anzuerkennen. Der Staat hatte ihr uns Kinder entzogen, weil sie selbst nicht den Anforderungen genügte, die dieser Staat im Sozialismus den Erziehungsberechtigten abverlangte.

35.

IRGENDWANN WAR ICH es leid, mich zu verstecken und auf Dauer an meinem Selbstmitleid zu ersticken. Ich wollte aus dem Karussell der Selbstvorwürfe und Schuldgefühle aussteigen, somit endlich aus meiner selbstgeschaffenen Isolation ausbrechen. Und dafür sah ich nur einen Weg: Ich musste mein Leid teilen und mitteilen, daher suchte ich den Kontakt zu Menschen mit ähnlichen Erfahrungen. Ich wollte allem, was meine leibliche Mutter, mein Bruder und ich durchgemacht hatten, wenigstens nachträglich einen Sinn abringen. Ich wollte Menschen, die in einer ähnlichen Situation steckten, helfen. Daher dachte ich über die Möglichkeiten nach, wie ich die zerrissenen Lebensfäden, die die DDR hinterlassen hatte, wieder miteinander verknüpfen und dabei ausfindig machen konnte, was damals wirklich geschehen war.

Ich sah darin auch für mich die Chance: Ich konnte für andere Schwierigkeiten aus dem Weg räumen, mit denen ich selbst zu kämpfen gehabt hatte, und mich auf diese Weise aus meiner Lähmung befreien. Nicht zuletzt wollte ich diesem untergegangenen Staat wenigstens posthum den Erfolg streitig machen, Angehörige aus politischen Motiven einander dauerhaft entfremdet zu haben.

Als Ergebnis dieser Überlegungen schuf ich im November 2007 im Internet ein Portal, das noch immer existiert und allen Opfern familiärer Trennungen zu DDR-Zeiten offensteht, die auf der Suche nach vermissten Familienmitgliedern sind. Wie ein Schwarzes Brett soll es Suchende und Gesuchte zusammenführen. Die Seiten unter den Rubriken www.zwangsadoptierte-kinder.de sowie www.personen-suche-ddr.de stehen ohne Aufwand, Formalitäten und Zugangsbeschränkungen jedem offen. Dahinter steckt die Absicht, die Hemmschwelle für die Betroffenen, sich auf ihr Lebensthema einzulassen, so gering wie möglich zu halten.

Allerdings war es von Beginn an nicht meine Intention, mit dem behördlichen Verfahren der Familienzusammenführung zu konkurrieren. Im Gegenteil: Gleich auf den ersten Blick erkennbar, enthält die Homepage einige kurze, verständliche Hinweise, an welche offiziellen Anlaufstellen sich ehemals Adoptierte wenden können, wenn sie nach ihren leiblichen Eltern suchen, und welche Rechte sie dabei haben. Zusätzlich eröffnet die Internetplattform suchenden Eltern wie Kindern die Möglichkeit, ihre Anfragen, nach Regionen sortiert, öffentlich zu machen.

Wenn diese Aufrufe ausreichend große Verbreitung finden würden, so hoffte ich damals bei der Erstellung der Seite, könnte es mir in Einzelfällen gelingen, zu DDR-Zeiten getrennte Eltern und Kinder wieder zusammenzuführen. Eine vergleichbare Möglichkeit gab es zuvor nämlich nicht im Netz.

Begleitend zum Start des Projekts plazierte ich auf mehreren themenverwandten Internetseiten Querverweise, um möglichst viel Aufmerksamkeit auf das neue Portal zu lenken. Das Echo blieb nicht aus: Unmittelbar nach der Freischaltung der Seite erhielt ich bereits die erste Rückmeldung; jedoch nicht von Schicksalsgenossen, sondern von einer thüringischen Regionalzeitung, verbunden mit einer Interviewanfrage. Der daraus resultierende Pressebericht im Dezember 2007 glich einem Dammbruch. Betroffene meldeten sich kaum, dafür erhielt ich beinahe im Tagesrhythmus Anfragen von Zeitungen und Zeitschriften sowie regionalen Radio- und Fernsehsendern.

Rückblickend zweifle ich, ob ich diesen ersten Schritt gewagt hätte, wenn ich die dadurch ausgelöste Lawine auch nur erahnt hätte. Das größte Interesse galt dabei meinem persönlichen Schicksal – doch darauf hatte ich mit diesem Forum eigentlich nicht abgezielt. Ich wollte vielmehr *anderen* eine Plattform bieten und sie dazu anregen, sich ihrer Geschichte zu stellen. Da ich mich dazu jedoch in die Öffentlichkeit begeben hatte, konnte ich sie nun nicht gleichzeitig meiden. So weit wie möglich gab ich allen Interessenten Auskunft und störte mich auch nicht daran, dass sich die Fragen bald zu wiederholen begannen. Im Ergebnis trug diese Medienoffensive immerhin auch dazu bei, das Schicksal und die Sichtweise der Zwangsadoptierten, die zuvor beinahe in Vergessenheit geraten waren, in das öffentliche Bewusstsein zurückzubefördern.

Die publizistische Aufmerksamkeit kam wiederum meinem Internetportal zugute, auf das ich in jedem Interview hinwies. Mehr noch: Ohne das Medienecho wäre dem Forum wahrscheinlich ein Mauerblümchendasein beschieden gewesen. So aber gingen bald die ersten Suchanfragen bei mir ein, in denen ich häufig auch meine eigene frühere Situation wiedererkannte. Soweit es meine Möglichkeiten zuließen, machte ich mir die Suchanliegen anfänglich persönlich zu eigen. Nur weil ich als Erwerbslose von einem kargen Arbeitslosengeld lebte und meine inzwischen achtzehn und zwanzig Jahre alten Kinder auf eigenen Beinen standen, war es überhaupt praktizierbar, diese Tätigkeit ehrenamtlich auszuüben. In Absprache mit den Antragstellern begann ich anhand ihrer Angaben zu recherchieren. Ich glich die gesuchten Namen mit den verfügbaren Verzeichnissen ab, hielt in den verschiedenen sozialen Netzwerken im Internet Ausschau nach den Vermissten oder suchte mir aus dem Telefonbuch eine Übersicht aller gleichnamigen Personen in der jeweiligen Region zusammen. Falls die

Anzahl der Namensträger überschaubar blieb, telefonierte ich diese Liste dann, in der Hoffnung auf einen Treffer, in mühsamer Kleinarbeit durch.

Die größten Erfolgsaussichten versprach jedoch weiterhin der klassische Weg über die Behörden und Adoptionsvermittlungsakten. In den meisten Fällen genügte es, mit Ratschlägen und Rechtshinweisen die Suchenden quasi auf das richtige Gleis zu hieven. Ab und zu übernahm ich selbst die Kontaktaufnahme, gelegentlich auch den Briefverkehr mit Ämtern oder Angehörigen, wenn die Betroffenen den Kontakt scheuten.

Ich hatte mich vollkommen unbedarft in dieses Abenteuer gestürzt, ohne vorherzusehen, welchen Widerhall meine Homepage auslösen könnte. Zu Beginn erreichten mich etwa ein bis zwei Anfragen pro Woche, doch schon kurze Zeit später meldeten sich durchschnittlich dreißig, in Spitzenzeiten sogar bis zu sechzig Interessenten im Monat. Dieser Ansturm war irgendwann nicht mehr nebenbei zu bewältigen; häufig kam ich auf eine Arbeitszeit von mehr als vierzig Stunden pro Woche, und auch die Abende oder Wochenenden blieben nicht verschont.

Der Zeitaufwand machte mir indes wenig aus. Ich war ja dankbar, dass ich endlich aktiv werden durfte. Jeder ausgefüllte Suchantrag zeigte, wie groß der Bedarf für eine solche Plattform war, und bestätigte mich darin, den richtigen Weg eingeschlagen zu haben. Diese Tätigkeit erfüllte mich mit großer innerer Freude, besonders wenn sie Erfolge erzielte. Der Trägerverein Hilfe für die Opfer von DDR-Zwangsadoptionen e. V. (OvZ-DDR), den ich im Februar 2008 mit Gleichgesinnten, Betroffenen und Interessierten gründete, sollte meinem Anliegen eine breitere Basis verschaffen, um mich rechtlich abzusichern und Unterstützung zu erhalten.

Am intensivsten nahmen mich die langen Telefongespräche in Anspruch. Von Beginn an geriet ich dabei schnell in die Rolle einer Beraterin. Viele Betroffene zeigten ein großes Bedürfnis, endlich das aussprechen zu können, was ihnen schon so lange auf der Seele lag, besonders wenn sie eine ähnliche

Entwicklung wie ich durchlebt hatten. Immer wieder bekam ich diesen einen Satz zu hören: »Endlich kann ich mal darüber reden.« Wichtig war für sie die Erkenntnis, dass sie ihre Erfahrungen – zu DDR-Zeiten ein absolutes Tabuthema – mit anderen teilten.

Die Mütter hatten auch deshalb oft lange Zeit geschwiegen, weil sie sich mit dem Vorwurf plagten, bei der Fürsorge ihrer Kinder versagt zu haben. Der Gewissensdruck linderte sich erst dann, wenn sie, oft zum ersten Mal, erfuhren, dass sie ihr Los mit Hunderten anderer Mütter teilten. Mir wiederum half der Austausch mit den Frauen, die eine ähnliche Lebensgeschichte wie meine Mutter durchlitten hatten, um mehr Verständnis für Mamas damalige Zwangslage zu entwickeln. Ihnen wiederum gab mein ehrliches Interesse die Hoffnung, bei ihren eigenen Kindern ebenfalls auf Verständnis zu stoßen. So eröffnete das Internetportal im Nebeneffekt gesprächsbedürftigen Mitmenschen ein Forum zum Austausch.

Dennoch musste und muss ich mich bis heute hüten, die Schilderungen fremder Menschen zu sehr mit meinen eigenen Erinnerungen zu verknüpfen, will ich mich vor Überlastung schützen. Die Geschichten, die ich zu hören bekomme, bringen mich ohnehin bisweilen an den Rand meines Aufnahmevermögens. Was ich über Qualen und Drangsalierungen in den DDR-Gefängnissen erfahre, stellt das, was meine Mama lediglich angedeutet hat, oft noch in den Schatten. Einige ehemalige Häftlinge erzählen, wie sie zur Strafe in knietiefem, kaltem Wasser stehen mussten, in dem Ratten schwammen. Andere wurden in einen Käfig aus Holzstäben von der Größe einer Hundehütte gesperrt und waren stundenlanger Berieselung mit Wasser ausgesetzt. Frauen bekamen Medikamente verabreicht, deren Folgen sie nicht absehen konnten. In der Häftlingshierarchie rangierten politische Gefangene noch unterhalb der Schwerverbrecher. Die Aufseher betrachteten sie als Abschaum, nicht als Menschen.

Was sich jedoch bei allen Opfern der DDR-Justiz als schlimmste Erfahrung einbrennt, ist die zwangsweise Wegnahme ihrer Kinder. Wenn ich zu hören bekomme, wie brachial Kinder in manchen Fällen von ihren Eltern getrennt wurden, dann zerreißt es mir schier das Herz. Gerade als Mutter kann ich ihren Schmerz sehr genau nachempfinden. Eine Frau, mit der ich inzwischen eng befreundet bin, berichtete mir vor Jahren, wie ihre Tochter unter dem Vorwand einer kinderärztlichen Untersuchung regelrecht entführt worden war. Dem Mädchen wurde zur Erklärung das Märchen aufgetischt, dass seine Eltern bei einem Verkehrsunfall ums Leben gekommen seien und es daher in die Obhut einer anderen Familie komme.

Auch gegenüber den Eltern scheuten die Handlanger des staatlich organisierten Kindesentzugs in Einzelfällen nicht vor dreisten Lügen zurück. Mehrere Eltern fanden erst viel später durch eigene Nachforschungen heraus, dass ihre neugeborenen Kinder gar nicht nach der Geburt gestorben sind, wie man ihnen im Krankenhaus kühl mitgeteilt hat. In Wirklichkeit sind sie ohne ihr Wissen anderen Familien als vermeintliche Waisenkinder zur Adoption übergeben worden. Sicher die perfideste Form, die gesetzlich vorgesehene Einwilligung der Eltern zur Aufgabe des Sorgerechts zu umgehen.

All diese rechtswidrigen Hintergründe finden in den offiziellen Akten zur Adoptionsvermittlung keine Erwähnung. Aus der blanken Unterschrift, mit der die Eltern in die Adoption ihrer Kinder einwilligten, ist nicht herauszulesen, welches Leid, welcher psychologische Druck, welche Ausweglosigkeit diesem Zugeständnis vorausgegangen sind. Selbst der Verweis auf »asoziale Lebensumstände« lässt keine eindeutigen Rückschlüsse auf die tatsächlichen Verhältnisse zu, denen die Kinder entstammen. Allzu oft hat die Ausgrenzung unbequemer Zeitgenossen eher ideologische Hintergründe. Das hindert die Betroffenen jedoch nicht daran, bis heute mit dem »asozial«-Stempel Scham und Schuldgefühle zu verbinden.

36.

WENN SCHICKSALSGENOSSEN VON mir ihre leiblichen Eltern suchen, erkenne ich, bei aller Unterschiedlichkeit der Lebenswege, stets einige vergleichbare, mir nur zu bekannte Muster: Sie fühlen sich wie entwurzelt, verspüren das Grundbedürfnis, nach den gekappten Wurzeln der eigenen Identität zu forschen – und gleichzeitig eine große Scheu davor. Selbstzweifel stehen den Betroffenen oft im Weg, immer neue Ausflüchte und besonders die Angst, auf belastende Wahrheiten zu stoßen. Die meisten einst Zwangsadoptierten spüren unbewusst, wie fremd sie sich in ihrer Haut fühlen. Manche geraten aus der Bahn, durchleiden Krisen, scheitern in ihrem Leben. Viele überwinden ihre Hemmungen erst dann, wenn die seelische Last ihre Ängste übersteigt.

Andere Anrufer sind bereits seit geraumer Zeit auf der Suche nach ihrer Ursprungsfamilie, allerdings vergeblich. Manchmal geraten die Nachforschungen ins Stocken, weil die Suchenden keine Vorstellung haben, wer ihre leiblichen Eltern sind und wen sie nach ihnen fragen könnten.

Genau wie ich selbst lange Zeit, so wissen Adoptierte oft nicht, dass sie ein gesetzlich verankertes Recht haben, Informationen über ihre Herkunft zu erhalten und Einzelheiten über die Hintergründe ihrer Adoption zu erfahren. Auf dem Standesamt dürfen sie nicht nur ihre Geburtsurkunde, sondern auch ihren Geburtsregisterauszug einsehen, auf dem die Einzelheiten über die Adoption und die Namen der leiblichen Eltern vermerkt sind. Einen noch ausführlicheren Einblick bieten die Adoptionsvermittlungsakten, die in den zuständigen Adoptionsvermittlungsstellen der Jugendämter aufbewahrt sein sollten.

Nach meinen Erfahrungen zeigen sich die zuständigen Sachbearbeiter überaus hilfsbereit bei der Familienzusammenführung. Vereinzelte Klagen über Behördenwillkür und überzogenen Datenschutz rühren meist aus der Nachwendezeit, als es auf diesen Posten noch etliche Mitarbeiter gab, die diese Tätigkeit schon zu DDR-Zeiten versehen hatten.

Doch selbst die Angaben aus dem Geburtsregister garantieren nicht, dass die leiblichen Eltern, etwa nach häufigen Umzügen oder Namenswechseln, noch auffindbar sind. Manche Spuren hat schlicht die Zeit verwischt. Gelegentlich kommt es auch vor, dass Adoptiveltern die Nachforschungen erschweren und das Informationsrecht missachten. Auf diese Weise verwehren sie ihren angenommenen Kindern jedoch mitunter überlebensnotwendige Hinweise, etwa über Erbkrankheiten in der Familie. Außerdem gibt es einzelne Adoptivkinder, die nie darauf aufmerksam gemacht wurden, dass sie andere Eltern haben, und die bis heute der oft arglistigen Täuschung erliegen, von ihren Adoptiveltern abzustammen. Gelegentlich sind auch die neuen Eltern im Unklaren über die wahren Details der Kindesvermittlung. Es kommt immer wieder vor, dass die staatlichen Stellen bewusst verschweigen, welches die wahren Hintergründe der Adoption sind.

Umgekehrt gerate ich auch immer mal wieder mit Adoptiveltern in Kontakt, denen gar nicht an einer Aufklärung der Vorgeschichte gelegen ist. Mitunter mag dabei die Befürchtung eine Rolle spielen, dass dieses Wissen ihnen ihre angenommenen Kinder entfremden könnte. So schrieb mich einmal ein Mann an und verlangte kategorisch, die Suchanfrage seiner Adoptivtochter zu löschen. Ich lehnte dieses Ansinnen ab, verwies auf die Volljährigkeit der Frau und ihr Recht, ihre Herkunft zu kennen. Aus seiner Antwort ging hervor, dass seine Frau ihr eigenes Kind kurz nach der Geburt verloren hatte. Nun sorgte er sich, dass die Tochter, die den Verlust seinerzeit ersetzen sollte, seine Frau und ihn ebenfalls verlassen könnte.

Daher möchte ich an dieser Stelle eindringlich an alle Adoptiveltern appellieren, ihrer Pflicht und Verantwortung nachzukommen und ihr Kind über seinen Adoptivstatus aufzuklären. Ich kann gut verstehen, dass dieser Schritt Verlustängste auslöst. Doch wenn die Adoptiveltern dem betroffenen Kind diesen Schritt verweigern, wird es irgendwann über einen anderen Weg erfahren, dass es auch leibliche Eltern hat. Damit riskiert man einen enormen Vertrauensbruch und im Extremfall den totalen Bruch mit dem adoptierten Kind.

Immer wieder muss ich Überzeugungsarbeit leisten und um Verständnis werben, wie existenziell wichtig es für jeden Menschen sei, Klarheit über seine ursprüngliche Identität zu erhalten. Dieser Schritt ist ungemein wichtig, auch wenn es den idealen, den einzig richtigen Moment dafür nicht gibt. Gelegentlich bekomme ich in diesen Gesprächen äußerst abwertende Urteile über die leibliche Mutter zu hören. Ich warne stets vor vorschnellen Urteilen und versuche den Anrufern auseinanderzusetzen, dass nach meinen Erfahrungen keine Mutter ihr Kind ohne äußeren Druck oder Gewissensqualen hergibt. Selbst eine angeblich freiwillige Unterschrift unter die Freigabe zur Adoption ist in keinem Fall ein leichtfertiger Federstrich. Was diesem Schritt wirklich vorausgegangen ist, das findet sich in keinem Behördendokument, einzig und allein die leibliche Mutter kann das beschreiben.

Auch für die Eltern, denen die DDR einst ihre Kinder genommen hat, ist dieser Verlust meistens ein Lebensthema. Aber ihnen wird die Suche noch erheblich erschwert. Sie wissen häufig nicht einmal, in welcher Stadt sie mit ihren Nachforschungen ansetzen sollen. Mit einer Adoption haben ihre Sprösslinge nicht nur den Namen, sondern gelegentlich auch den Wohnort gewechselt. Was noch gravierender ist: Die leiblichen Eltern haben jedes Recht an ihren Kindern verloren. Gesetzlich sind ihre Nachkommen mit der Adoption durch eine andere Familie für sie Fremde geworden, auf die sie keinen Anspruch erheben dürfen. Wenn sie nicht an einen verständnisvollen Sachbearbeiter geraten, bleibt ihnen nur die Recherche an den offiziellen Stellen vorbei oder die vage Hoffnung, dass sich ihr Nachwuchs eines Tages von sich aus meldet.

Auch psychologische Barrieren halten Betroffene oft von der Suche ab. Seit dem Verlust des Kindes leiden viele Eltern unter massiven Schuldgefühlen. Der Vorwurf, sich nicht ausreichend um den Zusammenhalt der Familie gekümmert zu haben, die Schmach von Haft, Strafverfolgung oder Landesflucht lastet schwer auf der Seele, auch wenn sie selbst an diesem Los keine Schuld trifft. Hemmend wirkt sich auch die Angst aus, dass sie beim Versuch einer Kontaktaufnahme zurückgewiesen werden könnten, was psychologisch einer erneuten Durchtrennung der Nabelschnur gleichkommt. Jahrzehnte der Entzweiung lassen sich nun mal nicht mit einem Telefonanruf überbrücken.

So manche leibliche Mutter, die ihrem sozialen Umfeld nichts von ihrer Vergangenheit erzählt hat, scheut sich nun, daran zu rühren. Auch Ressentiments sind häufig im Spiel. Mitunter durch üble Nachreden beeinflusst, ist kaum ein Betroffener völlig frei davon, seine leiblichen Eltern misstrauisch als Rabenmutter oder -vater zu betrachten. Für ein Kind ist es unbegreiflich, in ein Heim oder eine andere Familie abgeschoben worden zu sein, ohne dass die liebenden Eltern in ihrer Wahrnehmung etwas dagegen unternommen haben.

Einmal sprach mich eine Freundin aus Gera an, die herausgefunden hatte, dass ihre Eltern, eine Lehrerin und ein Offizier, sie adoptiert hatten. Sie hatte sogar ihren ursprünglichen Namen erfahren, aber bisher nicht den Mut aufgebracht, weitere Schritte zu unternehmen. Bei ihr bemerkte ich ebenfalls die häufig feststellbare Ambivalenz: Sie sehnte sich einerseits nach ihren leiblichen Eltern und hatte andererseits Angst vor der Begegnung, die mit vielerlei Enttäuschungen verbunden sein konnte. Den entsprechenden Telefoneintrag ausfindig zu machen war keine Schwierigkeit. Unter dieser Nummer meldete sich ein Mann, der sich als geschiedener Gatte der gesuchten Mutter erwies und damit als der leibliche Vater meiner Freundin. Er konnte seine Freude kaum fassen. Mit dieser Entdeckung hatte er offenbar nicht mehr gerechnet. Ihm fehlten die Worte.

Auch meiner Freundin standen die Tränen in den Augen, als sie erfuhr, dass ihr Vater sie sehen wollte. Von dem Mann erhielten wir dann sogar die aktuelle Telefonnummer der

Mutter. Zu DDR-Zeiten war sie wegen Staatshetze in Haft genommen worden. In der Folge wurden ihr die beiden Töchter weggenommen, die danach auch noch voneinander getrennt und von unterschiedlichen Eltern adoptiert worden waren. Geprägt durch ihre Erfahrungen, begegnete die Frau mir am Telefon mit großem Misstrauen, dennoch ließ sie sich auf ein Treffen ein. Meine Freundin und ich verabredeten uns mit ihr und ihrer Schwester in einem Café in Gera. Ein solches erstes Wiedersehen nach allem, was in der langen Zeit des Getrenntseins geschehen ist, ist stets der heikelste Moment. Mutter und Tochter müssen sich ganz neu kennenlernen, sie müssen akzeptieren, dass sich die andere auf ihre eigene Weise weiterentwickelt hat. Die Vorstellungen in der Fantasie der Beteiligten haben in der Regel kaum noch etwas zu tun mit dem Menschen, dem sie sich nun gegenübersehen.

Dennoch gibt es für gewöhnlich eine Verbindung, die auch die Wechselfälle des Lebens überdauert, eine Art Herzensverwandtschaft, die sich spüren, wenngleich nicht rational erfassen lässt. Damals bei meiner Freundin durfte ich miterleben, wie sich Mutter und Tochter zaghaft an der Hand hielten und damit vorsichtig anerkannten, dass sie zusammengehörten. Dieser Anblick berührte mich sehr. Zugleich war bei dem Treffen im Café schon sehr bald erkennbar, wie stark die einstige politische Gefangene von ihrem Lebensleid gezeichnet war. Sie erweckte den Eindruck, als hätte sie dauerhaft jedes Vertrauen in ihre Mitmenschen verloren.

Es gibt Wunden, deren Narben die Zeit niemals heilt. Auch die ersehnte Wiederbegegnung zweier Menschen, die sich lange entbehren mussten, kann Verwerfungen und Veränderungen nicht auslöschen.

Leider teilen viele Betroffene meine persönliche Erfahrung, dass Eltern und Kinder nach der geglückten Zusammenführung zwar zunächst Umgang miteinander pflegen, allerdings nicht wieder zu jener Vertrautheit zurückfinden, wie es zwischen Familienangehörigen sonst selbstverständlich ist. Manche der leiblichen Eltern, von schwierigen Umständen geprägt, scheinen nicht dem Wunschbild der lebenslang suchenden Kinder zu entsprechen. Umgekehrt sind die leiblichen Eltern bisweilen enttäuscht, wenn sie feststellen, dass ihre Kinder sie als eigenständige Persönlichkeiten, die oft bereits eine eigene Familie gegründet haben, nur noch wenig an das Kleinkind von damals erinnern. Während einigen der wiedervereinten Familien ein neuer gemeinsamer Lebensabschnitt gelingt, erstirbt in anderen Fällen der Kontakt bald wieder. Häufig erliegen die Betroffenen der Illusion, dass mit der Auffindung alle Probleme gelöst seien. In Wirklichkeit beginnt damit häufig erst der mühsame Prozess der Annäherung. Ohne professionelle Betreuung bietet sich den lange Jahre Getrennten nicht die Chance, ihre Vergangenheit gemeinsam aufzuarbeiten.

Erschwert wird die Wiederannäherung durch die mehr oder weniger spürbare Rivalität, welche die Adoptiveltern gegenüber den leiblichen Eltern empfinden. Wie in meinem Fall sind es oft nicht nur politische Auffassungen, die Distanz schaffen, sondern auch unterschiedliche Milieus und kaum vergleichbare Lebensumstände. Die Kinder, die sich beiden Seiten verpflichtet fühlen, stecken oft mittendrin in der Klemme. Manche Menschen wehren sich dagegen, ihre Abstammung zu erforschen, weil sie ihre gegenwärtige Existenz, mit der sie sich oft mühevoll arrangieren mussten, nicht erneut in Frage stellen wollen.

Dennoch ist jede einzelne Wiederbegegnung für sich ein Glücksfall. Es gibt keinen Betroffenen, den die Frage nach der eigenen Identität, die Sorge um das vermisste Kind unberührt lässt. Im Grunde seines Herzens will jeder Klarheit gewinnen, was aus dem leiblichen Kind geworden ist oder umgekehrt, wo er selbst herkommt, wer seine Vorfahren sind, was einst die Ursache dafür war, dass sich die Lebenswege gegen den eigenen Willen getrennt haben.

Ich habe es bislang nur ein einziges Mal erlebt, dass die leiblichen Eltern eine Kontaktaufnahme mit ihrem Kind offen abgelehnt haben. Ob die Erforschung des Lebensrätsels nun zu einem Wiederaufleben der familiären Bindung führt oder nicht: Für alle Beteiligten ist es eminent wichtig und beruhigend, die richtigen Antworten gefunden zu haben, auch wenn diese im Einzelfall ernüchternd ausfallen mögen. Oft enthält das Ergebnis der Nachforschungen auch die Erklärung für sämtliche Ängste, Krisen und Depressionen. Ich rate den Beteiligten, trotz gelegentlicher Unstimmigkeiten auf jeden Fall im Gespräch zu bleiben, um zu vermeiden, dass diese einzigartige Lebensader erneut gekappt wird, möglicherweise sogar für immer.

Jenseits aller Routine und Gewöhnung löst es bei mir jedes Mal eine Gänsehaut aus, wenn ich miterlebe, wie sich unter äußerem Zwang getrennte Menschen wiederfinden.

In einem Fall erhielt ich die Suchanfrage einer Mutter. Zufällig wurde ihr früherer Mann, also der Vater des Kindes, darauf aufmerksam und bat mich daraufhin, den Kontakt zu seiner Ex-Frau herzustellen. Als ich sie anrief, berichtete sie freudestrahlend, dass es ihr zwei Tage zuvor ebenfalls gelungen sei, den gemeinsamen Sohn aufzuspüren. Auf diese Weise fand die ganze, zuvor in alle Himmelsrichtungen verstreute Familie wieder zusammen.

Erfolge wie dieser sind die schönste Bestätigung meiner Tätigkeit. Nach aktuellem Stand sind knapp 1050 Suchanfragen bei mir eingegangen. In bislang 225 Fällen ist es gelungen, die vermissten Angehörigen ausfindig zu machen. Meist geschah dies schlicht durch den Rat, sich an die zuständigen staatlichen Stellen zu wenden. In etwa fünfzig Fällen konnten die Gesuchten direkt über eine Suchanzeige auf unserer Homepage oder durch eigene Recherchen eruiert werden.

Seit Beginn des Jahres 2010 habe ich, nach über zwei Jahren ehrenamtlicher Vollzeittätigkeit das Glück, meinem Anliegen nun auch beruflich nachgehen zu können. Dank der Förderung durch die Berliner Behörde für Stasi-Unterlagen biete ich in der Geschäftsstelle der Union der Opferverbände kommunistischer Gewaltherrschaft (UOKG) eine Beratung für Betroffene von Zwangsadoptionen im Großraum Berlin an. Das Adoptionsthema, das mein Leben, wie ich erst spät anerkannte, existenziell geprägt hat, ist inzwischen mein Lebensinhalt.

Zwangsadoptierte, oft schon als Kleinkinder ihren Eltern entrissen, sind die jüngsten Opfer der DDR. Sie waren zu klein, um sich dagegen zu wehren, den Entscheidungen und Beschlüssen der Erwachsenen ausgeliefert. Und sie spüren die Folgen bis heute am eigenen Leib. Dennoch wurde dieser Personenkreis im Einigungsvertrag von 1990 vollkommen übergangen. Zwangsadoptierte haben kein Anrecht auf Entschädigung, sie sind bis heute nicht als Opfer der Diktatur anerkannt, Gleiches gilt für ehemalige Heimkinder wie meinen Bruder Mirko. Nicht alle Betroffenen der Zwangsherrschaft genießen den gleichen Stellenwert in der öffentlichen Wahrnehmung.

Thüringen, 8. Mai 2011

Meine Nervosität kann ich daran ablesen, wie zerknittert das Papier um die lilafarbenen Orchideen ist, die ich meiner Mama mitgebracht habe. Diese Blumen liebt sie, wie ich weiß. Jedes Mal, wenn ich auf dem Weg zu ihr bin, fühle ich mich von einer tiefsitzenden Unsicherheit ergriffen. Wie wird sie meinen Besuch aufnehmen? In welchem Zustand werde ich sie dieses Mal antreffen? Werde ich noch immer die Nestwärme bei ihr finden, die ich so lange entbehren musste?

Zum Glück habe ich meine Halbschwester Melanie samt ihrer zehnjährigen Tochter an meiner Seite. Eigentlich hatte ich meine Reise hierher erst für Ende Juli geplant, wenn wir, ihre vier Kinder, unsere Mama gemeinsam zu ihrem 64. Geburtstag besuchen. Aber mein Gespür sagt mir, dass ich nicht mehr allzu lange warten darf. Nach einem Schlaganfall ist Mama in einem Pflegeheim an ihrem südostthüringischen Wohnort auf fremde Hilfe angewiesen. Auf keinen Fall will ich die Möglichkeit verpasst haben, sie noch einmal zu sehen. Der diesjährige Muttertag bietet dafür nun den idealen Anlass.

Die Altbauresidenz, vielleicht Mamas letzte Herberge, erinnert mit ihrem lichtdurchfluteten Foyer bezeichnenderweise an mein früheres Kinderheim, ist jedoch doppelt so geräumig und hat zugleich etwas Verwunschenes. Schon im Gang nimmt uns Mamas Ehemann in Empfang und führt uns durch eine glasbestückte Flügeltür auf die Veranda, die über verrostete Gitterstäbe hinweg den Blick auf die Hügel und Wälder ringsum freigibt. Die herrliche Aussicht, die milde Frühjahrsluft und das Gezwitscher der Vögel bilden den schroffen Kontrast zu dem Anblick, der mich auf der Terrasse empfängt.

Mir ist seit unseren letzten Begegnungen bewusst, wie sehr die Folgen des Schlaganfalls neben ihrer langjährigen Herzerkrankung diese Frau niederdrücken. Und doch tut es mir in der Seele weh, wie ich sie da in ihrem Rollstuhl kauern sehe. Was für ein Häufchen Elend!, denke ich. Langsam wendet sie ihren Kopf zur Seite, erkennt mich jedoch erst auf den zweiten Blick, nachdem ihr Mann ihr bestätigend zugenickt hat. Offenbar hat sie mit dem Besuch der Töchter an diesem Tag nicht mehr gerechnet. Nun geht ein unmerkliches Lächeln über ihr bis dahin unbewegtes Gesicht.

Ich drücke sie fest an mich und spüre, wie gut es tut, hier jetzt ganz nahe bei ihr zu sein. Mit etwas Anstrengung hebt sie ihren Arm und streicht mir mit der Hand sanft über die Wange, die Geste, die ich so sehr liebe. Und schon rinnen die unvermeidlichen Tränen, nicht nur bei mir. »Meine kleine Mama«, wispere ich schluchzend. Die tiefe Verbundenheit mit ihr, wie ich sie nur bei meiner leiblichen Mutter erfahren darf, spüre ich mit Leib und Seele – auch durch die erstarrende Hülle, mit der die Krankheit das Innenleben meiner Mutter umgibt. Ihre Worte, die sie mühsam formt, muss meine Nichte, die häufigeren Umgang mit der Oma hat, von ihren Lippen ablesen: Mehrmals gibt sie zu verstehen, wie sehr sie sich über unseren Besuch freut.

»Erst war sie lange Jahre im Gefängnis eingesperrt«, denke ich, »und jetzt in ihrem Körper.« Was hat diese Frau nur verbrochen, dass sie so hart bestraft wird? Ich merke, wie die Wut in

mir hochsteigt, unbändiger Zorn, dass DIE *uns Jahrzehnte gemeinsamer Zeit gestohlen haben.*

Wer aber sind DIE?, *grüble ich. Wer trägt die Verantwortung für ihr bitteres Los und auch für meinen Lebensweg? Meine Adoptiveltern tragen daran nicht die Schuld, das ist mir inzwischen klargeworden. Sie waren allenfalls in den Umständen und Zwängen ihrer Epoche befangen, heute beginne ich ihre Lage zu begreifen. Mit meiner Mutti habe ich inzwischen meinen Frieden gefunden.*

Doch selbst, wenn ich wollte: Wem könnte ich denn verzeihen unter denen, die mein Leben zerrissen und meine Mama gebrochen haben? Wo befinden DIE *sich? Es sind anonyme Gewalten, Amtsträger, Bürokraten geblieben, ein Staat und ein System, das sich schlicht verflüchtigt hat. Nicht mal einen Anhaltspunkt gibt es für eine versöhnliche Wendung.*

Ich leide bis heute an den Verletzungen und Verwerfungen, die SIE *mir zugefügt haben. Und ich blicke mit Wehmut auf meine Mama, auf den Schatten ihrer selbst an ihrem Lebensabend. Doch dann wird die Trübsal in meinem Sinn von der Gewissheit bezwungen: Sie, die ich so lange verloren glaubte, wiederzufinden, das war das wichtigste Ereignis in meinem Leben. Mit ihrer Hand in der meinen fühle ich mich imstande, mich mit meinem Lebensweg abzufinden. Es war* mein *Weg, auf ihm bin ich dorthin gelangt, wo ich mich heute befinde. Mir ist inzwischen bewusst, wie wichtig es war und immer wieder ist, mich grundlegend mit meiner Vergangenheit und der meines Landes auseinanderzusetzen – selbst wenn es schmerzt. Das Rad der Geschichte lässt sich nicht mehr zurückdrehen. Ich kann nur den Blickwinkel auf das Geschehen, das mich geformt hat, verändern. Und versuchen, anderen dabei zu helfen.*

Nachwort der Autorin

In den letzten beiden Jahren ist viel passiert. Dank familiärer Unterstützung habe ich meinen großen Bruder wiedergefunden. Es war ein sehr berührender Moment, als wir uns in den Armen lagen. Da war es plötzlich wieder, das Gefühl der innigen Verbundenheit, an dem auch die langen Jahre des Getrenntseins nichts geändert haben. Meinen Bruder wieder an meiner Seite zu haben, macht mich sehr glücklich.

Am 7. Februar 2012, auf den Tag genau vierzig Jahre nach der Festnahme unserer Mutter, lag ein bewegender Brief im Postkasten: die strafrechtliche Rehabilitierung unserer Mutter, in der anerkannt wurde, dass sie damals zu Unrecht ins Gefängnis gesteckt worden war. Folglich waren also auch wir Kinder kurz danach zu Unrecht ins Kinderheim gekommen. Der damalige Einweisungsgrund lautete: Inhaftierung der Mutter. Meine Adoptivmutter bestätigte in schriftlicher Form, dass sie von Anfang an von den vermeintlichen Fluchtplänen meiner leiblichen Mutter wusste. In der Adoptionsakte wurde das jedoch nie vermerkt. Was wäre wohl aus uns geworden, wenn 1972 keine staatlich verordnete Familientrennung passiert wäre? Wie viel Schmerz wäre allen Beteiligten erspart geblieben! Wir werden wohl nie Antworten bekommen.

Am 5. März 2013 schloss unsere Mama im Alter von 65 Jahren nach langer schwerer Krankheit für immer die Augen.

Im Frühjahr 2013 erhielt ich dank einer Journalistin einen für mich wichtigen Zeitungsartikel aus dem Jahr 2006. Darin ein Foto von einem mir bislang fremden Mann, meinem leiblichen Vater. Immerhin weiß ich nun endlich, wie er aussieht und dass auch er herzkrank ist, wie in dem Artikel zu lesen war. Für einen Moment hatte ich das Gefühl, dass ich noch einmal eine Kontaktaufnahme riskieren sollte. Mittlerweile hat mich mein Mut allerdings wieder verlassen.

Mein persönliches Ziel ist es, weiterhin über DDR-Zwangsadoptionen zu informieren. Bis heute existiert in der Öffentlichkeit immer noch große Unwissenheit über das Thema, was zu Pauschaldenken führt. Die so nötige politische Sensibilisierung wird also noch jahrelang andauern.

Vor allem aber müssen sich die juristischen Rahmenbedingungen für Adoptierte ändern. Denn viele Betroffene erfahren erst sehr spät oder über Umwege, manche sogar nie, dass sie nicht bei ihren leiblichen Eltern aufgewachsen sind – insbesondere bei Adoptionsfällen, die schon lange zurückliegen. Sie sollten daher grundsätzlich über ihren Status als Adoptierte aufgeklärt werden, um selbst zu entscheiden, ob sie ihr Recht auf Kenntnis der eigenen Herkunft wahrnehmen wollen oder nicht (BVerfGE 79, 256). Die Verarbeitung einer Adoption ist ein lebenslanger Prozess. Es geht um die eigene Lebensgeschichte, die verstanden werden will, um seelische Wunden, die langsam heilen müssen. Umso bedeutsamer ist es, Betroffenen ungehindert Einblick in ihre Adoptionsakten zu ermöglichen. Das derzeitige Adoptionsvermittlungsgesetz sieht jedoch nur eine kontrollierte Akteneinsicht vor, bei der die jeweiligen Sachbearbeiter gezielt steuern, welche Informationen an die Adoptierten weitergegeben werden und welche nicht. Betroffene sollten auf Wunsch ihre vollständigen Adoptionsakten in Kopie erhalten. Etwaigen Verletzungen des Persönlichkeitsrechts von Dritten könnte man mit Schwärzungen im Text begegnen. Nur so haben Adoptierte eine Chance, ihr Schicksal und ihre Vergangenheit aufzuarbeiten. Aber auch leibliche Eltern müssen die Möglichkeit haben, zu erfahren, was die damalige Jugendhilfe der DDR über sie dokumentiert hat.

Das Thema DDR-Zwangsadoptionen muss endlich ausführlich aufgearbeitet werden. Daher fordere ich die Politik im Namen aller Zwangsadoptierten auf, endlich Gelder zur Erforschung dieses wenig beachteten Teils der deutschen Geschichte zur Verfügung zu stellen. Wie lange sollen wir noch warten? Wie sollen wir die historischen Hintergründe und die daraus resultierenden Geschehnisse verstehen? Ohne Forschung keine Grundlage zur Aufarbeitung. Ohne Grundlage keine Anerkennung. Ohne Anerkennung keine Rehabilitierung.

Dank der Autorin

Zum Abschluss möchte ich mich bei allen Menschen bedanken, die mir geholfen haben. Das betrifft natürlich als Erstes meine leibliche Mama. Ohne sie würde es mich nicht geben. Unsere nie endende Liebe hat mich vieles durchhalten lassen.

Weiterhin möchte ich meinen beiden Kindern danken. Ohne eure Liebe und die Verantwortung für euch würde es mich heute wahrscheinlich nicht mehr geben. Durch euch durfte ich lernen, was Familie wirklich bedeutet. Ich liebe euch von ganzem Herzen.

Meinem Co-Autor Peter Hartl gilt mein ganz besonderer Dank. Du hast mich auf meinem Weg zurück in die Vergangenheit begleitet, der für mich alles andere als leicht war. Doch deine Geduld, dein Verständnis und dein großes Taktgefühl brachten mich dazu, mich dir gegenüber zu öffnen. Danke für die wunderbare Zusammenarbeit.

Ebenso möchte ich meinen Freundinnen Sabine, Jacky, Ines und Katja sowie meinem alten Freund Klaus danken. In meinen dunkelsten Phasen wart ihr an meiner Seite und habt immer auf mich achtgegeben. Unsere Gespräche, eure Liebe und Geduld mir gegenüber werde ich nie vergessen.

Und nicht zuletzt ein großes Danke an den Droemer Verlag, dass er mich gefunden und an dieses Buch geglaubt hat.

Katrin Behr

Dank des Autors

Bei dem Bemühen, mich als westdeutscher Mann in das Lebensgefühl einer zu DDR-Zeiten zwangsadoptierten Frau hineinzufühlen, durfte ich vielfache Unterstützung erfahren. Zuallererst danke ich Katrin Behr, die mir über zwei Jahre geduldig und ausdauernd Rede und Antwort stand, auch wenn die emotional schwierige Zeitreise ihr manche Überwindung abverlangte. In der äußerst angenehmen Zusammenarbeit mit den Lektorinnen Ilka Heinemann und Angela Troni durfte ich mich stets kompetent betreut und sprachlich exzellent unterstützt fühlen. Ausdrücklich danken möchte ich auch Sabine Lembens-Dapper, die das komplette Skript mit sicherem Sprach- und Feingefühl gegengelesen hat, und nicht zuletzt meiner Familie, die mir rücksichts- und verständnisvoll den Freiraum für diese Arbeit geschaffen hat.

Peter Hartl